夕映え

新装版

宇江佐真理

角川文庫
23909

目次

おでん燗酒《かんざけ》 5
ええじゃないか 55
そろりそろりと 105
てんやわんや 156
宮さん宮さん 204
いろに持つなら 257
つゆの上野 310
蟬時雨 369
おさまるめい 421
惜春 473
帰郷 531
解説 清原康正 585

ますら雄がくちぬかばねにむす苔の
つゆのうへ野はたゞ秋の風
小杉榲邨

おでん燗酒《かんざけ》

一

江戸の本所《ほんじょ》は明暦《めいれき》三年（一六五七）の大火以後に発展した地域である。大川を挟《はさ》んで東に位置する本所は、江戸市中のように道筋が複雑ではない。整然とした町並が続く。町の大半は武家屋敷で、町家は大川、竪川《たてかわ》、大横川《おおよこかわ》沿いに並んでいる。まるで武家屋敷を取り囲むような感じに思える。いや、武家屋敷が町家を脇へ押し退《の》けた感じとも言えようか。

大横川の東、横十間川《よこじっけんがわ》に至る地域も本所に含まれるが、そこはさらに町家が少なく、大名の下屋敷が押上《おしあげ》村、柳島《やなぎしま》村等の農村地帯に点在しているに過ぎない。だから、いわゆる本所と言えば大横川から西の地域を人々は頭に思い浮かべる。

大川にある御厩河岸《おうまやがし》の渡しと竹町《たけちょう》の渡しは浅草《あさくさ》と本所を繋《つな》ぐ貴重な交通網だ。両国橋から吾妻橋《あづまばし》の間には橋が架かっていないので、近隣の人々は御厩河岸と、吾妻橋寄りの竹町の渡しを利用することが多かった。

浅草から御厩河岸の渡しで本所に着くと、そこは石原町《いしわらちょう》である。ちょうど、広大な本所御竹蔵《おたけぐら》の北側にある町である。

石原町の自身番のすぐ隣りに「福助《ふくすけ》」という縄暖簾《なわのれん》の見世《みせ》があった。間口《まぐち》二間《けん》の小さな見世である。

仕事を終えた職人達は、毎晩この福助に集まってちろりの酒を酌《く》み交《か》わし、世間話に興じるのだ。ちろりは酒の燗《かん》をつける容器で、下町の居酒屋ではたいてい、これが使われることが多い。

女将《おかみ》のおあきは今年三十八になる。父親の跡を継いで福助を切り守《も》りしていた。おあきは亭主の弘蔵《こうぞう》との間に二人の子供がいた。十七になる息子の良助《りょうすけ》と年子の妹、おていである。おていは母親の見世を手伝っているが、良助は十三で商家へ奉公に出て以来、同居していない。ふた月に一度ほど、ふらりと帰って来てはおあきに小遣いの無心をする。

最初に奉公に上がった米屋はとっくに辞《や》め、それから東両国広小路《ひがしりょうごくひろこうじ》の芝居小屋の小間使い、湯屋の三助《さんすけ》、薬売りと、転々と商売を変えたが、未《いま》だに一年と続いたためしはない。この良助が弘蔵とおあき夫婦の悩みの種だった。

慶応《けいおう》三年（一八六七）、二月。

長州、薩摩《さつま》を中心として起きた尊王攘夷《そんのうじょうい》運動は倒幕《とうばく》運動へと形を変えつつあった。おおかたの庶民は二百六十余年も続いている徳川幕府がよもや倒れるとは、つゆ思いもしていなかった。

だが、町家で暮らすおあきの目からは世の中が大きく変化していることが感じられた。その変化は嘉永《かえい》六年（一八五三）六月、アメリカの提督マシュー・カルブレイス・ペリーが四隻の黒船を率《ひき》いて浦賀《うらが》沖に現れた時から始まった。日本は上を下への大騒ぎとなり、幕府もその対応に苦慮した。

その時点で開港、その他の話はなされなかったが、ペリーは親書を日本に預け、再来日を告げて引き上げた。幕府は慌てて御台場《おだいば》を建設したり、大筒《おおづつ》（大砲）を鋳造したりして外国の襲撃に備えた。また、その大筒を使っての砲術演習なども盛んに行なわれるようになった。

一旦《いったん》引き上げたペリーは翌年一月に再び日本にやって来て、神奈川《かながわ》条約（日米和親条約）なるものを締結させ、下田《しもだ》と箱館《はこだて》が開港された。条約はアメリカ船への薪水《しんすい》供給、食料の補給が主たる目的であり、また、下田に領事を置くことも含まれた。これにより、寛永《かんえい》十六年（一六三九）以来の日本の鎖国政策は事実上解かれたのだった。

この年の十一月四日の早暁《そうぎょう》、江戸に大地震が起きた。六万戸の家屋が倒壊し、死者は三千人を数えた。大地震は翌年の安政《あんせい》二年（一八五五）の十月にも起き、こちらは前年の被害をはるかに上回り、倒壊家屋一万四千戸、死者は四千人近くに及んだ。地震により火事が発生し、名高い吉原《よしわら》遊郭や江戸三座の芝居小屋は全焼した。この地震は後に「安政の大地震」と呼ばれた。

それもこれもペリーのせいと、江戸の人々はまるで彼を疫病神《やくびょうがみ》でもあるかのように恐れた。

安政の大地震の時、五つの良助と四つのおていの手を引いて、おあきは父親の孫六《まごろく》と一緒に近くの寺へ避難した。あの時は生きた心地もしなかった。余震が続き、火事も出ていたので、そのまま一昼夜を寺の本堂で過ごした。弘蔵は岡《おか》っ引《び》きをしているので、近所の人々に避難を促し、また怪我人《けがにん》や病人の世話もあったので、おあき達の傍《そば》にはいなかった。

ようやく余震と火事が収まり、おあきは見世に戻った。見世は屋根瓦《がわら》が落ち、壁に罅《ひび》も入っていたが、幸い、大事には至らなかった。孫六が見世の普請《ふしん》をする時、材木に少し金を掛けた甲斐《かい》があったというものである。だが、天変地異は仕方がないとしても、寺に避難している間に何者かが見世に忍び込み、金目の物が持ち去られていたのは衝撃だった。人の不幸につけ込む輩《やから》はいつの時代にも存在する。簞笥《たんす》の中の着物、見世の瀬戸物類、鍋釜《なべかま》まで、きれいさっぱりなくなっていた。

家の修繕よりも衣服の補充や見世で使う鍋釜を新調する方に金が掛かった。

弘蔵は「命を取られるよりましと思いねェ」と鷹揚《おうよう》に言ったが、おあきは悔《くや》しさで涙がこぼれたものだ。

二

駐日領事に指名されたタウンゼント・ハリスは安政五年（一八五八）に幕府を説得して日米修好通商条約を締結させた。この条約は神奈川条約より一歩進んだもので、神奈川、長崎、新潟《にいがた》、兵庫《ひょうご》を開港し、外国人居留地の設置と貿易の自由化を認めさせるものだった。

開港して経済が外国と結びつくと、どのようなことになるか、幕府の重職達には具体的な想像ができなかった。アメリカから輸入される木綿《もめん》製品によって、日本の木綿問屋は打撃を受けた。その一方で絹織物、金銀銅は安く買い叩《たた》かれて日本から出て行く。日本の経済は外圧の影響で混乱した。日本がアメリカに続き他の国とも和親条約を結ぶと、混乱はさらに拍車が掛かった。銭不足、米価の高騰などもその表れであろう。

外国船が来航してから幕府の家臣達も頻繁に江戸と国許《くにもと》を行き来するようになり、品川宿から保土ヶ谷《ほどがや》までの東海道の助郷《すけごう》の負担は増え、宿場近くの村々は困窮した。助郷は幕府が宿場付近の農民に課した人馬継《つ》ぎ立《た》ての役目だった。

この頃から尊王攘夷運動はますます激化して、幕府は運動の首謀者を次々と弾圧するようになった。世に言う「安政の大獄《たいごく》」である。世情の混乱は天候にも影響するのか、安政五年の夏は雨が多く、秋になっても晴天の日は少なかった。

それから九年。おあきはめまぐるしく変わる世の中の流れを横目に見ながら、本所の石原町の見世で相変わらず商売を続けていた。子供達もようやく一人前になった。とは言え、仕事の定まらない良助のことは相変わらずおあきの気懸かりだった。弘蔵は夜まで見廻《みまわ》りや町内の仕事がある。福助はおあきと娘のおていの二人で切り守りされていた。

「良助はどうしているだろうねえ。この頃、ちっとも顔を見せない。お前、何か知らないかえ」

おあきはおでんだしの味見をしながらおていに訊《き》いた。

「知らない。何んとかやっているんじゃない?」

おていは素っ気なく応《こた》える。

「いつになったら落ち着くんだか……」

おあきは吐息交じりに言った。

「兄さん、本当は侍《さむらい》になりたいのよ。あたしにはわかる。お父っつぁんが侍を辞めなきゃ、兄さんは跡を継いで侍でいられたはずだもの」

おていは兄を庇《かば》って言う。

「お父っつぁんが侍だったら、おっ母さんはお父っつぁんと所帯なんて持てなかったよ。ということは、お前達も生まれてこないという理屈だ」

おあきは、にべもなく応えた。かつて蝦夷松前藩《えぞまつまえ》に仕えていた弘蔵は、務めを辞めた後、本所の知り合いの家でしばらく居候をしていた。その頃から福助に来て、酒を飲んだり、飯を食べたりするようになったのだ。それはペリーがやって来るずっと以前のことだった。

弘蔵は当時、二十代の若者だった。本名を栂野尾弘右衛門《とがのおこうえもん》というのだが、江戸へ来てからは弘蔵で通していた。

弘蔵が仕えていた松前藩の当時の家老は城下の商人とつるみ、私腹を肥やしていた。それに憤《いきどお》りを感じた弘蔵は同志とともに、その家老を弾劾《だんがい》した。すると家老側は腹心の家来を使って弘蔵等《ら》の命を狙《ねら》い始めた。業を煮やした弘蔵は、そのことを藩主に告げるため同志と江戸へ出た。

ところが弘蔵等が下谷新寺町《したやしんてらまち》の松前藩の江戸藩邸に着くと、それより先に家老側から早飛脚《はやびきやく》を使って手紙が届き、弘蔵等は謀叛《むほん》者の汚名を着せられていた。いかに言い訳しても留守居役《るすいやく》を始め、藩邸の重職達は弘蔵等の話に聞く耳を持たなかった。おまけに、国許を出る時、上司に断りを入れていなかったので、弘蔵と他の四人の同志は脱藩の扱いにされてしまった。

その後、別な事件で問題の家老は役職を罷免《ひめん》されたが、弘蔵の帰藩は叶《かな》わなかった。あの頃、弘蔵は世の中の何も彼《か》もが信じられなかった。毎夜、福助で酒に酔い、挙句に町内のならず者と喧嘩《けんか》をする日々だった。そんな弘蔵をおあきの両親は可愛《かわい》がった。弘さんは悪くない、悪いのは家老だと。

不器用だが心根のまっすぐな弘蔵が両親には好ましく映っていたのだろう。

おあきは弘蔵が度々口にする「正義」という言葉に白けた。この世は正しいことが通用するとは限らない。おあきにしろ、嫁入り先では盗人《ぬすっと》扱いされて出戻って来たのだから。

おあきの最初の嫁入り先は深川の舟宿《ふなやど》「松本屋」で、亭主の多吉《たきち》は少々、気の弱い男だった。

松本屋は舅《しゅうと》が早くに亡くなり、姑《しゅうとめ》と行かず後家の姉が家業をとり仕切っていた。おあきは姑、小姑によく仕えた。最初の内は、おあきも二人に可愛がられていたと思う。

ところが、内所《ないしょ》(経営者の居室)の長火鉢の引き出しから一両の金がなくなるという事件が起きた。どこを捜してもその金は出て来なかった。

小姑はおあきに疑いの目を向けた。何か問題が起きれば身内ではなく、他人を疑いたくなるのは人情の自然かも知れない。おあきは嫁いでまだ半年しか経《た》っていなかった。姑や小姑から見たら他人に過ぎない。二人はおあきを外へ用事に出し、その間におあきの簞笥や長持ちを掻《か》き回した。

そうしたところで一両は出て来なかったのだが二人は納得せず、おあきが金を晴れ着と簪《かんざし》に換えたのだと考えた。おあきの晴れ着と簪は二人がまだ目にしたことのないものだった。

「これはどうしたえ」

用事を済ませて戻ったおあきに、小姑は小意地の悪い目つきで詰め寄った。

「それはお父っつぁんが祝言を挙げる時に誂《あつら》えてくれたものです」

おあきは震える声で応えた。疑われていると思うと、やましいことはないのに、おどおどした表情になった。

「一膳《いちぜん》めし屋の娘が、こんな晴れ着や簪を持てる訳がない。怒らないから正直に白状おし。お前、一両を盗《と》っただろ？」

「あたしじゃありません。決してあたしでは」

「強情な女だ。こんな強情な女とは知らなかったよ。多吉がどうでも一緒になりたいと頭を下げたから、あたし等も渋々承知したんだ。多吉には、もっといい話が山のようにあったんだよ。浅草の呉服屋だの、有名どころの料理茶屋の娘だの。ねえ、おっ母さん」

二人は多吉を猫っ可愛がりしていた。

「本当にお前じゃないのかえ」

声音《こわね》は優しかったが、姑もおあきを信じていなかった。おあきは悔しさに咽《むせ》び泣いた。

一両はそれから半年後に仏壇の後ろから発見された。多吉が遊びの資金にするつもりで隠していたのを、すっかり忘れていたらしい。しかし、おあきの嫌疑が晴れても小姑は「あら、そうだったの」と、あっさり言っただけだった。

「謝って下さい。あたしは今まで盗人にされていたのですから」

おあきは憤りを覚え、小姑に凄《すご》んだ。その瞬間、小姑はぎらりとおあきを睨《にら》んだ。

「お前、誰にものを言ってるのだえ。昨日、今日嫁に来たお前が生意気な口を利くんじゃないよ」

小姑は仕舞いに開き直った。おあきは、もう松本屋にはいられないと思った。おあきは多吉に、一緒に松本屋を出て、よそで暮らそうと縋《すが》った。だが、多吉は曖昧《あいまい》に言葉を濁した。

「あたしとお義姉《ねえ》さんと、どっちが大事？」

おあきは試すように訊いた。内心では「もちろん、お前さ」と多吉が言ってくれるものと信じていた。ところが多吉は、「姉ちゃんは血を分けたきょうだいだから、姉ちゃんは捨てられない。もちろん、おっ母さんもだ。おあき、ここは堪《こら》えてくれ」と、情けない言葉を吐いた。

おあきの胸の中で何かがぷつりと切れた気がした。おあきはものも言わず自分の部屋へ向かい、身の周りの物を風呂敷《ふろしき》へ包んだ。

「お姑《かあ》さん、お義姉さん、短い間でしたけれどお世話になりました。簞笥《たんす》や長持ちは後で人を寄こしますので、それまで預かって下さいまし」

呆気《あっけ》に取られたような二人の顔を見た時、おあきはようやく溜飲《りゅういん》を下げたのである。

多吉はそれから、何度か石原町までやって来て、おあきに復縁を迫ったが、おあきの気持ちは変わらなかった。その後、多吉は別の女を後添えに迎えたと、噂《うわさ》で聞いた。

しかし、事情はどうであれ、出戻ったおあきに対する近所の目は冷ややかだった。通りを歩く度に「ほら、福助の娘だ。姑さんとうまく行かなくて実家に戻って来たのさ」と、誰もが噂をした。

二度と嫁になど行くものかと、おあきは堅く決心した。幸い、おあきは一人娘だったので、実家に遠慮しなければならない人間はいない。

見世を手伝い、両親を最期まで看取《みと》ることが親不孝に報いることだと思った。

福助の常連客はおあきが戻って来ると、荒い言葉ながら口々に慰めてくれた。それまでおあきの耳に入っていなかった松本屋の話を聞くことも多かった。よい話などひとつもなかった。誰が嫁になっても、あそこは努まらないだろうと、おあきは内心で独りごちたものである。

弘蔵はしばらくしてから、町内の町年寄《まちどしより》の勧めで石原町界隈《かいわい》を縄張《なわばり》にする岡っ引きの子分になった。その岡っ引きは五十代で、跡を継ぐ息子もいないことから、いずれ弘蔵に縄張を渡す様子だった。弘蔵は相変わらず、夜になると福助を訪れ、おあきの両親と酒を飲むついでに世間話に興じていた。

年頃の二人を見て、周りの客は一緒になればよい、などと冗談交じりに勧めることがあった。

「よしてよ。あたしはこの通りの出戻り。弘さんは下っ引きといえども、元はれきとしたお侍だ。釣り合わない、釣り合わない」

おあきは悪戯《いたずら》っぽく否定した。弘蔵はおあきの言葉をくすぐったいような表情で聞いていた。

三

あれは、おあきの両親が親戚《しんせき》の法事で小梅《こうめ》村に出かけた時のことだった。

おあきはいつものように見世を開けた。両親からは、ひと晩ぐらい休んでも構わないと言われたが、常連の客ががっかりすると思い、そうしなかった。

おあきが一人で見世にいても悪さを働くような客は、福助にはいない。弘蔵は夜の見廻《みまわ》りを終え、四つ（午後十時頃）過ぎに訪れた。いつもより半刻《はんとき》（約一時間）ほどやって来るのが遅かった。遅かったと言っても、弘蔵が詰めている自身番は福助の隣りである。道中に時間が掛かるはずもないから、その夜は何か厄介事でも持ち上がっていたのだろう。

「もう、見世を閉めるのかい」

弘蔵は気後れしたような顔でおあきに訊《き》いた。

「そのつもりだったけど、でも、一杯、飲みたいんでしょう？　いいよ、座って」

おあきは気軽な口を利いた。弘蔵は飯台《はんだい》の隅の床几《しょうぎ》へ腰掛けた。そこは弘蔵がいつも座る場所だった。他の客は近所の表具屋の隠居だけだった。

隠居の雷蔵《らいぞう》はそろそろ眠気が差しているのか、しょぼしょぼした眼《め》をしていた。

「親仁《おやじ》とおかみさんはどうしたい」

弘蔵は姿の見えないおあきの両親のことを訊いた。

「親戚の法事で小梅村に行ったのよ。今夜はあっちに泊まるって」

「そうけェ」

弘蔵は少し気落ちしたような様子だった。

「弘さん、おあき坊が独りだからって、よからぬことは考えるんじゃないよ」

雷蔵は冗談交じりに口を挟んだ。

「よしちくれ、ご隠居。おれァ、最初《はな》っから、そんなつもりはねェよ。ここの親仁《い》とおかみさんが国の親と似ているから通っているだけだ」

弘蔵はむきになって言う。

「そうよ。弘さんは、あたしが出戻って来る前からのお客さんよ。変なこと言わないで」

おあきも雷蔵の言い過ぎを窘《たしな》めた。

「二人が夫婦になったら似合いだよ。わし、いつも考えていたんだ」

しかし、雷蔵はそんなことを言う。おあきは呆気に取られた顔になった。そっと弘蔵の顔を見ると、弘蔵は照れている。おあきは弘蔵の前に猪口《ちょこ》を置き、ちろりの酒を注《つ》ぐと雷蔵に向き直った。

雷蔵は髪がほとんど禿《は》げ上がり、面倒なので座頭《ざとう》のように頭を丸めている。表具師としての腕はよく、隠居しているとは言え、名指しで仕事を頼む客が今でもいるという。

「ご隠居さん、どうしてそんなこと言うの?」

おあきは怒ったような口ぶりで訊いた。

「二人とも、それなりに世の中の辛《つら》い目を見てきたじゃねェか。そんな二人が夫婦になったら、きっとうまく行くぜ。わしは、そんな気がするよう」

雷蔵は夢見るような顔で応《こた》えた。

「割れ鍋《なべ》にとじ蓋《ぶた》って寸法けェ。あいにくだが、ご隠居の望み通りには行かねェなあ。おれみてェなひょっとこ、おあきちゃんは亭主になんぞしてくれねェよう」

「そんなこと……あたしこそ、出戻りの三文安《さんもんやす》の女よ。とても弘さんのおかみさんになんてなれない」

おあきも慌てて言い添えた。

「麗《うるわ》しいねえ、二人して相手を庇《かば》っているよ。ま、がんばりな」

雷蔵はそう言うと、少しふらつく足で帰って行った。雷蔵がいなくなると、見世の中には居心地の悪い沈黙が流れた。いつもその頃に訪れる「亀の湯」の主《あるじ》も現れる様子がなかった。

「ごはんにする？」

おあきはちろりの酒を飲み干した弘蔵に訊いた。

「いや、もう少し飲みてェ気分だな」

「いいの？　明日も早いんでしょう」

「構わねェよ。せっかくおあきちゃんと二人っきりになれたんだ。さっさと帰っちゃもったいねェ」

「いやだ、悪い冗談。まさかご隠居さんの話をまともに取ってる訳じゃないでしょうね」

おあきは笑って弘蔵の言葉をはぐらかした。福助では薄味のおでんが評判だった。年代物の銅壺《どうこ》には大根やこんにゃくが、ほかほか湯気を上げていた。見世を閉めると、おでんの種を笊《ざる》に引き揚げ、つゆと別々にする。つゆは腐り易いので、そうすることが種を長もちさせるコツだった。

おあきは弘蔵の皿に大根とこんにゃくを足すと、外に出て暖簾《のれん》を下ろした。弘蔵はゆっくりと猪口の酒を口に運び、帰る様子を見せなかった。

「おあきちゃん。お前ェ、もう、嫁には行かねェのかい」

しばらくして弘蔵が口を開いた。

「ええ。もうこりごり。この先はうちのお父っつぁんとおっ母さんに親孝行するつもり。見世があれば独りでも食べてゆけるもの」

「そうけェ」

「弘さんこそ、おかみさんを貰《もら》わないの？　独りじゃ不自由でしょうに」

「なあに。親分のおかみさんが面倒を見てくれるんで、さほど不自由は感じちゃいねェ。ただ……」

「ただ、何？」

おあきは弘蔵の言葉を急《せ》かした。

「今夜みてェに人恋しい夜は、傍《そば》に優しいことを言ってくれる女がいたらいいな、とは思うぜ」

「そう……でも、あたしは優しいことなんて言えない女だから、おあいにく様」

そうは言ったが雷蔵の言葉はおあきの胸に残っていた。いや、雷蔵が自分と弘蔵が似合いの二人だと言ったから、突然、弘蔵を意識し始めたのかも知れない。弘蔵も同じような気持ちでいたらしい。

「そろそろ帰った方がいいのじゃない」

おあきはぽつりと言った。

「帰れってか……」

弘蔵は寂しそうに応えた。

「だって、弘さんと差し向かいでいるの、あたし、何んだかきまりが悪いのよ」

「どうして」

「お客さんに二人っきりでいるところを見られるのが恥ずかしいのよ」

おあきは弘蔵の視線を避けて、わざとぶっきらぼうに言った。

「おれが一緒になってくれって言ったら、おあきちゃん、どうする」

「そんな……」

冗談だろうと笑い掛けたが、弘蔵は真顔だった。

「やめてよ、変なこと言うのは。あたし、気がおかしくなりそう」

「おれは、もう侍じゃねェ。おあきちゃんと一緒になっても構わねェはずだ」

その夜の弘蔵はやけに強引だった。おあきと二人だけになる機会を待っていたのかも知れない。

「だって、お国のご両親が承知しない」

「とっくに死んだものと諦《あきら》めているよ」

おあきは返す言葉も見つからず俯《うつむ》いた。

突然、飯台越しにおあきは手を握られた。

「弘さん、後生《ごしょう》だ。離して」

おあきは言ったが、弘蔵は握った手を離さなかった。弘蔵はそのまま中腰の恰好《かっこう》で飯台に沿って回り、とうとう板場の中に入って来た。おあきの胸の動悸《どうき》はこれ以上ないほど高く音を立てていた。

「おあきちゃん、お愛想はなしだ。本当の気持ちを言ってくれ。おれと一緒になるのは駄目かい」

「だ、駄目って……」

おあきは後の言葉が続かなかった。おあきは混乱していた。弘蔵はそんなおあきに構わず、胸に抱き寄せた。

「ああ、こうしていると安心すらァ。いつもいつも考えていたんだぜ。おあきちゃんを女房にすることを」

弘蔵は胸の思いを打ち明ける前に、一足飛《いっそく》びに所帯を持つ話をしていた。それは、おあきが出戻りであるという事情のせいだろうか。だが、おあきは胸の動悸が収まると、両手で弘蔵の身体《からだ》を押しやった。

「あたしと所帯を持ったら、どうなるというの？　あたしには親がいる。もうおっ母さんとお父っつぁんと離れて暮らす気持ちはないのよ。松本屋に嫁いだのは、前の亭主が後々は二人の面倒を見てくれると約束してくれたからよ。でも、弘さんにそんな器量はないだろ？」

おあきは少し意地悪な言い方をした。

「おれァ、銭はねェが親仁さんとおかみさんと一緒に暮らして死水《しにみず》を取る覚悟はあるぜ」

「いやだ。入り婿《むこ》を企《たくら》んでいるの」

「入り婿たァ、何んだ。おれは二人のことを実の親とも思っているよ。きっとおれの気持ちはわかってくれるはずだ」

「理屈を言うところはお武家さんね」

気丈に口を返していたが、おあきの気持ちは揺れていた。弘蔵がこの家で両親と一緒に暮らしてくれるのなら、これ以上のことはなかったからだ。

弘蔵はそんなおあきの胸の内をとっくに読んでいたのだろう。「四《し》の五《ご》の言わねェでくんな」と、おあきを制すると、やや強引におあきの肩を抱いた。最初は抗《あらが》っていたが、おあきの力は自然に弱まり、ついにはおとなしく弘蔵に身体を寄せた。

「おれァ、松本屋の亭主のように腑《ふ》抜《ぬ》けじゃねェぜ。きっとおあきちゃんを守る」

弘蔵の声をおあきはうっとりとした表情で聞き、そっと眼を閉じた。

その夜、おあきは、弘蔵と他人ではなくなった。

朝早く小梅村から帰って来た両親は、茶の間で朝めしを食べている弘蔵を見て、もちろん驚いた。

だが弘蔵は「親仁さん、おかみさん。おれ達、一緒になることに決めたから」と、涼しい顔で先手を打ち、おあきの両親に余計なことを喋《しゃべ》らせなかった。それから間もなく、弘蔵は居候していた岡っ引きの家から柳行李《やなぎごうり》ひとつの荷物を持って、おあきの家に転がり込んだのである。

福助の客にすぐさま噂は拡《ひろ》まった。おあきに岡惚《おかぼ》れしていた何人かの客の足は遠退《とおの》いたが、おおかたは二人のことを喜んでくれた。おあきの幼友達のおちえとおむらは福助に来て大泣きする始末だった。二人とも、とっくによそへ嫁いで子供がいた。口には出さなかったが、おあきの先行きを案じていたので安心したのだろう。小梅村の親戚《しんせき》からは塩鯛《しおだい》が届けられた。表具屋の隠居の雷蔵も喜んで、おあきと弘蔵に祝儀の品を贈ってくれた。それは萩焼《はぎやき》の夫婦茶碗《めおとぢゃわん》だった。

自分達夫婦が使うつもりで瀬戸物屋から買ったのだが、女房が病に倒れ、そのままいけなくなってしまった。それで長いこと使われずにいたという。ようやく夫婦茶碗の出番がやって来たと隠居は嬉《うれ》しそうに言った。

「おあきちゃん、萩の七化《ななば》けと言ってな、この茶碗は使えば使うほど味が出るんだよ」

雷蔵はおあきにそう説明した。

「萩の七化け……」

薄茶色と白のだんだら模様の茶碗は大層上品なものだった。光線の加減で薄紫がかっても見える。これからどんなふうに七化けするのか、おあきも楽しみだった。

「ご隠居さん、高価なものをありがとうございます」

おあきは丁寧に頭を下げて礼を言った。

「割るんじゃねェよ。おあきちゃんは、ちょいとそそっかしいところがあるからよ」

雷蔵は皺《しわ》深い顔をほころばして言った。

「そそっかしいは余計ですよ」

おあきはきゅっと雷蔵を睨《にら》んだ。雷蔵は愉快そうに声を上げて笑った。

それから間もなく雷蔵は死んだ。おあきの母親のおふさはその三年後に、父親の孫六は二年前の慶応元年（一八六五）に死んだ。

弘蔵は気の抜けたようなおあきに代わり、かいがいしく弔《とむら》いの段取りをつけてくれた。その時の弘蔵は大層頼もしく見えた。両親に孫の顔を見せてやれたのが、せめてもの親孝行だったと、おあきは思っている。だが、良助は所在がわからず知らせることができなかった。良助が祖父の死を知ったのは、弔いから半年後のことだった。

四

弘蔵は晩めしを福助の飯台《はんだい》の隅で摂《と》る。それは所帯を持つ前も、持ってからも変わらない。弘蔵は客の邪魔にならないように、ちろりの酒を飲んだ後に、しじみ汁や香の物でめしを食べるのだ。

福助には仕事帰りの常連客が顔を揃《そろ》えていた。

「深川の佐賀町《さがちょう》の干鰯問屋《ほしかといや》のお内儀《かみ》がコロリで死んだとよ」

大工の浜次《はまじ》は世間の噂話に耳ざとい。さっそく福助の常連達に話して聞かせた。コロリはコレラの異名で、江戸の人々は「ころりと死ぬ」に引っ掛けてコロリと呼んでいた。

「佐賀町の干鰯問屋さんって言ったら、どこかしらね。相模屋《さがみや》さん？　それとも上総《かずさ》屋《や》さん？」

おあきは飯台越しに浜次に酌をしながら訊《き》いた。

浜次は三十を過ぎているが、まだ独り者だった。

「上総屋よ」

「いやだ。あそこのお内儀さん、あたしよりずっと若いのよ」

おあきは心底驚いて言う。

「コロリは熱が出たと思ったら、もうお仕舞ェよ。若いもへったくれもありゃしねェ。上総屋は当分、商売ができねェだろう」

「お気の毒に」

「だいたい、コロリが始まったのは、ほれ、例のペルリが黒船でやって来てからのこった」

浜次は上唇を舌で湿すと得意そうに続けた。

「黒船に乗っていた水夫《かこ》がコロリに罹《かか》って死んだのよ。水夫のおろく（死体）は海に放《ほう》り込まれた。船の上で死んだ者は、皆、そうするらしい。おろくは魚の餌《えさ》になる。

で、漁師がコロリの毒を喰《く》らった魚を獲《と》り、魚屋に卸す。客がそれと知らずに魚を買って喰い、コロリになるという寸法だ」

そんな噂がまことしやかに江戸の町に流布《るふ》している。本当かどうか定かにはわからないが、コロリで死ぬ人間は多かった。

「全く、ペルリは疫病神だぜ。あれ以来、世の中は攘夷《じょうい》だ何んだと騒がしくなったんだ」

「本当にそうですねえ」

おあきは相槌《あいづち》を打った。弘蔵は浜次の話に耳を傾けながら手酌でゆっくり酒を飲んでいる。酔いが回り、口調も滑らかになった浜次は世間話を声高に喋る。

「長州、薩摩《さつま》の連中はお上《かみ》を倒す魂胆《こんたん》をしているそうだ。そうなったら世の中は今以上に大混乱よ」

「まさか、お上が倒れるなんて」

おあきは浜次の話が信じられなかった。そっと弘蔵の表情を窺《うかが》うと、弘蔵は僅《わず》かに頭《かし》を傾げたように見えた。

「だってよう、米の値段が途方もなく上がって、おいら達は満足におまんまも喰えねェ。困っているおいら達にお上は何もしてくれねェじゃねェか。そんなお上なんざ、いらねェって、おいらも思うぜ」

「浜さんよう、滅多なことは口にしねェ方がいいぜ。誰が聞いているか知れたもんじゃねェからな」

弘蔵はさり気なく浜次を窘《たしな》めた。

「親分、こいつは世間の噂ですって」

浜次は慌てて言い訳した。

「近頃、お上を腑抜け呼ばわりする連中は確かに増えたぜ。お上が異人を追い払えねェなら手前《てめ》ェが追い払うと息巻く連中が多くてな、異人が道を通れば悪態《あくたい》をつき、挙句に石を投げつける。異人を怒らせて大筒《おおづつ》でもぶち込まれてみな、江戸はそれこそ目も当てられねェ騒ぎになる」

弘蔵は誰にともなく喋った。

「お前さん、本当に千代田《ちよだ》のお殿様は大丈夫なのかえ」

おあきは心配になって弘蔵に訊いた。元武家の弘蔵なら何か見えているものがあるのではないかと思ったからだ。

「お上が倒れるなんざ、万が一にもある訳はねェ。だがよ、こうあちこちの港に異人の船が入って来るようじゃ、お上の唱える攘夷ってのは少々、無理なことにも思えるぜ。だから薩摩長州の連中は攘夷ができねェお上なんざ、いらねェって考えるんだろう」

「親分、ところで攘夷って何よ」

浜次は無邪気に訊いた。浜次の隣りに座っていた亀の湯の主《あるじ》の磯兵衛《いそべえ》と青物屋「八《や》百政《おまさ》」の政五郎《まさごろう》も弘蔵の顔をじっと見た。攘夷攘夷と世間ではその言葉がまかり通っているが、福助の客で正確にその意味を知っている者は少なかった。おあきもよくわからなかった。

「ま、簡単に言えば、港を閉じて異人を締め出すって意味よ」

「んなこと、無理無理」

浜次はあっさりと切り捨てた。

「だな。こう異人がうろちょろするご時世となっちゃ」

政五郎も吐息交じりに相槌を打った。政五郎は浜次と同い年の幼なじみである。政五郎は所帯を構え、妻子がいた。磯兵衛は五十がらみの男だ。

「でも、いざという時のために大筒や短筒《たんづつ》が作られているんでしょう？　ほら、近所の炭屋の文次郎《ぶんじろう》さんも、炭屋を返上して短筒使いになったって話だから」

おあきは近所の人間のことを皆んなに話した。

「短筒使いって言い方があるか。あれは鉄砲師と言うんだ」

弘蔵は苦笑して応《こた》えた。

「あらそうですか。でも、炭屋さんが、その鉄砲師に鞍替《くらが》えするほど物騒な世の中だってことですよね」

おあきは弘蔵に確かめるように訊いた。

「違いねェ」

弘蔵は低く応えて猪口《ちょこ》の酒を飲み込んだ。

「親分、お上は御台場を拵《こしら》えたり、大筒を拵えたりして、それで異人と戦うつもりですかい」

磯兵衛は腑《ふ》に落ちない表情で訊く。

「異人と戦《いくさ》になったら、今のところ勝ち目はねェよ。お上の当面の敵は薩摩長州の方だろうよ」

「さいですか。ただね、今の将軍様は水戸《みと》のご出身というじゃねェですか」

「ああ、そうらしい。だが、それがどうした」

弘蔵は怪訝《けげん》な顔で磯兵衛を見た。磯兵衛は長年湯屋の主をしていて世情に長《た》けた男である。

「水戸様は代々、副将軍を継ぐお家柄。それが将軍様となったんですから、そこに不都合はねェのかと、あっしは思う訳で」

「不都合か……」

弘蔵は煤《すす》けた天井を睨《にら》んで短い吐息をついた。

将軍徳川慶喜《よしのぶ》は水戸藩主徳川斉昭《なりあき》（烈公《れっこう》）の第七子として生まれ、一橋家《ひとつばしけ》から将軍職に就任した。

水戸藩は磯兵衛の言うように副将軍の家柄なので、慶喜が将軍となったのは異例のことだった。

弘蔵が松前藩の家臣だった頃、上司から聞いたことによれば、水戸藩は将軍家と朝廷に不和が生じた場合、大義によって朝廷に味方するのが代々の遺訓《いくん》であるという。不都合は起きたはずだ。

将軍継承問題のために彦根《ひこね》藩の井伊直弼《いいなおすけ》と徳川斉昭は対立し、直弼が大老に就任した直後に斉昭は幽閉の沙汰《さた》を受けた。斉昭は万延《まんえん》元年（一八六〇）、失意の中で病没している。斉昭の胸の内は、弘蔵には理解し難いものがあった。斉昭は表向き攘夷を提唱していたが、内心は外国とまともに戦う意思などなかったのではないだろうか。

水戸は参勤交代のない江戸定府《じょうふ》の藩だが、江戸と国許《くにもと》の家臣とでは攘夷に対する意見が二分されているとも聞く。藩主である斉昭は家臣の統制のために敢《あ》えて攘夷を口にしていたとも考えられる。

五

「桜田《さくらだ》門外で大老の井伊様を殺《あや》めたのは、ありゃあ、水戸様の家来でげしょう？」

磯兵衛は黙りがちになった弘蔵に言った。弘蔵は二、三度眼をしばたたいた。磯兵衛に胸の内を読まれているような気分だった。

「薩摩の家来も入っていたらしいぜ」

弘蔵はぽつりと応える。徳川斉昭が幽閉されたことも井伊直弼が処断した安政の大獄の一つだった。直接の原因は密勅《みっちょく》が幕府を介さず、水戸藩に下ったことだと言われている。幕府は密勅を取り戻そうと水戸藩に圧力を掛けたのだ。結局、水戸藩は幕府に従ったが、これに不満を唱える家臣は脱藩して直弼を襲うことを計画した。密勅をそれほどまでに重視するなら、直弼が朝廷の許しを得ずにハリスと日米修好通商条約を結んだことはどうなるのかと、家臣達は納得できなかったからだ。その条約は直弼の独断の調印と噂されている。

「桜田門外の事件の時、真《ま》砂屋《さごや》の番頭は見物していたとよ」

浜次が口を挟んだ。

「浜さん、それ、本当？」

おあきは素《す》っ頓狂《とんきょう》な声を上げた。真砂屋は日本橋にある呉服屋のことで、番頭の平《へい》助《すけ》は本所に掛け取りに来た時に福助を訪れ、昼めしを食べていく。

「おうよ。あれは三月三日の雛《ひな》の節句の日だった。三月なのによう、朝から雪が降っていたそうだ。番頭は桜田門の前にある戸《と》田《だ》淡路守《あわじのかみ》様の女中から急ぎの仕事を頼まれて、朝からお屋敷に向かっていたところだった。恐らく井伊様も節句だから、上様にご挨拶《あいさつ》をしに行くところだったんだろう。井伊様のお屋敷も桜田門の目と鼻の先だ。時刻は五つ半（午前九時頃）だったらしい。番頭は大名行列が来たもんだから、道の脇に寄って這《は》いつくばった。そしたらよ、浪人者が訴状《そじょう》を持って駕籠《かご》に近づいたんだと。番頭は駕籠訴だろうかと思って、黙って見ていたが、いきなり鉄砲の音がした。それを合図に番頭の左右から一斉に侍が躍り出て、駕籠にだんびら（刀）を突き通したんだ。駕籠舁《か》きは驚いて逃げちまうし、伴《とも》の家来は雨合羽《あまがっぱ》で自由が利かねェ。おまけにだんびらにゃ雪で濡《ぬ》れねェように袋を掛けていやがった。不意を喰らって、むざむざと浪人達に斬《き》られちまった。その内に一人が駕籠の戸を開けて井伊様を引きずり出し、首を打った。番頭は恐ろしさで腰が抜けたと言っていたぜ。あっという間のでき事だったってよ」

福助にいた者は浜次の話を聞いて、誰しも同じようなため息をついた。白昼堂々と起きた暗殺事件は幕府を震撼《しんかん》させた。

彦根藩は跡継ぎ問題のために直弼の死をしばらく秘密にせねばならなかった。そうでなければ彦根藩三十五万石は石高《こくだか》半減、悪くすれば改易《かいえき》（お取り潰《つぶ》し）の憂き目を見る恐れがあったからだ。

彦根藩は嗣子《しし》直憲《なおのり》を跡目に立てることを幕府に届け、事件から二十七日目の三月三十日にようやく直弼の死を明らかにしたのだった。この事件は江戸の人々に幕府の権威が損なわれていることを知らしめた。

この年はハリスの秘書と通訳を務めていたヘンリー・ヒュースケンも麻布《あざぶ》薪河岸《たきぎがし》で暗殺されている。暗殺したのは薩摩の攘夷《じょうい》論者の三名だった。ヒュースケンを始め、他の外国人も攘夷のもとに暗殺される者が続いた。

幕府は失墜した権力を取り戻そうと、朝廷とともに公武合体《こうぶがったい》の策に出る。井伊直弼の後は安藤対馬守信正《つしまのかみのぶまさ》が中心となって、孝明《こうめい》天皇の妹である和宮《かずのみや》を時の将軍、徳川家《いえ》茂《もち》に降嫁《こうか》させるよう画策した。朝廷も幕府とともに国難に対処する考えだったので、この計画は実行に移された。

住み馴《な》れし都路出《い》でてけふいく日いそぐもつらき東路のたび
惜しまじな君と民とのためならば身は武蔵野の露《つゆ》と消ゆとも

和宮の悲痛な思いが感じられる和歌である。だが、江戸の庶民に和宮の思いは到底伝わるものではなかった。文久《ぶんきゅう》二年（一八六二）の二月に家茂と和宮の婚儀がとり行なわれたが、それから四年後の慶応二年（一八六六）七月。家茂は長州征伐の最中に大坂城で病死した。和宮は剃髪《ていはつ》して静寛院宮《せいかんいんのみや》と称した。その次の将軍が徳川慶喜だった。

「いったいこれから、世の中はどうなるのかしらねえ」

男達の話を聞きながらおあきは吐息交じりに呟《つぶや》いた。

「異人を追い払うって目的がよう、妙な具合にねじくれているじゃねェか。おいら達はお上《かみ》が潰れることなんざ望んじゃいねェ。とにかく、落ち着いた世の中になって貰《もら》いてェだけだ」

浜次の言葉に一同は大きく肯《うなず》いた。

その時、福助の油障子ががらりと開いて、寒そうに身体を縮めた良助が入って来た。

「あら、兄さん」

板場で洗い物をしていたおていは驚いたように声を上げた。

「二月だってのに、さっぱり暖《あった》かくならねェな。去年からの風邪がまだ抜けねェわ」

良助はそう言いながら弘蔵の隣りの床几《しょうぎ》へ腰を下ろした。男達は「良ちゃん、しばらくだったな」と口々に声を掛けた。良助は「あい、あい」と気のない返事をした。

袷《あわせ》の上に半纏《はんてん》を引っ掛けただけの薄着で、薄汚れた素足は雪駄《せった》を突っ掛けている。

「ごはん食べたの？」

おあきは詰《なじ》るような目つきで訊《き》いた。

「腹ぺこでェ。だが、ちょいと一杯も飲みてェよ。おてい、猪口《ちょこ》を出しっつくんな。それから、酒は熱燗《あつかん》にしてくれ」

　良助は慌《あわただ》しく言うと、受け取った猪口に弘蔵のちろりから酒を注いだ。

「ああ、うめェ」

　ひと口飲んで、感歎《かんたん》の声を上げた良助に男達が笑った。

「良ちゃん、酒の手が上がったね」

　磯兵衛はからかった。

「おいら、餓鬼《がき》の頃から酒は飲んでいたぜ。お父っつぁんがおもしろがって飲ませたからよ」

「悪いてて親だ」

　政五郎は苦笑交じりに言う。

「兄さん、子供の頃、酔っ払って笑いが止まらなかったことがあるのよ」

　おていは久しぶりに兄が帰って来たので嬉《うれ》しそうだ。

「お前ェ、今、何してる」

　弘蔵はさり気なく訊いた。

「色々」

「色々たァ、何んだ」

「だから色々だよ。やっ、やっとうの稽古《けいこ》もしているぜ」

「やっとうの稽古なんてして、どうするのさ」

おあきは良助の前におでんの皿を置いて訊く。

「世の中は物騒だからよ、歩兵《ほへい》にでも雇って貰おうと思っているのよ。そうすりゃ、着る物も喰い物も心配いらねェ」

「馬鹿野郎」

弘蔵は低い声で制した。

「夏頃によう、お上は町人からも歩兵を雇うって噂があるのよ。これからは百姓でも町人でも、とにかく身体が達者なら侍になれるってことだ」

「帰っておいで。そんな根無し草のような暮らしをしていると、ろくなことにならない」

おあきはぴしりと言った。

「家はたまに帰って来るからいいのよ。しょっちゅう、おっ母さんの小言を聞かされるのは敵《かな》わねェ」

良助はこんにゃくを頬張《ほおば》りながら応えた。

「戦になったらどうする」

弘蔵は父親らしく良助を諫《いさ》めた。

「なあに。軍隊なんざ異人へのこけおどしさ。そっちが戦をする気なら、こっちだって段取りをつけてるんだぞってとこをお上は見せてェのよ。実際は町中《まちなか》を見廻《みまわ》りするだけの楽な仕事だ」

　良助は意に介するふうもなく応えた。

「楽な仕事なんざあるけェ」

　弘蔵は皮肉な言い方をした。良助はこんにゃくを酒で飲み下すと「お父っつぁんが侍だったらどうしたよ。松前は佐幕《さばく》の藩じゃねェか。きっと、こうしちゃいられねェと思うはずだぜ」と、反論した。良助は誰から吹き込まれたものか、時世にさといところを見せた。恐らく、浜次のように攘夷とは何んだと間抜けな問い掛けはしないだろうとおあきは思う。

「おれの代わりにお上の役に立ちてェと言いてェ訳か」

　弘蔵は呆《あき》れたように訊く。

「そういうこと」

　良助はにッと笑った。

「やっぱり兄さん、侍になりたかったのね」

　おていは燗のついたちろりを良助の前に置いて言った。

「おてい、どうしてわかる」

　良助は驚いて妹の顔を見た。

「そりゃ、兄さんの顔を見てればわかるよ。今までと違っていきいきしてるもの」

「本気なのかえ」

おあきも不安そうに訊く。

「おっ母さん、心配すんなって。危ねェことはしねェからよ。うまく行けば、松前の殿様が、良助、家来になれって言って来るかも知れねェよ」

「言うか、そんなこと」

弘蔵は吐き捨てるように言った。

「話だけだよ。まともに取ることはねェ」

良助は慌てて弘蔵をいなした。

「そうだ、そうだ。良ちゃん、親分の代わりにお上を守っとくれ」

浜次は呑気《のんき》な声で良助をけしかけた。

良助はひと晩泊まり、翌朝、帰って行った。帰りしなにおあきから小遣いを無心することは忘れなかった。

「この金喰《かねく》い虫！」

おあきは口汚く罵《ののし》ったが、良助は「へへ」と笑っただけで、悪びれたふうもなかった。弘蔵は良助が自分の酒につき合い、話を聞いてくれたので大層機嫌がよく「おあき、いいじゃねェか。大目に見てやりな」と、おあきをいなした。

「お前さんが甘やかすから良助は図に乗るのよ」

「おやあ、近所じゃ、お前ェが甘めェと評判だぜ」

「誰よ、そんなこと言ったのは」

おあきは眼を剝《む》いた。

「お父っつぁんもおっ母さんもいい加減にして！」

おていが声を荒らげたので二人はようやく黙った。

「あたし、青物屋と豆腐屋に行ってくる」

おていは仏頂面《ぶっちょうづら》で大ぶりの買い物籠《かご》を手にした。

本所二《ふた》ツ目《め》には青物問屋「八百半《やおはん》」がある。福助で使う材料はそこから仕入れていた。時々は福助の客である政五郎の商う「八百政」からも買う。

商いは持ちつ持たれつなので、おあきは気を遣っているのだ。もちろん八百半の方が格段に安い。おあきは、おていが一日置きぐらいに八百半へ通っていた。

おあきは、おていが八百半の息子に思いを寄せていることをそれとなく知っていた。

八百半の息子の半次郎《はんじろう》は今年二十五。良助と違い、子供の頃から親の手伝いをまめにし、今は商売のほとんどを父親に代わってとり仕切っている。客に対しても如才《じょさい》ない口を利き、近所では評判の若者だった。

文句のつけどころのない息子だったから、縁談も星の数ほどあり、おあきはおていの出る幕などないだろうと内心で思っている。それを口にすれば臍《へそ》を曲げるのがわかっていたから、おあきも余計なことは言わなかったが。

二月の本所は暖かい日もあれば冬を思わせる寒い日もある。それでも順当に季節は巡り、近所の武家屋敷の庭には白や薄紅《うすべに》の梅が花をつけ、夜になると辺りにかぐわしい匂《にお》いを漂わせていた。

石原町の近くには大川から続いている埋《う》め堀《ぼり》という堀留《ほりどめ》がある。以前より舫《もや》っている小舟の数が増えたようにおあきは感じていた。

石原町には阿部伊勢守《あべいせのかみ》や内藤山城守《ないとうやましろのかみ》の下屋敷がある。小舟はその下屋敷を訪れる武士達だろうか。ご政道《せいどう》のことは少しもわからないおあきだったが、何やら不安を覚える。今に何かが起こりそうな予感もした。

六

「お前ェ、聞いたか?」

大工の浜次が政五郎に訊《き》く。

「いや、おれァ、まだだ」

「おいらは聞いたぜ。今の現場は浅草の寺町でな、庭に結構な梅の樹《き》が植わっているのよ。そこのお内儀《かみ》さんが、毎年やって来ると自慢そうに言った。その通り、四つ（午前十時頃）の一服の時に奴はいい声で鳴きやがった」

浜次が得意そうに言ったのは鶯《うぐいす》のことである。

一番乗りが好きな浜次は毎年鶯の初鳴きを楽しみにしている。

「表具屋の隠居は鶯のことを仰々子《ぎょうぎょうし》（行々子）って言ってたな。あれはどういう意味だったんだろう。訳を訊く前に隠居はお陀仏《だぶつ》になっちまった」

政五郎は雷蔵を思い出して残念そうに言った。

福助の口開けの客はその二人だった。おあきはちろりの酒と突き出しの卯《う》の花《はな》を二人の前に出すと、銅壺《どうこ》におでんの種を足した。大根、焼き豆腐、竹輪、がんもどき。だしは干鰯《ほしか》問屋《といや》から仕入れた鯖《さば》の煮干しで取っている。昆布は、味はよいが腐り易いのが難だ。だしは孫六が工夫したものを引き継いでいた。

「仰々子はよしきりのことですよ」

おあきは手を動かしながら口を挟んだ。

「え、本当かい」

政五郎が身を乗り出した。

「ええ。ご隠居は勘違いしていたのよ。鶯って最初はギョッギョッって無粋な声で鳴くのだそうですよ。それが何度も練習して、ようやくホーホケキョになるらしいの。

最初の鳴き声から仰々子だと、ご隠居は思ったらしいの」

「そうけェ」

政五郎はようやく腑《ふ》に落ちた顔になった。

「ま、鶯だろうが、よしきりだろうが、鳥のことを気に掛けるほど今年はおとなしくていい年だってことだ。去年の今頃はよう、米の値段が上がってどうしようもなかった」

浜次は呑気に言う。

「んだな。去年の春は一石につき四百四匁《もんめ》、秋にゃ五百八十五匁まで吊《つ》り上がったわな。元治《げんじ》元年（一八六四）は百四十匁だったものがよう。とんでもねェ話だった」

政五郎も相槌《あいづち》を打つ。

「それも開港のせいなのかしら」

おあきはおでんの始末をつけると二人の猪口《ちょこ》に酌をしながら訊いた。

「風が吹けば桶屋《おけや》が儲《もう》かるの理屈で、色々起きるんだろうよ。去年、米が買えねェ連中が打ち壊しの騒動を起こしてから米の相場も幾らか落ち着いたが、しかし、思い切ったことをしなけりゃお上《かみ》が動かねェというのも情けねェ話だ」

浜次は猪口の酒をくいっと飲み干して言う。

「結局、世の中が変わると、まともにその波を被《かぶ》るのがあたし等ですものね」

おあきはしみじみと応えた。

「異人の船がばんきりやって来るようになって、お上は慌てて歩兵を雇ったが、この歩兵が曲者《くせもの》で、お上のご威光を笠《かさ》に着て、あちこちで狼藉《ろうぜき》を働いたわな。吉原でもかなり迷惑を被《こうむ》ったんじゃねェか。ま、吉原も去年の秋に丸焼けになったから、今は仮《かり》宅《たく》けェ」

浜次は訳知り顔で言う。吉原の遊郭は火事に遭うと、期間を定めて他の場所で営業をすることが許されていた。それを仮宅という。幕府や大名に徴発された歩兵は江戸のあちこちで騒動を起こし社会問題にもなっている。

「うちの良助も歩兵になるような話をしていましたでしょう？　あたし、心配で」

おあきの声が暗くなった。

「大丈夫だよ、良ちゃんなら」

政五郎はおあきを慰めるように言った。

がらりと油障子が開いて、亀の湯の磯兵衛が入って来た。湯屋はまだ店仕舞いの時刻には早いが、釜《かま》の火を落とすと後を女房と三助に任せ、磯兵衛はいそいそと福助にやって来るのだ。

「お、早いね」

磯兵衛は二人ににッと笑い、床几《しょうぎ》に腰を下ろした。福助には四、五人が座れる小上《こあ》がりもあるのだが、話が遠くなることを理由に誰もそっちへ座らない。飯台《はんだい》の向かい側にある小上がりには客の脱いだ半纏《はんてん》やら、荷物やらが置かれることが多かった。

「ややや、今日は大変だったぜ」

磯兵衛はおあきに酒を注文するとそんなことを言った。

「何があった」

浜次は眼を輝かす。

「うちの見世の前を異人が三人通ったのよ。三人とも馬に乗っていたぜ。江戸見物で本所まで足を延ばしたんだろう。金ぴかの飾りがついた上着に筒っぽ（ズボン）に靴だ。あちこちきょろきょろしていたわな」

磯兵衛は異人の様子を教えた。

「眼はどうだった。空みてェな色をしていたか」

浜次は興奮した声で訊いた。

「あ、ちょっとわからねェ。髪の色も帽子を被《かぶ》っていたんで気がつかなかった。だがよ、鯰《なまず》みてェな髭《ひげ》を生やしていた」

「それで、何か起きたか？」

政五郎は磯兵衛の話を急《せ》かした。

「うん。最初はな、餓鬼どもが毛唐《けとう》、異人と悪態をついていただけだったが、その内に近所の大人ももの珍しそうに異人の様子を見物しにぞろぞろ出て来やがった。で、異人は通行の邪魔だってんで見物人を追い払うような仕種《しぐさ》をしたのよ。それが癇《かん》に障った野郎がいきなり石を投げた。帰れってな。すると次々に石を投げる者が続いてよ、大騒ぎだ。親分が慌ててやって来てその場を収めたが、番所に引っ張られた者もいたぜ」

「うちの人も困ったものだとこぼしておりましたよ」

おあきは眉根《まゆね》を寄せて困り顔をした。

「顔つきも違えば体格も違う。肌の色も違う。抜け上がったように白かった。これが同じ人間かと不思議な気がしたぜ」

磯兵衛は異人を間近に見た感想をしみじみと語った。

「だけど男ならちゃんと魔羅《まら》（陰茎）がついているんだろ？」

浜次は馬鹿なことを言う。

「男は猿《さる》でも異人でも魔羅はあるわな」

磯兵衛は苦笑交じりに応えた。

「あんまり異人にひどいことをしたら、この先、問題が起こりそうで怖い」

おあきは独り言のように呟《つぶや》き、磯兵衛に燗《かん》のついたちろりの酒を注いだ。

「全くだ」

磯兵衛も大きく肯《うなず》く。

「おっ母さん、ちょっとそこまで行ってくる」

おていが内所から出て来るとそう言った。

「どこへ」

おあきは詰《なじ》る口調になった。外は薄暗くなっている。若い娘がうろちょろしては物騒だ。

「遠くには行かない。おさきちゃんが話があるって言ってたから」

おさきはおていのなかよしの友人だった。

「すぐに帰って来るんだよ」

「ええ、わかってる」

おていは安心したように小走りに出て行った。

「おていちゃんもお年頃だね。この頃はおかみさんに似て、大層器量よしになった」

磯兵衛は眼を細めて言う。

「そうでしょうか。もう少し、愛嬌《あいきょう》があればいいのだけど、いつも仏頂面で困ったものですよ」

「そろそろ嫁入り話もあるんだろ?」

「いいえ。まだ子供で……」

「二ツ目の八百半の倅《せがれ》と仲がいいんじゃねェのかい。汁粉屋《しるこや》にいるところを見たぜ」

政五郎は思い出したように口を挟んだ。

「本当ですか」

おあきは少し驚いた。おていの片想《かたおも》いとばかり思っていたからだ。

「ま、汁粉屋ってのは八百半のすぐ近所だから、仕入れのついでだったんだろう。おかみさん、目くじら立てることもねェよ」

政五郎はおあきを心配させないように言う。

「そうでしょうか」

「だが、おていちゃんが八百半の嫁になったら、おれの店から品物は買って貰《もら》えなくなるな」

「そんなことありませんよ。八百政さんとは何があってもおつき合いさせていただきますって」

「や、それで安心した。おかみさん、もう一本つけてくれ」

政五郎は笑顔で注文した。

「うちの嬶《かか》ァがよ、あんまり米が高ェんで、安い南京米《なんきんまい》というのを買って来たのよ。おかみさん、知ってるかい」

磯兵衛は話題を変えるように言った。

「さっきも浜さん達とお米の値段のことを話していたんですよ。南京米って去年辺りから出回っているお米ですよね。でも買ったことはないの。磯兵衛さん、それでお味はどうですか」

「これがまずいまずい。おまけに色も悪くてな、おれァ、嬶ァを怒鳴り飛ばしてやった。痩《や》せても枯れても、こちとら江戸っ子でェ。唐人《とうじん》の拵《こしら》えた米なんざ喰《く》えるかってな」

磯兵衛は顔をしかめて言った。

「本当にそうですよね。早く秋になって、おいしいお米が出回るといいですよね」

昨年は雨ばかり続いて結局、米は不作だった。

今年は正月から風の強く吹く日が多い。

「初午《はつうま》の稲荷《いなり》祭りも来月に繰り越しになった。お稲荷さんも、むっとしているだろう」

浜次は暗い声で言った。

浜次と政五郎は五つ（午後八時頃）に引き上げ、それから小半刻《こはんとき》（約三十分）後に磯兵衛が見世の後始末があると言って帰って行った。

おていは磯兵衛と入れ違いに戻って来た。

「遅かったね」

おあきはちくりと小言を言った。

「ごめんなさい」

おていは慌てて客の使った皿小鉢《さらこばち》を片づけ始めた。半次郎と一緒だったのかという言葉を、おあきはぐっと堪《こら》えた。下手に問い詰めて嘘《うそ》を言われても困る。年頃の娘の扱いは難しいものだ。

「おっ母さん、おさきちゃんからとても怖い話を聞いたのよ」

おていは興奮気味に言う。

「何んだえ」

「王子《おうじ》村で子供を疱瘡《ほうそう》で亡くした女の人がいたんですって。その女の人、あまりに悲しくて気が変になり、死んだ子供の肉を食べてしまったのよ」

「おや、気持ちが悪い」

おあきは身震いして顔をしかめた。

「それだけじゃ足らなくて、夜毎《よごと》、近所を歩き回り、同じような年頃の子供を漁《あさ》っていたんですって。皆んなはその女の人を鬼女《きじょ》と呼んで、子供を取られないように匿《かくま》っているそうよ」

「まるで怪談じゃないか。そんな話をしていると夜に厠《かわや》へ行けなくなるよ」

「うん。だから今夜は一緒に寝てね」

おていは甘えた声で言う。

「あたしはお父っつぁんと寝るんだから、お前は邪魔だよ」

「そんなこと言わないで」

おていは真顔で縋《すが》った。

「今夜はもう、お客さんも来ないようだね。風も出て来たようだ。おてい、暖簾《のれん》、下ろしとくれ」

「ええ。お父っつぁん、遅いね」

おていは帰りの遅い弘蔵を案じた。

「この頃はやけに火事が多いから、お父っつぁんも木戸《きど》番《ばん》の倉《くら》さんと一緒に火の用心と触れ回っているのだろう」

自身番の真向かいには木戸番小屋がある。木戸番の番太郎は倉吉《くらきち》という六十になる年寄りだ。女房のお民《たみ》は日中、その木戸番小屋で雑貨や駄菓子を売っていた。

「おっ母さん、すごい風」

暖簾を中に引き入れながらおていは甲高い声を上げた。着物の裾《すそ》がまくれ、赤い蹴《け》出《だ》しが露《あら》わになった。わが娘ながら色っぽい感じがした。

その夜、おあきの心配は現実のものとなった。

丑《うし》の刻（午前二時頃）に麻布《あざぶ》雑式坂下町《ぞうしきさかしたちょう》の綿《わた》打ち職の家から火が出て、宮下町《みやしたちょう》、新《しん》網町代地《あみちょうかえち》、永坂町光照寺《ながさかちょうこうしょうじ》門前、飯倉町《いいくらまち》の武家地を焼いた。それは長さにして二町四十間、幅五十三間に及ぶ地域だった。

「本所でなくてよかったぜ」

弘蔵はおあきにしみじみと言った。昨夜、弘蔵は深川の永代橋《えいたいばし》まで様子を見に行った。麻布はかなり離れているので火がやって来る心配はなかったが、それでも夜空を焦《こ》がす火の色は不気味だったという。昨夜の疲れも感じさせず、弘蔵はいつもの時刻に起きて朝めしを食べていた。

「焼け出された方にはお気の毒ですけれど、本当にそうですね」

おあきも相槌《あいづち》を打った。

「おていはどうした」

弘蔵は味噌汁《みそしる》を啜《すす》りながら訊《き》く。

「さあ、朝っぱらから出て行ったきり、まだ戻って来ないのよ」

「あんまり外をうろちょろするなと言いな。異人の目に留まったら何をされるか知れたもんじゃねェ」

弘蔵は父親らしく心配する。心配なのは異人ばかりじゃないのよ、おあきは言えない言葉を胸で呟《つぶや》いた。

「その内に異人が料理茶屋や遊郭《ゆうかく》へ行くのも許されるだろう。深川にゃ仮宅《かりたく》がある。ということは、もしかして、うちの見世にも異人がやって来るかも知れねェよ」

「いや、亀の湯の前を異人が通ったと磯さんが言っていたろうが」

「まさか」

「ええ」

「用心に越したことはねェ」

「うちの見世に来たらどうしたらいいの？」

おあきは切羽詰まった顔をした。

「アイムソーリー、ナッシングと応《こた》えりゃいい」

「それ、異人の言葉なの？」

「ああ。この間、松前藩の同僚で英語に通じている奴にばったりと会い、教えて貰《もら》った。そいつは言っていたぜ。これからの世の中はオランダ語じゃなくて英語だってな」

オランダ語は幕府の外交の際に用いられていた。しかし、ペリーがやって来てから幕府は俄《にわか》に英語の必要性も感じるようになったのだ。

「アイムソーリー、ナッシング……」

おあきはその言葉を呟いた。

ええじゃないか

一

三月に入っても、相変わらず諸物価は高騰の様子を崩さず、江戸の庶民は暮らし難《にく》い世の中を口々にぼやいていた。加えて天候もぱっとせず、四日には何んと雪まで降った。火事は江戸市中のどこかで毎日のように起きている。おあきは厚い雲に覆《おお》われた空を眺める度にため息をついていた。

弘蔵の話では、幕府の役人が登城する際、以前なら継《つ》ぎ裃《かみしも》の恰好《かっこう》だったのだが、この三月からは袴《はかま》と外套《がいとう》を用いることになったという。物騒な世の中なので、いざという時のためにそうした措置が取られたのだろう。侍《さむらい》の権威を保つことより身の安全を優先するのが肝腎《かんじん》だとお上《かみ》も考えているらしい。

押し込みの類《たぐい》も頻繁に起きていたので、弘蔵は石原町《いしわらちょう》界隈《かいわい》の警備に目を光らせていた。その一方で回向院《えこういん》境内では百日芝居の興行が打たれ、浅草奥山《おくやま》でも活《い》き人形や竹田縫之助《ぬいのすけ》の細工物の見世物小屋が見物客を集めていた。

おていは友人のおさきと活き人形の見世物小屋に行って来たので、福助でその話が出ると興奮気味に語った。

「じっと見ていると今にも動き出しそうだったの。何んでも髪の毛は本物の人の毛を使っているそうなのよ。あたしとおさきちゃん、凄《すご》いねえしか言葉が出なかった」

夢見るようなおていに大工の浜次は「へへえ」と笑った。等身大の活き人形にはおあきも心を魅《ひ》かれていたが、見世物小屋を覗《のぞ》きに行く暇などなかった。活き人形の創始者は肥後《ひご》出身の松本喜三郎《きさぶろう》という男だった。評判が高まるにつれ、活き人形師も増え、今は秋山平十郎《へいじゅうろう》という人形師の名前をよく聞く。

「あたしが一番気に入ったのは観音様の人形よ。きれいなお顔をしていて、額のこ、い、いんところに水晶みたいな玉を埋め込んでいるの」

おていは自分の額を指で指した。おていの言うのは白毫《びゃくごう》と呼ばれる仏の眉間《みけん》で光を放つ毛のことだ。仏師が仏像を拵《こしら》える時、その白毫に水晶などの玉を用いることが多い。

「珊瑚《さんご》や翡翠《ひすい》のひらひらする簪《かんざし》もつけていたの。あたし、不思議な心地がした。だって、観音様って、実際に見た人なんていないじゃない。だけど人形師は本当に観音様を拵えてあたし達に見せてくれるのだもの。本当に凄いと思う」

「そんなにおていちゃんが気に入ったんなら、おいらもひとつ、見物してェもんだなあ」

浜次はおていへ愛想をするように言った。

「浜次さん。話の種にも一度、見た方がいいよ」

おていは張り切って勧めた。

「だけどよう。あの活き人形師ってのは、どうも普通の職人と心持ちが違うような気もするな」

亀の湯の主《あるじ》の磯兵衛が口を挟《はさ》んだ。磯兵衛は相変わらず湯屋の釜《かま》の火を落とすと福助に来て一杯引っ掛けていた。

「どうしてよ」

浜次は怪訝《けげん》そうに磯兵衛に訊《き》く。

「だってよう、頭の毛を本物の人の毛で作るのはわかるが、下の毛もそうだって話だ」

「下の毛？」

浜次は素《す》っ頓狂《とんきょう》な声を上げた。おあきはちらりとおていを振り返った。若い娘には聞かせたくない話だった。おていは何事もない顔で盆を布巾《ふきん》で拭《ふ》いている。磯兵衛はおあきに構わず、好色そうな目つきになった浜次へ続けた。

「あすこの毛を掻《か》き集めて、丁寧に植えつけているんだと」

「見たのか」

浜次は色めき立つ。

「いや、人の話だ」

「何んだ、つまらねェ」

「もちろん、見物客に裾《すそ》をめくって見せるなんてことはしねェ。だがよ、そこまでしなけりゃ、正写《しょううつ》しの人形はできねェと考える人形師の心根がおっかねェわな」

磯兵衛は吐息交じりに言った。磯兵衛の言いたいことはおあきにもよくわかった。

見世物小屋で木戸銭を取って客に見せる活き人形の人形師は、雛《ひな》人形や武者人形を拵える人形師とは確かに異なる。たとえて言うなら、江戸城の襖《ふすま》や屛風《びょうぶ》を描く本画《ほんが》の絵師と絵草紙屋で売り出される絵を描く浮世絵師との違いでもあろうか。浮世絵師はどれほど庶民に持てはやされても本画の絵師とは格が違うのだ。

「ま、活き人形を拵える人形師ってのも手前ェの芸にこだわっているのよ。上《うわ》っ面《つら》だけよけりゃ、それでいいというもんでもねェのさ」

浜次は珍しく周りを得心させるようなことを言った。おあきも大きく肯《うなず》いた。

「浜さんだって、同じでしょう? 大工仕事は見えない所にも気を配るんですもの」

「おかみさん。いいこと言ってくれるねえ」

浜次はおあきの言葉に相好を崩した。

「おう」

青物屋「八百政」の政五郎が首を縮めた恰好で入って来ると、飯台《はんだい》の前にいる浜次と磯兵衛に声を掛けた。二人も笑顔でそれに応《こた》えた。

「どうでェ、商売は」

磯兵衛は政五郎が腰を下ろすとさり気なく訊いた。

「さっぱり、駄目」

政五郎はそう応えて「おかみさん、熱いのを一本つけてくれ」と、おあきに言った。

「はいはい」

おあきはちろりに酒を注《つ》いで燗《かん》をつけた。

「真砂屋《まさごや》の番頭は七月にお伊勢参りへ行くらしいぜ。この前、うちに寄って、そんな話をしていた」

政五郎は羨《うらや》ましそうな顔で言う。

「本当けェ？　豪勢なもんじゃねェか」

浜次は驚いた様子である。真砂屋は日本橋にある呉服屋で、番頭の平助は時々、本所の客の所へ訪れる。普段の平助は質素な男なので、とてもお伊勢参りをするようには見えない。

「あたしも聞きましたよ。伊勢講《こう》のお金が貯《た》まったから真砂屋の旦那《だんな》さんやお内儀《かみ》さん達と行くんですって。大層、楽しみにしておりましたよ」

おあきは突き出しの小鉢を政五郎の前に置きながら口を挟んだ。今夜の突き出しは卯《う》の花《はな》だ。豆腐屋から分けて貰《もら》ったおからに、ひじきや油揚、青物を入れた自慢の一品だった。

「ま、あっし等《ら》町人は気軽に旅はできねェが、お伊勢参りだけはお上も許しているからな」

磯兵衛は訳知り顔で応える。一生に一度、お伊勢参りをするのが庶民の夢だが、福助の常連客にも、おあきにも縁のない話だった。

「だけど、道中は大丈夫かな。攘夷《じょうい》、攘夷と騒ぐ侍や浪人は向こうにだっているだろう」

浜次はつかの間、心配そうな顔になった。

「浜さん。ちゃんとお伊勢参りには案内役の方がいらっしゃって、不意のでき事が起きても、それなりに片《かた》をつけて下さるそうですよ」

おあきは平助から聞いた話を教えた。お伊勢参りはお蔭《かげ》参りとも呼ばれる。お蔭で元気ですということを神社に詣《もう》でて感謝する。そのために江戸からわざわざ十五日も掛けて、伊勢神宮へ向かうのだ。

お蔭参りと正式に呼ばれるのは伊勢神宮から特に「お蔭（神仏の加護）」がいただ

けるお蔭年の参詣《さんけい》で、それは約六十年周期で巡って来る。最も盛んだったのは明和《めいわ》八年（一七七一）のお蔭参りで、この時には神社のお札《ふだ》が降るという奇怪な現象が起こった。その次が文政《ぶんせい》十三年（一八三〇）のお蔭参りである。この時も各地にお札が降ったという。また、若い娘が男装したり、反対に男が女装したりするなど奇妙な恰好が目立った。慶応三年は文政のお蔭参りから数えて、まだ三十七年しか経《た》っていない。だから真砂屋の番頭の参詣はお蔭参りではなく、ただのお伊勢参りということになる。

幕府は表向き、庶民の旅を禁止していた。特に農民と女性には厳しい眼《め》を光らせた。農民の場合、田畑を守ることは年貢《ねんぐ》の保守に繋《つな》がり、女性の場合は「出女《でおんな》に入《い》り鉄砲」の言葉にもあるように、江戸で暮らす大名家の奥方が江戸から脱出するのを防ぐ目的があった。

幕府は大名が謀叛《むほん》を働かぬように奥方や子供達を江戸の藩邸に住まわせていた。言わば人質のようなものである。入り鉄砲の方は武器が江戸へ持ち込まれるのを防ぐためだ。

だが、この法度《はっと》には抜け道があった。農民は農閑期に限り、寺社詣でをすることが許されていた。

参勤交代の制度化に伴い、街道の整備がなされ、その街道筋に宿場も設置されると、農民は以前より気軽に旅へ出るようになった。農民の旅は、その内に「代参《だいさん》」の形として一般化した。つまり、旅に行けない農民の代わりに町人達が出かけるのだ。幕藩体制の弛《ゆる》みもあって、庶民の旅が激増したのである。特にお伊勢参りは人気があった。なにしろ国の祖神《おやがみ》である。幕府も目くじらを立てない。それをいいことに、正式の手続きを踏まない「抜け参り」も若者の間で流行していた。

お伊勢参りは農閑期の正月から四月までに集中するが、それ以外の時期も人々は伊勢へ、伊勢へと歩みを進めた。真砂屋の主《あるじ》夫婦と番頭はお盆前の比較的店が暇な時期を選んでお伊勢参りへ行くようだ。

お伊勢参りが発達したのは御師《おんし》と呼ばれる旅案内人の働きがあったからだ。彼等は村ごと、町ごとに伊勢講を募《つの》って金を貯《たくわ》えさせ、旅へも同行する。宿や参拝の段取りをつけて、まめに世話を焼く。御師に任せれば旅の不安は一切なかった。

お伊勢参りが一世を風靡《ふうび》している一方、江戸の治安は悪化するばかりだった。

二

五つ（午後八時頃）過ぎに弘蔵は本所見廻《みまわ》りの同心を伴い福助に戻って来た。磯兵衛は「あっしはこれで」と、慌てておあきに勘定をすると、そそくさと帰って行った。

磯兵衛は奉行所の役人が苦手だった。浜次と政五郎も同様に落ち着かない様子を見せた。

「気を遣うこたァねェよ。佐々木の旦那は捌《さば》けたお人だから」

弘蔵は二人を安心させるように言った。佐々木重右衛門《じゅうえもん》は北町奉行所に所属する同心だった。年は三十五、六で同心としては若手である。小太りで、のっぺりした顔をしていた。

本所見廻りとは、主に本所深川の水陸の取り締まりを行なうが、もちろん、悪事を働く咎人《とがにん》に対しても厳しい吟味《ぎんみ》をする。

「佐々木様。いつもうちの人がお世話になっております」

おあきは小腰《こごし》を屈《かが》めた。

「いや、なに」

佐々木は照れ臭そうに応えた。

「お前さん。お酒でいいのね」

「ああ。それとおでんを見繕《みつくろ》ってくれ。旦那は、うちのおでんを一度試してみたかったそうだ」

「あら。そんなご大層な代物《しろもの》じゃござんせんよ。どこにでもあるおでんですよ」

おあきは謙遜《けんそん》する。ちろりに燗をつけている間、おあきは菜箸《さいばし》で銅壺《どうこ》のおでんの様子を見た。大根は飴《あめ》色になっている。舌にのせたら、たちまちとろけそうなほど軟らかい。

「親分。何かあったのけェ？」

政五郎は、弘蔵が佐々木を連れて来たことで不安そうに訊いた。弘蔵は佐々木の顔をちらりと見てから「中《なか》ノ郷瓦町《ごうかわらまち》の瓦職人が大名屋敷の中間《ちゅうげん》に喧嘩《けんか》を売られてな、可哀想《かわいそう》に顔をぼこぼこにされたのよ。大名の威光を笠《かさ》に着て無体を働く野郎が増えている。困ったものよ」と応えた。

政五郎は浜次と顔を見合わせた。恐ろしそうな表情だった。枕橋《まくらばし》（源森橋《げんもりばし》）の傍《そば》にある中ノ郷瓦町には瓦を焼く職人が集まっている。

「鬼虎《おにとら》という男を知らぬか。水戸様に奉公している者だ」

佐々木は浜次と政五郎に視線を向けて訊いた。

「鬼虎って、あの鬼虎ですかい」

浜次はその男を知っているようだ。おあきも噂《うわさ》は聞いている。元は屋根職人で、喧嘩をして奉公していた屋根屋を追い出されたのだ。六尺を超える大男で大層気性が荒かった。

「ああ。鬼虎は道ですれ違っただけで、肩が触れたの、どうしたのと難癖をつける。お前達もよくよく気をつけることだ。鬼虎の姿を見たら、近づくな」

佐々木は二人に念を押した。枕橋下の堀割を挟んで瓦焼場と水戸藩の下屋敷は向かい合っている。

「旦那《だんな》。瓦職人は、何んだってまた、鬼虎にやられたんで？」

政五郎は佐々木が存外に気軽な口を利いたので、安心したように訊《たず》ねた。

「水戸様は藩邸の屋根の修理に使う瓦を注文していたのよ。鬼虎はそれを受け取りに行ったのだ」

「するてェと、さしずめ、品物の瓦に難癖をつけたってところですかい」

政五郎は訳知り顔で言った。

「その通りだ。元は屋根職人だったから、水戸様の役人もすっかり任せてしまったのだろう。瓦職人は気の毒としか言いようがない」

佐々木は同情的な言い方をした。

「ささ、どうぞ」

おあきは燗《かん》のついたちろりを佐々木に差し出した。

「ほう、ちろりか。乙《おつ》だのう」

佐々木の顔が途端に明るくなった。

「その瓦職人は泣き寝入りなんですか、佐々木様」

おあきは眉根《まゆね》を寄せて訊いた。

「水戸様のご威光を笠に着たんじゃ、札《ふだ》の切りようがねェ。だが、その瓦職人は、今後、水戸様の御用はきっぱり断るとほざいた。それがせめてもの意地よ。のう、弘蔵」

佐々木は隣りの弘蔵に相槌《あいづち》を求めた。

「さいです」

「しかし、水戸様の御用を断って、不都合は起きねェんですかい」

浜次は後のことを心配した。

「むろん、役人は宥《なだ》めすかすだろうが、殴られてまで御用はできぬだろう。今は相手が大名家といえども、職人はへいこらなんぞせぬ時代だからのう。おかみ、ここの酒は大層、味がよいぞ。それに、この卯の花もうまい」

「畏《おそ》れ入ります」

「今の公方《くぼう》様は水戸のご出身だから、鬼虎もいい気になっているんでしょう。ああ、肝《きも》が焼ける。あいつのためにひどい目に遭った者は数え切れやせんぜ」

政五郎は憤《いきどお》った声で言った。

「おっ母さん。あたし、お父っつぁんの蒲団《ふとん》を敷いてくるね」

おていがおずおずと口を挟んだ。佐々木を前にして居心地が悪くなったのだろう。

「ああ。頼んだよ」

おあきはおていの気持ちを察して応えた。

「佐々木様、ごゆっくり。お先に失礼致します」

おていは丁寧に頭を下げた。

「おお、可愛《かわい》いのう。弘蔵の娘か？」

「はい。浜次さんも政五郎さんもごゆっくり」

「ああ」

おていの言葉に二人は笑顔で応えた。

「ま、水戸様は今や飛ぶ鳥を落とす勢いだ。鬼虎は素町人《すちようにん》のみならず、諸藩の勤番侍に対しても無体な振る舞いをしておるそうだ」

おていが茶の間に引き上げると、佐々木は猪口《ちよこ》の酒をゆっくりと口に運びながら続けた。

「奴ならそうでしょうとも」

政五郎は相槌を打つ。

「津軽《つがる》様のご家来も鬼虎から田舎侍、くそ侍、臆病《おくびよう》侍と悪態をつかれたと立腹しておった。しかし、何しろあの体格と、あのくそ意地だ。刀を振り回したところでびくともしねェ。斬《き》るなら斬れと凄《すご》まれて、家来はすごすご引き上げたらしい。鬼虎は愉快そうに大口開けて笑い、また、田舎侍、くそ侍とやったらしい。津軽様は水戸様に文句を言ったらしいが、大部屋の中間のことは、いちいち関知せぬと、つれない返答があるばかりだった。災いに巻き込まれぬよう、奴の傍には近づかぬようにな」

佐々木は、もう一度念を押した。

「鬼虎は薩摩《さつま》様のお侍ェ《さむれ》みてェですね。あすこも何しちょる、やっちょると、うるせェ、うるせェ」

浜次は思い出したように言った。

「薩摩様は尊王攘夷《そんのうじょうい》のお家柄。上様が京でご政道《せいどう》の采配《さいはい》を振るわれ、江戸を留守にしているのをいいことに、こちらも無体な振る舞いが目立つ。全くこの先、どうなるものか。弘蔵、くれぐれも気を抜くなよ」

「へい」

弘蔵は殊勝に応えた。鬼虎や薩摩藩の侍が福助にやって来たらどうしよう。おあきは心配になった。小半刻《こはんとき》（約三十分）後、浜次と政五郎は引き上げた。入れ替わりに町内の鳶職《とび》の男達が五人も訪れ、おあきは茶の間のおていを声高に呼んだ。

鬼虎の話は鳶職の男達にも伝わっていて、誰か奴をばっさりやってくれないものかと物騒な言葉も出る始末だった。

三

おていは活《い》き人形の見物に度々、浅草の奥山を訪れる。浅草は渡し舟を使えば道中の手間はさほどいらないというものの、おあきは母親として心配だった。だが、朝から晩まで見世を手伝わせているので、たまに息抜きをしたいと言われたら強く止めることはできなかった。八つ半（午後三時頃）までに戻って来るよう、きつく言って外出を許した。少しでも遅くなると隣りの自身番に行って「おていがまだ帰って来ないのよ。お前さん、ちょいと様子を見て来ておくれな」と、弘蔵に頼んだ。

弘蔵は煩《わずら》わしいような顔をするが、嫁入り前の娘に何かあったら大変なので、舟着場まで迎えに行ってくれた。その日もおていは午前中の仕込みを手伝うと、そそくさと出かけた。

おあきは見世の掃除を済ませると近所の花屋へ仏壇に供える花を買いに行った。「花幸《はなこう》」は埋め堀の傍にある花屋で活きのよい花を揃《そろ》えている。

仏花を二束と、菜の花が安かったのでそれも求めた。菜の花はゆがいて酢味噌和《すみそあ》えにすれば今夜の突き出しにできると思った。代金を支払った時、「下さいな」と若い娘の声がした。ふと振り向くと、それはおていの友人のおさきだった。

「あら、おさきちゃん」

おあきは驚いた顔になった。おていはおさきと一緒に奥山へ出かけたはずだった。

「こんにちは、小母《おば》さん」

「おていと一緒じゃなかったのかえ」

「いいえ……」

「そう。おていは活き人形を見に出かけたんですよ。あたしはてっきり、あんたと一緒だとばかり思っていたから……おていが誰と行ったか知っている?」

「知りません」

「そう」

おあきは奥歯を噛《か》み締めて花幸を出た。親に嘘《うそ》をついて出かけるとは、とんでもない娘だと思った。

「小母さん!」

半町(約五十メートル)ほど歩いた時、おさきが後を追って来た。

「おていちゃんを叱《しか》らないで。おていちゃん、別に悪いことなんてしてません」

おさきは鼻の頭に芥子粒《けしつぶ》のような汗を浮かべ、必死の表情で言った。

「おさきちゃん。あの子、あたしに嘘を言ったのだよ。あんたと一緒だって」

おていを庇《かば》うおさきの気持ちはありがたかったが、おあきは、やはり知らぬふりはできないと思った。

「おさきちゃんは、おていが誰と奥山へ行ったか知っているのね」

おあきは柔らかい口調で訊いた。

「ええ……」

「誰？」

「八百半の半次郎さんです」

「……」

やはりという気がした。八百半は本所の二ツ目にある青物問屋である。おていは一日置きに八百半へ仕入れに行く。その時に半次郎と口を利くようになったらしい。青物問屋は本来、小売りをしないのだが特別に便宜を計らって貰《もら》っていた。おていが仕入れに行けば、向こうはむげに断らないだろうと考えた姑息《こそく》な自分を、おあきは今更ながら後悔した。

「小母さん。あたしが喋《しゃべ》ったとおていちゃんに言わないで」

おさきは悪者になる自分を恐れていた。

「ああ、言わないよ。でも、半次郎さんが、おていをまともに相手にするなんて思えないの。ここはきっちりと向こうさんに言わなきゃ」

「おていちゃん、半次郎さんのことが心底好きなのよ」

「ああ、そうでしょうとも。嫌いな相手と見世物小屋には行かないだろうから。だが、それとこれとは別だ。あんたに話を聞いてよかったよ。そうじゃなきゃ、あたしはいつまでも知らないまんまだったから」

「謝ることはないよ。ささ、あんたもお使いをしたら、さっさとお帰り」

おあきは意気消沈したおさきを宥《なだ》めるように言って福助に戻った。戻ると猛烈に腹が立った。おあきは花鋏《はなばさみ》の音を高くして花の茎を切った。

「どうしたい」

昼めしを摂《と》りに来た弘蔵が、いつもと違うおあきに怪訝《けげん》な顔で訊いた。

「おてい、八百半の息子と奥山へ行ったんですよ。どういうつもりなんだろう。八百半の息子も息子だ。嫁入り前の娘を連れ回すなんて」

「そうけェ……」

弘蔵は気のない返答をした。

「お前さんは腹が立たないのかえ」

「おていは、その倅《せがれ》に惚《ほ》れているんだろ？」

「ええ……」

「問題は向こうがどう思っているかだ。遊びだったら、もちろん、おれだって黙っちゃいねェ。向こうに談判しに行くぜ。だが……」

「だが、なあに？」

「相惚れだったら、おれ達は四《し》の五《ご》の言えねェよ」

「ごめんなさい」

「そんな」

「おていが帰って来たら、とくと話を聞いてやんな」

「お前さんは話をしてくれないの？」

「娘の色話は女親のつとめでィ」

弘蔵はさらりと躱《かわ》す。おあきは唇を噛んだ。

四

おていは時刻通りに戻って来たが、おあきが事情を知っているとも知らず「首がね、人の首がたくさん並んでいたのよ。お武家らしい男、赤ん坊、小さな女の子、お爺《じい》さん、お婆《ばあ》さんがずらりと並んでいたのよ。何んだか気味が悪かった。それでねえ、途中で水戸様の中間《ちゅうげん》が只《ただ》で小屋へ入ったとかで大騒ぎになって、そっちも怖かった」と、興奮した表情で語った。

「そう。おてい、奥山へ行くのはもうおやめ」

「え？」

おていは呆気《あっけ》に取られた顔になり、まじまじとおあきを見た。

「それから、八百半の仕入れもしなくていいよ。これからはあたしがする」

「どうして」

おていの声が掠《かす》れた。

「それはお前が一番よくわかっていることじゃないか」

「おさきちゃんが喋ったのね」

「いいや。花幸さんで、おさきちゃんとばったり出くわしたのさ。おていと一緒じゃなかったのかと訊くとね、居心地の悪い顔をしていたよ」

「………」

「だからね、もうおよし」

「おっ母さん。半次郎さん、あたしと一緒になってくれって」

おていは甲高い声を上げた。

「そうかえ。でも、そういうことなら仲人を通して話をして貰いたいものだ。二人でこそこそするのはいけないよ。世間の目もあることだし」

「兄さんが勝手なことをしても見逃すくせに、あたしのこととなると目くじら立てるのね」

おていは仕舞いに開き直った。何を言っても無駄だと思ったおあきは、それ以上、おていとは口を利かなかった。おていは飯台《はんだい》に顔を俯《うつぶ》して泣き出したが、おあきは構わず、そのままにしていた。

その夜、福助は鬼虎が浅草の見世物小屋で大暴れした話題で持ち切りとなった。どうやら、おていが目撃した水戸藩の中間とは鬼虎だったらしい。

客は大工の浜次、湯屋の磯兵衛の他、近所の裏店《うらだな》に住む左官職の梅太郎《うめたろう》が顔を揃えていた。

浜次が訳知り顔で事の顚末《てんまつ》をぺらぺら語る傍《そば》で、おていは気の抜けた顔をしていた。いつもなら、「小父《おじ》さん。あたし、偶然、そこにいたのよ」と、口を挟むのに、その夜は黙っているだけだ。おあきの小言が相当、こたえている様子だった。

鬼虎を先頭とする水戸藩の中間達は、藩の威光を笠に着て狼藉《ろうぜき》を働いたらしい。あの鬼虎ならそれぐらいするだろう、皆んなは口々に言った。

だが、客達とおあきは、まさかそこに当の鬼虎が現れるとは夢にも思っていなかった。

噂をすれば影である。

鬼虎は、がらりと戸障子を開け、見世の中へねめつけるような視線をくれた。笑い声も話し声も一瞬止まり、見世はしんとした静寂が漂った。誰しも呆気に取られていた。

「おれァ、この見世は初めてだが、一杯飲ませてくれるけェ？」

鬼虎は、押し殺したような声で訊いた。おあきは断ることもできず「どうぞ、どうぞ」と空いている腰掛けを勧めた。梅太郎が災いを恐れ、そそくさと勘定しようとすると「おれが来たからって、そう慌てて帰ることはねェやな。一杯おごるから、もう少しいてくんな」と、鷹揚《おうよう》に言った。

「とんでもねェ。そんな迷惑は掛けられやせん。何ね、嬶《かか》ァが湯屋に行くんで、早く帰って餓鬼《がき》の面倒を見てくれと朝から言われていたんですよ。鬼虎さん、どうぞ、ごゆっくり飲んでって下せェ。ここは酒も肴《さかな》も、ちょいといけますぜ」

梅太郎は取り繕うように応えて帰って行った。

「お酒は燗《かん》をつけますか」

おあきはさり気ない口調で訊いた。

「いいや。冷やでいいわな」

受け皿の上に置いた湯呑《ゆのみ》を鬼虎の前に差し出し、五合徳利に入った酒を注ぐ時、おあきは思わず手が震えた。

酒は受け皿から溢《あふ》れた。粗相《そそう》を怒鳴られるかと、おあきは身構えたが、「もったいねェ。おれにとっちゃ、酒の一滴は血の一滴だ」と、鬼虎は冗談交じりに応えただけだった。

鬼虎一人がいるだけで、福助はやけに狭く感じられた。噂に違《たが》わず大男である。それだけではない。肩にも腰回りにも硬い筋肉が張りついていて、並の相撲取りぐらいには見える。げじげじ眉《まゆ》、がっしりと胡坐《あぐら》をかいた大きな鼻、厚い唇。もみ上げの毛は、くるくると渦巻いていた。鬼虎を知らない人でも、一目見ただけで怖気《おじけ》をふるってしまう面構えだった。

「でェこ（大根）がうまそうだな。ひとつくれや。汁を多めにな」

鬼虎は目の前のおでんの銅壺《どうこ》を見て注文した。おでんの大根は飴《あめ》色に煮えていた。おあきはおでん用の皿に大根を入れ、その上からだしを掛けた。皿の縁には辛子《からし》を添えた。

鬼虎は辛子を大根へなすりつけ、四つ割りにしてから口へ放《ほう》り込んだ。

「うめェ」

感歎《かんたん》の声が出たので、おあきは安堵《あんど》の吐息をついた。それと同様に浜次と磯兵衛も深い吐息をついたのがわかった。こんなもの喰《く》えるかと怒鳴られたら目も当てられない。

「うちの見世はどなたかのご紹介ですか」

おあきは恐る恐る訊いた。

「いいや。前から知っていたよ。同じ本所だからな。その内、行ってみるべェと思っていた。今日はお務めが非番だったんで、仲間と浅草へ繰り出し、何かうまいもんでも喰おうかと算段していたが、思わぬ喧嘩《けんか》沙汰《ざた》に巻き込まれ、飯を喰いはぐれてしまったわな。それでな、戻って来てから腹の虫が騒いでしょうがねェ。そうだ、石原町のおでん屋へ行こうと思った訳よ」

「そうですか」

「でェこ、もうひとつくれ。それとこんにゃくと、がんもどきもだ」

大根をあっという間に平らげると、鬼虎はお代わりを催促した。

「はいはい」

「大将。浅草の喧嘩沙汰ってェのは、どんなもんだったんですか」

浜次は恐れも知らず訊いた。その拍子に鬼虎はぐいっと浜次を睨《にら》んだ。

「す、すんません。余計なことを喋《しゃべ》りやした」

視線に脅《おび》え、慌てて謝った浜次へ鬼虎は言った。

「聞きてェなら聞かせてやるよ。江戸はな、お前ェ達も知っているように物騒になっている。浅草の奥山もご多分に洩《も》れず、尊王攘夷《そんのうじょうい》だと息巻く連中がうろちょろしているわな。見世物小屋の親仁《おやじ》もよう、いざという時にゃ、頼りにしまさァと、水戸様に縋《すが》っていたのよ。お上《かみ》の役人はさっぱり当てにならねェからな」

「た、大将。お上の悪口《あっこう》は、この節、まずいんじゃねェですか」

浜次の言うことはもっともだった。つい、幕府の悪口を言って、自身番にしょっ引《ぴ》かれた者は多い。弘蔵はそこまでしないが、口を慎めと福助の客に釘《くぎ》を刺していた。

だが、鬼虎は鼻でせせら笑った。

「文句があるんなら、かかって来いというもんだ。おれァ屁《へ》とも思わねェ。お前ェ達、異人の通詞《つうじ》（通訳）が斬り殺されたのを覚えちゃいねェか」

「三田《みた》で起きた事件ですかい？　確か大老の井伊様が殺された年でしたね」

磯兵衛も鬼虎に幾分慣れた様子で訊いた。

「おうよ」

「あれも水戸様が関《かか》わっているんですかい」

「いや。下手人が何者かはわかっちゃいねェ。井伊様の方はうちの藩の浪人者だったが。それはともかく、異人を斬ったためにお上は迷惑料だの、向こうの女房子供の喰い扶持《ぶち》など大枚の金をふんだくられた」

そんな経緯《いきさつ》があったとは、おあきも知らなかった。アメリカの書記官、ヒュースケンが万延元年（一八六〇）、三田で薩摩の攘夷論者に殺された事件だった。

「だが、あれから何人も異人はやられた。お上は回が重なる内、こりゃたまらんと考えたんだろう。薩摩が生麦村《なまむぎ》で異人を斬った時ァ、知らぬ顔の半兵衛を決め込んだ。いやそれは薩摩の仕業で幕府には関係ねェ。文句があるなら京の天子《てんし》（朝廷）様へ持ち込めとほざいた。ふん、お上は自ら箔《はく》を剝《は》がしたのよ。異人達は、それで上様より偉いお人が京にいると知った。お上のご威光は地に落ち、お上を倒せと浪人どもは、ますますいきり立った」

おあきには鬼虎が存外に頭のよい男に思えた。ものの道理を心得ている。そういう男が、どうして狼藉を働くのか納得できなかった。おあきは黙って鬼虎の話を聞いた。

「江戸市中の取り締まりは、もうお上の手に余っている。見世物小屋の親仁は、それをようくわかっているから、頼む頼むと頭を下げていたんだ。魚心《うおごころ》あれば水心と言うじゃねェか。おれ達が見世物小屋を覗《のぞ》いたらよ、本当なら、どうぞどうぞと下へも置かない扱いで見せてくれるのが筋《すじ》だ。ところがどうだ？　只《ただ》で入るとは太《ふて》ェ了簡《りょうけん》だと小屋の若い者が騒いでよ。肝が焼けたんでひと暴れして来たわな」

鬼虎はぐびりと酒を飲み下して続けた。

「それでか」

浜次は得心したように言う。

「ああ。それでだ。だが、世間様は、また鬼虎が無体なことをしたと思っているだろうさ。ま、いいけどよ」

「瓦《かわら》職人をやっつけたのは、どういう訳で？」

磯兵衛はもののついでに訊いた。

「それも耳に入っているのけェ？」

鬼虎は苦笑した。

「この辺りじゃ、評判になっていましたぜ」

磯兵衛は鬼虎の方へ身を乗り出した。

「あれもな、おれが大八車《だいはちぐるま》で瓦を引き取りに行くと、注文した数に二十枚ばかり足りなかったのよ。いや確かに、これこれの数だと書き付けを見せると渋々納得した。後で不足の分を届けると言えば、それで済んだのよ。ところが敵は、どこぞの屋敷から引き取った古瓦を平気な面《つら》で大八に載せやがった。瓦だってなあ、雨風に晒《さら》されりゃ脆《もろ》くなるのよ。古瓦を使ったんじゃ、屋根を修繕した意味がねェ。こちとら、元は屋根屋だから、そこんところは、よく知っている。それでおれァ、かッときたのよ」

「聞いてみなけりゃ、わからないものですねえ。あたし達、瓦屋さんに同情するばかりだったもので」

おあきは深く納得して言った。

「おれだって馬鹿じゃねェ。無闇《むやみ》やたらに暴れたりはしねェよ」

「津軽様の侍に悪態をついたのはどういう訳で？」

浜次は調子に乗る。鬼虎はさすがに閉口して「もう勘弁しつくんな」と低い声で制した。

鬼虎は半刻《はんとき》（約一時間）後に、ほろりと酔った顔で帰って行った。とり敢《あ》えず、何事もなかったので、おあきは心底安堵した。しばらくして弘蔵が見世に入って来た。

「お前さん。例の鬼虎がやって来たんですよ」

おあきは早口に言った。

「誰か怪我《けが》をした者はいねぇか」

弘蔵は見世の中を見回して訊いた。客は浜次と磯兵衛の他、鬼虎と入れ違いに入って来た鳶職《とび》の男達が三人いた。気色《けしき》ばんだ弘蔵を鳶職の男達は小上がりの席からちらりと見たが、すぐに自分達の話を続けた。

「いいえ。それは大丈夫でしたけど、あたし、驚いて手が震えちまいましたよ」

おあきは思い出して身体《からだ》を縮めた。

「噂ほど悪い奴じゃなかったよな」

磯兵衛は浜次に相槌《あいづち》を求める。

「んだ。ちょいと、カッとする質《たち》らしいが」

浜次はそう言って、疎《まば》らな歯を見せて笑った。

「何事もなけりゃ、それでいいさ。うちは客商売だから、相手が鬼虎だろうが異人だろうが、酒を飲ませろと言われりゃ、断ることもできねぇしな」

弘蔵は、いつも自分が座る隅に腰を下ろし、吐息をついた。

「何かあったのかえ」

おあきは浮かない表情の弘蔵が気になった。弘蔵はそれに応えず、「おあき、酒をくれ」と言った。

「いいんですか。町木戸が閉まるまで、まだ間がありますよ」

夜廻《よまわ》りをする弘蔵をおあきは心配する。

弘蔵は「いいから」と、うるさそうに遮った。

おあきは菜の花の酢味噌和《すみそあ》えの小鉢と、猪口《ちょこ》を弘蔵の前に置いた。

ちろりの燗《かん》がつくと、手酌で酒を注ぎ、ひと口飲んだ後で弘蔵は浜次に向き直った。

「良助の行方が知れねェ。浜さん、何か聞いていねェか」

「良ちゃんが？」

浜次は怪訝《けげん》な眼で訊き返した。

「ああ。二、三日前、良助のダチに会ったから、うちの倅《せがれ》は近頃さっぱり姿を見せねェが、生きているんだろうな、と訊いた。すると、そいつも近頃は顔を見ていねェと応えたのよ。それで、ちょいと心配になった。ダチの話じゃ、良助は馬喰町《ばくろちょう》の口入《くちい》れ屋（周旋業）の下働きをしているそうだ。さっそく、そっちへ廻ると、見世の主《あるじ》は良助が何も言わずに、ぷいっと来なくなったと言った。塒《ねぐら》にしている裏店《うらだな》にも行ったが、別に家移《やうつ》りした様子もねェのよ。隣りのかみさんに訊くと、十日ほど前、こっ早《ぱや》い時刻にどこかへ出かけ、それから戻っていねェということだった」

「お前さん。良助はどこへ行っちまったんだえ」

おあきは胸が塞《ふさ》がる思いだった。もしや事件に巻き込まれ、どこかで冷たくなっているのではないかと悪い想像も頭をもたげた。

「おたおたするねェ！」

弘蔵はうろたえるおあきを叱った。

「兄さん、真砂屋の番頭さんにお伊勢参りのことを、しつこく訊いていたって。この間、番頭さんがお昼を食べに見世に寄った時、そんな話をしていたよ。もしかして、兄さん、お伊勢参りに行ったんじゃないの」

おていは、さして心配する様子もなく口を挟んだ。鬼虎が帰ると、おていはようやく板場に入って、おあきを手伝い出した。

「お伊勢参りと言っても、あの子、そんなお金を持っていないじゃないか」

おあきは、すぐさまおていの話を否定した。

「あら。抜け参りなら、道中手形も路銀もいらないそうよ。お腹《なか》が空《す》けば、通りすがりの家に入って喜捨《きしゃ》を受けるのよ。半次郎さんの友達も何人か、そうやって抜け参りした人がいるそうよ」

「抜け参りか……」

おていの話に弘蔵は低く唸《うな》った。あの良助なら考えられないことでもないと思ったようだ。

「兄さん、夏頃に歩兵《ほへい》に志願すると言っていたじゃないの。その前にお伊勢参りして安全祈願しておこうという気持ちになったのよ」

おていは良助の気持ちを知っているように言う。

「良助は一人で行ったんだろうか」

それでもおあきは心配で、あれこれ考える。

「一緒に行った奴がいるはずだ」

弘蔵は当たりをつける。

「お前さん、良助の友達に訊いておくれ」

おあきは縋《すが》るように言った。

「ああ」

弘蔵は低く肯《うなず》いて猪口の酒を勢いよく呷《あお》った。

少年達の抜け参りの話はおあきもよく聞くことだった。おていの言うように、道中手形も路銀もなしで、着の身着のままの恰好《かっこう》で出かけるのだ。抜け参りの一団は道中で参加者を増やしながら伊勢を目指すとも聞く。関所の役人は抜け参りの一団がやって来ると、いちいち取り調べはせず、あっさりと関所を通してしまうという。道中手形を所持していないのは役人も承知している。幕府の厳しい法度《はっと》の中で、抜け参りだけはお目こぼしをしているようだ。息子が抜け参りに行ったと知れば、親は道中の無事を祈るしかなかった。たまさか道中で野垂れ死にする者もいたからだ。

「真砂屋の番頭さんに、ようく頼んでおかなきゃ。良助に会ったら、あたし達が心配していたと伝えて貰《もら》うんだよ」

おあきはそわそわと落ち着かない様子になった。

「おっ母さん。真砂屋の番頭さんは七月にお伊勢参りに行くのよ。その前に兄さんは帰って来るでしょうよ」

おていは呆《あき》れた顔で言った。

「それもそうだね」

「とにかく、良助が本当に伊勢に行ったのかどうか、確かめるのが先だ」

弘蔵は自分に言い聞かせるように言った。

「親分。良ちゃんなら大丈夫だよ。あいつは見かけによらず、しっかりしているわな。抜け参りに出かけるなんざ、ちゃっかりしている。若さだな」

浜次は羨《うらや》ましそうに言った。

「それから、おてい。ちょっと来い」

弘蔵はおていを手招きした。

「何よ。話があるなら言ってよ。こそこそしないで」

おていは半次郎のことで叱られるものと思ったようだ。すっかり覚悟を決めた表情だった。

「そのう……」

弘蔵は浜次と磯兵衛をちらりと見たが、思い切って「半次郎には許婚《いいなずけ》がいるそうだ。こいつは本所の青物屋から聞いた話だから間違いねェ」と、ひと息に言った。おていは驚いて唇を嚙《か》み締めた。

おていだけでなく、おあきだって驚いた。それが本当なら、半次郎という男は相当な女たらしだと思った。許婚がいるのにおていに近づいたのだ。

「許婚って誰？」

おていは足許《あしもと》に視線を落として訊いた。今しも泣き出す寸前だった。

「半次郎の家に十五、六の娘がいるそうだ。何んでも父親のダチの娘らしい。ふた親が死んで独りぼっちになった娘を半次郎の父親が引き取ったらしい。いずれ半次郎の女房にするつもりでよ。娘はあまり器量がよくねェんで、半次郎は一緒になることを拒んでいるが、その内に父親の言うことにゃ従うだろう。そういうことだ」

おていは弘蔵の話を聞くと、ものも言わず、奥へ引っ込んだ。

「可哀想だなあ。親分、何もここで言うことはなかったんじゃねェのかい。あれじゃ、おていちゃんの立場がねェだろうに」

磯兵衛は気の毒そうに言った。

「ここそするなと言ったのは、あいつだぜ」

弘蔵は不服そうに口を尖《とが》らせた。

「それにしたって、おていちゃんにゃ、こたえる話だ」

磯兵衛は低い声で言った。

「お前さん。八百半さんの話は本当なのかえ」

おあきは弘蔵に確かめた。

「ああ、本当だ。相手の娘の器量がもう少しましなら、よそへ嫁に出しもするが、ちょいとそれは難しい問題だと半次郎の父親も考えているらしい。父親は死んだダチの手前、その娘を実の娘のように育てた。今さら放り出すこともできめェ。最後まで面倒を見るとするなら、半次郎と一緒にさせるしかねェと思っているようだ。本所の青物屋仲間じゃ、このことを知らねェ者はいねェそうだ。半次郎がおていとつき合い出したのは、そんな父親に逆らってのことだろう。親父《おやじ》の男気はわかるが、倅の気持ちになってみろってな」

「それじゃ、半次郎さんは、おていとつき合っていることを、その娘にわざと見せびらかしているかも知れないねえ。その娘にしたら気が気じゃないだろう」

おあきは許婚の娘の胸中を慮《おもんぱか》って言う。

「八百半のお梅《うめ》かい、おかみさん」

おあきの話を小耳に挟んだ鳶職の松五郎《まつごろう》という男が小上がりから口を出した。松五郎は二十五歳の若者である。町火消し「十四組」の一人だ。他の二人も同様である。鳶《と》職《び》は、普段は家の普請現場の足場掛けや道路の整備の仕事に従事しているが、町火消しの御用も兼任することが多い。

「名前まで知りませんけど、そういや、仕入れに行った時、十五、六の娘が店の手伝いをしていましたよ。あたしはてっきり、女中さんだとばかり思っていたけど、娘さんだったのね」

おあきは浅黒い顔の受け口の娘の顔を思い出した。おあきには、それほどまずい顔とは思えなかった。

「お梅は備前《びぜん》どっくりの横倒しだァな」

松五郎が冗談めかして言うと、後の二人は大口を開けて笑った。おあきはかッと腹が立った。

「若い娘さんの顔を扱《こ》き下ろすなんて、いけすかない。それでも華《はな》の火消しかえ。頭《かしら》に言いつけるよ」

気色ばんだおあきに三人は唐突に笑いを引っ込め、「すんません」と殊勝に謝った。

おあきは良助のことも、もちろん心配だったが、おていのこれからのことを考えると憂鬱《ゆううつ》な気持ちになった。

五

翌日、弘蔵は良助の行方を顔見知りの友人達に訊《たず》ねて回った。おおかたは、すげなく知らないと応えたが、馬喰町の絵草紙屋の倅《せがれ》も同時に行方が知れないことがわかった。絵草紙屋の主《あるじ》夫婦は自身番に届けを出していた。ちょうど、良助と同じ頃に、行方が知れなくなっているので二人が行動を共にしている可能性は強かった。弘蔵は主夫婦に、もしかして抜け参りで伊勢に行ったのかも知れないと言った。主夫婦は、やや安心した表情になり、無事に戻って来るのを神仏に祈願すると応えた。弘蔵も、それまでじっと待つしかなかった。

馬喰町から両国広小路を抜け、両国橋を渡ろうとした時、弘蔵は二人連れの侍に声を掛けられた。

二人は弘蔵がかつて仕えていた蝦夷《えぞ》松前《まつまえ》藩の藩士だった。広田忠蔵《ひろたちゅうぞう》と原水多作《はらみずたさく》は弘蔵の朋輩《ほうばい》でもあった。二人は務めが非番でもあったのか、水茶屋で茶酌女《ちゃくみむすめ》をからかいながら茶を飲んでいるところだった。忠蔵は、わざわざ弘蔵の傍《そば》までやって来て、まあ、こっちへ来て座れと笑顔で言った。

今さら話などなかったが、すげなく断るには懐かしさが勝《まさ》った。

「どうしているかと、時々、おぬしのことが話題に上るのだ。あれから、ずっと江戸にいたのか」

忠蔵は笑顔で訊く。

「ええ。侍はすっぱり辞めて、今はしがねェ土地の御用聞きですよ」

弘蔵は自嘲《じちよう》的に応えた。二十年の歳月は若者を分別臭い中年男に変える。弘蔵は二人の友人の顔に時の流れを感じた。

「栂野尾《とがのお》が藩を追い出された時は我々も大いに気の毒に思ったものだが、藩もあれから色々あってな、いっそ、おぬしが羨ましくなることもあったものだ」

忠蔵はため息の交じった声で応えた。傍で多作も相槌《あいづち》を打つ。多作は童顔の男だった。その顔と、鬢《びん》にちらほら見える白髪はそぐわなかった。

栂野尾弘右衛門《こうえもん》というのが弘蔵の松前藩士としての名だった。昔の名を呼ばれ、弘蔵の胸は我知らず熱くなった。

「殿は去年、お隠れあそばしたそうですね」

弘蔵は足許に視線を落とし、低い声で言った。

「知っていたのか」

多作は驚いた様子で眼を大きく見開いた。

「これでも元、松前藩士です。仕えたお屋形《やかた》様のことには気をつけていましたよ」

弘蔵が言うと、忠蔵はしゅんと洟《はな》を啜《すす》った。

「わが殿は先代の上様（家茂《いえもち》）の覚えもめでたかった。先代の上様はわが殿を海陸軍総奉行にまで抜擢《ばってき》された。外様《とざま》大名から老中格となるのは異例のことだ。それゆえ、わが殿に他の大名からの風当たりも相当に強かった。アメリカ総領事のハリスは日米修好通商条約を締結させ、すでに薪水《しんすい》供給等の目的のために開港されていた下田、箱館のほか、神奈川、長崎、新潟、兵庫を開港し、外国人居留地を設けて自由貿易を行なうこと等を迫った。ただちに開港したのは下田、箱館、神奈川、長崎の四港だ。新潟は文久元年（一八六一）に、兵庫は文久三年（一八六三）に開港する約束だったらしい。ところが兵庫の開港の期日が近づくと、ご公儀は開港の延期をアメリカのみならず、エゲレス、オランダ、フランスにも申し入れた」

「なにゆえ」

弘蔵は怪訝《けげん》な表情で忠蔵を見た。

「まあ、表向きは開港により物価が上がり、人々が困窮することが理由だが、兵庫は京に近いので、ご公儀は朝廷に異国の軍でも押し掛けたら、ひとたまりもないと警戒したのだ。そうこうする内に長州が一方的にアメリカ商船、フランス・オランダの軍艦を攻撃して、その賠償金を支払わねばならなくなった。それも文久三年のことだった。十四万ドルということだった。ところが、十四万ドルがいつの間にか三百万ドルを異国の同盟四ヵ国に等分して支払わねばならぬ事態となった。それができぬ場合は兵庫を開港しろと迫った。それでご公儀は大騒ぎよ」

「その後が長州征伐《せいばつ》ですか……」

弘蔵は独り言のように呟いた。

「いかにも。長州征伐は二度あってな、第一次は何んとか切り抜けた。ところがエゲレスを味方につけた長州は勢いを取り戻した。ご公儀は第二回の長州征伐に乗り出そうとしたのよ。一昨年（慶応元年）のことだ。だが寝耳に水のでき事が起きた。同盟四ヵ国は賠償金の支払いと兵庫、大坂を開港しろと天保山《てんぽうざん》沖と兵庫沖に軍艦九隻で迫ったのよ」

「松前の殿は、その時、いかがなされた」

弘蔵はぐっと身を乗り出した。

「むろん、そうなっては開港するしかなかろう。軍艦の大砲でズドンとやられた日には、目も当てられぬ事態となるからの」

時の松前藩主、松前崇広《たかひろ》は英明な男だった。弘蔵も崇広の意見に異を唱える気持ちはなかった。

「わが殿に反対なすったのが、今の上様（慶喜《よしのぶ》）よ」

多作がおずおずと口を挟んだ。


慶応元年（一八六五）、九月。長州は近代的兵器を装備し、薩摩と同盟を結び、幕府と真っ向から争う構えを見せた。加えてイギリス、アメリカ、フランス、オランダの同盟四ヵ国は兵庫、大坂の開港を迫る。

海陸軍総奉行の松前崇広は将軍徳川家茂の内諾を得て、兵庫開港を四カ国に伝えた。しかし、将軍後見職の徳川慶喜と京都守護職の松平容保《かたもり》、その弟の京都所司代《しょしだい》、松平定敬《さだあき》はこれに反対した。開港を延期し、その間に朝廷の勅許《ちょっきょ》を仰ぐべきと主張した。崇広は朝廷の勅許を仰ぐ必要はないと応えた。だが、結局、開港の期日は五日間延期された。崇広は開港の見通しを誤ったと慶喜から強く非難され、責任を問われたのだった。

崇広は官位剝奪《はくだつ》、国許謹慎《くにもときんしん》の処分を受け、空《むな》しく国許の松前に戻った。それが慶応二年の一月のことだった。それから三ヵ月後の四月に熱病を患い、呆気《あっけ》なくこの世を去った。享年三十八だった。

「栂野尾。おぬしも殿のなされたことは間違いだと思うか」

多作は切羽詰まった顔で訊く。

「いいえ。殿は間違ったことは致しておりやせん」

弘蔵はきっぱりと言った。多作と忠蔵は顔を見合わせ、安心したように笑った。

「おぬしがそう言ってくれたので、おれ達も気が楽になった。栂野尾、この先、どうなるかわからぬ。何かあった時は遠慮せずに言うてくれ。できることは力になる」

忠蔵の言葉に弘蔵は一瞬、言葉に窮《きゅう》して俯《うつむ》いた。

結んだ唇が震えた。忠蔵はそんな弘蔵の肩を叩《たた》いた。

「国許に戻ったら、おぬしの両親に元気でやっていると必ず伝える」

「あいすみやせん……」

応えた弘蔵の声は掠《かす》れた。

「息子は十七で、娘は十六になったと言っておくんなさい」

弘蔵は赤い眼で忠蔵に続けた。

「おお、そうか。必ず伝えるぞ」

忠蔵の声が頼もしかった。

「兵庫だけどな……」

多作は、ふと思い出したように口を開いた。

「開港すると、当然、異国の運上所《うんじょうしょ》も置かれることになるんだが、今はその建設中だそうだ」

「ほう」

忠蔵は興味深い眼を多作に向けた。弘蔵も洟を啜って多作の話に耳を傾けた。

「神戸《こうべ》村に建つ運上所は広大な建物で、何んとビードロの障子を張り巡らしておるそうだ。ビードロの障子は陽の光を反射して、きらきら光る。その運上所はビードロの家と呼ばれ、見物人が引きも切らず訪れるそうだ」

「おお。おれもその運上所を見物したいものだ」

忠蔵は煎茶《せんちゃ》をぐびりと飲んで言う。

「それでの、誰が始めたのかはわからぬが、見物を終えると、ええじゃないかと、誰しも呟《つぶや》くそうだ。一種の流行語だな。その内、何んでも彼《か》でもええじゃないかと茶々を入れるようになったらしい。これは藩の出入りの飛脚屋《ひきやくや》から聞いたことだ」

「ええじゃないか」

弘蔵もその言葉を鸚鵡《おうむ》返しにした。上方《かみがた》特有の柔らかい表現だ。多作がどうしてそんな話をする気になったのかはわからないが、ええじゃないかは不思議に弘蔵の耳に残った。

弘蔵が再び、その言葉を耳にするのは、慶応三年も八月に入ってからだった。ええじゃないかが民衆の乱痴気騒ぎにひと役買うとは、つゆ思いもしていなかったが。

別れ難い気持ちではあったが、弘蔵は二人に暇乞《いとまご》いして水茶屋を出た。何かあった時は、本所石原町の福助へ来るようにと言うことは忘れなかった。

二人は必ず訪ねると約束してくれた。

久しぶりに昔の友人達と会ったので、弘蔵の気持ちは昂《たか》ぶっていた。縄張内をざっと見廻《みまわ》り、晩めしを摂るために福助に戻った時も「おおい、腹が減ったぜ」と、わざと大声で戸障子を開けた。

開けた瞬間、飯台《はんだい》の前に座っていた男が立ち上がり、慌てて弘蔵に頭を下げた。

八百半の半次郎だった。

「いってェ、どういうことよ」

弘蔵は途端に不機嫌な声になった。幸い、福助にまだ、客は入っていなかった。

「お前さんに話があるそうだよ」

おあきが半次郎に助太刀するように言った。

弘蔵は深い吐息をついて床几《しょうぎ》に腰を下ろした。

「おあき。酒をくれ」

「だって、まだ、話が済んじゃいないよ」

「ばかやろう！　素面《しらふ》で聞けってか？」

弘蔵はおあきを睨《にら》んだ。

「どうぞ、飲んで下せェ」

半次郎はおずおずと言った。瘦《や》せて、蚊《か》とんぼのような男だ。この男のどこがよくて、おていが惚《ほ》れたのか、さっぱりわからなかった。

六

おていは弘蔵の顔色を窺《うかが》いながら、板場の中から飯台越しに半次郎へ茶のお代わりを勧めていた。

「で、お前ェさんの話ってのは？」

猪口《ちょこ》の酒を立て続けに三杯ほど呷《あお》った弘蔵は、ようやく半次郎へ向き直った。

「へい。そのう、おていちゃんと所帯を持つのを許して貰《もら》いてェと思いまして」

「あん？」

弘蔵は醒《さ》めた眼で半次郎を見た。

「お前ェさんにゃ許婚《いいなずけ》がいるはずだ。そっちはどうするつもりなのよ」

「お梅のことは親父が勝手に決めたことです。おいらは餓鬼の頃から、それだけはいやだと言い続けておりやした」

「しかし、父親の言うことにゃ従わなきゃならねェだろう。お前ェさんが八百半を継ぐとしたらよ」

「お梅と一緒になることが店を継ぐ条件なら、おいらはすっぱりと断りやす。なに、おいらに手伝って貰いたがっている青物屋は、本所にゃ、ごまんとありやす。おていちゃんに喰《く》う心配はさせやせん」

そう応えた半次郎に弘蔵は「青いな」と、鼻でせせら笑った。

「お父っつぁん！」

おていの声が尖《とが》って聞こえた。弘蔵はまた猪口の酒を飲み下すと「許婚はどうするつもりだ」と訊いた。

「それは親父が何んとかするでしょう」

「何んとかならねェから、お前ェさんの親父はその娘と一緒にして丸く収めようとしているんだぜ」

「…………」

「その娘は面がまずいそうだな」

「お前さん！」

今度はおあきが甲高い声を上げて弘蔵を制した。

「心持ちはどうよ。手のつけられねェあばずれけェ？」

弘蔵は構わず続けた。

「いえ……」

「台所仕事や店の手伝いをしねェ、なまくらけェ？」

「いえ、それも」

「そいじゃ、他に男を作ったこともねェんだな」

「へい」

「どんな美人でもよ、男は三日暮らしたら飽きるぜ。お前ェさんがおていと一緒になりゃ、その娘は一生、独り身を通すんじゃねェのかい。おれはそんな気がするな」

弘蔵は嚙《か》んで含めるように半次郎へ続けた。

「おていが八百半の嫁になったとすりゃ、その娘とも、ひとつ屋根の下で暮らすことになる。お前ェさん、そのことは考えたことがあるのけェ？　おていも、その娘も居心地が悪いだろうに」

「そんなことを今から考えても仕方がねェでしょう」

半次郎は腹を立てた様子で口を返した。

「お前ェさんは、その娘におていのことを喋《しゃべ》ったのけェ？」

「へい」

「何んて応えた？」

「おいらがどうしてもおていちゃんと一緒になりてェなら、止められないと言いやした」

「そいで、お前ェさんは何んと言った」

「そうかいと言いやした」

間抜けな返答に弘蔵はぐふっと噴いた。

「半次郎さん。あんた、お梅さんの気持ちを考えたことがある？」

おあきは呆《あき》れたように口を挟んだ。

「いえ……」

「自分のことしか考えないのね」

おていも俯《うつむ》きがちにそう言った。

「おていちゃん。おいらはお前ェと一緒になりてェんだ。それはうそじゃねェ」

半次郎は必死の形相でおていに言った。おていは何も応えなかった。

「おてい。お前ェ、どうする」

弘蔵は試すようにおていに訊いた。膨れ上がるような涙を浮かべたおていは唇を噛み締めたまま首を振った。

「わかんねェよな。おていはその娘のことをどう思う」

「お梅さんは心底、半次郎さんのおかみさんになりたいんだと思う」

「おれもそう思う。おていはそれを承知で半次郎と一緒になるつもりけェ？」

「お梅さんが別の人と祝言を挙げるまで、あたしは待つ」

「できねェ相談だろうが。あんな奴を嫁にする男なんていねェよ」

半次郎は激昂《げっこう》した声を上げた。

「お梅さんと半次郎さんのお父っつぁんの気持ちを考えたら、それぐらいの覚悟をしなきゃ一緒になれない」

おていは殊勝《しゅしょう》に応えた。弘蔵はおていに感心した。

「勝手にしろ」

半次郎はそっぽを向いた。周りの人間の気持ちを考えない半次郎におあきは嫌気が差した。こんな男と一緒になっても、おていは倖《しあわ》せになれないと思う。

「半次郎さん。お父っつぁんとようく話し合い、納得して貰ったら、改めて仲人を立てて来て下さいな」

おあきは柔らかく半次郎をいなした。

「へん、仲人がいるんですかい」

半次郎は皮肉な調子で言った。

「当たり前じゃないですか。どこの世界に仲人も立てずに一緒になる夫婦がありますか。野合《やごう》じゃあるまいし」

「おいらは親分とおかみさんに許しを貰ったら、明日にでもおていちゃんと一緒になりてェんですよ」

半次郎は早くおていと所帯を持ちたくて、ばたばたしていた。

「帰《け》ェんな」

弘蔵はぴしゃりと言った。半次郎の顔はさすがに青ざめた。縋《すが》るようにおていを見る。だが、おていは何も応えない。半次郎は諦《あきら》めた様子で挨拶《あいさつ》もせずに見世を出て行った。

「困った人だねえ」

おあきは吐息交じりに呟《つぶや》いた。

「あたし、半次郎さんのことは諦める」

おていは決心を固めたように言った。弘蔵とおあきは顔を見合わせた。

「おてい。本当にそれでいいのかえ」

おあきは娘が不憫《ふびん》で涙声になった。

「あたしと半次郎さんが一緒になれば、お梅さんが悲しむと思う。あたし、人を悲しませることはしたくないから」

「おてい、よく言った」

弘蔵は感歎《かんたん》の声を上げた。

「このまま会わないって言っても構わないでしょう？」

おていは弘蔵を上目遣いに見ながら訊く。弘蔵は、それでいいじゃないかと応えるつもりだった。

ところがどうした具合か「ええじゃないか」と言ってしまった。

「お前さん。おていが真面目《まじめ》に話をしているのに、ふざけることはないだろ？　いけすかない。それでも父親かえ」

おあきは真顔で弘蔵を叱った。

そろりそろりと

一

慶応三年（一八六七）の初めから薩摩《さつま》の大久保利通《としみち》、西郷吉之助《さいごうきちのすけ》（隆盛《たかもり》）、長州の品川弥二郎《やじろう》、山県《やまがた》狂介（有朋《ありとも》）等《ら》は京都で倒幕を協議していた。

これを受けて、朝廷方の岩倉具視《いわくらともみ》は中御門経之《なかみかどつねゆき》、中山忠能《ただやす》等の公卿《くげ》の同志に長州と協力することを働きかけた。土佐の板垣退助《たいすけ》、谷干城《たてき》等も薩摩勢と会って倒幕を決議したが、薩摩は長州と組んで倒幕の計画を進める考えだった。土佐の山内容堂《ようどう》は時流に後れることを憂慮し、列藩議員制度を取り入れ、将軍徳川慶喜《よしのぶ》をその議長に据《す》えるという計画を打ち出した。土佐は坂本龍馬《りょうま》を京都へやり、諸藩を説得させた。薩摩、長州は表面上、土佐に同調するよう見せ掛けていたが、その実は違っていたようだ。彼等はあくまでも武力で倒幕を成功させようと図っていたのである。

だが、慶応三年六月の時点で、薩摩、長州、土佐の三藩は大政奉還《たいせいほうかん》を上表することで合意した。

将軍は相変わらず京都で政権を執《と》っていた。長州征伐の終結とともに米価も下落し、前年のように大規模な一揆《いっき》や打ち壊《こわ》しは見られなくなった。

しかし、倒幕運動のるつぼと化していた京都から将軍もなかなか離れることはできなかったらしい。とは言え、江戸の治安も決してよいものではなかった。浪士や無頼《ぶらい》の徒が大店《おおだな》を襲って金品を略奪したり、市中で暴力沙汰《ざた》を起こしたりするのが目立った。そのため幕府は上野山内を閉鎖したりして治安を維持しようと努めていた。

浜御殿は海軍所となり、外国人講師を招聘《しょうへい》して航海諸術伝習を開始した。そして、お雇《やと》い外国人のために居留地の建設も築地《つきじ》で始まった。幾ら呑気《のんき》な庶民の目にも幕府の権力の失墜《しっつい》は明らかだった。

おあきは八百半の仕入れから戻ると、飯台《はんだい》の前の腰掛けに座り、長い吐息をついた。八百半の主《あるじ》の話が重くこたえていた。息子の半次郎がようやくお梅との祝言を承知したというのだ。

半次郎とお梅を一緒にさせることは父親の半兵衛《はんべえ》の望みだった。ところが半次郎は、それを何んのかんのと言って避けていた。それは、おていとつき合っていたためだ。

半兵衛はそれを知ってか知らずか、おあきへ世間話に紛《まぎ》らわせて祝言が決まったことを話したのだ。

おあきは「よろしゅうございましたねえ、おめでとうございます」と半兵衛に祝いを述べたが、内心では、おていの気持ちを考えて、たまらなかった。

「おっ母さん、どうしたの。何んだか疲れた顔をしている」

内所《ないしょ》から出て来たおていは、そんなおあきに心配そうな顔で訊《き》いた。

「何んでもないよ。お父っつぁんはお昼を食べに来たかえ」

いつもなら弘蔵が昼めしを食べに戻って来る時刻だった。

「ううん、まだよ」

「そうかえ。また人相のよくない浪人がごろついているんだろうか」

狼藉《ろうぜき》を働く浪人達の取り締まりで最近の弘蔵は休む暇もない毎日だ。

「おっつけ戻って来るよ。それよりおっ母さん。八百半さんのこと、何か聞いてる？」

おていは上目遣いで言う。

「何んだえ」

「知らないならいいのよ」

おていは、そっ気なく応《こた》えた。

「半次郎さんのことかえ」

ずばりと訊くと、おていは「やっぱり知っていたんだ」と、諦《あきら》めの交じった声で言う。

「八百半の旦那《だんな》が話していたよ。半次郎さん、お梅さんとの祝言を承知したって」

「そう……」

おていの表情は、それとわかるほど暗くなった。

「半次郎さんもてて親に縋《すが》られたら従うしかないだろうよ。それにお前もきっぱり断っているんだろ？」

「断るしかなかったのよ。でも、本当はあたし……」

おていはそこまで言って言葉を濁《にご》した。

「お前の気持ちはようくわかっているよ。だが、お前が意地を通せばお梅さんは不幸になる。半次郎さんのお父っつぁんも亡くなったお友達にすまない気持ちになる。これでよかったんだよ」

「ええ……」

おていは素直に応えたが、その後で洟《はな》を啜《すす》った。

「さあ、もうくよくよしないで。おていは器量よしだから、その内にまたいい男が現れるって」

「そうよね。おっ母さんだって、前のご亭主と別れたから、うちのお父っつぁんと知り合えたんだし」

「そうだよ」

「前のご亭主より、うちのお父っつぁんの方が男前？」

おていは泣き笑いの顔で訊く。おていが不憫《ふびん》でおあきも思わずもらい泣きしそうだった。

「当たり前さ。お父っつぁんは痩《や》せても枯れても、元はお武家だもの。心持ちも男ぶりもお父っつぁんの方に軍配が挙がるよ」

おあきは、わざと威勢よく言った。再婚のことは二年ほど前に子供達に打ち明けていた。

おあきののろけに、おていはようやくいつもの笑顔を見せた。そこへようやく弘蔵が戻って来た。

「あら、お前さん。今日はずい分、遅かったですね。何か厄介な事でもあったんですか」

「いいや、御用のことじゃねェ。浅草の質屋の倅《せがれ》が抜け参りから戻ったと噂《うわさ》になっていたんで、ちょいと話を聞きに行ってきたのよ」

「まあ。それで良助のこと、何かわかったんですか」

おあきは腰掛けに座った弘蔵へ早口に訊いた。

長男の良助もどうやら抜け参りで伊勢へ向かった節《ふし》があった。

「抜け参りをする若けェ者《わ》は山のようにいるんだぜ。いちいち、面《つら》ァ、覚えちゃいねェよ」

弘蔵は突き放すように応えた。おていは茶の入った湯呑《ゆのみ》を弘蔵の前に黙って置いた。弘蔵はちらりとおていの顔を見て「泣いたのか」と訊いた。

おていは曖昧《あいまい》な表情で首を振った。

「そんなことより、質屋の息子さんの話を聞かせて」

おあきは弘蔵を急《せ》かした。

「あ、ああ。質屋の倅は店の金を三両ほど持ち出して伊勢に向かったが、途中で護摩《ごま》の灰にやられ、身ぐるみ剝《は》がされたそうだ」

「やっぱり」

おあきは大袈裟《おおげさ》なため息をついた。伊勢へ向かう街道のあちこちには旅人の懐《ふところ》を狙《ねら》う護摩の灰がうろちょろしている。金の苦労をせずに育った質屋の息子はさぞかし鷹《おう》揚《よう》な顔をしていただろう。質屋の息子が彼等の格好の好餌《こうじ》と映ったのは、おあきにも想像がつく。

「だが、親切な人がいて、質屋の倅に野良着と柄杓《ひしゃく》をくれたそうだ」

抜け参りする若者は柄杓を携帯し、空腹になったら目に留まった民家にその柄杓を差し出し「抜け参りの者です。ご合力《ごうりょく》を願います」と言えば小銭や米を恵んでくれるという。そういう習慣が伊勢にあることがおあきには不思議だった。

「それで、その息子さんは無事にお伊勢参りを果たしたんですか」

おあきは半信半疑の気持ちで訊いた。

「ああ。身体《からだ》は痩せ細っていたが、存外に元気なもんだった。ふた親は伜が前よりしっかり者になったと喜んでいたよ。親分、可愛《かわい》い子には旅をさせろというのは本当ですねだと」

弘蔵は苦笑した。

「呆《あき》れた親ばかね。でも、とにかく無事に戻ってよかったですよ。うちの良助も早く戻って来ればいいのに」

おあきはつかの間、遠くを見る眼《め》になった。

「銭を盗《と》られる心配はねェし、身ぐるみ剝がされても寒中じゃねェから凍《こご》え死にすることもあるめェ」

弘蔵は呑気に応えた。

「でも、伊勢のお人は太っ腹なんですねえ。抜け参りした者に施《ほどこ》しをするなんて」

おあきは感心して言った。

「おれもそう思った」

弘蔵も素直に相槌《あいづち》を打つ。

「大丈夫よ、兄さんなら。きっと涼しい顔で戻って来るよ」

おていは弘蔵とおあきを安心させるように言った。

「ところで、おてい。何かあったのか」

弘蔵は途端においていの表情を見て訊いた。

「何でもありませんよ。ささ、お前さん。お昼にしましょうか。うどん、拵《こしら》えますよ」

おあきは弘蔵の問い掛けを遮《さえぎ》った。

「うどんは気が進まねェな。茶漬けにしてくんな」

弘蔵は白けた顔で言った。

二

真砂屋《まさごや》の番頭はどうやらお伊勢参りに向かったようだ。その夜の福助はお伊勢参りの話題で盛り上がった。

「おかみさん。真砂屋の番頭に幾らか餞別《せんべつ》を渡したのけェ？」

大工の浜次は気になる様子で訊いた。

「ええ。ほんの気持ちだけ。番頭さんはうちの見世のお客様ですからね」

おあきはさり気なく応えた。

「そうか、渡したのか。おいらも気を利《き》かせたらよかったかな」

「番頭さんは浜さんにまでお餞別を貰《もら》おうなんて考えておりませんから、それはいいんじゃありませんか」

「そうかなあ」

浜次はそれでも気後れした表情のままだった。

「餞別は懐に余裕のある奴が出せばいいんだよ」

亀の湯の主《あるじ》の磯兵衛も浜次を慰めるように言う。

「磯さんは出したのけェ？」

浜次は心配そうに訊いた。

「いや。おれは番頭さんと面を合わせるきっかけがなかったもんで出しちゃいねェよ」

「そうけェ」

磯兵衛の言葉に浜次はようやく笑顔になった。

「浅草の質屋の息子さんが抜け参りから戻ったそうなんですよ。うちの人、良助の顔でも見ていないかと話を聞きに行ったんですが、無駄足になっちまいましたよ」

おあきはおでんのだしを見ながら言った。

「抜け参りは常時、五百人もいるらしいからな。知った顔がいても、なかなか気がつかねェだろうよ」

磯兵衛は訳知り顔で言う。髪に白いものが交じり、皺《しわ》もあるが、磯兵衛は子供のように無邪気な表情で話す。商売ひと筋《すじ》という男ではない。福助で常連客と与太話《よたばなし》をすることを何より楽しみにしていた。浜次も福助で飲むために大工の仕事をしているようなところがあった。

「でもね。伊勢は親切な人が揃《そろ》っているらしくて、困っている者には施しをするんだそうですよ。あたし、今どき、そんな人達がいるなんて信じられないんですよ」

おあきは二人に酌をしながら言った。

「お伊勢参りをする者は毎年、何十万人もいるんだ。旅籠《はたご》や土産物屋をしていなくても、近所に住む奴は少なからず恩恵を給《たま》わっているはずだ。たとい抜け参りだろうが何んだろうが、よく来ておくんなさいやした、どうぞお参りしてやって下せェという気持ちなんだよ」

磯兵衛は感心したような顔で言った。

「頭が下がりますねえ。あたしもわざわざよそからうちの見世に来ていただいたお客様には、せいぜい愛想よくしなけりゃ」

おあきは殊勝《しゅしょう》に言う。

「いい心掛けだよ、おかみさん」

浜次は褒《ほ》める。

「浜さんに褒められちゃった。ささ、飲んで下さいまし」

おあきは機嫌よくちろりを取り上げて、また二人に酌をした。

浜次と磯兵衛にほどよく酔いが回った五つ（午後八時頃）あたりに見世の外が急に騒がしくなった。

内所にいたおていも騒ぎに気づき「おっ母さん、何かあったの」と間仕切りの暖簾《のれん》を掻《か》き上げて声を掛けた。

「さあ……」

おあきは首を傾《かし》げた。磯兵衛が外の様子を窺《うかが》うために油障子を開けた途端、左官職の梅太郎が大慌てで見世に飛び込んで来た。

「お、鬼虎がやられた！」

梅太郎は甲走《かんばし》った声を上げた。

「何んだとう？」

磯兵衛と浜次の声が重なった。

「梅さん。やられたって、鬼虎さんは死んでしまったんですか」

おあきは土間口に突っ立っている梅太郎に早口で訊いた。

「いや。医者の所に戸板で運ばれたが、顔中血だらけでよう、鬼虎どころか赤鬼になっちまった」

梅太郎は笑えない冗談で応える。

「座れ！」

磯兵衛は梅太郎の袖《そで》をぐいっと引いて腰掛けに座らせると、気になる様子で外に出て行った。

「鬼虎は誰にやられたんだ」

浜次は梅太郎に猪口《ちょこ》を持たせ、ちろりの酒を注《つ》いでやった。梅太郎はそれを水でも飲むようにひと息で飲み干した。

「浪人者が束になって鬼虎を襲ったんだ。枕橋《まくらばし》の近くだった。おれは明日の段取りで親方の家に行った帰りだったのよ。親方の家は花川戸《はなかわど》にあるから、吾妻橋《あづまばし》を渡って本所に戻ると、どうした訳か通りにゃ、人っこ一人いやしねえ。それでいて、おりゃあだの、うりゃあだの恐ろし気な掛け声が聞こえた。眼を凝らしていると、傍《そば》の油屋の戸が開いて、危ねェから中に入れと番頭が手招きしたんだ。おれは訳がわからなかったが、とり敢《あ》えず言う通りにした。小半刻《こはんとき》（約三十分）ほどじっとしていると、油屋の前の通りに男達の足音が聞こえたよ。夜のことだし、隙間《すきま》からしか顔は見ていねェが、浪人者らしかった。外が静かになったんで恐る恐る外に出ると、近所の連中も外に出て来た。そろそろと枕橋の方に行くと、地べたに男が倒れていた。すぐに鬼虎だとわかったぜ。何しろ、あの体格だ。見間違うはずがねェよ」

梅太郎は興奮冷めやらぬ表情でいっきに喋《しゃべ》った。

「幾ら鬼虎でも多勢に無勢。だんびら持った浪人が束になって掛かりゃ勝ち目はねェわな」

浜次は吐息交じりに言った。

磯兵衛がようやく戻って来ると「鬼虎をやったのは、どうも薩摩の連中らしい」と皆に教えた。

「それで鬼虎さんの命は助かりそうですか」

おあきは不安な思いで磯兵衛に訊いた。

「親分は医者の所へ行ってるそうだ。敵はやたらめったら鬼虎を斬《き》りつけたらしいから、助かる見込みは少ねェようだ。鬼虎の倒れた所には血溜《ちだ》まりができていたってよ」

弘蔵は事件を聞きつけて鬼虎の様子を見に行ったらしい。

「どうして薩摩の連中は鬼虎さんを襲ったのかしら」

おあきは腑《ふ》に落ちなかった。

「そりゃ、鬼虎が水戸様に奉公しているからよ。水戸様は上様のご実家だ。そこに利かん気な中間《ちゅうげん》がいると聞けば、薩摩や長州の連中なら潰《つぶ》すことを考えるだろうよ」

磯兵衛は猪口の酒を苦い表情で飲みながら応えた。

「坊主憎けりゃ、袈裟《けさ》まで憎しのたとえなんですか」

「そういうこと。全く、明日は何が起きるか知れたもんじゃねェ」

「磯さんよう。薩摩、長州は攘夷《じょうい》を唱えていたんじゃなかったのけェ？　奴等が上様に楯突《たてつ》く理由は何よ。攘夷ができねェなら上様をやめろってことけェ？」

浜次の問い掛けに磯兵衛はつかの間、言葉に窮《きゅう》した。それから洟《はな》を啜《すす》るような息をつき「簡単に言えば浜さんの言う通りなのかも知れねェ」と言った。

「何んで攘夷が上様やめろになるのか、その流れがおれにはわからねェ」

浜次は盛んに首を傾げる。

「流れか……そいつはおれにもわからねェが、今に何か起こりそうな気がする。天と地が引っ繰り返りそうな何かがよ」

磯兵衛は謎《なぞ》のような言葉を吐いた。

「磯兵衛さん。脅《おど》かさないで下さいな。これ以上、何かあったら、あたしの心《しん》ノ臓《ぞう》がどうにかなりそうですよ」

おあきはさり気なく磯兵衛を窘《たしな》めた。

「ああ、悪かったな。おかみさんは良ちゃんのことで手一杯なのによ」

磯兵衛は悪びれた表情で謝った。

「磯さんは頭がいいから世の中のことが見え過ぎるんだ」

梅太郎はからかうように言った。

「昔から湯屋の主は世情に長《た》けた人が多いですからね」

おあきも梅太郎に同調して言う。磯兵衛は照れて、月代《さかやき》をつるりと撫《な》で上げた。

「さて、そろそろ帰《け》ェるか。嬶《かか》ァが角《つの》を出しそうだ」

磯兵衛は長居したことに気づいて、そそくさと腰を上げた。

「磯さん。酒がまだ残っているぜ」

浜次は親切に言う。

「二人で片づけてくんな」

磯兵衛は太っ腹に言うと、飯台《はんだい》の上に小銭をざらりと放《ほう》って見世を出て行った。

磯兵衛の言葉がおあきの胸に残った。天と地が引っ繰り返りそうなことが起ると は何を指しているのだろう。鬼虎が薩摩の連中に襲われたこともそれに関係しているのだろうか。浜次が言った攘夷が将軍の致仕《ちし》（務めを退《の》くこと・隠居）となる流れも本当にあるのだろうか。あり得ないと思っても、はっきり否定することはできなかった。

得体の知れない何かは今に姿を現すのか。いや、そろりそろりと近づいて来ているのかも知れない。

（何があっても）

おあきはおでんの種を銅壺《どうこ》に足しながら胸で呟《つぶや》いた。何があっても自分はこうして毎日毎日、商売の仕込みをして、時分になれば暖簾を出して見世を開けるだろう。子供のため、亭主のためにめしの仕度をし、洗濯や掃除をするだろう。その他に自分ができることはない。世の中の流れに身を置くしかないのだ。落ち着いたいい世の中にしてほしいと誰に訴えたらよいのだろう。おあきにはそれがわからない。それが歯がゆいと思う。

口数が少なくなったおあきをおていは心配そうに見つめていた。おあきはおていの視線に気づくと、にッと笑った。おていは安心したように笑顔を返した。

「いやな世の中ね。お祖父《じい》ちゃんは、昔はよかったって口癖のように言っていたけど、この頃になってその意味がようくわかった。明日何が起きるかわからない世の中なんてまっぴら」

おていは吐き捨てるように言う。

「そうだねえ。鬼虎さんだって、昨日は自分が襲われるだなんて夢にも思わなかっただろうよ」

「いったいこの先、何が起きるのかしら。考えると憂鬱《ゆううつ》になる」

おていは磯兵衛の使った猪口や小鉢を洗いながら言った。

「おていちゃん。そいつは誰もが思っていることった。おていちゃんだけが憂鬱なんじゃねェよ」

浜次はおていを慰めるように言った。

「うん。それはそうね。浜さんの顔を見ているといやな気分も吹き飛ぶというものよ」

おていは珍しく愛想を言う。浜次は嬉《うれ》しそうに頰《ほお》を弛《ゆる》めた。

三

弘蔵は客が皆引けた四つ（午後十時頃）過ぎにようやく戻って来た。

「鬼虎さんは？」

顔を見るなりおあきが訊くと、弘蔵はゆっくりと首を振った。

「母親が駆けつけて、また戸板でヤサ（家）に引き取られたよ。明日は檀那寺《だんなでら》から坊主を呼んで弔《とむら》いをすると言っていた。おれもちょいと顔を出してくらァ」

「鬼虎さんにおっ母さんがいたんですか」

おあきは驚いたように言う。

「何も驚くこたァねェよ。鬼虎だって人の子でェ。木の叉《また》から生まれた訳じゃねェわな」

「そりゃそうですけど」

「鬼虎からは想像もできねェほど小さな身体の母親だった。鬼虎はあれで親孝行な奴でよ、稼いだ給金はあらかた母親の所に運んでいたそうだ。親一人、子一人だったから、あの母親はこれからどうするんだか」

弘蔵は鬼虎の母親の今後を心配していた。

「時々、様子を見に行って下さいな。お前さんは近所の人達の暮らしを見守るのも仕事なんですから」

「ああ」

弘蔵は低い声で応えた。

「亀の湯の磯兵衛さんは今に天と地が引っ繰り返りそうなことが起こるかも知れないって言ってましたよ。お前さんもそう思っている？」

「さてな」

「浜さんは薩摩、長州が攘夷運動をして上様を将軍から引き摺《ず》り下ろそうという流れがわからないと言ってましたよ。そんな流れは本当にあるんでしょうか」

「上様を隠居させるどころか、奴等はご公儀を倒そうとしているそうだ」

「そんな」

おあきは呆気《あっけ》に取られて二の句が継げなかった。

「奴等が天子様《てんし》（天皇）を丸め込めば、できねェこともねェ」

「まさか」

「へ、まさかという坂はねェよ」

弘蔵はつまらない地口《じぐち》（冗談）に紛らわせた。

「お上《かみ》が倒れるなんて……」

「だからご公儀は、そうさせてはならじと躍起になっているんだ。だが、上様は京都から離れられねェ。薩摩、長州が浪人に江戸のあちこちで狼藉《ろうぜき》を働かせているのは、ご公儀を煽《あお》っているのよ。ご公儀が頭に血を昇らせて戦《いくさ》になれば奴等の思う壺《つぼ》よ」

「なぜ？　薩摩、長州よりお上の家来の方が絶対に人数が多いじゃないの」

「奴等は最新式の大筒《おおづつ》や鉄砲を持っている。裏にエゲレスがついているんだ。それに対し、ご公儀は旧式の火縄銃がおおかただ。勝負は目に見えていらァな」

「上様の力になってくれそうな人はいないのかしら」

将軍慶喜がおあきには孤立無援に思えた。

「上様が将軍に就いた途端、孝明《こうめい》天皇様が崩御《ほうぎょ》なされた。上様のツキはそこからなくなったんだ。孝明天皇様は攘夷を唱えていたが、ご公儀には協力的だったのよ。妹さんの和宮《かずのみや》様を将軍家に輿入《こしい》れさせて公武合体《こうぶがったい》を企てたのもその証拠だ。だが、孝明天皇様の次に天皇に就いた睦仁親王《むつひとしんのう》（明治天皇）様の周りは、すべて反幕府の公卿《くげ》ばかりだ。もはや上様に手を貸してくれる公卿は京都にはいねェよ」

「それじゃ、お上はなくなるかも知れないの？」

「その恐れはある。だからご公儀の家臣は必死で踏ん張っているのよ。おれだってご公儀のご威光を給わっていた身だ。ご公儀が倒れることは望んじゃいねェよ」

「そうでしょうねえ」

弘蔵の話は半分ほどしかおあきには理解できなかったが、弘蔵が浜次の言っていた「流れ」を呑《の》み込んでいる様子がおあきを僅《わず》かに安心させた。

「兄さん、まだ帰って来ないのかしら。伊勢は京都に近いから心配よ。真砂屋の番頭さんとばったり出会って、一緒に戻って来ないかなあ」

おていは弘蔵に茶を淹《い》れながら言った。途端におあきも良助の身が案じられた。

「本当にね」

「あたし、お梅さんに半次郎さんを譲って、いいことしたんだもの、兄さんを無事に江戸に帰してくれなかったら、神様も仏様も、もう信じない」

おていはやけのように言う。

「おてい。お前ェはよく辛抱した。偉いぞ」

弘蔵は笑顔でおていに応えた。

鬼虎の通夜には思わぬほど人が集まったと弘蔵はおあきに言った。生前は世間の鼻つまみ者の鬼虎だったが、弔問《ちょうもん》に訪れた人々は口々にその早過ぎる死を惜しんだという。鬼虎はまだ三十二だった。老成した表情をしていたので若くても三十七、八。四十を超えているように見えることもあった。

女房も娶《めと》らず、独り身のまま生涯を終えた鬼虎は考えてみると可哀想《かわいそう》な男だとおあきは思う。

弘蔵は鬼虎の下手人捜しに乗り出す考えだった。

幾らなますのように斬り刻まれても、あの鬼虎のこと、一人や二人には反撃しているだろう。手傷を負った浪人者を当たれば下手人の手掛かりはつくはずだった。

福助ではしばらくの間、鬼虎のことが話題の中心だった。

鬼虎の初七日が過ぎた頃、昼の客が一段落したので、おあきは突き出しのきんぴらごぼうを拵《こしら》えるため、ごぼうを細かく刻んでいた。おていが束子《たわし》で丁寧に洗ったごぼうを細く刻み、水に晒《さら》してあくを取る。最初は土色をしていたごぼうもみるみる白くなる。

外は眩《まぶ》しい陽《ひ》が射《さ》していた。江戸の残暑はまだまだ厳しかった。おあきは額に湧《わ》き出た汗を首に掛けた手拭《てぬぐ》いで拭いながら作業を続けた。その内に開け放した油障子の外を若い娘が行ったり来たりしているのに気づいた。

用事があるらしいが、思い切って中に入る勇気がないという感じだった。おあきはふと、良助に思いを掛けている娘ではないかという気がした。

良助の行方が知れないので不安になり、ここまで来たのだろうか。そう思うと、おあきは小声でおていを呼んだ。おていは内所で繕《つくろ》い物をしていた。

「なあに」

おていは仏頂面《ぶっちょうづら》で顔を出した。何か仕事をしている途中で声を掛けると、すこぶる機嫌の悪い顔をする娘だ。

「ちょいと表をごらんな。ほら、あんたぐらいの娘が見世の前を行ったり来たりしている。良助に用事があって来たんじゃないだろうか」

おあきは外に聞こえないように低い声で言った。

おていは眼を細めて外を眺めた。すぐに、はっとしたような顔になった。

「おっ母さん。お梅さんよ」

「え？」

驚いて振り返ると、決心を固めた様子のお梅が縄暖簾《なわのれん》を掻《か》き分け「ごめん下さい、お邪魔します」と消え入りそうな声で入って来た。

「まあまあ。お越しなさいまし。ささ、むさ苦しい所ですが掛けて下さいな」

おあきは板場から出て、如才《じょさい》なくお梅を床几《しょうぎ》に座るよう勧めた。

「ご商売のお邪魔ではなかったでしょうか」

お梅は気後れした表情のまま訊く。色が浅黒く、決して美人とは言い難いが、行儀がよく感じのいい娘である。やはり鳶《とび》職の男達が扱《こ》き下ろすほど悪い器量ではない。

「いえいえ。ちょうど暇になる時分でしたのでご遠慮なく」

おあきは愛想よく応えた。だが、おていは「何んの用事？」と、取りつく島もない態度で訊いた。

「ちょっとおていさんと話をしたいと思いまして」

おていの態度に気圧《けお》されて、お梅は俯《うつむ》きがちになった。

「あたしは話なんてないよ。あんたは黙って半次郎さんと祝言を挙げたらいいのよ。それで八百半は丸く収まる。半次郎さんのお父っつぁんも、あんたのお父っつぁんに面目が立つというものだ」

「これッ！」

おあきはおていの皮肉な口調を窘《たしな》めた。

「半次郎さんは未《いま》だにおていさんが忘れられないんです」

お梅は胸の辺りに掌《て》を置いて言った。緊張で胸の動悸《どうき》が激しくなったのだろう。おあきはそんなお梅が不憫《ふびん》に思えた。

「話ぐらい聞いておあげ。おっ母さんは湯屋に行ってくるから」

自分がいては邪魔だと考えたおあきは、そう言って板場の隅から湯桶《ゆおけ》を取り上げた。

「ごゆっくりね。ほら、おてい。お茶ぐらい差し上げて」

おあきはおていにそう言って外に出た。お梅は小腰を屈《かが》めておあきを見送った。

亀の湯へ向かいながら、おあきは、お梅が何んの話があって来たのか怪訝《けげん》な気持ちだった。半次郎はお梅との祝言を承知したものの、おていが忘れられず、お梅に邪険な態度をしているのだろうか。そんな二人が一緒になって、この先、うまく行くのか心配になる。だが、良助の相手でなくてよかったと、おあきはとり敢《あ》えず安堵《あんど》した。あんな根無し草のような暮らしをしている息子に女ができたとなったら目も当てられない。全く、子供達が大きくなって手が掛からなくなったと思ったら、今度は余計な心配が出てくる。親はいつまでも大変なものだと、おあきは独りごちた。

四

亀の湯は番場町《ばんばちょう》にある。石原町《いしわらちょう》から北へほんの一町歩いた界隈《かいわい》だ。番場町の周辺は武家屋敷が多いので、湯屋の客も町人ばかりとは限らない。

とは言え、中に入れば、武士は武士、町人は町人と、それぞれに固まって入浴している。女湯の方に武家の女房がいることは滅多になかった。

「おいでなさい、おかみさん」

　おあきが亀の湯に入って行くと、番台に磯兵衛の女房のおいしが座っていた。おいしは、おあきとさほど年の違いはない。商売熱心で、亀の湯は、ほとんどおいしで持っているようなものだ。

　二人の間には十五になる長男が一人いるだけだった。祝言を挙げたのはおあき達よりずっと早いのだが、なかなか子供に恵まれず、ようやくできた息子だった。磯兵衛は息子の荒太《あらた》に甘いが、おいしの躾《しつけ》が厳しいので、なかなかしっかりした息子に育っている。荒太は読み書き算盤《そろばん》の稽古《けいこ》にも熱心らしい。

「まだまだ暑いですねえ。ちょいと仕事をすれば、すぐに汗になって」

　おあきは湯銭を払うと、脱衣場の隅で帯を解いた。

「おたくの良ちゃん、抜け参りに行ったんですって？」

　おいしは訳知り顔で訊く。

「そうらしいんですよ。もう心配で心配で」

「大丈夫ですよ。良ちゃんはしっかりしているから」

「そんなことはないですよ。年中、ふらふらしているばかりで」

「うちの荒太なんて、良ちゃんについて行きたかったたって何度も言うんですよ」

「まあ」

おあきに笑いが込み上げた。抜け参りは子供達にとって、それほど魅力のあることなのだろうか。

「まともな子はそんなことをしませんよ。おかみさん、良助の真似《まね》をするとろくなことにならないって、ようく荒太ちゃんに言い聞かせて下さいな」

おあきはやんわりと釘《くぎ》を刺した。おいしはふくよかな頰をほころばせて肯《うなず》いた。

女湯は存外に混《こ》んでいた。近所の女房達もいて、おあきに気軽に挨拶《あいさつ》し、親切に陸《おか》湯《ゆ》を汲《く》んでくれたり背中を擦《こす》ってくれたりする。子供達が小さかった頃は、ろくに自分の身体を洗う暇もなかった。肩まで温《あった》まるんだよとか、百数えろとか声を張り上げていたものだ。過ぎてしまえば子供の世話もあっという間のでき事に思える。

ゆっくりと入浴できる毎日にはなったが、おあきはどこかもの足りなさを感じている。それで子沢山の母親が子供を連れて亀の湯にやって来ると、おあきは強引にその内の一人や二人の身体を洗ってやる。その日はそんな子供もおらず、おあきは自分の身体を洗うと、さっさと湯から上がった。

見世に戻ると、お梅はとっくに帰った後で、おていが飯台に頰杖《ほおづえ》をついてぼんやりしていた。

「お梅さんは帰ったのかえ」

おあきは湯桶を片づけると、首の汗を拭いながら訊いた。

「ええ……」

「それで話って何んだったんだえ」

「よくわからないのよ」

おていは短い吐息をついた。

「わからないって、そんなことがあるものか。お前、親身に話を聞いてやったのかえ」

「ええ、もちろん。でもね、自分がいなかったら、あたしは半次郎さんと一緒になるつもりだったのかって訊いたのよ」

「それでお前は何んて応えたんだえ」

「多分って」

「………」

「それでね、自分にもしものことがあった時は半次郎さんをよろしく頼むって。その後で泣き出したのよ。あたし、どうしていいかわからなかった」

ぞくりとおあきのうなじに寒気《さむけ》が走った。

「おてい。ちょいとお梅さんの様子を見ておいで」

「何んだかいやな気持ちがするよ。なに、いつもと同じようにお店の手伝いをしていたなら、それでいいんだよ」

「こっそりと覗《のぞ》いて来いってこと？」

「ああ」

「もう、面倒くさい。あたし、八百半には近づきたくないのよ」

おていは心《しん》からいやだという表情だった。

「いいから。もしもお梅さんに何かあったらどうするんだえ」

「もしもって？」

おていは呑《の》み込めない顔でおあきを見つめた。

「だから、もしもさ。いちいち、突っ掛かるんじゃないよ」

おあきは追い出すようにおていを八百半に向かわせた。お梅は何か覚悟を決めてお

ていに会いに来たように思えてならなかった。

おていはなかなか戻って来なかった。とうとう暮六つの鐘が鳴った。おあきは見世

の準備をしながら戻って来ないおていにやきもきしていた。

弘蔵が顔を出すと、おあきはすぐに経緯《いきさつ》を話し、おていを迎えに行くよう頼んだ。

弘蔵は眉間《みけん》に皺《しわ》を寄せたが「行っつくらァ」と応えて出て行った。

その夜は暖簾《のれん》を出しても、客の出足は鈍かった。

おあきは見世を出たり入ったりしながら二人の帰りを待った。何度目かに外へ出た時、八百政の政五郎が通りを歩いているのに気づいた。

「どうしたい、おかみさん。浮かねェ顔をしているぜ」

政五郎は客の所へ青物を届けた帰りだったのだろう。空《から》の笊《ざる》を携えていた。

「おていがまだ帰って来ないんですよ。うちの人を迎えにやったんですけどね。向こうで何かあったのかと心配で……」

「おていちゃん、どこへ行ったのよ」

「八百半さんですよ。昼過ぎにあそこのお梅さんがうちに来て、何んだか妙なことばかりを言っていたんですよ。それで気になって、おていに様子を見に行かせたんです」

「ああ、それでか」

政五郎は得心のいった顔で応えた。

「政さん、何か知っているの？」

「二ツ目《ふため》の辺りで若けェ者達が血相を変えて誰かを捜し回っていたのよ」

「お梅さんがいなくなったから？」

「いや、惚《ぼ》けた年寄りでもいなくなったのかとおれは思っていたから、亀沢町《かめざわちょう》の客の所に品物を届けて、そのまんま戻って来たんだ」

「おていを見掛けませんでした？」

「気がつかなかったなあ……どれ、そういうことなら、もう一度、様子を見に行ってくらァ。笊、預かってくれ」

政五郎はおあきに笊を押しつけると、小走りに今来た道を戻って行った。

仕事を終えた浜次が福助に顔を出すと「あれ、口開けの客はおいらけェ」と嬉《うれ》しそうに言った。

「お酒ね」

おあきは心得た顔で訊いた。

「今夜は冷やでいいわな。日中は結構な暑さだったからな」

「はいはい」

おあきは片口丼《かたくちどんぶり》に酒樽《さかだる》の酒を注ぎ、浜次の猪口《ちょこ》に酌をした。それから小鉢にきんぴらごぼうを盛って差し出した。

「おかみさん。やけにそわそわしているぜ。何かあったのか」

浜次は猪口の酒をひと口飲むとおあきに訊いた。

おあきの落ち着かない様子は浜次も感じたらしい。

「ええ。ちょいと」

おあきは曖昧《あいまい》に言葉を濁した。

「今夜は誰もやって来ねェのかな。珍しく福助も閑古鳥《かんこどり》が鳴いていらァ」

「そんな日もありますよ。気にしない、気にしない」

おあきはそう言って浜次に、また酌をした。

浜次が飲み始めて半刻《はんとき》（約一時間）ほど経《た》った頃、政五郎がおていを伴ってようやく戻って来た。

おていは泣いていた。おあきの予感は当たったらしい。お梅は思い詰めて、どこかへ行ってしまったようだ。

「政さん、お世話を掛けました」

おあきは政五郎に礼を言った。政五郎は「なあに」と首を振ったが、おていはものも言わず内所に引っ込んだ。

「お梅さん、見つかったんですか」

おあきは政五郎を床几《しょうぎ》に促《うなが》すとすぐに訊いた。

「いや、まだよ。鳶職《とび》の連中も出て大騒ぎだ。親分も一緒になって捜しているから、戻って来るのは遅くなりそうだな」

「そうですか……」

「お梅がいなくなったって？」

浜次は驚いた顔で政五郎とおあきを交互に見た。

「ああ」

政五郎は吐息交じりに肯《うなず》くと、おあきに猪口を催促した。

「気が利きませんで」

おあきは猪口を差し出し、政五郎に酌をした。

「八百半の親仁《おやじ》は動転してよ、おていちゃんの顔を見るなり、お前ェのせいだ、お前ェのせいだと喚《わめ》いたのよ。おれァ、おていちゃんが気の毒だった。おていちゃん、何んにも言わずに下を向いていたよ」

政五郎はやり切れない顔で言う。

「何んでお梅がいなくなったのがおていちゃんのせいなんだよう。八百半の親仁もおかしなことを言う男だ」

浜次は呆《あき》れたように政五郎を見た。

「そのう、倅《せがれ》がおていちゃんを諦《あきら》め切れなかったからよ」

「そうなのか、おかみさん」

浜次は確かめるように訊いた。

「おていはお梅さんのことを考えて、半次郎さんのことはきっぱりとけりをつけたんですよ。八百半の旦那さんも祝言が決まったと喜んでいましたから、こんなことになって怒りのやり場がなかったんでしょうよ」

おあきはそう言ったが、その後で唇を嚙《か》んだ。

おていが可哀想で目頭が熱くなった。

「それでも、あの半次郎は親仁に喰《く》って掛かったぜ。そんなことを言うことはねェだろう、おていちゃんには何んの関《かか》わりもねェってな」

向こうの経緯《いきさつ》を話す政五郎に浜次は黙って酌をした。

「ま、あれだけ人が捜し回っているんだから、お梅の居所もおっつけ知れるだろう。きっと、友達の所に行って愚痴でも洩《も》らしているんだろうよ」

「そうだといいですけどね」

おあきは低い声で応えた。

「さ、おれもそろそろ帰《け》ェるか。嬶《かか》ァの奴、何をぐずぐずしているんだろうって頭に血を昇らせているぜ。おかみさん、幾らだ？」

「政さん。お世話を掛けましたので、今夜の分は結構ですよ」

「いいのけェ？」

政五郎は途端に嬉しそうな顔になった。

「ええ」

って行った。

「足代だな」

浜次は得心した顔で口を挟《はさ》んだ。政五郎は浜次の肩をぽんと叩《たた》くと、笊を持って帰
って行った。

磯兵衛は五つ（午後八時頃）過ぎに顔を出した。

しかし、磯兵衛も何んとなく暗い顔をしていた。

「今さっき聞いた話なんだが、大川に娘の土左衛門が浮かんでいたらしい。猪牙舟《ちょきぶね》の
船頭が見つけて引き揚げたってよ」

「何んですって！」

おあきは悲鳴のような声を上げた。

「お梅かも知れねェ」

浜次はすぐに当たりをつける。

「お梅？　八百半のお梅のことか」

磯兵衛の言葉にも緊張が走って感じられた。

「あたし、見て来る」

おていが内所から飛び出すと、慌てて外へ出て行こうとした。

「およし。お前が行ってもどうなるものじゃない。お父っつぁんが戻って来るまでお
となしく待つんだ」

おあきは厳しい声でおていを制した。

「だって……」

おていの眼がまた濡《ぬ》れた。

「外はもう真っ暗だ。それに大川のどこに引き揚げられたかわからないんだよ」

「御厩河岸《おうまやがし》の渡しの舟着場だったかなあ」

不用意に言った磯兵衛をおあきはぐっと睨《にら》んだ。

浜次も肘《ひじ》で磯兵衛の脇腹を突《つつ》いた。

「行ってくる」

おていは唇を嚙み締めて油障子に手を掛けた。

開けた途端、弘蔵がぬっと入って来て「おてい、どこへ行くつもりだ」と声を荒らげた。

「大川から揚がった土左衛門はお梅さんだったの？」

おていは泣きながら訊いた。

「ああ。腰紐《こしひも》で足首を縛《しば》っていたから、手前ェで覚悟を決めて事に及んだようだ」

弘蔵の言葉におていの泣き声は高くなった。

「何んてこった」

浜次は酔いもすっかり覚めた表情だ。

「八百半の親仁も半次郎も真っ青な顔をしていたよ。鬼虎に続いてまた弔いけェ。難儀なこった」

弘蔵はそう言うと、自分の席に腰を下ろし、おあきに酒を求めた。今夜は飲まずにいられないだろう。

「二度あることは三度あるっていうからな。また何かありそうでおっかねェわな」

浜次は気味悪そうに肩を竦《すく》めた。

「浜さん。縁起でもないことはお言いでないよ」

おあきはぴしゃりと浜次を制した。おていは、なかなか泣き止まなかった。

五

お梅の弔いにはおあきが出席した。祝言が決まったと喜んでいたのもつかの間、まさか弔いになるとは誰も考えていなかった。半次郎の母親のおとよは具合を悪くして床に就《つ》いたので、嫁に行った半次郎の姉が代わりにかいがいしく客の応対をしていた。弔いの客も掛ける言葉が見つからないようで、誰も余計なことは喋《しゃべ》らなかった。僧《そう》侶《りょ》の読経《どきょう》が始まっても、しわぶき一つ聞こえなかった。

滞《とどこお》りなく弔いが終わると、おあきは喪主の半兵衛に挨拶《あいさつ》してすぐに帰る算段をした。

半兵衛がおていを悪者にしたかと思えば悔しくて弔いにも出たくなかったが、商売の義理でそういう訳にもいかなかった。

「おかみさん……」

半兵衛はおあきに気づくと心細い声を上げた。

「この度は本当にご愁傷様でございました。お力を落とされませんように」

おあきは通りいっぺんの悔やみを述べた。

「あんたの娘さんにひどいことを言ってしまった。わしが謝っていたと伝えて下さい」

半兵衛は心底悪かったという表情で言った。

「旦那さんは動転していたのですもの、無理はありませんよ。娘は大丈夫ですから、どうぞお気になさらずに」

おあきはさり気なく応えた。

「おかみさん。おていちゃん、本当に大丈夫か」

傍《そば》で半次郎も訊く。

「ええ」

「まさか、お梅がこんなことをするとは思っていなかったんだ」

半次郎は握った拳《こぶし》に力を込めた。

「半次郎さん。お梅さんに、もう少し優しくできなかったんですか」

おあきは無駄とわかっていても言わずにはいられなかった。お梅の切羽詰まった顔が忘れられなかった。

「おかみさん。おいらとお梅はきょうだいのように育ったんだ。祝言が纏《まと》まったからと言って、急に態度が変わる訳もねェ。おいらはいつも通りお梅と話をしていた。邪険にしたつもりはねェ」

半次郎は悔しそうに応える。

「そうですか。余計なことを言ってごめんなさいね。お梅さんがどうしてこんなことになったのか、あたしにもさっぱり見当がつかないんですよ」

「お梅、死ぬ前におていちゃんの所に行ったんだろ？」

「ええ。今思えば、その時から少し様子がおかしかったんでしょうね」

「ひと言、言ってくれたらよかったんだ」

半兵衛は愚痴を洩らした。

「すぐに娘を八百半さんに向かわせたんですけど、その時はもう、お梅さんの行方はわからなくなっていたそうです」

「だから、その前に知らせてくれたら……」

半兵衛は諦《あきら》め切れずにおあきに詰め寄った。半兵衛の様子に他の客も怪訝《けげん》な表情でおあきを見る。

おていと半次郎のことを知っている客が小声で噂話を始めたのも、おあきにはたまらなかった。

「お役に立ちませんで申し訳ありません」

おあきは頭を下げ、そそくさとその場から離れた。土間口で履物に足を通した時、半次郎が追い掛けて来た。

「おかみさん。すまねェ。落ち着いたら改めて詫《わ》びに伺いやす」

「その必要はありませんよ。おていはあんたのこと、きっぱりと諦めたと言っておりましたから」

おあきは、にべもなく応えた。おあきの剣幕に半次郎は呆気《あっけ》に取られた顔になり、それ以上、何も言わなかった。

帰り道を歩きながら、おあきはどうしてこんなことになったのかと考えた。考えても考えても答えは出て来なかった。

二度あることは三度あると浜次は言った。おあきもそんな気が、しきりにした。また誰かが死ぬのだろうか。良助？　ふとそう思って、慌てて首を振った。そんなことがあってたまるものか。大事に育てた息子だ。良助にもしものことがあったら、おあきは気が触《ふ》れてしまいそうだ。

歩き始めた頃の良助の可愛い表情は今でも覚えている。最初に覚えた言葉は「うまうま」で、お腹《なか》が空《す》いたから何かよこせという意味だった。それからしばらくして「おかしゃん（おっ母さん）」と、おあきに呼び掛けた。

「良助。今、おっ母さんと呼んだのかえ」

喜びがおあきの全身を駆け巡った。良助はこくりと肯《うなず》き、無邪気な笑顔を見せた。風邪を引けば徹夜で看病するのがお決まりだった。洟《はな》をかんでやり、爪《つめ》を切ってやり、床屋へ連れて行き、大事に大事に育てたのだ。そんな息子が自分より早く死んでたまるか。おあきは唇を嚙《か》み締めた。

夜風は生ぬるかった。

福助に戻ると、中はやけに騒々しかった。鳶職《とび》の連中が酒に酔ったのだろうかと思いながら戸を開けると、「おっ母さん！」、良助が甲高い声を上げてこちらを見た。

「良助……」

驚きと嬉《うれ》しさでおあきは胸がいっぱいになった。

「今帰ったばかりよ。ささ、中に入《へ》ェんな。おっ母さんが恋しかったぜ」

良助はぬけぬけと言う。

「おっ母さん。お清《きよ》めの塩を振るから動かないで」

おていはにこりともせずに言った。塩を振りながら「どうだった？」とおていは小声で訊く。

「後でゆっくり話すよ。ともかく良助が戻ったばかりだから、込み入った話はできないだろ？」

「わかった。兄さんね、真砂屋さんの番頭さんと一緒に戻って来たのよ」

「おやそう」

「宿で偶然、顔が合ったんだって。番頭さんはお父っつぁんとおっ母さんが心配しているから、帰ろうって勧めたらしいの。そうじゃなかったら、兄さん、伊勢でばかを続けるつもりだったのよ。後で番頭さんにようくお礼を言った方がいいよ」

おていは、そう言った。

おあきが着替えを済ませて板場に入ると、良助が伊勢の土産話を夢中で喋っていた。

今夜は良助が戻ったことを聞きつけて客が勢ぞろいだった。

飯台の席はすべて埋まり、小上がりにいた鳶職の男達は話が遠いとばかり、良助のすぐ後ろに立って聞き入っている。浜次は眼を丸くして、「ほう」だの「へえ」だのと大袈裟《おおげさ》な相槌《あいづち》を打つ。

弘蔵だけは苦笑交じりに良助の話を聞きながら静かに酒を飲んでいた。

良助は黒の筒袖《つつそで》の上着に共布のたっつけ袴《ばかま》を着ていた。その恰好《かっこう》は、まるで芝居小屋の黒子《くろこ》のようだった。

「良ちゃん。お前ェもやっぱり柄杓《ひしやく》を持って伊勢まで行ったのけェ？」

　磯兵衛は小耳に挟んでいたことを言う。

「おうよ。伊勢まではようやくという感じだったが、伊勢に着いてからはこっちのもんでェ。門前で柄杓を差し出せば、参拝客は太っ腹に銭を恵んでくれたぜ。伊勢の神さんはよう、寺の坊主を嫌うそうだ。それで坊主達は傍の詰所《つめしよ》みてェな所からひっそりと拝んでいたぜ。たまに雨合羽《あまがっぱ》の裁ち屑《くず》で髷《まげ》を拵《こしら》えて中に入って行く坊主もいた。あれは許されるのかと訊いたら、坊主頭に裁ち屑つけて歩いてんだから、坊主の恰好じゃなきゃいいんだと。笑っちまったよ。考えてみろよ。坊主頭に裁ち屑つけて歩いてんだからな」

　得意そうに話す良助に客からどっと笑いが起きた。

「宿はどうした。野宿けェ？」

　浜次は興味津々という態《てい》で訊く。

「何んの。知恵をつけてくれる人がいてな、江戸の信者を一手に引き受ける御師《おんし》の家に行けと勧められた。言われた通りにすると、強面《こわもて》の五十がらみの男が出て来て、どこから来たと訊いたよ。手前、江戸の口入れ屋に奉公しておりやすが、ダチ（友達）と二人で抜け参りを企《たく》みやしたと言った。すると、男は帳面を出して居所《いどこ》を書けと言った。おいらと清蔵《せいぞう》は口入れ屋の屋号を書いた。清蔵は丹波屋《たんばや》の倅《せがれ》だが、家に金があると思われても困ると考えて同じように書いたのよ」

丹波屋の清蔵とは良助と一緒に抜け参りした若者だった。家は馬喰町《ばくろちょう》で絵草紙屋を営んでいる。

「男は帳面をじっと眺めて思案していたが、その内に中へ上がれと言ったよ。中は襖《ふすま》も調度品も贅《ぜい》を凝《こ》らして立派なもんだった。それから男は湯に入れとおいら達に言った」

「何んだ、何んだ。何んの謎だ」

鳶職の松五郎が素《す》っ頓狂《とんきょう》な声を上げる。

「良ちゃん達は旅をしていたんだから、御師なら湯に入れぐらい言っても不思議じゃあるめェ」

左官職の梅太郎は松五郎をいなした。

「そういうこと。湯に浸《つ》かると、何もお菜はないがと言ってご膳《ぜん》を出してきた。おいら達、久しぶりに腹一杯めしを喰《く》った」

良助がそう言うと浜次はまた「へえ、驚くじゃねェか。それ、ただけェ?」と眼を丸くした。

「おうよ。男はめしを済ませたおいら達に、ようこそ伊勢にお越しなすった。お礼を申し上げますと丁寧に頭を下げたよ。それから、お疲れでしょうから、ゆっくりお休みなさいやしと言って、ふかふかの蒲団《ふとん》に寝かせてくれたのよ。極楽だったぜ」

良助はその時のことを思い出してうっとりとした顔になった。

「だがよ、毎日そんな調子ってのも居心地の悪《わ》りィもんだ。三日ほどでそこを退散して、また門前で柄杓を差し出して施しを受けていたのよ。その内に妙な連中が西の方から徒党を組んで現れたのよ」

良助は少し真顔になって続ける。

「妙な連中とは？」

磯兵衛が話を急《せ》かすと「奴等は歌ったり、踊ったりしながら、目についた土産物屋に入っては品物をかっさらった。人数が人数だから店の者は誰も止められねェのよ。奴等が去った後はまるで野分《のわき》が来たみてェだった」と応えた。

「どんな踊りなんだ」

磯兵衛はぐっと首を伸ばす。良助は猪口《ちょこ》の酒をひと口飲むと立ち上がった。

「日本国の世直りはええじゃないか。ほうねん踊りはおめでたい。おかげ参りすりゃ、ええじゃないか。はあ、ええじゃないか」

良助は身ぶり手ぶりのひょうきんな仕種《しぐさ》で踊って見せた。鳶職の連中は掌《て》を打って笑いこけた。

「津軽様の下屋敷でやる盆踊りみてェだな。あれはラッセー、ラッセーと掛け声を入れて跳《は》ねるんだったたか」

梅太郎は愉快そうに言う。

「連中は熱に浮かされたような面《つら》をして、眼も血走っていた。普通じゃなかったぜ。奴等が踊っている途中で空から白い紙が降って来たのよ。何かと思って見ると、これがお伊勢さんのお札《ふだ》だった」

「おや、気持ちが悪い」

おあきは思わず言った。

「おいらは腑《ふ》に落ちなくて、きょろきょろしていると、土産物屋の後ろにくたびれた旅籠《はたご》があるのに気づいたのよ。そこは二階家で、もの干し台が取りつけてあった。浪人者がおいらを見て、はっとしたように中へ引っ込んだ。ははんとおいらは思ったぜ。その浪人者がお札をばら撒《ま》いて、あたかも天から降って来たみてェに思わせていたのよ」

「何んのために」

磯兵衛は眉間《みけん》に皺《しわ》を寄せる。

「わからねェ。だが、何か魂胆《こんたん》があるはずだ」

「そいつは薩摩、長州の差し金かも知れねェ」

弘蔵はその時だけ、ぽつりと言った。客は一斉に弘蔵を見た。

「人心を惑わせるつもりなのだ。きっと、そのええじゃないかの踊りは江戸でも流行するだろうよ」

弘蔵は確信しているように言う。世の中が混乱すると訳のわからないものが流行する。自然に湧き起こったことなら仕方ないが、弘蔵の言うように人為的なものだとしたら気味が悪い。

その夜、福助では深更に及ぶまで客達は良助の話に聞き入った。良助は土産に一枚刷りの伊勢暦《いせごよみ》を携えて来たので、それを客達に配って喜ばれた。おあきとおていには伊勢特産の白粉《おしろい》、弘蔵にはなぜか物差しだった。何んでおれだけ物差しなんだと、弘蔵はぼやいたが、その顔は嬉しそうだった。

六

翌日の昼、真砂屋の番頭の平助が福助を訪れた。

「まあまあ、番頭さん。この度は良助がすっかりお世話になりまして、何んとお礼を申し上げてよいのかわかりませんよ」

おあきは丁寧に礼を言った。

「なあに。一緒に帰ろうと言うと、素直に肯《うなず》いたから、わたしもさして世話は焼けなかった。それどころか帰りの道中、旦那さんの肩を揉《も》んだり、足に灸《きゅう》を据えたりしてくれて助かったよ」

「そう言っていただけると、こっちも気が楽になりますよ。でも、伊勢ではずい分、不思議なことがあったみたいで」

「ああ。お札が降ったりしたことかい」

「ええ」

「今に何か起こりそうな気がしたよ」

「うちの人もそんなことを言っておりました」

「だが、伊勢の旅は極上で、毎日、ご馳走《ちそう》責めだった。帰った途端にひじきの煮つけにしじみ汁の飯だ。全く雲泥の差だね」

平助は情けない顔で言った。

「ためしにどんなご馳走だったんです」

食べ物商売をしているので、おあきは平助の話に興味をそそられた。

「伊勢に着いてから案内人に連れられて内宮《ないくう》、外宮《げくう》に参詣《さんけい》し、それから朝熊《あさま》岳《だけ》と二見《ふたみが》浦《うら》も見て回ったが、三度三度の食事は二ノ膳つき。酒もついているんだ。夜は決まって鯛のおかしらつきだった」

「大したものでございますねえ」

おあきは心底感心した。

「まあ、一生に一度のことだから、贅沢《ぜいたく》をしても罰《ばち》は当たらないだろうと皆んなで話し合ったよ。江戸で留守を守っている手代達が気の毒だったが」

「よろしいんじゃないですか。命の洗濯をしたと思えば」

「まあね」

平助は悪戯《いたずら》っぽい顔で笑った。

「良ちゃんは、もう奉公先に戻ったのかい」

平助は姿の見えない良助を気にした。

「とんでもない。二階で高鼾《たかいびき》ですよ。この調子じゃ、夕方まで寝ているつもりじゃないかしら」

「疲れたんだよ。今日ぐらい寝かせておやり」

平助は鷹揚《おうよう》に言う。

「ええ」

おあきも仕方なく肯いた。

「ところで、八百半さんは大変だったらしいね」

「そうなんですよ」

「うちの店もあそこから花嫁衣裳《いしょう》の注文を受けていたんだが、これでふいになったよ」

「そうですねえ」

「で、おていちゃんは落ち着いたら八百半さんに嫁入りするのかい」

平助は至極当然の顔で訊く。

「とんでもない」

おあきは慌てて否定した。

「だけど、もう、おていちゃんが嫁入りしても別に不都合はないじゃないか」

「簡単に言わないで下さいな。八百半の旦那さんはお梅さんが自害したことを、おていのせいにしたんですよ。あんな了簡《りょうけん》の狭い舅《しゅうと》のいる家にお嫁になんて出せるもんですか」

おあきは思い出して不愉快そうに吐き捨てた。

「難しいねえ。こっちは自分の商売のことばかり考えて、ついうっかり口にしてしまった。堪忍《かんにん》しておくれ。さて、また働かなきゃならないよ。お伊勢参りは夢のようなものだった。だが、夢はいつか覚めるものさ」

平助はそう言って、帰って行った。平助の土産は青海苔《のり》だった。

夢はいつか覚めるものと、平助は言った。それほどお伊勢参りは平助にとってすばらしいものだったのだろう。なまじ夢など見なければ失望することもないはずだ。旅に行く前は朝から晩まで働くことに平助は疑問を感じなかっただろう。

見たこともないものを見、食べたことのないものを食べて戻った途端、自分の暮らしに味気なさを感じたのだ。平助の後ろ姿は何んだか元気がなかった。人間の倖《しあわ》せなんてわからないと、おあきは思う。変わりばえのしない暮らしでも、家族が毎日恙《つつが》なく過ごせるのなら、それで構わない。それだけで充分だ。おあきは胸で呟いた。

髪結床から戻って来たおていは、見世に入るなり、くんくんと鼻をうごめかした。

「どうしたえ」

「何んだか臭《にお》う。何か腐っているよ」

「え？」

言われてみると、確かに甘だるい腐臭がする。

おあきは恐る恐る板場に入った。だが、心当たりがない。

「おっ母さん！」

おていは大鍋《おおなべ》の蓋《ふた》を開け甲高い声を上げた。

おでんのだしが濁り、そこから腐臭が出ていたのだ。

「こんなことになるなんて。夏の盛りでも大丈夫だったのに」

おあきはがっくりと肩を落とした。

「ゆうべ、兄さんの話で盛り上がり、火種を消してから、しばらくそのままにしていたじゃない。いつもなら、すぐにだしと種を分けるのに」

「そうだねえ」

「あ、種も駄目みたい。臭いがする」

笊《ざる》に上げ、布巾を被《かぶ》せていた種も腐っているようだ。

「仕方がない。今夜のおでんは、なしにしよう。魚屋に行って、干物でも仕入れなきゃ」

おあきは慌てて買い物籠《かご》を手にした。

「おっ母さん。二度あることは三度あるって浜さんが言っていたよね。三度目がこれなら、諦めもつくんじゃない？」

おていは悪戯っぽい顔で言う。

「なに、ばかなことを言っている」

おあきはそう言って見世の外に出たが、内心ではおていの言う通りなら、これでよかったのかも知れないと思った。人の命に比べたら、おでんのひと鍋やふた鍋、気にすることもない。三度目はこの限りにしたいと強く自分に言い聞かせ、おあきは歩みを速めた。

てんやわんや

一

鬼虎を斬殺《ざんさつ》した下手人は北町奉行所の同心に捕縛《ほばく》された。五人の浪人達は金で雇《やと》われたと白状したが依頼した者の素性《すじよう》はわからなかった。奉行所の役人は、さらにきつい取り調べを行なったが、浪人達が白状した以上のことは出て来なかった。

五人は小伝馬町《こでんまちよう》の牢《ろう》に収監されて奉行の裁きを待つこととなったが、死罪になるかどうかは定かでなかった。恐らく死一等は減じられ、遠島《えんとう》か重追放が関の山だろうと弘蔵は考えていた。金で雇われて人殺しをする浪人はその五人に限らない。また、死罪の沙汰《さた》を下すには幕府の重職達の許可が要《い》った。幕府の存続が危ぶまれているご時世では、重職達もそれどころではないのが現状だろう。

良助が話していた「ええじゃないか」の狂乱は中国地方から関東へと波及していった。神社の札《ふだ》が降る現象も同時に起こっている。土地柄が変われば神社の札も変わる。八幡《はちまん》、天神、住吉、稲荷《いなり》、淡島、水天宮、春日《かすが》、秋葉《あきば》大権現《だいごんげん》と様々で、札ばかりでなく、仏像も降り、果ては人間の生首、手足までも降ったという。

また、神社の札が舞い降りた家は人々に酒肴《しゅこう》を振る舞わないと打ち壊《こわ》しの憂き目を見ると噂《うわさ》された。しかし、札が舞い降りるのは決まって富裕《ふゆう》な家だった。

ええじゃないかは落ち着かない世の中が引き起こした自然の現象だとしても、札をばら撒《ま》いて、その狂乱に拍車を掛けていたのは反幕府の連中に違いない。幕府は仏教を保護していたので、仏教勢力を殺《そ》ぎ、神道を前面に押し出すことが彼等《かれら》の意図だった。その彼等とは薩摩《さつま》、長州の連中に外《ほか》ならなかった。

薩摩、長州の両藩が、かくも幕府に対して敵意を露《あら》わにするのは、幕府が攘夷《じょうい》を決行できなかったからではなかった。それは徳川幕府が成立した時から始まっていたのだ。

慶長《けいちょう》五年（一六〇〇）九月。関ヶ原の合戦が起きた。石田《いしだ》三成《みつなり》率いる西軍と徳川家康率いる東軍の戦《いくさ》は天下分け目の戦とも呼ばれた。事実上、大名の権力争いだった。

薩摩の島津《しまづ》氏と長州の毛利《もうり》氏は西軍として戦い、敗れた。以後、両家は外様《とざま》大名に甘んじていた。

ここに来て、幕府権力が衰えたと知るや、薩摩長州が長年の遺恨を晴らさんと考えたのは、当然と言えば当然だった。

薩摩藩の大久保利通《としみち》は西郷吉之助《きちのすけ》（隆盛）とともに藩内の若手改革派「誠忠組《せいちゅうぐみ》」の

頭《かしら》だった。

十一代藩主、島津斉彬《なりあきら》の没後、斉彬の養子、茂久《もちひさ》（忠義《ただよし》）が藩主に就《つ》くと、利通は茂久の父、島津久光《ひさみつ》に接近する。久光は斉彬の弟だった。

文久三年（一八六三）八月十八日。京都において政変が起きた。幕府はこれにより、尊王攘夷倒幕派の公卿《くげ》と長州藩の兵の追い出しに成功した。

幕府はこれを好機と捉《とら》え、開国を制限し、天皇を味方につけようと図った。

政変の後、一橋慶喜《ひとつばしよしのぶ》と雄藩大名の参与会議が京都で開かれ、久光はこの会議に出席すべく上洛《じょうらく》した。

しかし、慶喜と久光は席上、対立した。これを聞いた利通は慶喜に対して不信の念を募《つの》らせ、公武合体政策に見切りをつける。二度に亘《わた》る幕府の長州征伐にも利通は終始、反対を唱えていた。

長州征伐が失敗に終わると、利通はいっきに武力倒幕の考えを打ち出す。それにはまず、公卿を味方につける必要があった。

公卿は歴史を辿《たど》れば天皇家から分家した者達である。京都御所の周辺に居を構え、朝廷の恩恵を給《たま》わって暮らしていた。朝廷は幕府より権威が勝《まさ》っているとは言え、幕府が朝廷に与えていた扶持《ふち》は僅《わず》かだった。おおかたの公卿は困窮していた。

雅楽の内職や、検校《けんぎょう》の上納金で細々と喰《く》い繋《つな》いでいたのだ。

利通は公卿の現状を把握していたので、以前からつけ届けをして機嫌を取っていた。だから、倒幕を決議した薩摩、長州に公卿達が率先して加担したのも肯《うなず》ける。公卿の最下級であるが政治力に長《た》けた岩倉具視《いわくらともみ》の発言で公卿達は動いた。倒幕は現実味を帯びて実現の方向へ傾いていった。

二

お梅の四十九日が過ぎた頃、八百半の半兵衛が息子の半次郎を伴って現れた。昼の客が一段落した午後のことだった。暦は神無月《かんなづき》に入り、秋はいよいよ深まり、朝夕はめっきり冷え込む日もあった。しかし、その日は穏やかな陽射《ひざ》しが降り注ぎ、ぼんやりと温《ぬく》もりも感じられた。

二人が見世に入って来た時、おていは飯台の上を台拭《だいふ》きで拭いていた。

「ごめん下さい。おかみさん、ちょいとお邪魔致します」

半兵衛は笑顔で板場にいたおあきに頭を下げた。

「まあ、八百半さん。お越しなさいまし」

おあきは突然のことに驚いたが、何事もない顔で応《こた》えた。おていは金縛りに遭《あ》ったように二人を見つめていた。

「折り入って、おかみさんにご相談がございまして」

半兵衛は後ろにいた半次郎を振り返って言う。

「何のご相談でしょう。あいにくうちの人は留守ですので、難しいお話なら後にしていただけませんか」

「いいえ。さして難しいというものではありませんよ。その節はお梅のことで何かとご迷惑をお掛け致しました」

半兵衛は如才《じょさい》なく言った。

「いいえ、そんなことは」

「お蔭様でお梅の四十九日の法要も滞《とどこお》りなく済み、わたしどもも、ようやく落ち着きました」

半兵衛が何を言いたいのか、おあきにはおおよそ見当がついた。おていを八百半の嫁にしたいとやって来たのだ。半兵衛の言葉をおあきは忘れていなかった。お梅の自害を、おていのせいにした男だ。

「旦那《だんな》さん。言い難《にく》いことですが、お梅さんは遺書のようなものを残しておりましたか」

おあきは単刀直入に訊《き》いた。

「ええ、まあ……」

半兵衛は居心地の悪い顔で肯いた。

「そこにはうちの娘のせいで自害すると書かれていたのですか」

おあきの声に怒気が含まれた。おていは顔を上げ「おっ母さん」と、低い声で制した。

「おかみさん。お梅はそんなこと、これっぽっちも書いていなかった。今まで育てて貰《もら》った礼と、これ以上、八百半の重荷になりたくねェと書いてあっただけだよ」

半次郎は父親を庇《かば》うように口を挟《はさ》んだ。

「そうですか。おていのせいじゃなかったんですね。これでようやく気が晴れましたよ。でも、お梅さんが自害した理由は結局、わからずじまいってことですね」

「いえ、理由はわかっておりやす」

そう言った半次郎をおていは、じっと見つめた。

「そのう、お梅には惚《ほ》れた男がいたんですよ。そいつはもちろん、おれじゃねェ。店の番頭で、女房と子供がいる男です」

「まさか、深間《ふかま》になっていたんじゃないでしょうねえ」

おあきの直截《ちょくせつ》な言葉におていは眉間《みけん》に皺《しわ》を寄せ、「やめておっ母さん、そんなこと訊くの」と言った。

「腹に子ができていたんですよ。お梅は祝言の日が近づくわ、腹には子ができるわで、とうとう切羽詰まって大川に飛び込んだんです。これはお梅の遺骸《いがい》を調べた八丁堀《はっちょうぼり》の旦那から後で知らされやした。だから、決しておていちゃんのせいじゃありやせん」

半次郎は吐息交じりに事情を説明した。お梅にそんな相手がいたことが、おあきにとって衝撃だった。

「誰も気づかなかったのですか」

今さら詮《せん》のないことと思いながら、おあきは言わずにはいられなかった。

「あいすみません。眼が届きませんでした」

半兵衛は低い声で応えた。

「それで、その番頭さん、どうなりました？」

おあきは半兵衛に訊いた。

「はい。外聞《がいぶん》が悪いので可哀想《かわいそう》でしたが、店は辞めて貰いました。女房の実家に頼って、小さな青物屋でも始めることでしょう」

「そうですか……」

何んだかやり切れない話だった。

「それで、おかみさん。お梅の四十九日も済んだことですし、改めておていちゃんと倅《せがれ》のことを考えていただけないでしょうか」

おずおずと言った半兵衛に、おあきはしばらく返事をしなかった。おていは板場に入り、茶を淹《い》れた。

「半次郎さん、旦那さん。座って下さい」

おていは湯呑《ゆのみ》を差し出して言う。

「あ、ああ」

半次郎は父親に顎《あご》をしゃくった。二人は遠慮がちに床几《しょうぎ》へ腰を下ろした。半兵衛は茶をひと口飲むと「いかがでしょうか」と、返事を急《せ》かした。

「あたしは何んとも申し上げられませんよ。うちの人が戻って来ましたら相談してみます。お返事はそれからということにして下さいまし」

おあきは即答を避けた。本当は「冗談じゃない。お梅さんが自害したのを、おていのせいにしたのは、どこのどいつだ」と喚《わめ》きたかった。

半次郎は優しくおていを見つめて笑う。おていもはにかんだような笑みを返した。おていの気持ちは改めて訊かなくても、おあきにはわかっていた。おあきがどれほど怒りを露《あら》わにしても、結局、おていは半次郎が好きなのだ。半次郎と一緒になりたいのだ。二人の様子を満足そうに見ている半兵衛が蹴飛《けと》ばしてやりたいほど憎らしかった。

三

福助の常連客も帰った夜の四つ（午後十時頃）過ぎに、おあきは外の暖簾《のれん》を引っ込め、軒行灯《のきあんどん》の灯《ひ》を消した。弘蔵はそれから間もなく戻って来た。

いつもは見世が終わると、さっさと自分の部屋に引き上げるおていも後片づけを手伝うふりをして父親を待っていた。

「めっきり夜風が身に滲《し》みるようになったぜ。おぃ、おてい、まだ起きていたのか」

弘蔵は嬉《うれ》しそうに笑った。

「お前さん。おていは折り入って話があるそうだよ」

おあきは白けた顔で言った。

「何んでェ」

弘蔵は床几に座って、おあきに顎をしゃくった。

その前に一杯飲ませろということだ。そろそろ弘蔵が戻る頃だと心積もりしていたので、ちろりには燗《かん》のついた酒が入っていた。

弘蔵はすぐに酒が出て来たので「おッ、気が利くな。商売人は、こうでなけりゃ」と、すこぶる機嫌がよかった。おあきは弘蔵には鰈《かれい》の煮付けの皿を差し出した。客の相手をする合間に拵《こしら》えていたのだ。弘蔵は魚好きの男である。煮付けでも干物でも喜んで食べる。弘蔵が生まれた国は蝦夷地《えぞち》の松前《まつまえ》だった。そこは海辺の城下町で、魚には事欠かない。四季を通じて、毎日のように魚を食べていた。だから、弘蔵は魚の食べ方が上手だ。きれいに身をせせって、骨しか残さない。

弘蔵の食べ残しは猫も跨《また》いで通ると福助の常連客は笑う。

弘蔵は嬉しそうに鰈に箸《はし》をつけながら「で、おていの話って何よ」と、訊いた。

「おっ母さんが話して」

おていは気後れした表情でおあきを見た。

おあきは吐息をひとつついて「今日、八百半の旦那さんと半次郎さんが見えたんですよ」と言った。弘蔵は何も応えず、盛んに鰈の身を口に運び、合間に猪口《ちょこ》の酒を飲む。

「うめェなあ」

低く感嘆《かんたん》の声を洩《も》らす。

「棒手振《ぼてふ》りの魚屋さんが、これなら親分も文句は言わないから、買ってくれって。ちょっと高かったけれど、思い切ったのよ」

おあきは恩着せがましく言う。

「おれの機嫌を取るつもりでか」

弘蔵はおあきとおていの顔を交互に見て、悪戯《いたずら》っぽい表情になった。

「そういう訳じゃないけど……」

おあきは言い繕《つくろ》う。

「八百半は、お梅の四十九日も済んだから、どうぞ、お宅の娘をうちの倅の嫁にいただかしておくんなさいと言って来たんだろ？」

何も言わなくても弘蔵にはお見通しだった。さすがは岡《おか》っ引《ぴ》きだと、おあきは感心した。

「お父っつぁん、いけない？」

おていは縋《すが》るような眼《め》になった。

「おていは半次郎の女房になりてェのけェ？」

弘蔵は病気の子猫でも見るような哀れな眼で訊き返した。おていはこくりと肯《うなず》いた。

「そうけェ、嫁に行きてェのか……なら、仕方がねェな。好きにしな」

弘蔵は突き放すように続けた。

「お前さん。そんな言い方はないだろう。賛成するなら、もっと喜んでおくれな」

おあきは見かねて口を挟んだ。

「誰が賛成すると言った」

弘蔵はぎらりとおあきを睨《にら》んだ。

「だって、今、好きにしなと言ったじゃないか」

「おていが是非にも嫁に行くと言や、おれは止められねェ。お梅が死んだ以上、止める理由もねェわな。だが、おれが賛成かどうかは別問題よ」

「なぜ」

おていは、すでに眼を潤ませて訊く。

「お梅が自害したのはおていのせいじゃねェ。それはよっくわかっている。だが、事情を知らねェ世間様は、邪魔な娘がいなくなったから、おていが大威張りで嫁に行くんだと噂するだろう」

弘蔵の話におあきとおていは黙った。弘蔵の言うことも、もっともだった。

「四十九日が済んだから、もういいだろうってか？　人の噂も七十五日と言うぜ。ほとぼりを冷ますにしてもまだ早ェわな」

「だったら、いつまで待てばいいの」

おていは低い声で訊く。

「そうさなあ、お梅の三周忌とまでは言わねェが、せめて一周忌までは待った方がいいんじゃねェか。そうしたら、世間様も、きっちりけりをつけたと思ってくれるだろう」

「世間様、世間様って、そんなことを気にしていたら何もできないじゃない」

「だから、お前ェがどうでも意地を通すなら、おれは何も言わねェってことだ。どうせ、娘なんざ、いつかは家から出て行くものだ。で、祝言は春にするのけェ？」

「まだ、そこまで話は進んでいませんよ。八百半さんは考えてくれと言って来ただけだから」

おあきは宥《なだ》めるように言った。

「あたしの相手は半次郎さんじゃない方がいいのね。わかった、ようくわかった」

おていはやけのように言って、奥へ引っ込んだ。

おあきはため息が出た。

「もう少し、優しく言えなかったの?」

おあきは弘蔵に酌をしながら窘《たしな》めた。

「男親なんざ、そんなものよ。娘に亭主にしてェ男ができたとなったら、内心じゃ、くそっと思うもんだ。結局は折れることになるんだが……」

「うちのお父っつぁんはそうじゃなかった。お前さんと一緒になると言ったら、最初は驚いていたけれど、すぐに喜んでくれたじゃない」

「そりゃ、事情が違うわな。お前ェは嫁入り先からおん出て来た女だし、親父《おやじ》さんはこの先、どうなることやらと案じていたんだ。おれが浪人だろうが、紙屑拾《かみくずひろ》いだろうが、さほど頓着《とんちゃく》していなかったのよ。おていと比べることはできねェよ」

「そうかしらねえ」

「それより、今は祝言どころじゃねェ。侍達の動きが妙なのよ。薩摩長州がいよいよご公儀を倒すために戦を起こすんじゃねェかと噂が流れている。ご公儀が倒れてみろ。江戸はてェへんなことになるぜ。大店《おおだな》は押し込みに襲われ、おなごは手ごめにされる。それでなくても鬼虎を殺《や》った浪人達のように、あたり構わず人を斬《き》りたがる者が増えた。八丁堀の役人もお手上げの状態なんだ」

「本当に戦が起きるのかしら」

　おあきは途端に不安な気持ちになった。

　この時、薩摩、長州、芸州（安芸国《あきのくに》・広島）の間で、すでに倒幕連盟が成立していたのである。

　弘蔵の漠然とした恐れは、的外れではなかった。

　とにかく、油断するなと弘蔵はおあきに釘《くぎ》を刺した。


　土佐藩の山内容堂《ようどう》は薩摩、長州の動きを察すると将軍、徳川慶喜に大政奉還の建白書を提出した。

　大政奉還すれば、ひとまず薩摩、長州の勢いは止めることができるからだ。慶喜は長い間、そうするべきかどうかを悩んでいたが、倒幕の密勅《みっちょく》が薩摩、長州に下ると、ついに大政奉還を上表した。

　それは十月十四日のことだった。これにより、事実上、幕府は崩壊した。翌日の十五日に政権返上の勅許《ちょっきょ》が下ると、江戸城の大評定《だいひょうじょう》は硬化した。

　当然、各藩も大混乱に陥《おちい》った。この先、自分達はどうなるのか、誰しも眠れない夜が続いた。

　慶喜が将軍職に就く前から、幕府はフランスと接近していた。

フランス公使レオン・ロッシュは江戸幕府をナポレオン三世率いるフランス第二帝政のごとく、近代的集権国家に生まれ変わらせようと画策していた。屋台骨のぐらついた幕府を建て直すには、それしかないとロッシュは考えていた。それは、天皇を担《かつ》ぐ薩摩、長州の近代国家と対抗するものでもあった。

慶喜が新しい国家の元首《げんしゅ》となるならば、朝廷に任命された征夷《せいい》大将軍を辞任しても慶喜は権威を保っていられるはずだ。

だが、十一月に入って、穏やかに政権移譲を提唱していた元土佐藩の坂本龍馬、中岡慎太郎《しんたろう》が暗殺されると、薩摩は兵を伴《ともな》って京都に進出した。

幕府の家臣達は慶喜を国政の中心人物とするために様々な案を出す会議を連日行なった。天皇の許《もと》で慶喜が摂政を兼任すればよいとか、立法、行政、軍事の権限を持つ大君《たいくん》にすべきとか、はたまた、封建制度を改め、藩を廃止し、郡県制度を取り入れ、外国の大統領制度のように慶喜を初代大統領に据《す》えるとか様々だった。

しかし、薩摩、長州は幕府よりも役者が一枚うわ手だった。慶喜の新たなもくろみを打ち砕いたのは京都の小御所《こごしょ》で起きた王政復古の蜂起《ほうき》（クーデター）だった。岩倉具視と薩摩の大久保利通が中心となった蜂起は成功し、慶喜の望みは絶たれた。すぐに辞官納地《じかんのうち》の命が下り、慶喜は無位無官の一大名となってしまった。

慶喜は京都を離れ、大坂城に入って再起の策を練《ね》る。再起とは武力によって失った権威を取り戻すことに外ならなかった。

四

本所、番場町の亀の湯で弘蔵は朝湯に浸《つ》かっていた。亀の湯は明六《あけむ》つの鐘が鳴る頃に見世を開ける。日中は見廻《みまわ》りがあるし、夜も、いつ何刻《なんどき》、厄介な事件があるかわからない。ぐずぐずしていると何日も湯に入りそびれてしまう。いつの頃からか、朝湯に入るのが弘蔵の習慣となっていた。

三度に一度ほどは磯兵衛も朝湯につき合ってくれる。その日もそうだった。朝湯に入ると、一日清々《すがすが》しく過ごせる。弘蔵と磯兵衛は少し熱めの湯に肩まで浸かった。

湯舟の傍《そば》で近所の隠居が話をしていた。二人の隠居も毎朝亀の湯に来るのを日課にしている。一人は小太りで、もう一人は骨と皮だけのような痩《や》せた身体《からだ》をしている。

「どうもねえ、戦が始まるようだよ」

痩せた方が他人事《ひとごと》のように言う。

「ほう、そうかい。戦かい」

小太りの隠居も呑気《のんき》に応えた。大政奉還、王政復古でてんやわんやになっているのは侍ばかりで、おおかたの庶民はこんなものだと弘蔵は独りごちた。

「良ちゃん、この頃、さっぱり姿が見えねェが、元気にしているんですかい」

磯兵衛はふと思い出したように訊いた。

「便りがねェのは、いい便りって言うから、何んとかやっているんじゃねェか」

弘蔵は湧《わ》き出た汗を両手で撫《な》で下ろして言う。

「歩兵《ほへい》になるとか言っていたけど、そっちはどうなりやした」

「ふん。ご公儀は町人からも歩兵を集めたらしいが、あいつはお伊勢参りに出ていて、どうも間に合わなかったらしい。間に合わなくてよかったと思っているよ。見世物小屋や両国の広小路で騒ぎを起こす歩兵にゃ、皆んな迷惑していたからな」

「それはあっしも聞いておりやした。内心じゃ、良ちゃんが歩兵になるのには賛成できなかったんですよ」

「すまねェな。磯さんにまで心配掛けて」

「しかし、戦はありそうですね」

「だな。ご公儀の連中は薩摩、長州に怒りを露《あら》わにしている。両藩の江戸詰めの家来達は、おちおち外も歩けねェだろうよ」

「ですが、戦となったら、お上《かみ》の家来の数が絶対に多い。多勢に無勢。薩長はひとたまりもねェでしょう」

「そうは思うんだが、あいつ等はエゲレスと手を組んでいるらしい。それが気になる」

「エゲレスが大筒《おおづつ》や鉄砲を薩長に援助するとしたら、わからねェということですか」

「おうよ。奴等は、人数では勝ち目がねェから、そこら辺のことは、とっくに考えているはずよ」

「ちょいと心配ですね」

「ま、戦が起きようがどうなろうが、おれ達には直接、関《かか》わりはねェわな。磯さん、おれァ、今になって町人でよかったとしみじみ思うぜ。侍《さむれ》ェでいたら、今頃は途方に暮れていたはずだ」

弘蔵はそう応えて、勢いよく湯舟から出た。

弘蔵が言ったことは、強がりではなかった。幕府の恩恵を給わって来た武士は、まさか幕府がなくなるなどとは、夢にも思っていなかっただろう。

この二十年余り、町人として暮らして来た弘蔵だが、どこかで武士を捨てきれない部分があった。それがようやくふっ切れたのだ。

その夜、福助には珍しい客がやって来た。弘蔵の松前藩時代の朋輩《ほうばい》である広田忠蔵《ひろたちゅうぞう》と原水多作《はらみずたさく》だった。二人は弘蔵が戻るまで小上がりでひっそりと酒を飲んでいた。

弘蔵が福助の油障子を開けると、二人は腰を浮かし「栂野尾《とがのお》！」と同時に声を上げた。弘蔵は一瞬、眉間《みけん》に皺《しわ》を寄せたが、すぐに二人の傍に行った。

「こんな時間まで外に出ていて、いいんですかい」

弘蔵は藩の門限を気にした。

「どうもこうもあるものか。藩は上を下への大騒ぎよ。家臣の行動など頓着《とんちゃく》しておらぬわ」

忠蔵はくさくさした表情で言う。

「さいですか。藩が大変なのはお察ししておりやした」

「上様はただの大名になり果てた。我等はこの先、どうすればよいのか頭を抱えておる」

弘蔵は自分も小上がりに座り、板場のおあきに顎《あご》をしゃくった。

「今、お酒をお持ちしますよ」

おあきは心得た顔で言った。

「しかし、藩はあくまでも上様の味方につく考えなんでげしょう？」

弘蔵が探りを入れるように訊くと「当たり前だ」と忠蔵は鼻息荒く応える。

「上様は兵を挙げるお考えらしいですね」

「おうよ。上様が将軍職を罷免《ひめん》されただけでなく、京都を守っていた会津《あいづ》の松平容保《かたもり》様も、その弟君であらせられる桑名《くわな》の松平定敬《さだあき》様も同様に役職を解かれた。その下の新撰組《しんせんぐみ》もどうなることやら。恐らくは上様を援護して戦に加わるだろうが」

会津藩藩主、松平容保は京都守護職として、その弟の桑名藩藩主、松平定敬は京都所司代として、慶喜ともども京都を守って来た。憤懣《ふんまん》やるかたない気持ちは弘蔵にも察しがついた。

弘蔵は二人の猪口《ちょこ》に酌をした。藩邸にいては鬱陶《うっとう》しい気持ちになるばかりなので、二人は外に気晴らしに出たようだ。ふと思い出し、福助を訪ねる気持ちになったらしい。

「新撰組と言えばの、わが藩からも参加している者がおる」

多作が得意そうに続けた。新撰組は松平容保の配下で京都の治安を守っていた組織だった。そのめざましい働きぶりは江戸にも伝わっている。

「どなたのことで？」

弘蔵は初耳だったので多作に訊いた。

「永倉新八《ながくらしんぱち》という者だ。江戸生まれでの、国許《くにもと》には一度も行ったことがない」

永倉という名には聞き覚えがあった。何代か前の藩主の側室《そくしつ》が下谷《したや》の呉服屋「長倉屋」の娘だった。長倉屋は娘が側室に上がると士分に取り立てられたという。おそらく、永倉新八はそれに関係する者だろうと弘蔵は当たりをつけた。

「自正院《じせいいん》様の親戚筋《しんせきすじ》の方ですかい」

長倉屋勘子《さだこ》は八代藩主、松前資広《すけひろ》の側室に上がると、文子《あやこ》と改名し、資広亡き後は剃髪《ていはつ》して自正院を名乗っていた。

「ほう。栂野尾はよく覚えていたの。いかにも永倉新八は自正院様のお兄様の孫に当たる男だ。江戸の藩邸で生まれ、苗字《みようじ》を長いから永久の永に変えておるがの」

多作はもの覚えのよい弘蔵に感心した顔になった。

「永倉は脱藩して、しばらく行方が知れなかったのだが、風の噂で新撰組に入ったことがわかったのよ。我等は大いに喜んでおった」

忠蔵は自分の手柄のように言い添えた。

「さいですか。藩にも思い切ったことをする家臣がいたんですね」

永倉新八なる人物が何者でも、今の弘蔵には興味がなかったが、黙って二人の話を聞いた。

それから二人は深更に及ぶまで薩摩長州に対する怒りを滔々《とうとう》と語った。弘蔵が考えていた以上に薩摩長州に対する憎しみは強かった。薩摩藩は慶喜が留守にしている江戸に浪人を放ち、放火、押し込み、人殺しなど、暴挙の限りを尽くして幕府を挑発している。弘蔵はおていに外へ出ることを禁じた。幕府が痺《しび》れを切らして兵を挙げたところを、薩摩長州がねじ伏せ、いっきに幕府の息の根を止めようとする作戦に思えた。

戦はいずれ起こるだろう。弘蔵は確信を持って思っていた。

暮も押し迫った師走《しわす》の二十五日、諸藩の兵が二千人も芝《しば》の薩摩藩、江戸藩邸に詰め掛け、焼き討ちにするでき事が起きた。焼き討ちは薩摩藩の支藩である佐土原《さどわら》藩藩邸でも行なわれた。しかし、これが鳥羽伏見《とばふしみ》の戦へと至る弾《はず》みをつけてしまった。

大坂城にいた慶喜は薩摩藩、佐土原藩の焼き討ちの報を受け、会津、桑名の両藩に出陣を命じた。勝機と見たのである。

ついに、明けた慶応四年（一八六八）正月三日、鳥羽伏見の戦が始まった。慶喜は元旦《がんたん》に兵を挙げ、大坂から京へ攻め入ろうとしたのだった。

五

福助の軒先《のきさき》に注連飾《しめかざ》りが揺れている。京では戦が始まったというのに、江戸の庶民は仕来たり通りに正月を祝う。三が日は見世を休みにするものの、おあきはゆっくりとしてもいられない。

良助が久しぶりに家に戻り、加えて八百半の半次郎も茶の間のこたつに一緒に入っていた。こたつの上には、おあきの手作りのおせち料理が重箱に入れられて並んでいた。

「しばらく家に顔を出していねェと、色々、変わったことが起きるぜ」

良助は半次郎とおていに皮肉な眼を向ける。だが、反対している表情ではなかった。

「まあ、こういうことなので、ひとつよろしくお願《ね》げェ致しやす」

半次郎はこくりと良助に頭を下げた。

「おれはまだ、承知していねェぞ」

弘蔵は飲み疲れ、横になって腕枕《うでまくら》をしながら言う。

「お前さん。今日ぐらい、そんなことは言わないの」

おあきは笑いながら制した。

「親父。往生際《おうじょうぎわ》が悪いぜ。おていはこの機会を逃したら、いつ嫁に行くのか知れたもんじゃねェ。喜んでやんな」

良助は鷹揚《おうよう》に言う。そんなところは総領息子だ。弘蔵をいなすのは良助しかいないと、おあきは思っている。

「だが、おていが半次郎さんの嫁になったら、おれは半次郎さんからは年下の義兄《にい》さんになるのけェ。何んだか妙だぜ」

良助は苦笑した。年が明けて半次郎は二十六。おていは十七で、良助はひとつ年上の十八になった。

「世間ではよくあることですよ。良助さんのことは義兄《にい》さんと呼ばせていただきやす。さ、義兄さん、おひとつどうぞ」

半次郎は如才なく徳利を勧める。間髪《かんはつ》を容《い》れず「まだ、早ェ」と弘蔵が吼《ほ》えた。

「困った人だねえ。良助の言うように往生際が悪いんだから」

おあきは半次郎の皿に煮しめを取ってやりながら笑った。

「ところで親父。お上《かみ》は戦を始めるそうじゃねェか。勝算はあるのかよ」

良助は改まった口調で訊いた。

「わからねェな」

弘蔵はつまらなそうに応えた。

「薩摩はエゲレスから持ち込まれた最新式の大筒を用意しているらしいぜ」

良助はどこから聞いたのか、存外に詳しいことを知っていた。

「らしいな」

弘蔵は起き上がって応えた。半次郎がその拍子に愛想笑いをしたが、弘蔵は眉《まゆ》をひょいと持ち上げただけだった。

「それに比べて、お上は旧式の火縄銃《ひなわじゅう》がおおかただ。大丈夫かと心配になるぜ」

「どうなるかは終わってみなけりゃわからねェよ」

弘蔵は他人事《ひとごと》のように言う。

「もしも戦に負けたら、千代田のお城も薩摩、長州の物になるんだろ？　そいつはちょいと肝《きも》が焼ける」

「薩摩、長州じゃねェ。千代田のお城は天子様の持ち物になるんだ。ご公儀がお城を死守しようとすれば、薩摩、長州はお城を焼き討ちにするだろうよ」

「どっちにしろ、上様には立つ瀬も浮かぶ瀬もねェってことけェ。気の毒にな」

良助の声が低くなった。良助は弘蔵の跡を継いで、幕府に忠誠を誓う気持ちが強かった。

「松前の家来も右往左往しているんじゃねェのけェ?」

良助は弘蔵に続けた。

「この間、お父っつぁんの藩にいた頃のお友達が見えたんだよ。もう、どうしていいのかわからない顔をしていた。最後はやけ酒になっちまったのよ」

おあきは広田忠蔵と原水多作のことを思い出して口を挟んだ。

「ご政道《せいどう》が朝廷に移ったのはわかる。それによって上様が将軍を辞めたのもわかる。わからねェのは諸国に何十万人、何百万人もいる侍の今後のことよ。いってェ、どうなるんだか」

良助の声にため息が交じった。

「上様は駿府《すんぷ》(静岡)のただの大名になった。それでは、ご公儀の家来は養い切れねェ。恐らくは、ほとんどが浪人となり果てることだろう。だから、戦で勝ちを決め、何んとか家来達の道が立つようにと上様はお考えなのだ」

弘蔵はつかの間、真顔になった。

「勝つといいですね」

半次郎は弘蔵の気を惹《ひ》くように口を挟んだ。

「勝つも勝たねェも、今のお前ェにゃどうでもいいこったろう。お前ェは早くおていを嫁にしたくてうずうずしていらァな」

弘蔵は、また皮肉な調子になった。おていは困り顔で父親を見た。

「そんなことはありやせん。お上のご威光を給わって、おれ達は江戸で暮らして来たんですから。上様には今まで通り、上様でいていただきたいと心から思っておりやす」

半次郎は柔らかい口調で反論した。

「へ、珍しくいいことを言うな。気に入った。さ、飲め」

弘蔵は相好を崩して徳利を持ち上げた。おあきとおていは安堵《あんど》の吐息をついた。

長丁場になると思われた鳥羽伏見の戦は意外な展開となっていた。幕府軍は一万五千の軍を送り込み、官軍の五千の軍と戦った。一時は奇襲作戦で敵を墨染《すみぞめ》という所まで撃退したが、正月四日、征討大将軍に任じられた仁和寺宮嘉彰《にんなじのみやよしあき》親王が錦旗《きんき》を翻《ひるがえ》して陣頭に立つと、官軍は勢いづき、幕府軍は、いっきに淀《よど》まで敗走した。仁和寺宮嘉彰親王が錦旗を翻したということは、その時点で幕府軍は朝敵《ちょうてき》となったことを意味した。藤堂《とうどう》藩の裏切りと、淀城の城主が幕府軍の入城を拒み、援護をしなかったことも敗因だった。慶喜はほうほうの体《てい》で大坂城に戻った。

慶喜はこの戦に勝算はないと踏んで、天保山《てんぽうざん》沖に錨《いかり》を下ろしていた開陽丸《かいようまる》に、松平容保、定敬等、僅《わず》かの側近達とともに乗り込み、江戸へと逃げ帰ってしまった。開陽丸は幕府がオランダに発注した軍艦だった。残された幕臣達は慶喜の行動に驚くより呆《あき》れてしまったらしい。

正月七日には慶喜追討の大号令が下された。

開陽丸は十二日の未明に江戸へ着いた。慶喜はそのまま江戸城へ向かった。江戸の家臣達は誰しも敗戦を予想していなかった。すぐに今後の方針について、激しく議論が展開された。議論は真っ二つに分かれた。すなわち、主戦派と恭順《きょうじゅん》派であった。小栗忠順《おぐりただまさ》や榎本武揚《えのもとたけあき》は主戦派だった。

最初は主戦派がおおかただったが、若年寄の堀直虎《ほりなおとら》という大名が西丸《にしのまる》で恭順を主張して自害すると、恭順派がいっきに優勢となった。

慶喜は長考の末、徳川家存続を条件に恭順の意志を固めた。城内で、そのような議論があったことなど、江戸の庶民は知る由もなく、殿様が戻ったのを喜び、その喜びは米の値段が下落するほどだった。

「どういうことなんですかね」

亀の湯の磯兵衛が弘蔵に訊く。その夜の福助は珍しく客がなかった。おあきは磯兵衛に酒と突き出しを用意すると、板場から出て飯台の前の床几《しょうぎ》に座り、熱心に瓦版《かわらばん》を読んでいた。

「わからねェなあ」

弘蔵は首を傾《かし》げた。

「このまま、ただでは済まねェんじゃねェですかい」

「それはそうだが……」

二人は慶喜の命がないものと内心で思っていたが、それは口に憚《はばか》られることなので、どちらも言わなかった。

「恐らく、官軍が江戸へ攻めて来るだろうよ」

弘蔵は低い声で続けた。

「へ、薩摩、長州じゃなく、官軍ですかい」

磯兵衛は皮肉を込めた。外は風が出てきたようだ。油障子ががたぴしと鳴った。おあきが顔を上げ、戸口の方を見た。こんな日は湯屋も火事を恐れて早めに釜場《かまば》の火を落とす。磯兵衛は、これ幸いに弘蔵とゆっくり酒を酌み交わしていた。

「薩摩、長州は朝廷の組織に入ったから、そう言うしかあるめェ」

弘蔵も皮肉で返す。

「いってェ、上様はこれからどうするおつもりなんで？」

「そりゃ、再起を図るお気持ちはあるだろう。ご公儀の大幅な人事異動もあったと聞いているぜ」

それは松前藩の朋輩《ほうばい》から仕入れた情報だった。

「勝海舟《かつかいしゅう》というお人が陸軍総裁になったとか」

「相変わらず、耳が早ェな」

弘蔵は磯兵衛に酌をしながら笑った。

「あのお人は本所の亀沢町《かめざわちょう》の生まれだそうですぜ。貧乏御家人《ごけにん》の倅《せがれ》だったんだが、何しろここがよかった」

磯兵衛は月代《さかやき》の辺りを人差し指で突《つつ》いた。

「だな。長州征伐もあの人が始末をつけたらしい。ということは、この度も、その勝様が始末をつけるんだろう」

弘蔵は疎《まば》らに生えた顎髭《あごひげ》を撫《な》でて天井を見上げた。

「多分、あのお人が上様のお命を守るんじゃねェですかい」

「それは上様が官軍に降服してからの話だろう。上様には、まだ戦をする意志があるように思えるんだが」

「さいですね。まだまだ目離しはできやせんね。ところで、おていちゃん、決まったそうですね」

磯兵衛は話題を変えるように言った。弘蔵は苦笑いした。再三に亘《わた》る八百半の申し出に、弘蔵もとうとう折れたのだ。月末には結納を交わし、二月には祝言だった。

何もそう急がなくてもよさそうなものだが、おあきが、二人が可哀想だから、早く一緒にさせてやりましょうと言ったからだ。

官軍が江戸に攻め入って来ることを考えたら、弘蔵も気が気ではない。だが、おていを嫁に出せば、いざとなった時、半次郎がおていを守る。自分はおあきの身を案じるだけでいい。弘蔵はそう考えたのだった。

「おていちゃんも、てェへんな時に嫁入りするものだ。ま、雨降って、地固まるというたとえもあることだし」

磯兵衛は弘蔵に笑って言った。

「そう思ってくれるなら、おれも気が楽になる。ありがとよ」

弘蔵は小さく頭を下げた。

「祝言には呼んでおくんなさい。おていちゃんは親戚《しんせき》の娘のように思っておりやす。祝い酒に酔い、親分と泣きてェんですよ」

磯兵衛の声が少し湿った。

「おきゃあがれ。誰が泣くか」

弘蔵は虚勢を張る。おあきが横でくすりと笑った。

六

高砂《たかさご》や～、この浦舟に帆をあげて～、この浦舟に帆をあげて～。月もろともにいで潮の。浪《なみ》の淡路の島影や～。遠く鳴尾《なるお》の沖すぎて、早や住《すみ》の江《え》に着きにけり～。早や住の江に着きにけり。

青物組合の長老が塩辛声を張り上げて「高砂」を謡《うた》う。高砂は世阿弥《ぜあみ》の作である。肥後国《ひごのくに》の神主《かんぬし》が伴《とも》を従え京見物の旅に出た。途中、播州《ばんしゅう》高砂の浦に立ち寄り、美しい景色を眺めていると、熊手を携《たずさ》えた翁《おきな》と杉箒《すぎぼうき》を携えた媼《おうな》がやって来て、静かに松の樹木の根方を掃き清めた。神主は二人に有名な高砂の松はどれかと訊《たず》ねた。すると媼は、この松こそ、その高砂の松だと応えた。それでは住の江の松とともに、相生《あいおい》の松と呼ばれるゆえんはいかに、と神主は続けた。たとい、遠く離れていても、夫婦であれば心が通うものだと媼は説明した。それから松のめでたさを滔々《とうとう》と語った。最後に自分達は松の精であると明かし、住の江で待っていると告げて小舟で去って行く。

謡曲は不案内でも、人々は高砂だけは覚えていた。白無垢《しろむく》の花嫁衣裳《いしょう》に綿帽子のおていは、弘蔵が知っているおていではなかった。何か畏《おそ》れ多いものが、おていの周りを包んでいるように感じられた。

八百半に訪れた客は八十人近くも数えられた。

さすが本所で指折りの青物問屋である。茶の間、奥の間、次の間の襖《ふすま》を取り払うと大広間になった。

弘蔵とおあき、良助は、その末席から床の間を背にして座っているおていを見つめた。招待客は、ほとんどが八百半の関係者で、福助側からは磯兵衛と鳶《とび》職の頭《かしら》夫婦、弘蔵に縄張を渡した岡っ引きの女房だけだった。おあきは浜次や政五郎にも声を掛けたが、二人は遠慮して出席しなかった。

その他に、おあきの友人のおちえとおむら、小梅村に住んでいるおあきの伯父《おじ》、叔《お》母《ば》夫婦も駆けつけてくれた。

おていの友人のおさきは、これまでのおていと半次郎との経緯《いきさつ》を知っているだけに、自分のことのように喜んでいた。

良助は披露宴が始まった時から俯《うつむ》きがちで、ろくに話もしようとしなかった。時々、水洟《みずばな》を啜《すす》る。

それはおていが嫁にゆく寂しさばかりではなかった。

その日の朝、明六つ（午前六時頃）、徳川慶喜は江戸城西丸の御駕籠台《おかごだい》から乗り物で上野の寛永寺《かんえいじ》へ向かった。従者は僅《わず》か数十名。新撰組も警護のために同行した。従者はいずれも平服で、とても前将軍の行列とは思えなかった。

良助はその行列を見送ったのだ。良助は慶喜が哀れで涙がこぼれたという。その後のおていの披露宴だったから、とても笑顔にはなれなかったらしい。

慶喜は寛永寺の塔頭大慈院《たっちゅうだいじいん》にこもり、ひたすら恭順を表す所存であった。

「良ちゃん。めでてェ席に涙は禁物だ。さ、飲みな」

磯兵衛は良助を慰めるように銚子《ちょうし》を差し出した。

良助はこくりと肯いて杯を受けた。

「ま、お前ェの気持ちはわからねェ訳じゃねェ。良ちゃんは格別の殿様好きだからな」

「おいら、殿様の力になりてェんだ、小父《おじ》さん」

良助は切羽詰まった声で言う。

「しッ、良助。静かにおし。ご隠居様の高砂がまだ終わってないよ」

おあきは低い声で制した。

さて万歳の。小忌《おみ》ころも。指すかいなにはあくまを払い。おさむる手には寿福をいだき。千秋楽は民をなで。万歳楽には命をのぶ。相生の松風。さっさの声ぞ楽しむ〜。さっさの声ぞ楽しむ〜。

青物組合の長老は痰《たん》がからまったような咳払《せきばら》いをして高砂を終えた。座には安堵《あんど》した吐息が聞こえた。弘蔵は痺《しび》れた足を組み替えた。

「やれやれ。ようやく仕舞いになったか。おれァ、このまま永遠に続くんじゃねェかと、はらはらしたわな」

弘蔵が冗談交じりに言うと、良助がふっと笑った。

「良ちゃんがようやく笑ってくれた。そうだよ。今日ぐれェは機嫌のいい顔をしてやらねェじゃ、おていちゃんが可哀想だ」

磯兵衛は盛んに良助を気遣う。宴《えん》もたけなわになると、半兵衛と妻のおとよが弘蔵達の傍《そば》にやって来た。

「お蔭《かげ》様で、めでたくこの日を迎えることができました。ありがとうございます。今後とも何卒《なにとぞ》よろしくお願い致します」

半兵衛は感極まった表情で頭を下げた。弘蔵もこの時だけは居ずまいを正し「こちらこそ、どうぞよろしくお願いします」と、丁寧に応えた。

「おかみさん。行儀もろくに仕込んでいないふつつかな娘ですので、びしびし叱《しか》って下さいまし」

おあきも畏《かしこ》まって言い添えた。おとよは青物屋の女房にしては、もの静かな女だった。おあきの言葉に微笑《ほほえ》みを浮かべて肯いたが、特に何も言わなかった。二人は挨拶《あいさつ》を済ませると、他の客の席に移った。

「旦那はともかく、姑《しゅうとめ》は難しそうですね」

磯兵衛は囁《ささや》き声で感想を洩《も》らした。

「きっと、お梅さんのことが、まだ忘れられないのでしょうよ。無理もありませんよ。娘同様に育てて、いずれは半次郎さんと一緒にさせようと思っていたんですから」

おあきはおとよの胸の内を慮《おもんぱか》って言う。

「難しい姑がいようが、どうだろうが、おていが嫁に行くと決めたことだ。後は八百半さんにお任せするしかねェ」

弘蔵は少し声を荒らげた。

「お前さん。声が大きい」

おあきは慌てて弘蔵を制した。

「ま、最初は噛《か》み合わねェこともあるだろうが、その内に慣れるもんだ。半次郎さえ、しっかりおていちゃんを守れば、それでいいのさ」

磯兵衛はとり繕うように言う。

「嫁と姑ってのも難しいな。おいらも所帯を持ったら、嫁さんは苦労をするだろうな」

良助はそんなことを言った。

「あたしが小うるさい姑だと言いたいのかえ」

おあきは、むっとして良助を睨《にら》んだ。

「実の母親のようには行かねェってことだろうが。何んだよ、眼ェ、吊《つ》り上げて。おっかねェな」

良助はぶつぶつ言って、吸い物の蓋《ふた》を取った。

「良ちゃん。いい人はいねェのけェ?」

磯兵衛は何気なく訊いた。吸い物を啜っていた良助は、その拍子にむせた。

「小父さん。変なことを言うなよ」

「何が変なことだ。おていちゃんが嫁に行ったら、今度はお前ェの番だろうが」

「おいらはまだ早ェわな」

そう応えたが、良助の表情は心許《こころもと》なかった。

「だが、目当ての娘はいるんだろ?」

「そりゃ、まあ……」

「ええっ?」

おあきは眼を剝《む》いた。

「だから、所帯を持つとか、そんな話じゃねェったら。いつもめしを喰《く》いに行く見世に手伝いをしている娘がいるのよ。その見世の親仁《おやじ》の姪《めい》っ子なんだ。おいらが行くと嬉しそうな顔をして、沢庵《たくあん》を多めに出してくれる」

良助は照れた表情で言った。

「おう、脈はあるぞ」

磯兵衛は嬉しそうに笑った。

「おいら、胸の内で、そいつが嫁さんになってくれるなら、おっ母さんは助かるだろうなと思っているだけよ。だけど、そんなことはおくびにも出しちゃいねェ。その前においらはやることがあるからよ。金も貯《た》めなきゃならねェし」

良助はおあきの助けになるような娘を女房にしたいと考えているようだ。その気持ちは、おあきには嬉しかった。

「そのう、伊勢土産も渡したのけェ？」

磯兵衛は興味津々だ。

「小父さん。お父っつぁんのお株を取るなよ。取り調べみてェだぜ」

良助は笑いにごまかした。

「磯さん。渡したに決まっているじゃねェか」

弘蔵は訳知り顔で口を挟んだ。

「そうだよな。そうに決まっていらァな」

磯兵衛は大きく肯いて良助に銚子を差し出した。

良助はにっこり笑って杯を受けた。

宴《えん》がお開きになると、引き出物と料理の折詰を持って、弘蔵達は八百半を出た。帰りしなに、おていが涙ぐんでいたのが弘蔵とおあきにこたえた。だがもう、おていは自分達の娘ではないのだ。

おあきは「辛抱するんだよ」と声を掛け、弘蔵はおていの肩を叩《たた》き「まあ、がんばりな」とつっけんどんに言った。良助は「じゃあな」だった。

七

帰り道は誰しも口数が少なかった。番場町で磯兵衛と別れ、福助の前で鳶《とび》職の頭《かしら》夫婦と、先代の岡っ引きの女房と別れた。おあきの親戚《しんせき》は竪川《たてかわ》沿いの舟宿に泊まって貰《もら》った。おあきの友人達は家のことが気になる様子で、ひと足先に帰っていた。

「良助。今夜は泊まっておくれな。あたし達、何んだか寂しくて」

見世に入ると、おあきは良助に縋《すが》るような眼を向けた。

「最初《はな》っからそのつもりだったよ。きっと、お父っつぁんも、おっ母さんもがっくりくるだろうと思ってよ、店の番頭さんには休みを貰った」

良助はにッと笑って応える。

「恩に着るよ」

おあきが着替えを済ませたところに、大工の浜次と青物屋の政五郎が顔を出した。

「帰《け》ェって来たかい？」

二人は床几《しょうぎ》に座って、祝言の話を聞きたいような表情だった。今夜は、見世は休みだと喉《のど》まで出掛かったが、弘蔵は「おあき、酒を出してやんな。おていの祝言だ。浜さんと政さんにもお相伴させなきゃな」と鷹揚《おうよう》に言った。少し煩《わずら》わしい気持ちもしたが、おあきは愛想のいい声で「あいよ」と応えた。

浜次と政五郎は神社で式を挙げ、八百半へ向かう花嫁行列を見たという。

「おていちゃん、きれえだったなあ。まるで後光が射しているみてェだった」

浜次はうっとりとして言う。

「皆さんに祝っていただいて、おていは倖《しあわ》せ者ですよ」

おあきは折詰を勧めて二人に礼を言った。

「おていちゃんに比べて親分の面は見ていられなかったぜ。苦虫を噛み潰《つぶ》したようでよ」

政五郎は愉快そうに笑った。

「そうなのよ。披露宴でも文句ばかりで、あたし、はらはらしたのよ」

話に花が咲いて、おあきも弘蔵も、おていのいない寂しさが紛《まぎ》れた。

「おっ母さん。おいら、やっぱ、気になることがあるから帰ェるわ」

普段着に着替えた良助が茶の間から出て来ると、すまない顔で言った。

「泊まるって言ったのに……」

おあきは不満そうに文句を言った。

「浜さん、政さん。親父とお袋が寂しがっているから、少しつき合ってくんな」

良助は二人の肩を両手で叩《たた》いた。

「めし屋の娘の所へ行くのか」

弘蔵は乱暴な口調で訊いた。

「おきゃあがれ！」

良助は吐き捨てるように言って、出て行った。

「何んでェ、めし屋の娘って。良ちゃんのこれけェ？」

浜次は小指を立てる。

「どいつもこいつも色気づきやがって」

弘蔵は悪態をつく。

「親分。そんなことは言いっこなしだ。皆んなが通って来た道じゃねェか」

政五郎は良助の肩を持つように弘蔵を宥《なだ》めた。

だらだらと飲んでいる内に、早や、夜も更けていた。弘蔵は、披露宴ではろくに料理に手をつけていなかったので、おあきに空腹を訴えた。

「ひやごはんが残っているから、お茶漬けでも拵《こしら》えるかえ」

折詰の料理を晩めしにしようと思っていたが、それは浜次と政五郎の酒の肴《さかな》になってしまった。

「今夜は、めしは喉に痞《つか》えるぜ」

「親分。通りに出て蕎麦屋《そばや》を呼んで来ますかい」

政五郎は気を利かせた。

「蕎麦か。そいつはいいな。おあき。皆んなで熱いかけ蕎麦を喰おうぜ」

思わぬ掛かりになるが、祝言の日ぐらい構わないだろうと腹を括《くく》り、茶の間に紙入れを取りに行った。

「はいはい」

中を開けると銭が少し減っていた。良助にやられたと気づいた。その銭で一膳《いちぜん》めし屋の娘の所に行ったのかと思うと、むっと腹が立った。だが、浜次と政五郎がいるので騒ぐ訳にもいかなかった。

政五郎は、ほどなく夜鳴き蕎麦屋を摑《つか》まえて戻って来た。

だしの効いた蕎麦は大層おいしかった。

「親仁。ひと仕事済んだら、茶でも飲め」

弘蔵は汁まできれいに飲み干すと、丼《どんぶり》を返しながら蕎麦屋に言った。

「ありがとうごぜェやす」

年寄りの蕎麦屋は皺深《しわぶか》い顔をほころばせた。

しばらくすると遠慮がちに入って来て、小上がりの縁に腰を下ろし、腰の莨入《たばこい》れを取り出した。

おあきは莨盆を蕎麦屋に勧めると茶を淹《い》れた。

「今朝は上様が寛永寺にお入りになられたようで」

蕎麦屋は煙管《きせる》から白い煙を吐き出して言った。

「らしいな」

浜次が相槌《あいづち》を打った。

「千代田のお城もとうとう薩長に取られるんですかい。世も末ですな」

蕎麦屋は吐息交じりに言う。

「お前ェさんも、このご時世じゃ、商売ェがやり難《にく》いだろう」

弘蔵は蕎麦屋を慮《おもんぱか》って言う。

「そうでもねェですよ。お武家様は夜遅くまで話し合いをするようになったんで、ちょくちょく声を掛けて貰いやす。実入りは却《かえ》ってよくなりやした。だが、今夜はお茶を挽《ひ》いていたんで助かりやした」

蕎麦屋は嬉しそうに黄ばんだ歯を見せた。おあきが茶の入った湯呑《ゆのみ》を差し出すと、蕎麦屋は慌てて灰吹きに煙管の雁首《がんくび》を打ちつけ、あかぎれの目立つ手で受け取った。

「物騒な奴等も多くなったから、お前ェさんも気をつけるこった」

弘蔵は岡っ引きらしく注意を与えた。

「ありがとうごぜェやす」

蕎麦屋は小さく頭を下げたが、ふと思い出したように「上様が寛永寺にお入りになるのは、前々からわかっていたことなんでしょうかねえ」と、怪訝《けげん》な顔で訊《き》いた。

「それはどうかな。日《ひ》にちについては上様の周りの者しかご存じじゃねェだろう。おおっぴらにしては官軍に狙《ねら》われる恐れもあるからな」

「さいですね。ですが、二、三日前、一橋様のお屋敷の前を通った時、あすこの家来が出たり入ったりしておりやしたぜ。今思えば、一橋様じゃ、上様が寛永寺にお入りになるのを、すでに知っていたんじゃねェかと……」

慶喜は一橋家から将軍の座に就いた人間である。

一橋家は田安《たやす》、清水《しみず》家とともに御三卿《ごさんきょう》と呼ばれ、言わば将軍家の身内のような存在である。慶喜が将軍を退《の》いたとしても、依然、徳川家の当主であることには変わりがない。いや、慶喜が寛永寺に入って当主不在となった今、御三卿がその代役を務めようと考えるのは当然だった。

慶喜の弟である清水家の当主、徳川昭武《あきたけ》は公務でフランスに赴《おもむ》いていた。一橋家と田安家が協力して徳川家を支えるはずだと弘蔵は思った。

「一橋様は上様のおいでになったお家だ。親分、やっぱ、一橋様は上様を助けようとなさいやすよね」

政五郎は心許《こころもと》ない表情で訊く。

「恐らくな」

「だけどよう、薩長と官軍は近い内に、この江戸にやって来るんだろ？　幾ら御三卿の一橋様でも仕度が間に合わねェんじゃねェのけェ？」

浜次は心配そうだ。

「ま、間に合うか間に合わねェかは、あっし等が心配しても始まらねェでしょう。世の中はなるようになるもんです」

蕎麦屋は茶を飲み干すと、そんなことを言って腰を上げた。

「幾らだえ」

おあきは慌てて訊いた。

「へい。毎度ありがとうごぜェやす。六十四文になりやす」

「親仁よう、年寄りのくせに勘定がすばやいな」

浜次はからかうように言った。

「へい。商売ェですんで、勘定は間違いやせん」

蕎麦屋はきっぱりと応えた。蕎麦代を受け取ると、何度も頭を下げて去って行った。

「世の中、なるようになるか……」

弘蔵は蕎麦屋の言葉を呟《つぶや》いた。

「そりゃそうでしょうが、なるようにならねェから侍ェ達は躍起になっているんでげしょう？　呑気《のんき》なことを言いやがるぜ、あの蕎麦屋」

浜次はいまいましそうに言う。

「結局、力のある者が生き残るのが世の中よ。室町幕府も鎌倉幕府も終わりは呆気《あっけ》なかったと聞く。徳川幕府もご多分に洩《も》れねェ」

弘蔵は独り言のように呟いた。蕎麦を食べたことで、ささやかな酒宴もお開きとなった。

浜次と政五郎が帰ると、おあきは戸締まりをした。

「今日は雨にならないでよかったこと」

空は終日、厚い雲に覆われていたが、何んとか雨は免《まぬが》れた。

「だな」

弘蔵は低く応えた。

「上様が謹慎される日が雨というのも誂《あつら》えたみたいでいやね。かと言って日本晴れというのも……」

「お天道様はこちとらの都合なんざ頓着《とんちゃく》していねェよ」

弘蔵は突き放すように言う。

「そりゃ、そうだけど」

「おあき。おれは疲れた。蒲団《ふとん》敷いてくんな」

「あい」

「おあき……」

「え？」

「寂しいな」

「………」

「良助を引き留めるんだったな」

「これからはお前さんと夫婦水入らずだ。なかよくしておくれね」

おあきが悪戯《いたずら》っぽい顔で言うと、弘蔵は「てへッ」と苦笑いした。

八

慶喜が寛永寺にこもると、幕臣達の中には、そろそろ知行地《ちぎょうち》へ移住を始める者も出ていた。しかし、徳川家が滅亡するなら、ともに滅亡する覚悟だと考える幕臣も依然として多かった。

官軍は有栖川宮熾仁親王《ありすがわのみやたるひと》を大総督とする東征軍が編制され、来《きた》る三月十五日を江戸城総攻撃の日と決めた。有栖川宮は、かつて静寛院宮《せいかんいんのみや》（徳川家茂《いえもち》夫人・和宮《かずのみや》）の許婚《いいなずけ》であった人間である。

田安家と一橋家は寛永寺の門主、輪王寺宮公現法親王《りんのうじのみやこうげん》や静寛院宮の協力も得て、慶喜の助命嘆願運動に乗り出した。

有栖川宮が駿府《すんぷ》に到着すると、山岡鉄舟《てっしゅう》は幕府の使者として駿府に赴き、徳川家の処分がどのようになるのかを打診した。

官軍参謀、西郷吉之助はこの時、七ヵ条の条件を提示した。すなわち、慶喜を備前藩にお預けのこと、江戸城を明け渡すこと、幕府の軍艦をすべて引き渡すこと、武器弾薬も残らず差し出すこと、城内に居住する者を向島《むこうじま》に移すこと、慶喜を始め責任者の処罰、条件実施を阻《はば》む行為がある時は東征軍が鎮定する、であった。

七ヵ条の条件の内、慶喜と責任者の処罰、慶喜の身柄を備前藩お預けの項目には、はなはだ承服できないものがあった。

鉄舟はこの件に関し、江戸城総攻撃の前に勝海舟と会談することを西郷に説得した。

一橋家では、家臣の本多《ほんだ》敏三郎《としさぶろう》、伴門五郎《ばんもんごろう》等が発起人となり、慶喜を擁護《ようご》すべく同志を募る檄文《げきぶん》が作成された。主君慶喜の命を守り、徳川幕府の名誉と権威を挽回《ばんかい》するという勇ましい内容だった。

その檄文は一橋家内で回覧され、二月十二日に雑司《ぞうし》ヶ谷《がや》の茗荷屋《みょうがや》で初めての会合がもたれた。

会合はその後、何度も開かれ、その都度、同志の数は増えて行った。浅草本願寺の会合の時は百三十名にも及んだ。幹部、頭取《とうどり》に渋沢成一郎《しぶさわせいいちろう》、天野八郎《あまのはちろう》、須永於菟之輔《すながおとのすけ》等が選ばれ、この団体は義を彰《あきら》かにするという意味で彰義隊《しょうぎたい》と名づけられた。

彰義隊の仕事は市中の警護が主たるものだった。

彰義隊は旧幕府公認の隊として人々に認知された。

宮さん宮さん

一

祝言からしばらく経《た》った頃、おていは里帰りを許されて実家に戻って来た。丸髷《まるまげ》のおていはひどく大人びて見えた。だが、おていは戻った途端、「疲れているの。少し横にさせて」と言って、二階の部屋に行った。八百半では何かと気苦労しているのだろうと思い、おあきも黙って、そのままにさせていた。

見世《みせ》を開けてしばらくしても、おていは二階から下りて来なかった。おあきはさすがに心配になり、そっと二階に上がった。

おていはぐっすりと眠っていた。

「おてい、おてい」

声を掛けると、おていは、はっとした表情で眼《め》を開けた。

「もう、朝ですか」

とんちんかんな返答をする。

「何を言ってるのだえ。まだ、夜になったばかりだ。お前、今夜は泊まって行くんだろ？」

「ああ、びっくりした。ええ、今夜は泊まると断って来たよ」

おていは床の上に半身を起こすと、後れ毛を掻《か》き上げた。

「向こうの暮らしはどうだえ」

おあきは優しく訊《き》いた。だがおていはため息をつき「寝る暇もないのよ」と情けない声で言った。

「そんな大袈裟《おおげさ》な」

「だって、向こうのおっ姑《か》さんは、嫁というものは亭主より早く起きて、朝めしの仕度をしろと言うのよ」

「そんなこと当たり前じゃないか」

「だけどおっ母さん。半次郎さんは市場の競《せ》りがあるから、起きるのは八つ半（午前三時頃）なのよ。半次郎さんだって、そんな真夜中に朝ごはんなんて食べられないよ。でも、とにかくおっ姑さんの言うことには逆らえないから、一応、時刻になればあたしも起きるのよ。夜が明けると、お客さんが入れ替わり立ち替わりやって来て、あたしはお茶を出したりして愛想をするの。まあ、朝が早いだけ、半次郎さんの仕事も早く終わるけど、ゆっくりなんてできないの。おっ姑さんが繕《つくろ》い物や、ほどき物を山ほど抱えて持って来るの。これは明日まで、これはいつまでと期限をつけるから、大忙しよ。晩ごはんを食べて針仕事を続けていると、すぐに五つ（午後八時頃）になるの。半次郎さんは、早く寝ようと誘うし、あたしもう、くたくたなの」

おていは婚家の不満をいっきにぶちまけた。おあきはため息をついた。

「お姑《しゅうとめ》さんはお前に仕事をさせて、手伝って下さらないのかえ」

「全然。まるでお梅さんの仇討《あだう》ちするみたいに用事を言いつけるのよ」

「困ったねえ。あたしが向こうさんに手心を加えてと言うのも変だし」

「そんなことを言ったら、なおさら大変よ」

嫁に行ったら、もちろん、実家で暮らしていた時とは違う暮らしが待っている。辛抱を強いられることも多い。頭でわかっていても、おあきは娘が不憫《ふびん》だった。

「身体《からだ》にはくれぐれも気をつけるんだよ」

おあきはそんなことしか言えなかった。おていはこくりと肯《うなず》き、眼を潤《うる》ませた。

「どうしても辛抱できないようだったら、戻って来てもいいんだからね」

「そんなこと言わないで。あたし、意気地なしだから、すぐに甘えたくなる」

「甘えていいのさ。親子じゃないか」

「ありがと。でも、もう少しがんばってみるよ。おっ母さんの顔を見て、あたし、元気が出たから」

おていは健気《けなげ》に応《こた》え、ようやく笑った。

おていはひと晩泊まり、翌日の午前中に八百半に帰って行った。土産に魚の干物の二十枚ばかりと、姑《しゅうとめ》のおとよのために菓子折りを持たせた。おあきは手を振っておていを見送ったが、胸に空洞ができたような気持ちになるのはどうしようもなかった。その気持ちは時間が経てば収まるのだろうか。おあきは深いため息をついて見世の掃除を始めた。

弘蔵が昼めしを食べに戻って来た時、六十がらみの老婆を伴《ともな》っていた。

「ささ、おすささん。遠慮しねェで中に入っつくんな」

怪訝《けげん》な顔のおあきに構わず、弘蔵は老婆を中に促《うなが》した。腰が曲がり掛けている。老婆は、道に迷って弘蔵に保護されたものかと最初は思った。

「おあき。こちらは鬼虎のお袋さんだ」

「まあ……」

おあきは驚いて老婆をじっと見つめた。

「その節は倅《せがれ》がご迷惑をお掛け致しました」

おすさという老婆は存外にしっかりした口調で頭を下げた。頭もきれいに纏《まと》められ、着物の着付けもきちんとしている。目許《めもと》と鼻は、そう言われると鬼虎とよく似ていた。

「息子さんがお亡くなりになって、さぞお力を落としておいででしょうね」

おあきは気の毒そうに言った。

「もうねえ、あたしも倅の後を追うことばかり考えていましたよ。そしたら親分が、いけねェ、いけねェ、鬼虎の分までしっかり生きていなけりゃ、仏壇の面倒を誰が見るんだと叱《しか》ってくれてねえ、ありがたくて、ありがたくて……」

おすさは言いながら、袖《そで》で眼を拭《ぬぐ》った。

「それでな、おあき。ちょいと考えたんだが、しばらく、うちの見世を手伝って貰《もら》おうかと思っているのよ。幸い、おすささんは身体がまだ動く。お前ェも助かるだろうし」

「………」

咄嗟《とっさ》のことに、おあきは言葉に窮《きゅう》した。確かにおていがいなくなって、おあきは仕込みや買い物に不自由を覚えていた。しかし、だからって、他人を使うほど福助は大きな見世ではないし、そんな余裕もなかった。

「なに。おすささんは、給金はいらねェと言っているのよ。鬼虎はおすささんに、それ相応のものを残していたからよ。だが、家の中にいるばかりじゃ惚《ぼ》ける一方だ。散歩がてらうちの見世に来て、ちょいと手伝い、晩めしを喰《く》って帰るだけで御《おん》の字だと言っている」

「でも、そんな訳には……」

「おかみさん。こんな年寄りじゃ目障《めざわ》りでしょうかねえ」

おすさは心細い顔でおあきに訊いた。

「いいえ、そんなことはありませんよ。でも、本当にそれでよろしいんですか」

「ええ」

「これで決まったな。おすささんが毎日通ってくれるなら、おれも様子を見に行く手間が省けるというものだ」

弘蔵は安心したように笑った。弘蔵は何かにつけておすさの様子を見に行っていたらしい。土地の御用聞きとして当たり前のことだとしても、このご時世、他の岡《おか》っ引《ぴ》きはろくに見廻《みまわ》りもしない者が多い。幕府がどうなろうが、弘蔵は自分の職務を全《まっと》うしていた。それがおあきにとっても嬉《うれ》しかった。

おすさはよく働く女だった。ものの二、三日もすると、見世のちろりや鍋《なべ》は新品のように磨き上げられた。穴の開いた鍋をそのままにしているのを見つけると、通り掛かった鋳掛《いか》け屋を呼び、修繕させた。無手勝流で商売をして来たおあきにとって、おすさの台所の手際は見習うべきものが多かった。とは言え、疲れることもまた多い。おすさが帰ると、おあきは何んとなくほっとした。

おすさが福助を手伝い出して十日ほど経った頃、八百半の半次郎が青い顔をして見世を訪れた。

「おっ義母《か》さん。おていが倒れた」

「何んですって！」

おあきは思わず、持っていた大根を取り落とした。おすさはそれを当たり前のように拾い上げた。

「倒れたって、いったい、どうしたんですか」

おあきは震える声で訊いた。半次郎はため息をついて床几《しょうぎ》に腰を下ろすと「二、三日前から頭が痛ェと言っていたのよ。おいら、風邪でも引いたんだろうと思って、仕事はいいから寝てろと言ったんですよ。ところがおていは、そういう訳には行かねェって、いつも通り、めしの仕度や奉公人の繕い物をしていた。昨夜《ゆんべ》、眼を覚ますと、おていがいねェのよ。厠《かわや》にでも行ったのかと思って、おいら、そのまま寝ちまった。で、競りの時刻になったんで起きると、おていが廊下でゲロ吐いて倒れていたんだ。慌てて医者を呼んで診《み》て貰ったが、少し落ち着くと、今度は眼がよく見えねェと言い出したのよ。お袋は石原町《いしわらちょう》に知らせろと言ったんで、こうしてやって来た訳です」と、ひと息に喋《しゃべ》った。

緊迫した状況なのに半次郎のもの言いは呑気《のんき》に聞こえた。いや、おていが倒れたことを心配するより煩《わずら》わしい表情でもあった。

「それで、あたしにどうしろと……」

衝《つ》き上がる怒りを堪《こら》え、おあきは半次郎を見つめた。

「お袋は、しばらくこっちで養生した方がいいのじゃねェかと言っておりやす」

「あんたも同じ考えなんですね。八百半にいるより、こっちにいた方がいいと」

「お袋より実のおっ母さんの傍《そば》が、おていにとっちゃ、気が休まるでしょう」

「わかりました。これから引き取りに行きますよ」

おあきは前垂れを外し「おすささん。そういうことですから、留守番をお願いしますよ」と、言った。おすさは「あい」と応えたが、茶の間に入ったおあきの後について来て「おかみさん。向こうはお払い箱にする魂胆かも知れませんよ」と、小声で囁《ささや》いた。

「そんな」

ぎょっとしておすさを見た。

「眼が見えるようになれば大事ないが、そうじゃなけりゃ、誰がそんな嫁、家に置いておくものか」

「おすささん。おていはあたしの娘ですよ。お腹《なか》を痛めた実の娘なんですよ。そんな言い方しないで下さいな」

おあきは悲鳴のような声で叫んだ。

「わかっておりますよ。だが、向こうにとっちゃ、赤の他人だ」

「さすが鬼虎さんのおっ母さんだ。言うことに情け容赦がありませんね」

おあきは、きつい皮肉を込めた。

「意地悪で言ってるんじゃありませんよ。あたしは向こうの考えがわかるから言っただけだ。向こうの姑に会ったら、娘さんは嫁に出したが女中に出した覚えはないって、はっきり言うことだ。それで、病が回復しなかったらどうするつもりなのかも、ちゃんと訊《き》いた方がいい。なし崩しに追い出されたんじゃ、おかみさんだって肝《きも》が焼けることだろうしね」

おすさはおあきの剣幕に怯《ひる》むことなく言った。

「そうね、そうよね」

おすさに悪意がないとわかると、おあきはようやく冷静になった。

「なあに。あたしも及ばずながら看病させていただきますよ」

おすさはおあきを励ますように言った。仕度を済ませて見世に出て行くと、半次郎は緊張した顔で待っていた。おすさとのやり取りを聞いていたらしい。

「おっ義母さん。おいら、おていを決して粗末にはしやせん」

切羽詰まった声で言う。

「口じゃ何んとでも言えますよ。この間、うちに戻って来た時、おていは寝る暇もないってこぼしていたんですよ。あんたのおっ母さんは女房たるもの、亭主より先に起きるのが当たり前だと言ったらしいですからね。青物市場の競りの前に起きて、日中はお客の接待、おまけに夜は奉公人の繕い物ですか。これじゃ、女中の方がよほどましだ」

「すんません」

「あんたに謝って貰っても仕方がない。ささ、行きますよ。おていも、とんでもない所に嫁に行ったものだ」

おあきは半次郎を促して福助を出たが、本所二ツ目の八百半に着くまで、半次郎とは、ひと言も口を利かなかった。

二

「まあまあ、おかみさん。お呼び立てして申し訳ありませんねえ」

八百半に着くと、半次郎の母親のおとよは愛想のよい笑顔でおあきを迎えた。

「この度はご迷惑をお掛け致しました」

おあきは型通りの挨拶《あいさつ》をした。その時、ふと、おとよの顔が最初に嫁いだ家の姑《しゅうとめ》に似ていると気づいた。おていも自分と同じように姑に気に入られず追い出されるのだろうかと思った。

「おていちゃん、がんばり過ぎて疲れたのでしょうね」

おとよは他人事《ひとごと》のように言った。

「そうですね。そうかも知れませんね。朝は半次郎さんの競りの前に起きなきゃならないし、日中は普通に嫁の仕事をこなし、夜は奉公人の繕い物ですもの。倒れない方がどうかしてますよ」

おあきがそう言うと、おとよの表情が凍った。

「商家の嫁は皆、そんなものですよ。それをいやだの、どうなのと言っては始まりませんよ」

途端に皮肉な調子になった。

「おかみさんもそうしてやって来たから、おていにも同じことをさせようと考えたんでしょうね」

「あたしは少しぐらいのことで音《ね》を上げませんでしたよ。おていちゃんは少し我儘《わがまま》に育っておりますから辛抱が足りないんですよ」

「それはあいすみません。あたしの育て方がまずかったものですから」

「そうは申し上げておりませんよ」

「それで、このままおていの眼が治らなければお払い箱ってことですね」

おすさの言葉が耳に残っていたせいで、きつい言い方になった。おとよは呆気《あっけ》に取られ、言葉に窮した。

「おていを引き取らせていただきます。お梅さんの仇《かたき》を討たれて、娘も可哀想《かわいそう》なものですよ」

おあきはそう言って腰を上げた。半次郎はおとよとおあきの間に入って、どうしてよいかわからない顔をしていた。

「娘も娘なら、母親も母親だ」

おとよの憎まれ口が聞こえた。ぎらりとおとよを睨《にら》んだ時、半次郎の父親の半兵衛が慌てて茶の間へやって来た。

「おかみさん。この度はまことに申し訳ありません」

平身低頭して謝る。

「おていを是非にも嫁にほしいと言ったのはあんた達だ。あたしは反対だったんですからね。嫁になった途端、掌《てのひら》を返したように扱《こ》き使って、こんな家にいたら、おていは殺されてしまいますよ」

「まあ、何んて大袈裟《おおげさ》な」

おとよは憎々しげに言う。

「八百半の姑はまるで鬼だと、本所中に触れ回ってやる！」

興奮したおあきは自分を止めることができなくなっていた。

おていは眼の上に濡《ぬ》れた手拭《てぬぐ》いをのせて寝かされていた。だが、眠っていた訳ではなく、茶の間での一部始終を聞いていたらしい。

「やってしまったね、おっ母さん」

冗談交じりに言った。

「ああ。やってしまったよ。おてい、堪忍《かんにん》しておくれな」

おあきは枕許《まくらもと》に腰を下ろすとおていの手を握って謝った。

「いいのよ。あたし、半次郎さんのことは嫌いじゃないけれど、八百半の嫁になることとは別問題だと思っているから。八百半にそぐわない嫁だったら身を引くしかないのよね」

「おてい……」

「心配しないで。あたし、大丈夫だから」

「眼が見えないって、何も彼《か》も見えないのかえ」

「ううん。目の前に白い霧が掛かったみたいにぼんやりしているの」

「石原町に戻ったら、順庵《じゆんあん》先生に診て貰《もら》おうね。あの先生は腕がいいから、きっと治して下さるよ」

井上順庵は近所の町医者だった。昼夜を問わず患者の治療に当たっているので人々の信頼も厚かった。

「ええ」

「仕度をしなけりゃならないよ」

「おっ母さん。箪笥《たんす》の前に風呂敷《ふろしき》包みがあるでしょう？　あたし、用意していたの。後のことは半次郎さんに任せるよ」

「そうかえ。歩けるかえ。辻駕籠《つじかご》を頼んでやるから安心おし」

「ありがと」

おていは緩慢な動作で起き上がると、蒲団《ふとん》を畳もうとした。

「そんなこと、しなくていいんだったら」

おあきは癇《かん》を立てた。

「飛ぶ鳥、跡を濁さずという諺《ことわざ》もあるよ」

おていの言葉に、おあきははっと胸を衝《つ》かれた。

おていはすでに覚悟を決めているらしい。

「おっ母さんが畳むよ」

おあきは力のない声で言った。おていは寝間着を脱ぐと普段着に着替えた。

それからおあきに手を取られて店先に向かった。

手代、番頭が口々に「若おかみさん」と呼んでいた。

「皆さん。お世話になりました。ごめんなさいね。役立たずの嫁で」

おていは微笑を浮かべて応えた。手代が慌てて辻駕籠を呼んで来ると、おていを乗せ、おあきは傍《そば》につき添った。おとよはとうとう出て来なかった。二ツ目から石原町までの道のりが、その日に限って、やけに遠く感じられた。ついこの間、花嫁衣裳《いしよう》に身を包んでいた娘が、こんなていたらくで実家に戻るなんて誰が想像できただろうか。おあきは込み上げる悔しさを堪《こら》えるため、何度も唇を強く嚙《か》み締めた。

三

福助に戻ると、おあきはさっそく井上順庵に往診を頼んだ。順庵は六十代の医者だが、若い頃は長崎で医学の修業を積んだ男だった。内科、外科に限らず、すべての病の治療を行なっていた。

順庵の見解は、眼を酷使したために一時的に視力が衰えただけだから心配することはないというものだった。おあきも弘蔵も心《しん》から安堵《あんど》した。眼によいと言われる八ツ目鰻《うなぎ》を食べさせると回復が速いだろうと順庵は助言してくれた。八ツ目鰻など、おいそれと手に入るのだろうかと思っていたが、浅草の鰻屋で扱っているという。また、薬種屋に行けば薬として手に入れられるとも言った。

さっそく弘蔵を鰻屋と薬種屋に向かわせ、それ等《ら》を求めた。そのお蔭《かげ》で、おていの目の前に掛かっていた霧のようなものは次第に晴れ、ひと廻り（一週間）も過ぎると、すっかり元通りになった。

ただ、身体の疲れはなかなか取れず、おていは二階の自分の部屋で寝たり起きたりの暮らしを続けていた。

順庵は一日置きぐらいにおていの様子を診に立ち寄ってくれた。おていの眼が順調に回復している様子を喜び、帰りしなに「これで、恙《つつが》なく子供を産めますな」と思わぬことを言った。

おあきは耳を疑った。おていが妊娠している？　まだ、祝言を挙げてひと月も経っていない。そんな馬鹿なことがあるものか。

「そろそろ三月《みつき》になるでしょう。今は大事な時期なので、くれぐれも気をつけてやって下さい」

順庵はおあきの思惑など意に介するふうもなく続けた。妊娠は腹に子を抱えた月から数える。

「祝言から、さほど経っていないのに……」

おあきは、もごもごと応える。

「そういうことはよくあることです。気にすることはありませんよ」

順庵は柔和な表情で言った。順庵を見送ると、力が抜けた。おあきはぼんやりと床《しよう》几《ぎ》に腰を下ろした。

「おかみさん。どうしました。ぼんやりした顔をして」

順庵の使った手洗いの桶《おけ》を始末して戻ったおすさが訊いた。

「おすささん。あたし、おていを引き取りに行った時、向こうに派手な啖呵《たんか》を切ったんですよ。おていの離縁を覚悟でね。でも、ちょいと早まったかも知れませんよ」

「早まったって、いったいどういう訳ですか」

おすさは怪訝《けげん》な顔をした。

「おてい、お腹に子ができているんですよ」

「おや、まあ」

「おていと亭主は祝言が決まると、すっかり安心して勝手なことをしてくれたようだ」

「あたしがいらないことを言って、おかみさんをけしかけてしまった。皆、あたしのせいだ」

おすさは俯《うつむ》いた。

「おすささんのせいじゃありませんよ。あたしだって、相当に腹を立てていたもの。それはうちの人も同じ。二度と八百半にはおていを返さないと言っていましたからね」

「それで、この先、どうするつもりですか」

「わからない。とにかく、うちの人と相談しなきゃ」

「てて無し子は不憫《ふびん》だからねえ。あたしも苦労したものですよ」

「まあ、おすささんが……」

「若気の至りですよ。無宿者の渡世人に惚《ほ》れたのが身の詰まりさ。子ができたと知ると、さっさと逃げて行っちまった。母親以外は誰も味方がいなかったものですよ。おかみさん。気をしっかり持って」

おすさは励ました。おすさの気持ちはありがたかったが、おあきは途方に暮れる思いだった。

その時、見世の外から五、六人の男達の耳障りな唄声《うたごえ》が聞こえた。外に出て様子を窺《うかが》うと、浪人ふうの男達が調子を取るように拳《こぶし》を振り上げていた。

宮さん宮さん　お馬の前でヒラヒラするのはアリャなんじゃいな
トコトンヤレナ
あれは朝敵　征伐せよとの錦《にしき》の御旗《みはた》じゃ知らないか
トコトンヤレナ
音に聞こえし関東武士《ざむらい》　どっちゃへ逃げたと問うたれば

トコトンヤレナ
城も気概も捨てて　吾妻《あづま》へ逃げたげな
トコトンヤレトンヤレナ

浪人達は恐らく、薩摩《さつま》、長州から雇われた連中だろう。将軍慶喜《よしのぶ》を貶《おとし》める唄を触れ回っているのだ。朝敵征伐せよ、城も気概も捨てて吾妻（江戸）へ逃げた、直截《ちょくせつ》な歌詞がおあきの胸をえぐった。気がつけば、弘蔵も通りの端で浪人達をじっと見つめていた。

薩摩、長州を含む官軍は三月十五日に江戸城を総攻撃すると決めていた。東征軍の先鋒《せんぽう》は、すでに多摩川《たまがわ》を渡り、品川宿に入っていた。

この情報を察知した勝海舟は十三日に芝高輪《しばたかなわ》の薩摩藩邸を訪れ、官軍の参謀、西郷吉之助に会談を申し込んだ。先に提示されていた七ヵ条の条件について話し合うためだった。

問題となっていたのは七ヵ条の内の二つの条件についてだった。慶喜の身柄を備前藩に預けることと、慶喜以下、責任者の処罰だった。備前藩は、慶喜の命を保証できる藩ではなかった。勝は何んとか慶喜の命を助けたいと思い、慶喜の預け先を水戸藩とすることを了承させた。江戸城の官軍接収の後、田安家預かりを勝は主張したが、結局、尾張《おわり》藩預かりに落ち着いた。慶喜は死一等を減じられ、当分の間、寛永寺《かんえいじ》で引き続き謹慎の姿勢をとることとなった。この時点で江戸城総攻撃は回避されたが、東征軍の先鋒隊三千人は池上《いけがみ》本門寺に入り、その寺を本陣として、江戸開城や徳川家処分について、着々と準備が進められていった。

官軍は行進する時、鼓笛《こてき》の演奏をした。ピーピー、ピーヒャララと響く音《ね》は楽し気に聞こえるが、旧幕臣達には、もちろん、忌まわしい音色であることは言うまでもなかった。

江戸城総攻撃が回避されたことは、江戸の人々の命もまた、守られたことになるが、庶民はいつの世も蚊帳《かや》の外に置かれるのが倣《なら》い。政治の詳しい部分まで知る由もなかった。それよりも、無政府状態の江戸において、夜となく昼となく出没する強盗の類《たぐい》に人々は恐怖していた。

四

四月に入って間もなく、八百半の半兵衛と半次郎が揃《そろ》っておていの見舞いにやって来た。おあきは二人に敷居を跨《また》がせたくなかったが、ちょうど弘蔵も傍《そば》にいて、弘蔵は二人を如才《じょさい》ない態度で中へ促した。離縁するにしろ、このままでよい訳がなかったからだ。だが、半兵衛と半次郎は離縁の話をしに来たのではなかった。

「親分、おかみさん。この度は何んとお詫《わ》びしてよいのかわかりません。うちの奴も重々、反省しておりますので、どうか堪忍《かんにん》してやって下さい」

半兵衛は最初から低姿勢だった。その様子がおあきには解《げ》せなかった。

「向こうのおかみさんは、どう反省しているとおっしゃるのですか」

おあきは自然、切り口上になる。弘蔵は目顔でおあきを制した。

「おていちゃんの身体のことも考えず、無理をさせてしまいました」

どうやら、おていの妊娠を知っているらしい。

「どなたからお聞きになりました？　あたし等はお知らせするつもりなどありませんでしたよ」

「おかみさん。お腹立ちはお察ししておりますが、生まれてくる子供に罪はありません。ここはひとつ、子供のためと思って……」

「子ができたから、そんなことをおっしゃるのでしょう？　そうじゃなかったら、おていをお払い箱にしたくせに」

「おっ義母《か》さん。おいら、何べんも言ったはずだぜ。そんな気はさらさらないと」

半次郎も必死で言い訳する。

「まあ、八百半さんがそこまでおっしゃってくれるなら、こっちだって意地を通すつもりはありやせんよ。一時は覚悟を決めて、生まれた子はおれの人別《にんべつ》に入れようと考えていたんですよ」

弘蔵はおあきとは逆に、穏やかに言った。

「申し訳ありません、親分」

「それで、このことは向こうのおかみさんも納得していることなんですね」

弘蔵は念を押した。八百半に戻っても以前と同じ暮らしが続くのでは、解決にはならない。

「はい、もちろんでございます。倅《せがれ》の競りの時刻に合わせて無理に起きることはありませんし、奉公人の繕い物も女中に手分けしてさせることに致します。肝腎《かんじん》なのは、おていちゃんが丈夫な赤ん坊を産むことですよ」

半兵衛はもの分かりよく応えた。

「おてい、二階ですかい？」

おあきの表情が弛《ゆる》んだと察すると、半次郎はすぐに言った。

「ええ」

「ちょいと、顔を見て来ます。それで、おていが帰ると言ったら、連れて行ってもいいですかい」

半次郎はおずおずと続けた。

「ご勝手に！」

やけになって言ったおあきに、半兵衛は愉快そうに笑った。だが、案ずるより産むが易《やす》し、とはこのことだと、おあきは胸を撫《な》で下ろした。

ほどなく、恥ずかしそうに顔を赤らめたおていが二階から下りて来ると「お父っつぁん、おっ母さん。ご迷惑をお掛けしました」と礼を言った。

「おかみさん。そういうことで、今日のところは丸く収まりましたな」

呑気《のんき》な半兵衛のもの言いだけが癪《しゃく》に障った。

八百半におていの妊娠を知らせたのは、どうやら井上順庵だったようだ。順庵は、おていが急激に視力を落としたのは、八百半で相当に抑圧された暮らしをしていたからだと察していた。医者の立場で改善策を提案すれば、おとよも納得するものと考えたらしい。

おあきに何も言わずそうしたのは「先生は余計な心配をしなくてよござんす」と、けんもほろろに断られるのを予想してのことだった。長いつき合いで、順庵はすっかりおあきの性格を呑《の》み込んでいた。順庵は医者であるとともに人生相談の達人でもあると、おあきは思ったものだ。

ともあれ、おていは無事に八百半に戻り、おあきも久しぶりにほっとした気分を味わっていた。

「おていちゃん、向こうに帰《け》ェったのけェ？」

浜次の問い掛けに、おあきは「ええ。ようやく」と笑顔で応えた。

「よかった、よかった」

浜次は自分のことのように喜んだ。

「おかみさん。鬼虎のお袋はまだ通って来ているのけェ？」

青物屋の政五郎も訊く。福助の口開けの客は、この二人だった。おすさは飯台《はんだい》の隅で晩飯を済ませると暮六つ（午後六時頃）には帰る。全く無給というのも気が引けるので、おあきは鬼虎の線香代という名目で幾らか渡していた。おすさは大層喜んでいた。

「ええ。お蔭《かげ》で助かっておりますよ。おていの面倒もよく見てくれたし」

「あれが鬼虎のお袋と言われても、誰も本気にしねェだろう。いってェ、鬼虎は誰に似たんだか。てて親かな」

政五郎は腑《ふ》に落ちない様子で言う。

「何を言うの、政さん。鬼虎さんの性格は母親譲りでしたよ」

そう言うと政五郎も浜次も驚いたようにおあきを見つめた。

「おすささんは人の裏側が見える人なんですよ。おていが倒れた時だって、このまま黙っていたら追い出されるかも知れないから、きちんと言うべきことは言えって、あたしをけしかけたんですよ。だからあたし、向こうのおっ姑《か》さんに派手な啖呵《たんか》を切っちまったのよ」

「聞きたかったなあ、おかみさんの啖呵」

浜次はうっとりした顔で言った。

「もう、浜さんったら、からかわないの」

おあきは、きゅっと浜次を睨《にら》んだ。

「浜さん。近頃、仕事の方はどういう按配《あんばい》よ」

政五郎は浜次の猪口《ちょこ》に酌《しゃく》をして話題を変えた。

「新築の仕事は、ぱたりと切れた。その代わりと言っちゃ何んだが、侍《さむれ》ェ達が在所《ざいしょ》に引き上げるんで、屋敷の玄関を板で塞《ふさ》いだり、塀《へい》の手直しをしたりする仕事が増えたわな。ほれ、空き屋敷にしておくと、隙《すき》を狙《ねら》って入り込む奴もいるからな」

江戸は諸藩の武士が国詰となったため、急激に人口が減っていた。本所でも武士の姿は少なくなった。大川を渡った江戸市中は、さらにさびれが進んでいる。無人となった武家屋敷に忍び入る輩《やから》も跡を絶たなかった。

「もうすぐ京から天子様が江戸にやって来るのけェ。それで世の中がどんなふうになるんだか、おれにはさっぱりわからねェなあ」

政五郎の言葉にため息が交じった。

「上様はこれからどうするんだ？」

浜次は思い出したように訊いた。

「江戸には、いらっしゃれないんでしょうねえ」

おあきも慶喜の行く先が案じられた。

「あの宮さん、宮さんって唄《うた》を聞いたか？　よくもまあ、あれほどの悪口《あっこう》を唄にしたものだ」

浜次は呆《あき》れたような感心したような顔で言う。

「トコトンヤレ、トンヤレけェ？」

政五郎は手酌で酒を注《つ》ぐと、節《ふし》をつけて訊く。

「おうよ」

「薩長の侍ェが最初に始めたらしいぜ。だが、今じゃ、そこら辺の餓鬼《がき》でもうたっていらァな」

「肝の焼ける話だ。上様を虚仮《こけ》にしやがって。もともと鳥羽伏見の戦《いくさ》を仕掛けたのは向こうじゃねェかよ」

浜次は憤《いきどお》った声で言った。

「浜さん。声が大きいですよ。官軍の連中に聞こえたらどうするのよ」

「無沙汰《ぶさた》だな」

おあきは、そっと注意を与えた。

「鳶《とび》職の連中も夜廻《よまわ》りが忙しくて、ここにゃ、とんとご無沙汰だな」


政五郎は小上がりをちらりと見て言った。

いつもは小上がりでおだを上げている鳶職の男達も、めったに現れなくなっていた。本所で組織された自警団に彼等は駆り出されている。夜は空き屋敷を巡回して不審者の侵入を防いでいたが、もちろん、それだけでは、充分とは言えなかった。

磯兵衛はその夜、珍しく四つ（午後十時頃）近くになってからやって来た。浜次と政五郎はすっかりでき上がっていたので、磯兵衛が福助に入って来たのと入れ違いに帰って行った。

五

「親分はまだ、戻らねぇのけぇ？」

磯兵衛は姿の見えない弘蔵を気にした。どうやら弘蔵に話があるらしい。

「そろそろ戻る頃ですよ。今夜はもう暖簾《のれん》を下ろしますけれど、磯兵衛さんは気にしないで、ゆっくりして下さいな。話し相手がいると、うちの人も喜ぶから」

おあきは磯兵衛を気遣った。磯兵衛は嬉しそうに頬《ほお》を弛《ゆる》め「いつもいつもすまねぇな、おかみさん。こんなごみ立て客でよう」と言った。

「何言ってるの。磯兵衛さんは親戚《しんせき》のようなものじゃないですか。遠慮しないで」

おあきは怒ったような顔で応えた。

磯兵衛がちろりの酒を半分ほど飲んだ頃、弘蔵はようやく戻って来た。

「ぽつぽつ降って来やがった。全く今年は年明けから、いい天気が続いたためしはねェわな」

弘蔵はそう言って、濡《ぬ》れた肩先を手拭《てぬぐ》いで拭《ふ》くと、磯兵衛の隣りに腰掛けた。

「見世の後始末は済んだのけェ？」

弘蔵は磯兵衛に酌をしながら訊く。

「ああ」

「なら、後のことは心配いらねェな。ゆっくり飲もうぜ」

「最初《はな》っから、そのつもりですよ」

「そうか」

弘蔵は嬉しそうに、にッと笑った。

「どうですか、市中の様子は」

磯兵衛も弘蔵の猪口に酒を注ぎながら訊いた。

「町は閑古《かんこ》鳥《どり》が鳴いていらァな」

「改めて江戸は侍ェの町だったと思い知った。皆、国許《くにもと》に引き上げて行っちまったぜ」

「でしょうね」

弘蔵は吐息交じりに言う。

「松前藩のご同僚も蝦夷地《えぞち》に行ったんですかい」

「いや、何人かは江戸のお屋敷に残っている。お屋敷を全く無人にする訳にはいかねェからな」

「それもそうですね。ですが、千代田のお城はとうとう明け渡すとか……」

「らしいな。ま、焼き討ちにされるよりましだろう。一時は皆、その覚悟をしていたらしいから」

「勝（海舟）様のお蔭ですね」

磯兵衛がそう言うと、弘蔵はつかの間、鼻白んだ表情になり、莨盆《たばこぼん》を引き寄せ、煙管《きせる》に火を点《つ》けた。おあきは弘蔵の前に突き出しに用意していた竹の子の土佐煮の小鉢を差し出した。

「おれの国許の竹の子と言ったら、孟宗竹《もうそうだけ》じゃなくて、筆のように細い笹竹ばかりだった」

弘蔵は小鉢を見ながら思い出したように言った。

「ほう」

「春に採った竹の子は茹《ゆ》でて塩漬けにし、盆と正月の煮しめにするのよ」

「蝦夷地は冬が長いですから、色々、工夫するんですね」

「竹の子だけじゃねェぜ。蕗《ふき》も蕨《わらび》も同様だ。浜で獲《と》れる鰊《にしん》は、からからに干す。お菜にする時は米のとぎ汁にひと晩浸《つ》けて軟らかくしてから使うのよ。その鰊と蕗の炊き合わせは、おれの大好物だった。鰊のうまみが蕗に滲《し》み込んで、何んとも言えねェ味だった」

「聞いているだけで涎《よだれ》が出ますよ」

「蝦夷地に孟宗竹は生えねェのかと言や、そうじゃねェ。国許の城の近くにゃ、孟宗竹の竹林があった」

「…………」

「何んでも、昔、京から孟宗竹を持ち帰ったらしいのよ。それが増えた。おれの国許は、北は北でも、どこか風情が京風だったな」

「そいつは北前船《きたまえぶね》の影響で、江戸へ行くより、京や大坂の方が便利だったからじゃねェですか」

「物知りだな」

弘蔵は灰吹きに煙管の雁首《がんくび》を打った。

「上様が恭順《きょうじゅん》した途端、藩内でも主戦派と恭順派に分かれてしまい、険悪な雰囲気になっているらしい。だが、その内、官軍に恭順の姿勢をとるだろうと、おれは考えているよ」

弘蔵は小鉢に箸《はし》を伸ばして続ける。

「そうですかね」

磯兵衛は納得できないような顔をした。

「松前藩ばかりじゃねェ、他の藩もいずれそうなる」

弘蔵は決めつけるように言った。

「だから、徹底抗戦など無意味だとおっしゃりてェ訳ですね」

「ああ。その通りだ。だが、あの勝様は市中巡回を彰義隊《しょうぎたい》にやらせている。幕府の組織としてな」

「そいつは無駄なことでもねェでしょう。こう江戸が物騒になっては」

丸に朱《しゅ》で「彰」、あるいは「義」の字を入れて市中を見廻っている彰義隊を江戸の人々は好意的な眼で見ていた。彰義隊は新撰組のように、やたらめったら人を斬《き》らないので、なおさら人気は高かった。

「勝様が彰義隊を幕府公認の組織にしたのは、苦肉の策よ。そうでもしなけりゃ、あいつ等は何をしでかすか、わかったもんじゃねェ」

弘蔵は苦い表情で猪口《ちょこ》の酒を飲み下した。おあきは笊《ざる》におでんの種を移していた。

「おあき、大根をくれや」

「はいはい」

「磯さんもどうでェ」

「そいじゃ、あっしもひとつ」

おあきは深皿に大根を入れ、その上からだしを掛ける。皿の縁に辛子を添えた。弘蔵は箸で大根を四つ割りにし、その一片を口に放《ほう》り入れる。

おあきはおでん種を全部引き揚げると、別の鍋《なべ》にだしを移した。空になった銅壺《どうこ》を流しに持って行き、丁寧に束子《たわし》で洗い始めた。外からはしとしとと雨の降る音が聞こえた。だが、雨脚はそれほど強くないようだ。

「もはや彰義隊の人数も千人を超えた。この様子ではまだまだ増えるだろう」

弘蔵は困惑の態《てい》だ。

「ですが、奴等は皆、武家の次男、三男で出自《しゅつじ》のはっきりした連中が揃っていると聞いておりやす」

「出自のはっきりした？」

弘蔵はつかの間、磯兵衛を睨《にら》むような眼をした。

「違うんですかい」

磯兵衛は途端に自信がなさそうな声になった。

「そうとも言えねェだろう」

「これから人数が増えるとしたら、出自に関係なく、血気にはやる若者も詰め掛けることでしょう」

磯兵衛は言い直した。

「ああ、その通りよ」

「親分は何か気懸かりでもあるんですかい」

磯兵衛の問い掛けに弘蔵は、すぐに返事をしなかった。洟《はな》を啜《すす》るような息をついただけだ。

「実はあっしも気になることがあったんで、親分と話をしに来たんでさァ」

「そうか……」

聞くでもなく二人の話を聞いていたおあきだが、弘蔵と磯兵衛のやり取りが不思議に思えた。いったい磯兵衛は弘蔵と何んの話があるというのだろう。

「磯さんは察しをつけているようだな」

弘蔵は長い吐息をついた。

「この間、うちの奴の兄貴の所へ顔を出した帰り、見掛けやした。向こうはあっしに気づかなかったようですが。陣羽織にたっつけ袴《ばかま》で、まさしく彰義隊の恰好《かっこう》でした」

「良助の勤めている口入《くちい》れ屋の親仁《おやじ》の話じゃ、先月の晦日《みそか》で店を辞めているのよ」

そこまで聞いて、おあきは二人が良助の話をしていたのだと合点《がてん》した。良助が彰義隊に？　そんな馬鹿な。

「お前さん。良助は彰義隊に入っているのかえ」

おあきは慌てて振り返った。

「らしい……」

おあきは濡《ぬ》れた手を前垂れでまさぐりながら飯台の傍《そば》に来て、弘蔵を見つめた。

「どうしてそんなことに。彰義隊はお武家の息子さんしか入れないのじゃないのかえ」

「おかみさん。元松前《まつまえ》藩士、栂野尾《とがのお》弘右衛門《こうえもん》の息子と言えば、立派に通るわな」

磯兵衛は当然のような顔で言った。

「元というのが曲者《くせもの》だな。彰義隊の幹部は、まさかおれが脱藩して岡っ引きをしているとは思っていねェだろう」

弘蔵は苦笑しながら言う。

「このご時世じゃ、何があるか知れたものじゃない。お前さん。いったい、この先、どうなるんだえ」

一難去って、また一難。おていのけりがついたと思ったら、今度は良助のことで頭を悩ませなければならないのだ。

「官軍が江戸にやって来たら、恐らく彰義隊には眉《まゆ》をひそめることだろう。上様が恭順したのに、軍隊を組織したのかってな」

「親分。彰義隊は軍隊ですかい。あれは警護の組織じゃねェですか」

「寛永寺の坊さんも一枚嚙《か》んでいるらしい」

弘蔵の言う寛永寺の坊さんとは、門主、輪王寺宮公現法親王《りんのうじのみやこうげんほうしんのう》のことで、時に二十二歳。輪王寺宮は伏見宮邦家親王《ふしみのみやくにいえしんのう》の第九皇子だった。そしてもう一人、寛永寺執当、覚《かく》王院義観《おういんぎかん》のことでもあった。

慶喜が上野寛永寺を謹慎の場所として選んだのは、東叡山《とうえいざん》(寛永寺の山号)法度《はっと》に殺生禁止、婦女禁制、武具無用が謳《うた》われていたこともある。その寛永寺を拠点とする上野で、今度は彰義隊が活動を始めたのだ。

「ですが、彰義隊は上様が水戸においでになるまでの間だけじゃねェですか。上様を警護する目的で。その後は用なしになりますから、解散すると思いますが」

磯兵衛はおあきを安心させるように言う。

「そうかな。彰義隊の幹部は徹底抗戦の考えだと聞いているぜ」

弘蔵は磯兵衛の考えを即座に否定した。

「そいじゃ親分は、また戦が起きると考えているんですかい」

そう訊いた磯兵衛に、おあきは「いやあ！」と悲鳴を上げ、板場にしゃがみ込んで顔を覆《おお》った。

「おあき。おたおたするねェ」

弘蔵は厳しい声で制した。

「さ、さいです。まだ決まったことじゃありやせん。親分、つまらねェことを言っておかみさんを不安にさせちまった。勘弁しておくんなさい」

「いや。磯さんが良助を心配してくれる気持ちはわかっている。何かあった時は力になってくれ」

「ええ。そりゃもう……」

それきり、二人はあまり言葉も交わさず、ちろりの酒を注ぎ合った。通りの向こうから「宮さん宮さん」をがなり立てる男達の声が微《かす》かに聞こえた。

「こんな雨ん中をよくやるぜ」

弘蔵は独り言のように呟《つぶや》いた。

「全くで」

磯兵衛も低く相槌《あいづち》を打った。

六

一橋家の家臣が中心となった彰義隊は、おていの祝言があった二月の十二日に第一回の会合を開いた。その日は将軍慶喜が恭順の姿勢を表すため寛永寺へ向かった日でもあった。雑司《ぞうし》ヶ谷《がや》の茗荷屋《みょうがや》が会合の場所だった。その時は僅《わず》かに十七名の出席者だったが、続く第二回の四谷《よつや》鮫ヶ橋《さめがはし》円応寺《えんのうじ》での会合には三十名となった。その後、会合を開く度に出席者の数は増し、浅草本願寺での会合では、ついに百名を突破した。

勝海舟は膨《ふく》れ上がる彰義隊を憂慮し、彼等に市中警護を命じた。それは弘蔵が言うように苦肉の策でもあっただろう。そうでもしなければ彰義隊の収拾がつかなかったからだ。噂《うわさ》を聞きつけて、我も我もと彰義隊に参加する者が続いている。

良助は三月の晦日で奉公していた口入れ屋を退《の》き、四月一日から彰義隊に入ったようだ。その時には彰義隊の数も一千名を超え、浅草本願寺が手狭になり、隊員は上野のお山に入っていた。彰義隊の頭取《とうどり》は渋沢成一郎《しぶさわせいいちろう》、副頭取は天野《あまの》八郎《はちろう》、幹事に本多《ほんだ》敏《とし》三郎《さぶろう》、伴門五郎《ばんもんごろう》、須永《すなが》於菟之輔《おとのすけ》の名前が並んでいた。

彰義隊が上野に移る経緯には寛永寺執当、覚王院義観が強く関《かか》わっていた。寛永寺の寺域は広い。彰義隊が立てこもる場所としても適当である。

覚王院義観は強い主戦論者でもあった。

覚王院義観は文政六年（一八二三）生まれの四十六歳だった。武州出身で天保三年（一八三二）、東叡山に入り得度した。寛永寺内の真如院《しんにょいん》義厳《ぎげん》の弟子となって義観と称する。二十六歳で真如院の住職に就《つ》く。本来、真如院は階級が上がっても、住職は変わらない寺だった。

だが、義観は慶応三年（一八六七）、覚王院の院号を賜り、寛永寺の執当職に就いた。寛永寺門主の輪王寺宮とは親子ほども年が離れている。寛永寺の運営は、ほとんどこの義観の手に委《ゆだ》ねられていたと言っても過言ではないだろう。

そもそも寛永寺が将軍一族の菩《ぼ》提寺《だいじ》となったのは貞享《じょうきょう》二年（一六八五）、四代将軍家綱《いえつな》と、その正室の霊廟《れいびょう》、霊屋《たまや》が建設されてからのことである。

それから代々、京より一品《いっぽん》法親王（天皇の直系の皇子）を門主に迎え、輪王寺宮と称するのを仕来たりとして来た。将軍家の菩提寺であるならば、祥月命日には将軍自らが菩提を弔いに訪れる。その時、将軍と対等に話をするには、ただの公卿《くげ》では位負けするので、どうしても一品法親王が必要だったのだ。

しかし、幕府にとって天皇の皇子を江戸に置くことには大きな意味があった。危急存亡の秋《とき》には、輪王寺宮を通じて天皇の力を頼むという役割を担《にな》わせていたからだ。

言わば輪王寺宮は幕府の切り札でもあっただろう。

事実、慶喜が寛永寺において謹慎生活に入ると、輪王寺宮と義観は京に赴《おもむ》いて慶喜の助命嘆願をしている。しかし、この時の朝廷側の態度はつれないものだった。

義観は深い憤りを感じ、官軍への徹底抗戦の決意を固めたものと思われる。


慶応四年、四月四日。

空は朝から厚い雲に覆われていた。徳川家処分の勅諚《ちょくじょう》の伝達を仰《おお》せつかった勅使、橋本実梁《さねやな》、柳原前光《さきみつ》は池上本門寺を出て、九つ下がり（午後一時頃）に江戸城へ到着した。二人の勅使には官軍の参謀西郷吉之助等三十余名が随行した。

江戸城の玄関式台には慶喜の名代として田安慶頼《よしより》が衣冠束帯《いかんそくたい》姿で出迎えた。それから大広間上段にて、伝達式が執り行なわれた。

勅書には四月十七日までに城内の者はよそに移り、江戸城を明け渡すこと、軍艦、銃器はそれより早い十一日までに引き渡すことが記されていた。

四月六日から城内の片づけが始められた。慶喜の正室美賀子《みかこ》が九日に一橋家の小石川邸に移ると、大奥の引っ越しも行なわれた。

真砂屋の番頭が久しぶりに福助に立ち寄ったのは江戸城引っ越し騒ぎが人々の口に上っている頃だった。しかし、番頭の平助は客の伴で芝居見物をした話を熱っぽく語った。このご時世に呑気《のんき》に芝居見物をする者もいるのかと、おあきは内心で呆《あき》れていた。

「守田座《もりたざ》の田之助《たのすけ》（沢村）は、そりゃあ大した人気だよ」

平助は干物としじみ汁の中食《ちゅうじき》を摂《と》りながら言う。

「田之助と言ったら、五代目沢村宗十郎《そうじゅうろう》の息子だったかしら」

おあきは茶を淹《い》れながら、ふと思い出して言った。芝居見物には縁がなくても、江戸の人間なら有名な役者のことは知っている。

「そうそう。十六で守田座の立女形《たておやま》になったんだよ。てて親譲りの美形で、江戸の娘達や女房達をきゃあきゃあ言わせているよ」

「守田座は満員御礼でしょうね」

「守田座だけじゃないよ。田之助は中村座も市村座もかけもちで出ているよ」

「そうなんですか」

おあきは気のない返事をした。

「不自由な身体をしていても、さすが千両役者だ。舞台ではそんなこと、けぶりにも見せない。だからなおさら女達は騒ぐんだろう」

「不自由な身体？」

おあきは怪訝《けげん》な眼を平助に向けた。

「おかみさんは知らなかったのかい。田之助は脱疽《だっそ》に罹《かか》って、右の足を切っているんだよ」

「まあ……」

脱疽は身体の肉が腐る病だった。それを患ったとなったら、切断するしか方法はないという。

「手術をしたのは横浜のヘボンという異人の医者だそうだ」

「舞台に差し障りはないんでしょうかね」

「そりゃ、もちろん、前と同じという訳には行かないだろう。さほど足を使わない演目を選んでやっているらしい。もっとも、義足を拵《こしら》えて、普通に歩く分には問題はないらしい。ただね、医者は田之助の身体を気遣い、節制しろと口酸っぱく言ってるらしいが、田之助は飲む打つ買うの三拍子の男だ。医者の言うことなんて聞く耳を持たないのさ。周りの人間は、また脱疽がぶり返すんじゃなかろうかと心配しているらしい」

「番頭さん。どうしてそんな病になっちまうんでしょうね」

足を切断するなど、自分だったら気がおかしくなるだろうと、おあきは思った。

「なに。最初は舞台で足の先を何かにぶつけたらしい。その内に治るだろうと高を括《くく》っていたら、ずんずん痛み出したそうだ。掛かりつけの医者も匙《さじ》を投げて、これは横浜の異人の医者でなけりゃ駄目だろうということになったのさ」

「有名な役者さんだったから、偉いお医者様にも診て貰《もら》えるんでしょうね。これがあたし達だったら、そのままお陀仏《だぶつ》ね」

おあきは皮肉な言い方をした。

「しかし、異人の医者は大した腕だったそうだ。田之助に麻酔薬をかがせ、奴がぐうっと寝ている間に、足の皮をめくり、鋸《のこぎり》のようなもんでギコギコ切って、それから皮を下ろして縫い縮めてお仕舞いってんだからね」

「あら、気持ちが悪い」

「おかみさんは身体が達者だから大丈夫だよ。役者はほれ、わたし等と違って暮らしが不規則だからね、並の人間が罹らない病にもなるのさ。舞台さえ見事につとめたら、他は酒を浴びるほど飲もうが、女を買おうが、面と向かって小言を言う者もいないのだろう。全部の役者がそうだとは言えないが、役者の世界は特別だからね」

「でも、幾ら千両役者でも、まだ二十歳《はたち》ちょっとの若者じゃないですか」

田之助をそこまで追い詰めたのは、両親の責任もあるのではないかとおあきは考える。

「ああ、何んだか久しぶりにゆっくり飯を食べたような気がするよ。大奥のお女中方も引っ越ししちまって、これからうちの店もどうなることやら」

平助は、おあきの思惑など頓着《とんちゃく》せず、茶を飲み干すとそんなことを言った。

「ご商売が続けられるだけでもありがたいじゃないですか。明日はどうなるか知れないご時世ですからね」

「全くだ」

平助は苦笑して飯台《はんだい》に小銭を置いた。

「おかみさん。うまかったよ」

「いつもご贔屓《ひいき》いただいてありがとう存じます。また寄って下さいまし」

おあきは見世の外まで平助を見送って頭を下げた。平助の姿が見えなくなると、おあきは空を見上げた。薄陽《うすび》は射《さ》しているが、すっきりとしない空模様だった。また、雨になるのだろうか。おあきはため息をついて見世の中に入った。洗濯物も乾かない。おすさは二階の部屋に紐《ひも》を渡して、生乾きの洗濯物を干していた。まるでそれは古着屋のように思え、情けない苦笑が洩《も》れるのだった。

七

四月十一日の未明、慶喜は水戸へ向かうため、寛永寺の大慈院を出た。折しもまた雨。雨はしゃあしゃあと音を立てて地面を打っていた。

髭《ひげ》は伸ばすに任せ、やつれも見える慶喜の表情には二カ月間に及ぶ謹慎生活の苦労が偲《しの》ばれた。

服装も黒木綿の羽織に小倉《こくら》の袴《はかま》という質素な恰好《かっこう》で、見送る人々の哀れを誘った。

慶喜の伴は高橋伊勢守《いせのかみ》（泥舟《でいしゅう》）と講武所出身者で組織された精鋭隊二百名。

彰義隊も伴をしたいと願ったが、高橋はこれを拒否した。それでも天野八郎等、幹部は精鋭隊とともに千住《せんじゅ》大橋まで慶喜を護衛した。

この頃、彰義隊の頭取、渋沢成一郎は意見の相違で天野と袂《たもと》を分《わか》ち、振武隊《しんぶたい》を起こして彰義隊から離れていた。しかし、渋沢は慶喜が水戸へ向かうと知ると黙っていられず、そっと隊の後に続き、松戸まで慶喜を見送ったという。

慶喜が水戸へ旅立った後、もはや彰義隊の役割も終わったはずだった。しかし、君はずかしめらるれば臣死する、の彰義隊は解散する様子を見せなかった。

おあきは、良助が彰義隊に入っていることを見世の客には話さなかった。それは官軍に対して憚《はばか》られるような気持ちでいたからだ。弘蔵も同じ気持ちだった。知っているのは亀の湯の磯兵衛だけだった。

「見たか、官軍の形《なり》をよう」

浜次は左官職の梅太郎に訊く。

「何んなんでしょうね。あの赤毛や白毛の被《かぶ》りものは。異人の真似《まね》なんですかねえ」

梅太郎は官軍の兵の白毛飾りや赤毛飾りの頭に不思議そうな表情だった。

「戦国の時代は、戦となりゃ、大将はあんな形をしていたもんだ」

磯兵衛は浜次と梅太郎に教える。

「だけど、磯さん。陣羽織と義経《よしつね》袴に白毛や赤毛は恰好がつくが、官軍の奴等は黒の軍服ですぜ。てんで様にならねェわな。彰義隊の方がまだしもいいわな」

浜次がそういった時、磯兵衛はつかの間、おあきの顔を見たような気がした。

「軍服に陣羽織を羽織っている奴もいたぜ。おまけに二の腕に錦《きん》ぎれつけてよう」

梅太郎は不愉快そうに言った。江戸の人々は官軍嫌いだった。慶喜が鳥羽伏見の戦の途中で逃げ帰ったことには批判的だったが、徳川家そのものに味方する気持ちは依然、強かった。

慶喜が水戸へ赴いた日の朝五つ（午前八時頃）、尾張、薩摩、長州、肥後、大村、佐土原藩の諸兵は江戸城受け取りのために大手門に集合した。

使者は官軍の参謀海江田《かえだ》武次《たけつぐ》と木梨精一郎《きなしせいいちろう》だった。幕府の目付《めつけ》立会いのもと、城内の検査が行なわれたが、さして不都合な事態も起こらず、引き渡しは無事に終了したという。その後、江戸城の管理は尾張藩に委《ゆだ》ねられることとなった。

慶喜が水戸へ赴いたことと、江戸城が官軍の手に渡ったことで、江戸の人々は誰しも、言い知れない寂しさを感じていた。

「それでよう、千代田のお城は中の見物を許されたんだと。ま、その日だけのことだったが」

浜次は訳知り顔で言う。

「浜さんは行ったのけェ？」

梅太郎は首を伸ばして浜次に訊いた。

「行く訳はねェよ。こちとら股引《ももひき》、半纏《はんてん》姿だ。幾ら何んでもそんな恰好じゃ」

浜次は苦笑した。

「だよな。やっぱ、見物した奴は羽織ぐらい着て行ったんだろうな」

梅太郎は得心したように笑った。

「でもよ、官軍が町人達にお城の見物を許したのは、城の中に地雷を仕掛けているのじゃなかろうかと疑って、それで、町人達をためしにあちこち歩かせたんだと言う人もいたぜ」

「おお、こわ」

おあきは首を竦《すく》めた。

「ま、城を明け渡す時にゃ、お上《かみ》の役人も傍《そば》にいたはずだ。悔しくて悔しくて肝も焼けていただろう。いっそ、地雷を仕掛けて官軍の奴等を木《こ》っ端微塵《ぱみじん》にしてェと内心じゃ思っていただろう。そんな噂が出ても不思議じゃねェわな」

言いながら手酌で酒を注ごうとした磯兵衛の手から、梅太郎は慌ててちろりを取り上げ、酌をした。磯兵衛はカクンと顎《あご》をしゃくった。

「で、薩摩っぽに長州っぽは、初めて見る江戸にきょろきょろしてよ、見廻《みまわ》りにかこつけて、あちこち出没しているらしい。口を開けば上様の悪口雑言《あっこうぞうごん》よ。芝居小屋でも一膳《いちぜん》めし屋でも、ろくに銭を払わねェとよ」

浜次は不愉快そうに吐き捨てた。

「そんな勝手は許さねェ!」

梅太郎は憤った声で叫んだ。と、その時、福助の戸ががらりと開き、黒服の男達が五、六人、見世の中に入って来た。

「酒を出せ。肴《さかな》もだ」

男達は有無を言わせぬ態度で怒鳴るように言った。

「申し訳ござんせん。うちの見世は常連客だけで商売をしておりますもので」

おあきは震える声を励まして言った。前にいた一人が、いきなり床几《しょうぎ》を足蹴《あしげ》にした。

磯兵衛はすぐさま立ち上がったが、浜次と梅太郎は引っ繰り返って頭を打った。

「四《し》の五《ご》の言うと、命はないぞ」

足蹴にした男は抜刀して脅《おど》す。刀身が見世の灯《あか》りに照らされて青白く光った。逆らえば命はないものと考え、おあきは小上がりに男達を促《うなが》した。

磯兵衛は戸を閉めるふりをしたが、そのまま外に出て行った。弘蔵に知らせるつもりだろう。

梅太郎と浜次はひと言も口を利かず、震えていた。

おあきは酒の用意をしてから、丼《どんぶり》におでんを山と盛って、小上がりに運んだ。梅太郎は少し落ち着いたようで、おあきを手伝い、猪口《ちょこ》や箸《はし》、小皿を運ぶ。燗《かん》のついたちろりを運ぶと、男達は飢えていたように、酒を飲み、おでんをぱくついた。

浜次も逃げようとしたが「そこにいろ！」と怒鳴られ、渋々、床几に座っていた。

「何んじゃ、この大根は。色が真っ黒だ。江戸者は、こがいなもんを喰《く》うとるから戦に負けるんじゃ」

食べながら悪態《あくたい》をつく。何んということになったのだろう。おあきは、今の状況が信じられない気持ちだった。心《しん》ノ臓《ぞう》はどきどきと盛んに音を立てていた。

小半刻《こはんとき》（約三十分）ほど経《た》った頃、見世の外が騒がしくなった。提灯《ちょうちん》の灯りもちらちら見える。

官軍の男達も様子を窺《うかが》うように耳を澄ました時、油障子が開き、抜刀した男達が入って来て、小上がりの周囲を固めた。彰義隊だった。

「こなくそ！」

果敢に反撃した官軍の一人の腹に刀が押し込まれた。血が小上がりの畳にぽたぽたと落ちた。

他の男達も刀に手を掛けたが、それより早く、彰義隊は目にも留まらぬ速さで彼等を斬った。

おあきは恐ろしさで、板場にしゃがみ込み、両手で顔を覆った。

「おっ母さん。大丈夫か？　怪我《けが》はないか」

聞き慣れた声が頭の上でした。恐る恐る顔を上げると、良助が笑っていた。

「もう心配はいらねェ。奴等は始末したからよ」

「良助……」

おあきはか細い声を上げ、安堵《あんど》の涙をこぼした。

「官軍のお侍は皆、死んだのかえ」

「ああ」

良助は小上がりを振り返って応える。彰義隊の面々は手分けして男達を外に運び出していた。ようやくおあきは立ち上がった。見世はひどいありさまだった。明日は片づけをするため、休みにしなければならないだろうと思った。男達の袖《そで》には錦《きん》ぎれがつけられていた。おあきは初めて錦ぎれなるものを見た。金糸は入っているが、ただの布の切れ端だ。そんなもので江戸の人々は恐れおののかなければならないのだろうか。どこか理不尽な気がした。

「おあき。大丈夫か」

弘蔵もようやくやって来た。後ろで磯兵衛が心配そうな顔で立っていた。

「磯兵衛さん、ひどいじゃないか。自分だけ逃げて」

おあきは落ち着くと磯兵衛に文句を言った。

「すまねェな、おかみさん。だが、おれは親分に早く知らせたかったんだよ。ちょうど、彰義隊も見廻りをしていたのに気づいた。助けてくれ、福助が大変だと大声を出したのよ。間に合ってよかったぜ」

磯兵衛はすまない顔で言い訳した。

「官軍を斬って、大丈夫なのかえ。後で都合の悪いことにならないのかえ」

おあきは心細い気持ちで良助に訊いた。

「なあに。官軍も下っ端の奴等の狼藉《ろうぜき》には手を焼いているのよ。これこれ、こういう事情で処分しましたと言えば、納得するさ」

良助は意に介するふうもなく応えた。少し見ない内に良助の表情に精悍《せいかん》さが加わっていた。それは紛《まぎ》れもなく武士の顔だった。

「上様が水戸においでになったというのに、彰義隊は解散しないのかえ」

おあきは他の隊員に聞こえないように小声で訊いた。

「こんなこともあるから、まだまだ解散はできねェよ。上様の護衛は済んだが、これからは宮様をお守りしなきゃならねェのよ」

良助の言う宮様とは輪王寺宮のことだった。

「戦になったらどうするつもりだえ」

「心配すんな。おいら、お父っつぁんから刀を引き継いだ。津田越前守助広《つだえちぜんのかみすけひろ》だ。この刀は栂野尾《とがのお》家の先祖の魂《たましい》がこもっている。きっとおいらを守ってくれるさ」

弘蔵がこっそり良助に刀を渡したとは知らなかった。津田越前守助広は摂津国《せっつのくに》の刀工が作った名刀だった。金額にして百両は下らない代物《しろもの》だった。

「栂野尾、行くぞ」

他の隊員が声を掛けた。良助は「はいッ」と大きな声で応え、おあきに向き直った。

「おっ母さん。おいら、滅法界もなく倖《しあわ》せだぜ。ようやく手前ェの進むべき道を見つけたからよ。この先、何があっても、おいらは後悔なんざしねェ。約束する。だから、おっ母さん。おいらを信じてくれ」

良助はそこで笑顔を見せた。

「じゃあな」

良助はそう言うと、隊員達の後を追って見世を出て行った。

「おあき。今夜は、もう商売はできねェな。暖簾《のれん》を下ろすぜ」

弘蔵は言う。おあきが吐息をついて板場から出ると、浜次がぺたりと座り込んでいた。

「浜さん。もう取り込みは済んだよ。さっさとお立ちよ」

おあきは苛立《いらだ》った声を上げた。

「おかみさん。手を貸しつくれ。おれァ、腰が抜けた」

「しっかりしろ！」

磯兵衛が腕を差し出して浜次を起こした。梅太郎は割れた皿や丼を集めていた。

「良ちゃん、彰義隊に入っているたァ、お天道様でもご存じあるめェというものだ」

ぼそぼそと独り言のように呟《つぶや》く。

「梅さん。磯兵衛さんが言ったでしょう？　明日は何が起きるか知れたものじゃないって。でも、良助のことは内緒にしておいて下さいな。官軍が仕返しに来ないとも限らないから」

おあきは釘《くぎ》を刺した。

「そいつは百も承知、二百も合点《がってん》！」

梅太郎は冗談めかして応える。

「お前さん。良助に、いつ、刀を渡したの？」

おあきは弘蔵に向き直った。

「それはそのう……」

弘蔵はもごもごと言い繕う。

「おかみさん。そんなことはいいじゃねェか。良ちゃんは立派に彰義隊を務めているんだからよ」

磯兵衛は助け舟を出す。

「酔いが覚めちまった。おかみさん、もう少し、飲ましてくんな」

磯兵衛はおあきに阿《おもね》るように続けた。

いろに持つなら

一

官軍の兵士は江戸市中の至る所で横暴を働いていた。それを取り締まる彰義隊《しょうぎたい》の存在を江戸の人々は喜んだ。渋沢成一郎《せいいちろう》、須永於菟之輔《すながおとのすけ》等が彰義隊を退くと、池田大隅《おおすみ》守《のかみ》という備前池田家の分家で御小姓を務めた七千石取りの男と小田井蔵太《おだいくらた》という奥州二本松藩出身の男が彰義隊の頭《かしら》を務めることとなった。天野八郎、春日左衛門《かすがさえもん》、川村敬三《けいぞう》、菅沼三五郎は頭並《かしらなみ》、本多敏三郎《としさぶろう》等四人は頭取《とうどり》だった。その他の隊員は青、黄、赤、白、黒の五色に分けて隊を編制し、それぞれに隊長を置いた。

さらに一隊の編制は二十五人でひと組となし、組頭、副長、伍長《ごちょう》が置かれた。しかし、隊員は続々と増え、ひと組に二十五人が五十人となり、日を経《へ》るごとにその数は増え続けた。

おあきと弘蔵は、良助が何番隊の何組に所属するのか知らなかった。ただ、弘蔵の気持ちとしては、今や朝敵となった幕府の下にある彰義隊の存在が官軍にとってどのように見えるのか案じられてならなかった。

官軍の兵は彰義隊を挑発するように幕府や慶喜《よしのぶ》の悪態をつく。その中には鳥羽伏見の戦以後、幕臣から寝返った者も少なくなかった。

それが袖《そで》に錦《きん》ぎれをつけて、かつての主君の悪口《あっこう》を並べ立て、あまつさえ、商家に押し入って狼藉《ろうぜき》を働いているのだ。彰義隊の隊員にとって、それが口惜《くや》しい、それが情けない。もちろん、慶喜が水戸へ去った後、彰義隊の役割はほぼ終了したと彼等《かれら》のおおかたも納得していたはずだ。しかし、解散を望む者が少なかったのは、幕臣として官軍に対するやり切れない義憤《ぎふん》を抱えていたからだ。

加えて覚王院義観《かくおういんぎかん》は徹底抗戦を主張してやまない。義観は、つれない態度をした公卿《くげ》達への怒りが収まらなかった。輪王寺宮《りんのうじのみや》を傍《そば》に置けば、官軍は手も足も出ないと踏んでいたのだ。輪王寺宮は彰義隊にとって心の支えであり、切り札でもあった。幕府が朝敵となった場合、輪王寺宮に人質としての役目を課すという当初の目的は、幕府瓦解《がかい》に及んで、ようやく達せられた観があったが、宮自身は、そのことを特に意識してはいなかった。

慶喜を援護する目的で上野に屯集《とんしゅう》した彰義隊を宮はいじらしい思いで見つめていた。官軍にとっても輪王寺宮は弱点だった。天皇の皇子に刃《やいば》を向けることはできない。

何んとか上野から宮を他の場所に移そうと、官軍は何度も宮に面会を請い、説得しようと試みたが、義観はそれをことごとく拒否した。

輪王寺宮は上野に留め置かれ、相変わらず、徳川家の菩提《ぼだい》を弔《とむら》うための勤行《ごんぎょう》を欠かさなかった。

福助で官軍の騒ぎがあってから、見世は後片づけに手間取った。おあきは騒ぎの衝撃が癒《い》えていなかった。風が吹いて油障子が音を立てただけで胸がどきどきした。また官軍がやって来たのかと。

おすさは、そんなおあきに構わず、くるくると働いた。血で汚れた小上がりの畳に雑巾《ぞうきん》を掛け、その後、空拭《からぶ》きする。割れた皿小鉢は裏庭に埋めた。釘《くぎ》の弛《ゆる》んでしまった床几《しょうぎ》は浜次が手直ししてくれた。

「おかみさん。いい加減、しゃんとしたらどうですか」

所在なく床几に座っているおあきにおすさは呆《あき》れたような声を上げた。

「何んだかねえ、身体《からだ》に力が入らなくて」

おあきは吐息交じりに応《こた》えた。

「怪我人《けがにん》が出なかっただけでも不幸中の幸いですよ。他の見世じゃ、ばっさりやられたり、腕をもがれた人もいるようですから」

「うちだって、彰義隊が現れなかったら、どうなっていたか知れたものじゃありませんよ」

「しかし、何んだって、こんな本所にまでやって来たんだろう。まさか、坊ちゃんが彰義隊だってことを知っていた訳でもあるまいし」

おすさは腑《ふ》に落ちない様子だった。良助のことは内緒にしていたが、官軍の騒ぎがあった翌日には近所の人々に知られてしまった。好意的な眼《め》で見る者もいたが、不快を露骨に顔に表す者もいた。

「官軍は所構わず、方々に現れるそうですって」

おあきはさり気なく応えた。

「この調子じゃ、吉原もさぞかし、ひどい目に遭《あ》っていることだろうよ」

おすさは訳知り顔で言う。

繁華な江戸の町は官軍の男達の興味を惹《ひ》くものに満ちていた。芝居小屋、吉原、両国広小路。最初はきょろきょろ見物しているだけだったのが、その内に錦《きん》ぎれにものを言わせて狼藉を働くようになったのだ。それを黙って見ている官軍の参謀の考えがおあきには理解できなかった。まことに勝てば官軍、負ければ賊軍だった。江戸は官軍のいいようにされていた。

慶喜が水戸へ去ると、江戸から離れた部隊もまた多かった。歩兵奉行の大鳥圭介《おおとりけいすけ》はフランス式軍事訓練を受けた幕府の精鋭部隊五百名を引き連れ、会津へ向かった。新《しん》撰組《せんぐみ》も同様だった。彰義隊だけが上野に留《とど》まり、幕府を復活させるために寛永寺《かんえいじ》を死守する構えだった。

おていが亭主の半次郎と一緒に福助を訪れたのは、ようやく見世の片づけが一段落した頃だった。

おていの腹は、それとわかるほど、ぷっくりと膨《ふく》らんでいた。

「兄さん、彰義隊に入ったのね」

おていは、すぐさま言った。その表情は困惑するより嬉《うれ》しそうでもあった。

「ああ。何んだねえ、そんなことを言うために大きなお腹《なか》をしてここまで来たのかえ」

おあきは苦笑した。

「兄さん、喜んでいるでしょう？　ようやく侍《さむらい》になれたんだもの」

おていは夢見るような顔で床几に腰を下ろした。

半次郎はさり気なくおていに手を貸す。その気遣いは、おあきを喜ばせた。ようやく二人は夫婦らしくなったと思う。

「元松前《まつまえ》藩士、栂野尾《とがのお》弘右衛門《こうえもん》の息子、栂野尾良助ってことで隊にいるらしい。仲間も皆、良助のことを栂野尾って呼んでいたよ。あたしは何んだかきまりが悪かった。

素町人《すちようにん》が侍の真似《まね》をしているんだからね」

「そんなことないよ。兄さんは江戸の人々を守るために市中を巡回しているのよ。あたし、兄さんを見掛けたことがあるのよ。徒党を組んでいたけれど、すぐに兄さんだってわかった。道端にいた娘達なんて、きゃあきゃあ黄色い声を上げていた。兄さんも他の人も十七、八の若者で、武者人形のように凜々《りり》しかった。兄さん、って大声を上げると、振り返って照れた顔をしていた。でも、身体に気をつけるんだぜって言ってくれたの。あんな優しい兄さん、初めて。あたし、とっても嬉しかった」

「でも、おてい。良助のことは、あまりよそに触《ふ》れ回らないでおくれ。彰義隊は官軍にとっちゃ朝敵なんだからね」

おあきは興奮気味のおていを制した。

「わかっている。でも、彰義隊が巡回しなかったら、官軍はのさばる一方よ。彰義隊が江戸の人達の役に立っているのは誰しも承知していることよ。上野の松坂屋さんなんて、五十俵ものお米を差し入れしたそうよ。うちのお舅《とう》さんも、その内に青物を届けると言っていた。ねえ、お前さん」

おていが甘えた声で半次郎を見た。

「さいです。とにかく、うちの者もこぞって義兄《にい》さんを応援してます。おっ義母《か》さん、義兄さんにはよろしく言っておくんなさい」

半次郎も笑顔で応えた。

二

おていの話はまんざら大袈裟《おおげさ》でもなかった。おあきが買い物で外に出た時、たまたま彰義隊の連中が巡回するのに出くわしたことがあった。通りで見物する娘達は、どこで覚えたのか隊員の名前を口々に呼ぶ。下は十五、六から二十歳《はたち》前の若者達だ。匂《にお》うような若さが眩《まぶ》しかった。江戸の娘達が関心を寄せない訳がない。いつの頃からか、情夫《いろ》に持つなら彰義隊、などと囁《ささや》かれるようにもなった。

良助が仲間と二人で福助を訪れたのは四月の晦日《みそか》近くだった。

「おっ母さん。こいつは関松之丞《せきまつのじよう》という奴で、おいらと同い年なんだ」

良助は嬉しそうに傍《かたわ》らの若者を紹介した。

「何んだねえ、こいつ呼ばわりして。仮にもお武家さんを」

おあきはさり気なく窘《たしな》めた。ぺこりと頭を下げた松之丞は大人びた表情の若者だった。

「いいんだよ。所詮《しよせん》、貧乏御家人《ごけにん》の小倅《こせがれ》よ。気を遣うことはねェよ」

良助の悪態にも松之丞は笑っている。鷹揚《おうよう》な人柄に、おあきは好感を持った。

「おいら達、友達なんだ。おっ母さん、おいら、この年になって、ようやく本当の友達に巡り合った気がするよ」

良助は興奮気味に言った。

「大袈裟だよ、栂野尾」

松之丞は苦笑した。

「いいじゃねェか。おいら、本当にそう思っているんだから。それでな、おっ母さん。関にうちの見世のことを話すと、是非とも自慢のおでんを喰いたいと言ったのよ。隊の皆んなも、おれもおれもと口を揃《そろ》えた。隊長が太っ腹に銭を出してくれたから、今夜は、福助のおでんは買い切りでェ」

良助は豪気に言った。

「おや、大変」

おあきは銅壺《どうこ》のおでんに眼を向けた。種を少し足さなければならないと思った。

「家のご商売が食べ物屋とはいいですね」

松之丞は、そんなことを言う。

「一膳《いちぜん》めし屋がそれほど珍しいか」

良助は愉快そうに訊《き》く。

「珍しくはないが、家がそんな商売をしている友達はいなかったから、何かこう、不思議な心地がするよ」

「訳《わけ》、わかんねェ」

「だって、栂野尾にとって、ここは自分の家の一部だろう？　客が飯を喰ったり、酒を飲んだりするのを当たり前のように見て来たんだろう？　今までのおれの暮らしからは到底考えられない」

松之丞は興味深そうに見世の中を見回して言う。

「そうか。まあ、とくと見物してくれ」

良助はからかうように言った。

「ああ、見物するとも」

良助と松之丞のやり取りは、おあきの微笑を誘わずにおかなかった。良助は手回しよく大鍋《おおなべ》を所持して来た。おあきは種を足した銅壺に少し火を通してから大鍋に移した。

「でも良助。おっ母さんは戦になるのじゃないかと心配でならないんだよ」

おあきは手を動かしながら言った。

「お母上。もちろん、戦は考えられないことでもありませんが、彰義隊の全部が全部、戦に賛成している訳ではありません。我々の隊の頭《かしら》は穏健派で、戦は避けたいと考えております。頭は彰義隊に希望入隊されたのではなく、ご公儀から派遣された方なの

やっておりますで、穏便に事態を収拾したいと考えているのです。我等にも軽挙妄動《けいきょもうどう》を慎めとおっし
やっております」

お母上と呼ばれ、おあきは動転した。一膳めし屋のおかみにお母上もあるものでは
ない。

「関。おっ母さんが驚いているぜ。お母上はよせ」

良助も苦笑しながら松之丞を制した。

「じゃあ、何んて呼べばいいんだ。おかみさんと呼ぶのもきまりが悪いよ」

「小母《おば》さんでいいじゃないか」

「そうそう。小母さんと呼んで下さいな」

おあきも笑顔で応えた。

「それでは小母さん。ご自慢のおでんをいただくことに致します」

松之丞は畏《かしこ》まって頭を下げた。

「上野のお山へ帰る前に、ここで少し食べてったらどうだえ」

おあきは二人に勧めた。

「いや。時間がないんだ。おでんを運び、皆んなで腹ごしらえしたら、すぐに巡回に
出なきゃならないんだ」

「そうかえ……」

おあきは少し気落ちした。もう少し良助と松之丞の顔を見ていたかった。

「おやおや、坊ちゃん。お久しぶりでござんすね」

買い物から戻ったおすさが嬉しそうに声を掛けた。

「あれっ、鬼虎のとこのお婆《ばば》じゃねェか。どうしたい」

良助は気軽な口調でおすさに訊いた。

「ええ。おていちゃんがお嫁に行ってから、おかみさんは手が足りないようでしたんで、あたしでよかったらって、この間からお手伝いをさせていただいてるんですよ」

「そうけェ。恩に着るぜ。お婆、これからも、せいぜいおっ母さんを助けておくれよ」

「あい。それはもう」

「関、そいじゃ、行くか」

良助は松之丞を振り返った。

「ああ。小母さん、ご雑作をお掛け致しました。お婆《ばあ》さん、これでご無礼仕《つかまつ》ります」

松之丞はおすさにも丁寧に挨拶《あいさつ》した。だが、鍋を運ぶ段になって少し手間取った。おでんを入れた鍋は存外に重かったのだ。

「鍋を風呂敷《ふろしき》に包んで、結び目に棒を通して、そいで二人で担《かつ》いでいけばいいんですよ」

おすさは知恵のあるところを見せた。

「さすが年の功だな」

良助は感心した。おすさは裏庭にあった折れたもの干し竿を持って来た。二人はそれに鍋を括りつけ、辻駕籠のように運ぶのだ。その恰好は、おあきにはいささか滑稽に思えた。

「また来ておくれね」

おすさは去って行く二人に声を張り上げた。振り返った良助は空いた手を挙げ、にっこりと笑顔を見せた。

「おかみさんは心配でしょうね」

おすさは二人の姿が見えなくなると、おあきにぽつりと言った。

「ええ。子供はいつまで経《た》っても心配なものですよ。時々、何んで子供なんて産んだんだろうって考えることもあるのよ」

おあきは吐息交じりに応えた。

「子供は楽しみであり、苦しみでもありますからね。だけど、子供を産まなかったおなごは、年を取ると、やっぱり悔やむものですよ。子供が一人でもいたらってね。子供がいなかった分、楽《らく》だったとは思わない。人間なんて勝手なものだ」

おすさは吐き捨てるように言う。

「鬼虎さんは親孝行な息子さんでしたものね」

「あいつは餓鬼の頃から世間の鼻つまみ者でしたよ。よその餓鬼に怪我をさせるわ、番太《ばんた》（木戸番）の店の物をくすねるわで、その度にあたしは頭を下げて歩いたものですよ」

おすさは昔を思い出すように言った。

「だけどね、おかみさん。あたしは一度だって産まなければよかったとは思いませんでしたよ。あいつがいたから、あたしは必死で働く気になったんだから。あいつはあたしの心の支えだったんですよ」

おすさは眼を潤ませながら続けた。だが、その心の支えも今はなくなってしまったのだ。

「おすささん。いつまでもうちの見世を手伝ってね」

おあきはそんなことしか言えなかった。おすさは、うんうんと肯《うなず》きながら眼を拭《ぬぐ》った。

三

その日の福助の肴《さかな》は鰯《いわし》の煮付けや、嫁菜《よめな》のお浸しで凌《しの》いだ。良助がおでんを持って行ったと話すと、常連客は誰も文句を言わなかった。

弘蔵は珍しいことに七つ（午後四時頃）に戻って来た。連夜遅くまで見廻《みまわ》りをしているので疲れも溜《た》まっていたのだろう。たまには早く帰る気になったらしい。福助には鳶職《とび》の男達が引けて浜次と磯兵衛が残っていた。

磯兵衛は嬉しそうに弘蔵の隣りへ席を移動する。

「今日はとんでもねェ野郎に会ったぜ」

弘蔵は含み笑いを堪《こら》える顔で言った。

「聞かせてくんねェ、親分」

浜次は、ほろりと酔った顔で弘蔵の話を急《せ》かした。

「はやぶさの辰《たつ》って野郎を知っているけェ」

弘蔵は二人のどちらともつかずに訊いた。

「両国広小路のこれでげしょう？」

磯兵衛は人差し指を鉤《かぎ》の形に折り曲げた。

「おうよ。巾着《きんちゃく》っ切《き》り（掏摸《すり》）だ。すばやい野郎でな、なかなか隙《すき》を見せねェ。おれもあいつには往生していたわな。御厩河岸《おうまやがし》の渡し場の辺りを見廻っているとな、あいつが渡し舟に乗って本所にやって来たのよ。ひどく急いでいる様子だった。おれは、はは〜んと思った。きっと仕事をした後だとな。ぼろは出さねェとは思ったが、ちょっと来いと言ってみた。案の定、奴は大慌てでよ。襟首引っ捕まえた拍子に奴の懐《ふところ》から赤い布きれがひらひら舞い落ちたのよ。何んだと思って拾い上げると、これが官軍の錦《きん》ぎれだったのよ」

「何んでまた、そんな物を掏《す》ったんでしょうね」

磯兵衛も興味深い表情だ。

「おれも腑《ふ》に落ちなくて、何んだってこんなことをするんだと問い質《ただ》した。すると奴は、官軍がやりたい放題で肝《きも》が焼けて仕方がねェから、錦ぎれを掏って思い知らせているんだとよ」

弘蔵は愉快そうに応えた。

弘蔵の話に浜次は掌《て》を打って喜んだ。

「親分。はやぶさは存外、骨のある野郎ですね。おいらは胸がすっとした」

「その巾着っ切りを番屋にしょっ引《ぴ》いたんですかい」

磯兵衛は掏摸の処分を気にした。

「しょっ引くものか。官軍に見つかったら、ただじゃ済まねェぜと言っただけだ」

「それで、奴は何んと応えやした？」

「そんなドジは踏まねェだと」

弘蔵がそう言うと、磯兵衛は拳《こぶし》を口許《くちもと》に押し当て、くっくと笑った。

「巾着っ切りにまで情けを掛けられるようじゃ、ご公儀も形なしだな」

弘蔵は猪口《ちょこ》の酒をひと口飲んで、ため息をついた。

「今日、良ちゃんがここへ来たそうですよ」

磯兵衛は話題を変えるように言った。弘蔵は板場のおあきに視線を向け「達者でいたか」と訊いた。

「ええ。うちのおでんを隊の皆んなで食べるんだと言って、大鍋《おおなべ》に入れて持って行きましたよ」

「そうか……」

「関松之丞さんってお侍の子と一緒でね、良助、その子のことを本当の友達だって嬉しそうに言ってましたよ」

「本当の友達か……戦になるかも知れねェってのに、友達作りして喜んでいらァ。まだまだ餓鬼だな」

弘蔵は苦笑した。

「でも、その関って子、とても感じがよかったのよ。うちの見世を珍しそうに眺めてね、実家が食べ物屋なのはいいな、なんて言って良助に笑われていたのよ」

そう言うと、弘蔵はつかの間、眼を細めた。友を見つけた息子を喜んでいる父親の顔だった。

「彰義隊に何か変わった動きはなかったか」

だが、弘蔵はすぐに真顔になっておあきに訊く。

「相変わらず、巡回で忙しいみたい。良助の隊の頭《かしら》は戦には反対らしいの。軽々しいことはするなと口酸っぱく言っているそうよ。それを聞いて、あたし、少し安心したんですよ」

「だが、近頃は官軍と彰義隊の小競《こぜ》り合いが多い。官軍と見りゃ、彰義隊は目の色を変える。ばっさり殺《や》られる官軍も少なくねェわな。おまけに彰義隊の名を騙《かた》って悪事を働く者も出ている。全く困ったものだ」

「官軍てな、人肉を喰《く》らうって評判ですぜ」

浜次がふと思い出したように口を挟《はさ》んだ。

「浜さん。またいい加減なことを言って」

おあきはさり気なく浜次を窘《たしな》めた。

「本当だってば、おかみさん。三杯酢にしたり、葱《ねぎ》と一緒に煮るとうめェらしい」

「もう、やめて！」

おあきは悲鳴のような声を上げた。弘蔵が目顔で浜次を制すると、浜次は「すんません」と低い声で謝った。

「江戸のお人は官軍を目の敵《かたき》にしているから、そんな噂《うわさ》も出るんですよ。ま、彰義隊は勝（海舟）様のお声掛かりだから、今のところは大丈夫でしょう。これが勝手に徒党を組んでいたなら、官軍も黙っちゃいないだろうし」

磯兵衛はおあきを安心させるように言った。

「勝様はともかく、官軍の参謀が何を考えているか不気味だぜ。恐らくは彰義隊を苦々しく思っているのは間違いない。その内に何か手立てを考えるはずだ」

弘蔵は思案顔で言う。

「手立てとは？」

磯兵衛は怪訝《けげん》な眼を向けた。

「まあ、彰義隊を解散させる策は練っているはずだ」

「さいですね。しかし、それに素直に従わなかった場合はどうなりやす？」

磯兵衛の問い掛けに弘蔵はしばらく返事をしなかった。

「戦になるのかえ、お前さん」

おあきは弘蔵の顔を覗《のぞ》き込んだ。

「その可能性は、ないとは言えねェだろう」

弘蔵は仕方なく応える。

「でも、良助達の頭は穏健派で戦には反対のお考えだって言ったでしょう？」

「まあ、彰義隊の全部が全部、主戦派とは限らねェからな。中にゃ、穏便に事を運びてェと考えている者もいるだろう。だが、上の者はほとんどが主戦論者だそうだ。彰義隊に集まって来る者は、どいつもこいつも戦をしたくてばたばたしている連中ばかりだ。そういう連中に穏便という言葉が通用するかどうか、聞くまでもねェよ」

弘蔵は諦《あきら》めたように言う。

「官軍は最新式の大筒《おおづつ》を所持しているそうですぜ。それを使えば彰義隊なんざ木っ端《こ ぱ》微塵《み じん》だ。使うのを渋っている理由は、やはり寛永寺のことを考えているせいですかね」

磯兵衛は自分の考えを弘蔵に確かめる。

「寛永寺は代々の上様のお霊屋《たまや》だ。幾ら官軍でも、そこに大筒をぶち込むのは気が引けるんじゃねェのかい。それに上野のお山は寛永寺ばかりじゃねェしよう」

上野の山は広い。不忍池《しのばずのいけ》周辺を除いても敷地は三十万五千坪に及ぶ。そこに七堂の伽藍《が らん》が連なり、祠堂《し どう》三十二宇、支院三十六坊を数える。それがみすみす灰燼《かいじん》に帰《き》することは官軍も望んでいないだろうと弘蔵も思う。

「そいじゃ市街戦になるんですかい」

磯兵衛は俄《にわか》に緊張した顔つきになった。浜次も心配そうに弘蔵を見つめた。

「市街戦になったら、せっかく千代田のお城を無血開城した意味がなくなるだろうが」

弘蔵はそう応えたが、その先の官軍の考えには想像が及ばなかった。とり敢《あ》えず、寛永寺の門主、輪王寺宮が上野の山にいる限りは良助の命も保証されていると思うばかりだった。

難しい話になると浜次の口数は少なくなる。弘蔵は浜次を気にして「どうでェ、浜さん。近頃の仕事は」と水を向けた。

「さっぱり駄目」

浜次はあっさりと応えた。

「このご時世じゃな」

「新築の仕事は回って来ねェ。実入りが少なくなったんで、親方は途端に材料を惜しむようになった。親分、磯さん、まあ、聞きな。おいら達が玄能《げんのう》を振るっている傍《そば》でよう、お前ェ等に新しい材料を渡せば、すぐに五寸の木っ端にしてしまうと嫌味を言うんだぜ。誰が好きこのんで五寸の木っ端にするかよ。馬鹿も休み休み言えってんだ」

浜次は苦々しく言ったが、弘蔵も磯兵衛も腹を抱えて笑った。それから青物屋の政五郎と左官職の梅太郎もやって来て、福助はようやくいつもの活気を取り戻したのだった。

四

この年は閏年《うるうどし》で四月が明けた翌月も四月であった。

季節は初夏を迎えたと言っても相変わらず天候の優《すぐ》れない日が続いた。朝、見世の外に出て、空が晴れていると、それだけでおあきは嬉しかった。

買い物に出ると詰襟《つめえり》の黒服を着た官軍の兵を見掛けることも珍しくなかった。油断のならない目つきをしている彼等と出くわせば、おあきはわざわいを避けて横丁に入り込んだ。年頃の娘を持つ親達は娘を外へ出さないようにしているらしい。

彰義隊が市中を巡回していても江戸の治安は相変わらずよくなかった。

おあきは一日おきぐらいに八百半で青物の仕入れをする。仕入れのある日は早めに起きて、朝めしの用意を調《とと》えてから出かける。少し戻りが遅くなると、弘蔵は自分でめしをよそい、一人で先に食べていることが多い。昔は何ひとつ自分でする男ではなかった。日中、おすさが手伝ってくれるとは言え、おていが嫁に行くと、途端に家の中のことに不自由を覚えるようになった。弘蔵はそんなおあきにさり気なく手を貸すようになったのだ。心底、ありがたいと思う。だがおすさは、弘蔵が納豆を掻《か》き混ぜていたり、沢庵《たくあん》を刻《きざ》んでいたりするのが見ていられないらしい。

たった一人の亭主の面倒も見られないのかと、おあきにちくりと嫌味を言う。

その朝も仕入れに出かけ、背負い籠《しょいご》に青物を入れて見世に戻った時、おあきは額に汗をかいていた。おすさがやって来る前に見世に戻ろうと帰りを急いだせいだ。天候がぱっとしなくても季節は順当に巡り、江戸は初夏を迎えている。少し動くと汗ばむようになった。

見世の戸は開いていた。中で弘蔵が年寄りの男と若い娘を床几《しょうぎ》に座らせ、世間話に興じている様子だった。こんな朝から客でもないだろうと思いながら入って行くと、男と娘は驚いたように床几から立ち上がり、慌てて頭を下げた。

「どちらさまでござんしょう」

おあきは怪訝な顔で二人を交互に見た。

「おあき。この人達は良助がいつも飯を喰っていた津軽屋《つがるや》さんの大将と娘さんだ」

弘蔵は機嫌のいい声でおあきに言う。良助が馬喰町《ばくろちょう》の一膳《いちぜん》めし屋で食事を摂《と》っていたことは以前に聞いていた。

「まあまあ。その節は息子がお世話になりました」

おあきは背負い籠を土間口に下ろすと、笑顔で応えた。

「とんでもない。良ちゃんはうちの大事なお得意さんですよ。礼を言うのはこっちの方です」

五十がらみの男は如才《じょさい》ない口を利《き》いた。娘はまだ十五、六だろうか。

「大将はわざわざ良助の荷物を届けに来てくれたんだよ」

弘蔵は小上がりに顎《あご》をしゃくった。蒲団《ふとん》と着替えの入っているらしい風呂敷《ふろしき》包みがそこに置かれていた。

「息子が津軽屋さんに自分の荷物を預けて行ったんですか」

おあきは呆《あき》れたように言った。

「へい。今まで住んでいた裏店《うらだな》を出て、上野の方に家移《やうつ》りすると言っておりやしたが、何んだかひどく急いでいる様子でしたんで、ひとまず、あっしの見世で荷物を預からせていただきやした」

良助は彰義隊に入隊するのを急ぐあまり、荷物の処分に困り、津軽屋に預けたらしい。全く、困った息子である。

「その内に荷物を取りに来るんだろうと待っておりやしたが、さっぱり音沙汰《おとさた》がありやせん。娘が良ちゃんの家は本所石原町《いしわらちょう》の福助という見世だと覚えておりやしたんで、ちょいと出かけて参りやした」

男は恩に着せるふうでもなく続けた。

「本当にお手数をお掛けして申し訳ありません」

反対におあきは恐縮して頭を下げた。

「娘も寂しがって、毎日のように良ちゃんの話をするんですよ」

男は傍らの娘に眼を向けた。娘は恥ずかしそうに「いやなお父っつぁん。そんなこと言わなくてもいいじゃない」と、応えた。良助が思いを寄せていたのは、その娘だとおあきは察しがついた。

「お幾つですか」

　おあきは少しおでこで、丸い眼をした娘に訊いた。

「十五です」

「まあ、そうですか」

「こいつはあっしの弟の娘なんですよ。弟の嫁はこいつを産むと産後の肥立ちが悪くて死んじまいやした。弟も後を追うように半年後に病《やまい》で死んだんでさァ。それで仕方なく引き取ることにしたんですよ。こいつを引き取った時、あっしも嬶《かか》ァも年だし、ちゃんと育てられるのかと心配したもんです。だが、風邪もろくに引かずに大きくなりやした。見世の手伝いもよくしてくれて、嬶ァと二人でおゆみを引き取ってよかったなあと話しているんですよ」

　男はしみじみと言う。おゆみという名か。おあきは胸をくすぐられるような気持ちになった。良助が見初《みそ》めた娘だった。

「そいで良ちゃんは、今、どこにいるんです？」

　男はつかの間、心配そうな表情になって訊く。

「ええ。下っ引《したぴ》き（岡《おか》っ引《ぴ》きの手下）のような仕事をしていますよ。ついこの間、顔を見せたんですが、忙しそうで、すぐに帰ってしまいましたよ」

おあきが下っ引きと言った時、弘蔵は苦笑して鼻を鳴らした。まさか彰義隊に入りましたとは、とても言えなかった。

「あの、おかみさん。これ、よかったら召し上がって下さい」

おゆみは渋紙に包んだものをおずおずと差し出した。

「まあ、何んでしょう」

「沢庵です。おっ母さんが漬けたのですけど、見世のお客さんに評判がいいんですよ。良助さんも大好きでした」

おゆみは相変わらず恥ずかしそうに言った。良助に食べさせたくて、わざわざ持参したのだろう。

「今の時季まで沢庵を保《も》たせるなんて、おゆみちゃんのおっ母さんは漬け物の名人ですね」

おあきはおゆみの母親を持ち上げた。

「いいえ、名人というほどではありませんけど」

「今度、良助がやって来た時は津軽屋さんに顔を出すように言いますよ」

おあきがそう言うと、おゆみの表情が輝いた。

「ささ、おゆみ。あまり長居してはこちらのご商売に差し支《つか》える。そろそろ帰るよ」

男は娘に帰宅を促《うなが》した。

「ええ……」

「ちょっと待って」

おあきは二人を制して、慌てて二階へ上がった。

押し入れの行李におていの着物があった。黒地に臙脂《えんじ》の柄《がら》が入ったものだ。今のおゆみにはぴったりだった。それから、まださほど使っていない友禅《ゆうぜん》の前垂れも添えた。

「おゆみちゃん。これはうちの娘のお古だけど、よかったら着て下さいな」

おあきは着物を押しつけた。

「おかみさん。それはいけやせん。娘さんの大事な着物だ」

男は遠慮して言う。

「いいんですよ。娘は嫁に行って、秋には子供が生まれる。これは少し派手になったから、もう用済みなんです」

「本当にいいんですかい」

「ええ。どうぞ、ご遠慮なく」

「おかみさん。ありがとうございます。大事に着させていただきます」

おゆみはそう言って、着物と前垂れを胸に抱き締めた。よほど嬉しかったらしい。

二人は何度も頭を下げて帰って行った。

「こんなご時世でなきゃ、あの娘は良助の女房になるんだろうになあ」

弘蔵はぽつりと言った。

「そうね。でも、まだ諦めるのは早い。世の中が収まれば、きっと良助だって、まっとうな仕事に就《つ》くはずよ。そしたら、あの娘をお嫁さんにできる」

「そうだといいけどな」

弘蔵とおあきの気持ちは珍しく一致していた。

それほど、おゆみは愛らしく、良助の女房にふさわしい娘に思えた。つかの間、良助とおゆみがなかよく寄り添う姿を脳裏に浮かべたが、それは所詮、おあきの勝手な思いに過ぎなかった。

「さてと、見廻りに行ってくるか。今日は何事もなけりゃいいがな」

弘蔵はそう言って腰を上げた。おあきは青物を流しに運び、桶《おけ》に水を張って洗い出した。

五

本所元町《もとまち》で用を足し、帰りに回向院《えこういん》前を通り掛かった時、弘蔵は松前藩時代の朋輩《ほうばい》、原水多作《はらみずたさく》が門前町の茶店で一服しているのに気づいた。多作はぶっさき羽織に手甲《てっこう》、脚半《きゃはん》、草鞋《わらじば》履きで、まるで旅でもするような恰好だった。

多作も弘蔵に気づくと、気軽に手招きした。

「どこかへいらっしゃるんですかい」

緋毛氈《ひもうせん》の床几《しょうぎ》に腰掛けると、弘蔵は訊いた。

「その逆。仙台から帰って来たばかりだ。横網町《よこあみちょう》の下屋敷にご挨拶に行って、ほっとひと息ついていたところよ。まあ、茶でも飲め。団子はどうだ？　この見世のものは、なかなかいけるぞ」

「団子は結構です」

多作は茶酌女《ちゃくみむすめ》に茶を注文すると、嬉しそうに弘蔵を見つめた。本所の横網町に松前藩の下屋敷がある。大政奉還後、藩主と奥方は国許《くにもと》に引き上げており、下屋敷に残っているのは留守居役の家老と警護の藩士達だけだった。

「仙台とは、また遠くの御用でしたね。広田様もご一緒でしたか」

「いや、あいつは殿のお伴で、国許に帰った。おれは江戸に残って色々と雑用をしておるのだ」

「さいですか。大変でございやすね」

「東北諸藩は奥羽列藩同盟《おううれっぱんどうめい》を結んで官軍を迎え撃《う》つ準備をしておる。おれはご家老から、様子を探れと命じられたのよ」

多作は御用の内容を手短《てみじか》に教えてくれた。

「奥羽列藩同盟……松前藩もその同盟を結んだんですかい」

弘蔵は早口に訊いた。東北の諸藩は、まだ幕府を存続させようと意気込んでいるらしい。

「いや、今のところはどうしたらよいものかと思案しておる段階だ。江戸から西の藩は、ほとんどが官軍に恭順しておるからなあ。その内にどの藩も右倣《なら》えになるとは思うが、会津が踏ん張れば、望みは繋《つな》がる」

多作も微《かす》かな希望を抱いているようだ。

「会津……」

弘蔵は独り言のように呟《つぶや》いた。前会津藩主の松平容保《かたもり》は京都守護職を務め、将軍慶喜が厚い信頼を置いていた大名である。

「ご公儀の軍隊や新撰組も会津に向かった」

多作は草団子を頰張《ほおば》り、それを茶で飲み下すと話を続けた。

「しかし、勝算は少ねェんじゃねェですかい。官軍は最新式の大筒《おおづつ》を用意しておりやす。そいつを使われたら会津だろうが、どこだろうがひとたまりもねェでしょう」

弘蔵は多作の気分を害さない程度に言葉を選んで言った。

「官軍の大筒は長崎のガラバ（グラバー）という異人が仲介したと聞いておる。だが、ガラバばかりが鉄砲屋じゃない。他にもいる。横浜にな、スメル（スネル）という男がいてな、その男が武器弾薬を会津に運ぶ段取りをつけた」

ご一新《いっしん》の前後から武器弾薬を売る異人が日本にやって来ていた。有名なのは薩長連合に売り込みをして成果を挙げた長崎のトーマス・グラバーだが、多作の話では他にもいるらしい。アメリカの南北戦争が終結すると、死の商人は日本を得意客とする方向に傾いた。オランダ人のエドワルド・スネルもグラバーと前後して来日すると、横浜に店を開いた。スネルは東北各藩に向けて売り込みを開始した。それは、はからずも薩長連合と対抗する形になった。

そういうことは、もちろん、弘蔵は知らなかった。幕府の軍隊や新撰組が東北を目指していた訳が、これでようやくわかった。

「スメルは今、新潟にいるらしい」

多作は弘蔵の驚いた様子を楽しむように続けた。

「そいじゃ、すでに武器は向こうに運ばれたってことですかい」

「そういうこと」

弘蔵は慌てて訊く。

「どうやって運んだんです？　官軍の目もあるでしょうに」

「そこはほれ、餅《もち》は餅屋よ。こっそり異人の船を使って運んだのよ」

多作は得意げに応えた。

多作の話が本当なら彰義隊は、上野の山でうろちょろしている場合ではないと弘蔵は思った。即刻、会津に向かうべきだ。

「しばらく江戸を留守にして戻って来ると、彰義隊の数がやたら増えたのには驚いた」

多作は運ばれて来た茶を弘蔵に勧めながらそう言った。弘蔵はひやりとした。多作に胸の内を読まれたかという気がした。

「さいです。今じゃ三千人はいるでしょう」

だが弘蔵は、何事もないふうを装って応えた。

「あいつ等は駄目だ。誰も彼も死ぬことばかり考えておる。もとより官軍にとっては朝敵。戦になったところで負けは目に見えている。よしんば勝ったとしても、主命に背いた罪で切腹は免《まぬが》れぬ。どの道、奴等には立つ瀬も浮かぶ瀬もないのだ」

「………」

「全くばかげておる。皆、己れを見失っているのだ。その内に官軍は何かやるはずだ。このまま奴等をのさばらせておく訳にはいかぬからな」

多作の話を聞きながら弘蔵は黙って湯呑《ゆのみ》を口に運ぶ。弘蔵も多作と同じような考えでいたものの、はっきり他人から言われたことは、やはり弘蔵の胸を重くする。

「戦になるでしょうか」

しばらくして、弘蔵は低い声で訊いた。

「恐らくな。佐賀の鍋島《なべしま》藩からアームストロングという大筒が江戸に運ばれたそうだ。それはガラバから取り寄せた物ではない。鍋島の家臣が図面を見て藩で独自に製造したらしい。鍋島は恐ろしい藩よ」

「そのアームストロングはどれほどの威力がある大筒なんで？」

「そうさなあ。これはおれも噂に聞いただけだが、これまでの大筒だと飛距離は二十八町（約三キロ）がいいところだったが、これがアームストロングになると四、五十町（四キロないし五キロ）の飛距離が可能だそうだ」

「四、五十町も……」

そう言われても弘蔵には具体的な想像が及ばなかった。しかし、市街戦になれば、江戸は間違いなく壊滅するだろう。

「千代田のお城からぶっ放せば、上野のお山に楽々と届く」

「ですが、江戸の人々もとばっちりを被《こうむ》るでしょう」

「だから官軍は再三に亘《わた》って奴等に解散を求めているが誰も聞く耳を持たぬ」

多作はそう言ってため息をついた。

「ま、おれ達があれこれ心配しても始まらない。栂野尾、流れ弾《だま》に当たって怪我をせぬようにな」

多作は、最後は冗談交じりに言って腰を上げた。これから下谷新寺町《したやしんてらまち》の上屋敷へ帰るという。

たまには見世に寄っておくんなさいと愛想を言って弘蔵は多作と別れた。

石原町に足を向けながら、弘蔵はやり切れなかった。勝ち目のない戦が始まる。それに息子が関《かか》わっている。止めようもない。良助が死ぬ？　突然、恐ろしい想像が頭をもたげた。アームストロング砲で木っ端微塵《こっぱみじん》に砕けた良助の身体。手も足もあちこちに飛び散って、どれが良助のものか判断できない。あるいはこめかみを撃ち抜かれ、地べたに血溜《ちだ》まりを作って倒れる良助の姿。そのどちらも弘蔵の涙を誘わずにはいられなかった。

弘蔵は思わず咽《むせ》んだ。だが、水洟《みずばな》を啜《すす》り上げ、気持ちを落ち着かせると、弘蔵は会津藩に対して疑問が湧《わ》いた。会津藩と言うより、前藩主松平容保に対してだった。

会津藩の藩祖は二代将軍秀忠《ひでただ》が怖い正室の眼を盗んで、ひそかに侍女に産ませた男子、保科正之《ほしなまさゆき》である。言わば将軍家の血を引く家柄である。当然、将軍家に忠誠を誓う心は強いはずだ。慶喜が鳥羽伏見の戦に敗れ、開陽丸で江戸に戻って来た時も容保は同行していた。その後、慶喜が寛永寺にこもり恭順を示し、容保は国許《くにもと》に戻された。

当たり前に考えれば、容保も慶喜に倣って恭順してしかるべきだ。だが、新政府は会津追討の命を下し、三月初めには公卿《くげ》の九条道孝《くじょうみちたか》を総督とする奥羽鎮撫隊《ちんぶたい》が仙台に向かっている。

むろん、容保が恭順すれば会津鶴ヶ城《つるがじょう》を明け渡し、藩の重職の何人かは首を刎《は》ねられる覚悟をしなければならないだろう。だが、容保がそれを不服として官軍に反旗を翻《ひるがえ》し、武器弾薬の用意を調えているとは思えなかった。

(朝廷に対する恭順の嘆願書が握り潰《つぶ》された)

弘蔵はふとひらめいた。それだ、それに違いない。容保はしょうことなく官軍と戦わねばならぬ羽目となったのだ。慶喜は江戸を守った見返りに会津を官軍へ売ったのだ。そう考えると慶喜その人がとてつもなく恐ろしい男に思えた。前松前藩主の松前崇広《たかひろ》も慶喜のために失脚したことを考えると、弘蔵は今の会津の立場が腑《ふ》に落ちるのだった。

「会津容保、この度、徳川慶喜の反謀に与《くみ》し、錦旗に発砲、大逆無道、征伐軍発せられ候間《そうろうあいだ》、その藩一手を以《も》って本城襲撃、速《すみ》やかに追討の功を奏すべき旨《むね》御沙汰候事」

新政府は仙台藩に対し、そのように命じた。

仙台藩は会津追討の命に飛び跳《は》ねるほど驚いた。

どうしたらよいものかと、連日会議を開いて藩主ともども重職達と相談している内に奥羽鎮撫隊の一行は仙台入りして、会津攻撃を強く催促した。

鎮撫隊は総督を別として、他は薩摩、長州の兵だった。中でも下参謀《しもさんぼう》の世良修蔵《せらしゅうぞう》という男が鎮撫隊の一行を牛耳《ぎゅうじ》っていた。仙台藩は形だけ会津に出兵した。鎮撫隊の一行は、その内に仙台市街で狼藉《ろうぜき》を働き、子女を辱《はずかし》める行為に及んだ。それも世良が先頭に立っていた。仙台藩は世良に対し怒りを露《あら》わにし、ついに世良に天誅《てんちゅう》を下すに至った。

このままでは東北諸藩は官軍に滅茶苦茶《めちゃくちゃ》にされると恐れ、仙台藩は奥羽列藩同盟の結成に奔走《ほんそう》したのである。

会津藩は死を覚悟していただけに、同盟の結成には涙をこぼして喜んだ。かくして、幕府と薩長連合組織の戦は奥羽列藩同盟と薩長連合新政府の戦へと形を変えて行った。

六

良助が関松之丞を伴って再び福助を訪れたのは閏《うるう》四月の半ばだった。夜の巡回の合間に、頭《かしら》に時間を貰《もら》ったという。

弘蔵が見世に戻ると、良助の周りを浜次や梅太郎、鳶《とび》職の男達が取り囲んでいた。磯兵衛は少し離れた席に座って、ゆっくりと酒を飲んでいた。

「お父っつぁん！」

良助は弘蔵の顔を見ると嬉しそうな声を上げた。

傍《そば》で見知らぬ若者がぺこりと頭を下げた。それが関松之丞だと、弘蔵はすぐに察しをつけた。

「お父っつぁん、見てくれ。初めてポトガラヒーを撮《と》って貰った」

良助は四角い形のものをこれみよがしに振った。

「何んだ、そのポト何んとかってのは」

「写真ですよ」

磯兵衛は弘蔵に説明する。

「どれどれ」

手に取ると、正写《しょううつ》しの肖像画でも見るようだった。黒の紋付に仙台袴《ばかま》を穿《は》いた良助と松之丞が寄り添い、緊張した顔で写っていた。絵よりももっと鮮明だった。

「こいつをどこで?」

「浅草の写真屋だよ。横浜の写真師に弟子入りしていた奴が見世を開いたんだ。おっ母さんもお父っつぁんと一緒に撮るといい。記念になる」

良助はおあきに勧める。

「あたしはいやですよ」

おあきはにべもなく応えた。

「おっ母さんはポトガラヒーを撮れば魂を抜かれると思っている。そんなのうそだよ」

　良助は愉快そうに言う。確かにそんな噂が世間に拡がっていた。その昔、蝦夷地の箱館《はこだて》にペリーが開港を求めてやって来た時、応接使として松前藩家老の松前勘解由《かげゆ》が箱館に赴《おもむ》いた。勘解由はのらりくらりとペリーの言い分を躱《かわ》し、何んとかペリーを追い返すことができた。その時、ペリーとのやり取りは「こんにゃく問答」として松前藩では長く語り草となった。その時、ペリー側の異人が勘解由と従者の写真を撮っている。はからずもそれが日本の写真の嚆矢《こうし》となっていた。だが、その頃、ポトガラヒーという言葉は遣われなかったと思う。

「手間賃は幾ら取られた」

　弘蔵は写真を返しながら訊いた。左官職の梅太郎が慌てて取り上げ、喰《く》い入るように見つめた。

「幾らだったっけ、関」

　良助は松之丞を振り返る。

「何んだかんだと二分《ぶ》は払ったかな。それでもおれ達だから安くしたと写真師は愛想を言っていたが」

　松之丞は気後れした表情で言う。その値が破格に高いと感じている様子だった。案の定、おあきは「二分も」と驚いた声を上げた。

「おかみさん。吉原に行くより安いって」

浜次は良助達を庇《かば》うように言った。

「お前、吉原にも行ったのかえ」

おあきは眉間《みけん》に皺《しわ》を寄せた。

「おいら達は行かねェよ。もっぱら上野広小路の松源楼《まつげんろう》と雁鍋《がんなべ》ばかりよ。あすこは隊のたまり場になっている」

松源楼と雁鍋は近頃評判の料理茶屋だった。

「ですが、松源楼や雁鍋より、ここのおでんがいいです。小母《おば》さん、この間のおでんは大層おいしゅうございました。皆、ぺろりと平らげました。汁も飯に掛けて食べる者がいたほどです」

松之丞はおあきを喜ばせることを言う。

「世辞はいい」

良助はすぐに松之丞に返す。

「お世辞じゃないよ。本当にそうなんだから」

「良ちゃん。いいダチだなあ」

浜次は眼を細めて口を挟んだ。

「だろ、浜さん。ちょいとといけど、いい奴なんだ」

「とろいは余計だ、栂野尾」

松之丞は、むきになる。それがおかしいと見世の客は声を上げて笑った。

「おっ母さん。このポトガラヒーはうちに置いて行くよ。預かってくれ」

良助はおあきに写真を差し出した。

「お前、何んでも自分の物を人に預けるんだね」

おあきは皮肉な言い方をした。

「何んだよ。妙なことを言うじゃねェか」

「津軽屋さんに身の周りの物を預けただろ？　この間、あすこの旦那《だんな》と娘さんがここへ届けてくれたんだよ」

「本当けェ？」

良助は驚いた顔になった。

「おゆみちゃん、ずい分、お前のことを心配していたよ。だけど、本当のことは言えなくてさ、何んとなくお茶を濁《にご》してしまったけど」

「そうか、おゆみちゃんがここへ来たのか……」

「良ちゃん。誰よ、そのおゆみって娘は」

梅太郎が悪戯《いたずら》っぽい顔で訊く。

「何んでもねェよ。馬喰町にいた時、飯を喰っていた見世の娘だ」

「伊勢土産は渡したけどな」

浜次が言い添える。磯兵衛からでも聞いたのだろう。良助は顔を赤くして浜次の首を押さえ込んだ。

「いてェ、いてェ。もう言わねェよ」

浜次は大袈裟《おおげさ》な悲鳴を上げた。

「実はおれも許婚《いいなずけ》がいたんですが、隊に入る時、事情を説明して別れました」

松之丞の言葉に見世の中は一瞬、水を打ったように静まった。

「な、何も、別れなくてもいいじゃねェですか。世の中が落ち着けば、また一緒になれるんだし」

浜次は松之丞を慰めるように言った。

「いえ、わが家は曾祖父《そうそふ》の代からご公儀の恩恵を給わり、ぬくぬくと禄《ろく》を食《は》んで参りました。上様が江戸をお発《た》ちになった時のことは皆さんも聞いておられましょう。上様のお顔は憔悴《しょうすい》し、髭《ひげ》は伸びるに任せたままでした。黒木綿の羽織に小倉《こくら》の袴、麻裏《あさうら》草履《ぞうり》という質素な身なりでございました。時の将軍をそのように送り出さなければならない我等は、何んと不覚の家臣であったかと、涙をこぼさずにはいられませんでした。たとい、ご政道《せいどう》が朝廷に移ったとは言え、上様のため、ご公儀のため最後の最後まで戦うのが家臣の務めと信じているのです。無駄な抵抗とおっしゃいますな。我等は死を覚悟して隊に入ったのですから」

松之丞は滔々《とうとう》と語った。

弘蔵は松之丞の話に深く感動していた。幕臣として将軍に忠誠を誓うのは当たり前というものの、江戸の人々は、いや、おおかたの幕臣ですら慶喜その人を批判的な眼で見ていた。それは鳥羽伏見の戦で家臣を置き去りにしたからだ。慶喜のことは別にして、とにかく幕府を復活させたい、存続させたいの一心で、主戦派の幕臣は抵抗していた。

それは己れの利を考えてのことに外《ほか》ならない。黙っていたなら浪人になり果て、生計《たつき》の目処《めど》が立たないからだ。だが、松之丞は違った。徳川幕府はもちろんのこと、慶喜に対しても長年の恩を忘れていない。その真摯《しんし》な姿勢に弘蔵は打たれた。

「長口上《ながこうじょう》だの」

だが良助は、からかうように言った。

「お黙り、良助。関さんほどの気持ちがなけりゃ、彰義隊なんざ務まるものか。ねえ、お侍ってのは、あたし等と心構えからして違うものだ。関さん。本当によいお話をして下さいましたよ。ありがとうございます」

おあきは感極まった顔で言った。弘蔵はおあきの言葉に救われたような気持ちになった。

「そんな。小母さんにお礼を言われる覚えはありませんよ」

松之丞は慌てて応える。

「ま、がんばってくれ」

浜次が言うと、他の客もうんうんと肯いた。

「あ、そうそう。おゆみちゃん、沢庵《たくあん》を持って来てくれたんだけど、お前がなかなか顔を見せないから、悪いけど食べちまったからね」

おあきはふと思い出して言った。

「ええっ？　喰いたかったのに……」

良助は不服そうに口を尖《とが》らせた。

「良ちゃん。うまかったぜ。何しろ、おゆみちゃんの真心の味だからな」

磯兵衛は悪戯っぽい顔で口を挟んだ。

「たまには津軽屋さんに顔を出したらどうだえ」

おあきはさり気なく勧める。

「いや。馬喰町の辺りは官軍の兵がうろちょろしている。下手に難癖をつけられてもばかばかしいし」

良助は俯《うつむ》きがちになって言った。それは言い訳だろうと、弘蔵は思った。

「そうかえ……」

おあきも、それ以上、何も言わなかった。良助の恰好《かっこう》を見たら、おゆみは事情を察するだろう。良助はおゆみにいらぬ心配をさせたくないのだ。

「小母さん。おれ達、おなごのことはひとまず頭から追い払って、お務めに邁進《まいしん》する覚悟ですよ」

松之丞はわざと明るい声で言った。

「あまり無理をするなよ」

弘蔵はぼそりと言った。

良助と松之丞は五つ（午後八時頃）過ぎに隊に帰った。浜次と梅太郎は親切にも御厩河岸の渡し場まで二人を送って行った。川を渡れば浅草で、上野のお山まで、若者の足なら、ほんのひと歩きだった。

鳶《とび》職の男達は、まだ小上がりで酒を飲んでいたが、飯台は磯兵衛と弘蔵だけになった。おあきは使った皿小鉢を流しに運び、洗い物を始めた。

「良ちゃんのダチは存外に骨のある奴でしたね」

磯兵衛も感心した顔で言う。

「うちの良助なんざ、足許《あしもと》にも及ばねェ。だが、いいダチに巡り会えて、良助は倖《しあわ》せだ」

弘蔵はしみじみと応えた。

「近頃の若《わけ》ェもんはと、年寄りはぶつぶつ小言を言うが、どうして、なかなか今の若ェもんにも見どころのある奴はおりやすよ。おれも少し安心しやした。これからの世の中は良ちゃん達に踏ん張って貰わなきゃ、よくなりやせんって」

「だな。おれ達じゃ、到底無理よ。気持ちは若ェ頃と同じでも、足腰が言うことを聞かねェ」

「眼はかすむし、小便の切れは悪いし……」

「え？　磯さん、そうなのけェ。おれはまだ大丈夫だが」

弘蔵は驚いたように磯兵衛を見る。

「あと五、六年もすれば親分だってそうなりやすよ」

「何んだか情けねェ話だな」

「だから、長生きしたかったら、二人とも少しお酒を控えることですよ」

おあきは手を動かしながら言った。弘蔵と磯兵衛は同時に首を竦《すく》めた。

七

官軍の参謀達は案の定、彰義隊の存在を苦々しく思っていた。彰義隊に斬《き》られる兵も跡を絶たなかったからだ。この場合、官軍の兵が江戸市中で狼藉《ろうぜき》を働いたという理由は問題にしていなかった。

それよりも江戸の人々が彰義隊の肩を持ち、官軍を目の敵《かたき》にするのがこたえていた。閏《うるう》四月四日に大村益次郎《おおむらますじろう》が江戸入りすると、彼は武力で彰義隊を掃討しようと提案した。益次郎は新政府の陸海軍の司令官として江戸に派遣されたのだった。

大村益次郎は周防国《すおうのくにす》鋳銭司《ぜんじ》村の出身で、父親は医者、寺子屋の師匠、農業を兼任する男だった。

益次郎は十八歳の時、三田尻《みたじり》の塾に入門し医学を学んだ。その後、豊後国日田《ぶんごのくにひた》で漢学を学び、二十二歳の時には大坂の適塾《てきじゆく》に入門してオランダ語を学んだ。二十六歳の時に父親の頼みで鋳銭司村に戻り、結婚する。その三年後、宇和島《うわじま》藩に招かれ、家臣に医学や軍学を指導することとなった。益次郎は家臣に指導する傍ら、蒸気船の建造や砲台の設置に尽力した。

技術者として名を上げた益次郎は宇和島藩の推薦で幕府の講武所の教授となる。やがて長州藩は益次郎の存在に気づき、彼を長州藩へ招く。

長州藩での益次郎は軍学を指導し、奇兵隊《きへいたい》の訓練もするようになった。折しも、倒幕運動が激化し、幕府は第二回目の長州征伐に出る。

益次郎の名が飛躍的に高まったのは、この時からだ。彼は綿密な作戦計画を立て、浜田城を落とした。敵の逃げ道を作るというのが益次郎の特徴だった。逃げ道をすべて塞《ふさ》げば、敵は死に物狂いで抵抗する。それでは味方の損失も大きくなる。それよりも逃げたい者は逃がしてやるのが利口だと彼は考えた。益次郎の作戦が功を奏し、第二回目の長州征伐は失敗に終わり、やがて幕府は瓦解《がかい》した。益次郎は次なる標的を東北諸藩と考えていた矢先、彰義隊の出現で思わぬ足止めを喰《く》ってしまったのだ。

慶応四年（一八六八）、五月一日。軍防事務局判事に任じられた益次郎は、まず勝海舟の江戸市中取り締まりの任を解いた。これにより、彰義隊の巡回警護の役目は有名無実のものとなった。

八

石原町の自身番に本所見廻り同心の佐々木重右衛門《じゅうえもん》が現れたのは、江戸の人々の間で官軍と彰義隊の戦がひそかに囁かれるようになった頃だった。

幕府の役職は瓦解と同時におおかたは消失したが、町奉行所と勘定奉行所の組織は存続していた。

とは言え、同心株を売ってよそに引っ越して行く役人も多く、町奉行所も以前の面目をすっかり失っていた。元気がよいのは、同心に使われる小者《こもの》（手先）ぐらいのものだったろう。

佐々木は弘蔵の顔を見るなり、はやぶさの辰の話をした。錦《きん》ぎれ取りをしていた掏《す》摸《り》のことだった。

「奴は神田《かんだ》の筋違見附《すじかいみつけ》でとうとう官軍に捕まったらしい」

佐々木は吐息交じりに言った。

「さいですか」

応える弘蔵の声も低かった。いずれ辰は捕まるものと弘蔵も予想していた。

「奴は懐に五十枚もの錦ぎれを持っていたそうだぜ。殊勝に謝れば命は助かったかも知れぬが、何しろ利かぬ気の男だ。派手な啖呵《たんか》を切って官軍の怒りを買い、膾《なます》のように斬られたそうだ」

「…………」

「錦ぎれ取りは、はやぶさの辰に限られねェそうだ。彰義隊の中にもいるそうだ。さあ、官軍は肝が焼けるの焼けないのどころではなかろう。派手に大筒をぶっ放して一網打尽にするつもりらしい」

「戦の日付を知っていなさるんで？」

弘蔵は上目遣いになって佐々木に訊いた。

「官軍はこの十七日だと触れ廻っているが、おそらくそれはうそだろう。十五日だ」

佐々木はきっぱりと応えた。弘蔵のうなじがちりちりと痺《しび》れた。

「上野周辺に住んでいる奴等には戦が始まる前に逃げるよう指示した。そろそろ仕度を始めているだろう」

「さいですか」

「ま、石原町まで影響はねェだろうが、それでも油断はできねェ。弘蔵、くれぐれも気を抜くなよ」

「へい」

佐々木はこれから本所の各自身番に注意を促すと言って、すぐに出て行った。

「十五日……」

弘蔵は独りごちた。もしかして、その日が良助の命日となるかも知れない。胸が震えた。

佐々木の言葉が確信となったのは、その夜、鳶職《とび》の男達の話を聞いてからだった。福助に現れた彼等は、皆、ひどく疲れた顔をしていた。何んでも上野の山に古畳や空いた米俵を運んだと言う。

「うちの組の頭《かしら》が新門《しんもん》の親分から助《すけ》っ人《と》を頼まれたのよ」

松五郎という半次郎と同い年の鳶職は見世にいた者に教えた。

新門辰五郎《たつごろう》は下谷の町火消し十番組「を組」の頭で、年は六十九だったが子分三千人を抱えて大層な羽振りだった。辰五郎の娘が慶喜の側室《そくしつ》に上がっていることもあり、慶喜からも気に入られていた男である。

「四斗俵へ土を入れて積み上げたはいいが、別の隊の奴が、誰がここへ積めと言った、あっちへ移せとこうだ」

松五郎はくさくさした表情で言う。

「だけどよう、この雨で米俵はぐずぐず。動かそうにも、その重いこと、重いこと。おまけに縄ァ、ぷつりと切れるし、全く世話が焼けたぜ」

松五郎は続ける。

「障壁《しょうへき》のつもりなんですかねえ」

磯兵衛は小声で弘蔵に訊いた。磯兵衛の問い掛けが松五郎にも聞こえたらしく「磯さん、彰義隊の奴等は官軍のへなちょこ弾《だま》なんざ、これでたくさんだとほざいていたぜ。おいらは内心で、大丈夫かなあと思っていたが、下手なことは言えねェし、へいへいって、言うことを聞いていたがな」と応えた。

「甘《あめ》ェな。彰義隊は官軍の大筒のことを少しも考えていねェようだ」

弘蔵は大きくため息をついた。

「ですが、白兵戦《はくへいせん》になったら、そこそこ行けるんじゃねェですか」

磯兵衛は彰義隊の肩を持つ。松五郎は相槌《あいづち》を打った。

「磯さん、おいらもそう思うぜ。幾ら官軍でも寛永寺に大筒は向けねェでしょう」

松五郎の言葉を弘蔵も信じたかった。だが、弘蔵は勝海舟を市中取り締まりの任から外した官軍の参謀のことが気になる。戦を想定して、そうしたのだと。恐らく、その参謀は薩摩藩の人間ではないだろうとも思う。薩摩の西郷吉之助は勝海舟と談合の末、無血開城に導いた。その時、長州の人間なら江戸を焼け野原にするぐらいは考えていたはずだ。薩摩と長州は幕府を倒すために連合したが、もともと両藩は仲がいいとは言えない。むしろ悪い。無血開城は渋々吞《の》んだが、彰義隊の始末について長州側が主導権を執《と》ったとしたら寛永寺を焼き討ちにするぐらい屁《へ》とも思わないだろう。だが、弘蔵はそれを言わなかった。見世にいた者は、皆、良助の安否を気遣っていたからだ。

「ただねえ、おいらは腑《ふ》に落ちねェことがひとつあるのよ」

松五郎は小上がりにいた仲間を振り返った。
十七、八の竹蔵《たけぞう》という若者が「上野のお山を走り回っていた髪結いが、妙だ、官軍にお山の様子を知られているらしいと、ぶつぶつ喋《しゃべ》っていたのよ」と言った。
「どういうことよ、竹」

磯兵衛は甲走《かんばし》った声を上げた。

「その前に、上野の三枚橋《さんまいばし》に『橋冨《はしとみ》』という駕籠屋《かごや》があるのよ。これはそこの駕籠舁《か》きから聞いた話なんだが、毎晩、橋冨から吉原に駕籠を使う彰義隊の幹部がいたらしい」

松五郎は竹蔵を遮るように言った。

磯兵衛は呑み込めない顔で松五郎を見ている。

「吉原通いは毎晩なんだぜ、磯さん。今にも戦が始まろうってのに呑気《のんき》なもんじゃねェか。そいで駕籠舁きは、旦那は彰義隊の方ですかいって訊いてみた」

「それで何んと応えた」

磯兵衛は松五郎の話を急《せ》かす。

「そうだと応えたってよ。そいつはでっぷりと太っていて押し出しもいい。だが、錦ぎれこそつけていなかったが、駕籠舁きは、どうも彰義隊のもんじゃねェような気がしたそうだ。つまりよ、官軍に上野のお山の様子が知られているらしいのは、密偵《みってい》がひそかに紛《まぎ》れ込み、中の様子を探っていたからだとおいらは思う訳よ。違いやすかい」

松五郎はそう言って磯兵衛を見た。

「他に気づいたことはねェのか？」

磯兵衛は続けて訊いた。

「そいつは懐にたんまりお宝を持っていたそうだ。少なく見積もっても五十両、もしかして百両もあったかも知れねェと。そうだな、竹」

松五郎が竹蔵に相槌を求めると、竹蔵はこくりと肯いた。磯兵衛は弘蔵の表情を窺《うかが》った。

「親分。どう思いやす」

「わからねェ。だが、松《ま》っつぁんの考えが当たっているとすれば、そいつは官軍からたんまり銭を貰《もら》って密偵を引き受けたんだろう。見つかりゃ、もちろん命はねェ。ひと仕事終えた後は吉原で憂さを晴らさなきゃ、とても身がもたなかったんだろうよ。だが、橋冨から駕籠を頼むたァ、大胆な奴だ」

「上野のお山の様子は官軍に筒抜けってことけェ。官軍は半ば戦を手中に収めたようなものだ」

磯兵衛はがっかりした顔で言った。

「いやだ」

おあきは袖《そで》で口許《くちもと》を覆《おお》い、しゃがみ込んだ。

「おたおたするねェ。まだ勝負は決まっちゃいねェ」

弘蔵はおあきに声を荒らげた。泣き出したおあきに誰も慰める言葉が見つからなかった。

「よく気の毒でもなく降るよなあ」

松五郎は油障子を開け、外の様子を見ながら独り言のように言った。

「雨の戦は難儀なもんだ」

磯兵衛も呟《つぶや》き、猪口《ちょこ》の酒を呷《あお》った。その後は皆、口数が少なくなり、いつものようにばか笑いをする者もいなかった。

つゆの上野

一

良助《りょうすけ》が突然、福助《ふくすけ》に現れたのは十四日の早朝だった。雲はどんよりと空を覆《おお》っていたが、幸い、雨はまだ落ちていなかった。良助は彰義隊《しょうぎたい》の恰好《かっこう》でなく、剣術の稽古着《けいこぎ》に使う白の刺し子の上着に小倉《こくら》の袴《はかま》を着けていた。

掃除をしていたおあきに良助は笑顔を見せたが、どこか緊張しているものも感じられた。

「お前さん！」

おあきは慌てて内所《ないしょ》にいる弘蔵《こうぞう》を呼んだ。

弘蔵もすぐに出て来て「いよいよ始まるのか」と訊《き》いた。

「ああ。だから、最後の挨拶《あいさつ》に来たんだ」

「最後なんて言わないどくれ」

おあきはもう、涙声だ。

「お父っつぁん、おっ母さん。おいら、ろくに親孝行もしなかったが、勘弁しつくれ」

「そんなことはいい。とにかく、危ないと思ったら逃げろ」

弘蔵は興奮した声で言った。

「何言うんだよ、親父《おやじ》。らしくもねェぜ。頭並《かしらなみ》の天野《あまの》さん（八郎《はちろう》）は、戦《いくさ》に立ち向かうには欲しいだの惜しいだの、死にたくないなどの雑念を捨てることが肝腎《かんじん》だとおいら達に説いた。おいらが死ぬか生き残るかは、終わってみなけりゃわからねェ」

懸命に意地を張って応《こた》える良助が、おあきには哀れで仕方がなかった。

「良助、後生《ごしょう》だ。このまま上野には帰らないでおくれ。ここにいて」

おあきは切羽詰まった声で引き留める。

「関《せき》を一人にはさせられねェ。わかってくれ、おっ母さん」

良助も眼《め》を赤くして言った。

「おゆみちゃんには何も言わずに行ってしまうのかえ」

「いや、今、会って来た。おっ母さんと同じことを喋《しゃべ》っていたよ。おなごってな了簡《りょうけん》が狭《せめ》ェもんだ。五両をやって、これで見世《みせ》の畳でも取り替えろって言った」

「よくもそんなお金を持っていたねえ」

おあきは感心した。

「隊に入ってから、金にはあまり困らなかったんだ。おっ母さんには十両やるよ。お、ていが子供を産んで、男だったら、その金の中から鯉幟《こいのぼり》を揃《そろ》えてやってくれ。おなごだったら雛《ひな》飾りだな。伯父《おじ》さんからの祝いだってな」

良助はそう言って小判の包みをおあきに差し出した。

「この子は、すっかり覚悟を決めちまっているよ。そんな話はおていが子供を産んでからでもいいのに」

おあきはまた眼を濡《ぬ》らした。

「戦はいつだ」

弘蔵は早口に訊いた。

「まだ、はっきりとはわからねェ。恐らくは十七日あたりだろう」

「ばかやろう！　十五日だという奴もいるんだぜ」

「まさか。明日だなんて……」

「まさかという坂はねェよ。官軍は隙《すき》を衝《つ》いて攻撃を仕掛けるはずだ。油断するねェ」

「わ、わかった」

「それからな、官軍は上野のお山の様子をすでに知っているらしい」

「本当けェ？」

良助の顔がそれとわかるほど青ざめた。

「密偵が紛《まぎ》れ込んでいたようだ。そいつは毎晩、橋富《はしとみ》から駕籠《かご》を頼んで吉原《よしわら》に通っていたらしい」

「気づかなかった……」

「お前ェはどこの守備に就《つ》くのよ」

「それは、幾らお父っつぁんでも教える訳にはいかねェ」

良助は硬いことを言う。

「べらぼうめい。お前ェにもしものことがあったら弔《とむれ》ェを出さなきゃならねェだろうが。上野のお山は広いんだ。おれは捜し切れねェよ」

良助はそれもそうだと思ったのか「本営の近くの涼泉院《りょうぜんいん》の守備に就く。八番隊だ」と、ようやく応えた。

「お前ェのダチも一緒なんだな」

「ああ」

「戦が終わったら、すぐに迎えに行くからな。早まって腹を切るなんて考えるなよ。そんなことをしても、誰も褒《ほ》めねェからな」

弘蔵は念を押す。

「わかった。そいじゃ、おいら、これで行くわ」

思いを振り切るように良助は言った。おあきは顔を上げ、良助の袖《そで》を摑《つか》んだ。

「行かないどくれ、行かないどくれ」

「おっ母さん。堪《こら》えてくれ」

ぐいっと唇を嚙《か》んで、良助はおあきの手を振り払った。そのまま、振り返らずに見世を出て行った。たまらずおあきは、声を上げて泣いた。

「良助は、もう、いねェものと考えるんだ」

弘蔵は低い声で言った。

おあきは驚いて弘蔵の顔を見た。

「そんなこと、そんなことできる訳がないよ。お前さんはひどいことを言う男だ」

「そうでも考えなきゃ、おれだって、とてもじゃねェが……」

弘蔵のあとの言葉は続かなかった。朝っぱらから、二人は手に手を取って涙にくれたのだった。

二

夜になると、また雨が降り出した。雨は客足を遠退《とおの》かせる。その夜はなかなか客がやって来ず、五つ（午後八時頃）過ぎに現れた磯兵衛《いそべえ》が口開けの客だった。

「親分はまだけェ？」

磯兵衛は弘蔵の姿が見えないのを気にした。

「うちの人は上野の戦が十五日と思っているらしい。それで、あちこち様子を見に行っているんですよ」

おあきがそう言うと、磯兵衛は思案顔で冷酒《ひやざけ》を口に運んだ。おあきは卯《う》の花《はな》を小鉢に盛って磯兵衛の前に置いた。

「卯の花腐《くた》しの雨か……」

磯兵衛は小鉢を見て何気なく呟《つぶや》いた。

「変なこと言わないで。この卯の花は今日作ったばかりだから腐《くさ》っておりませんよ」

おあきは癇《かん》を立てた。

「いや、そうゆう意味じゃないよ」

磯兵衛は慌てて言い繕《つくろ》う。

「今夜は磯さんしか来ないのかしら。全くいやになっちまう」

おあきが独り言を呟いたすぐ後に油障子が開いて青物屋の政五郎《まさごろう》が入って来た。

「何んだか外の様子がおかしいぜ」

政五郎は床几《しょうぎ》に座るなり、そう言った。

「おかしいって、どうおかしいのさ、政さん」

おあきは不安を感じながら政五郎の前に猪口《ちょこ》を置く。

「猪口は、まだるっこしいぜ。おかみさん、湯呑《ゆのみ》にしつくんな」

政五郎はいらいらした様子で言った。受け皿に湯呑をのせ、おあきは片口丼《かたくちどんぶり》に入れた酒を注《つ》いだ。

「浅草《あさくさ》辺りは荷物をまとめて逃げ出す者がやけに目につく。おれがどうしやしたって、その内の一人に訊《き》くとな、明日の朝、どうやら戦があるようだから、遠くの親戚《しんせき》の所に身を寄せるんだと応えた。そんなことがあるもんかとは思ったが、皆、血相を変えているんで、おれもだんだん恐ろしくなった」

政五郎はそう言って湯呑の酒をぐいっと呷《あお》った。

おあきは磯兵衛と顔を見合わせた。弘蔵はなかなか戻って来ない。おあきの不安は募《つの》った。

四つ（午後十時頃）になって、おあきは暖簾《のれん》を下ろした。政五郎は引き上げたが、磯兵衛は弘蔵が気になるのか、帰ろうとはしなかった。それから小半刻《こはんとき》（約三十分）後、蓑《みの》と笠《かさ》を着けた弘蔵がようやく戻って来た。

弘蔵は柱の釘《くぎ》に蓑と笠を引っ掛けると、磯兵衛の隣りに腰を下ろした。

「柳橋《やなぎばし》の辺りは官軍の兵が取り囲んでいる。ありゃあ、橋を落として通行止めにする魂胆《こんたん》だろう。馬喰町《ばくろちょう》にも兵が詰めていた」

「おゆみちゃん、さぞ怖い思いをしているでしょうね」

津軽屋《つがるや》は馬喰町にある。おあきはおゆみが心配だった。

「津軽屋は、只めしと只酒をかっ喰《く》らわれて、さぞ迷惑しているだろう。だが、あの親仁《おやじ》のことだ。娘は奥に隠して見世には出さねぇだろうよ」

弘蔵はおあきを安心させるように言った。

「通行止めは柳橋だけですかい」

磯兵衛は心配顔で訊く。

「いや、これから、あちこちでもそうなるだろう」

「と言うことは、官軍は上野のお山を取り囲む策に出ているってことですかい」

「だな」

弘蔵は低い声で応《こた》えた。おあきは弘蔵の前に湯呑を置き、黙って酒を注いだ。

その時、がらっと油障子が開き、鳶《とび》職の松五郎《まつごろう》が血相を変えて現れた。

「親分。上野広小路の松源楼《まつげんろう》と雁鍋《がんなべ》に官軍の兵が集まっているそうです。見世の二階座敷から彰義隊を攻撃するらしい」

松五郎はひと息に喋《しゃべ》った。

「何！」

明日、官軍の攻撃があるのは紛れもない。弘蔵は一瞬、眼を閉じた。おあきは慌てて内所に入ると、仏壇の扉を開け、蠟燭《ろうそく》をともし、線香を上げた。高らかにりんを鳴らすと掌《て》を合わせた。

良助に何事もありませんように。どうぞお父っつぁん、おっ母さん、良助を守ってと。

弘蔵と磯兵衛、松五郎は仏壇のりんの音《ね》を空《むな》しい気持ちで聞いていた。

官軍の総司令官、大村益次郎《おおむらますじろう》は彰義隊に気づかれないように上野のお山を孤立させ、攻撃の準備を調《ととの》えた。ただし、彼の作戦の特徴で三河島《みかわしま》方面には兵を置かなかった。そこが唯一の逃げ場所だった。

彰義隊は五月十四日の夕方から、翌十五日に官軍の襲撃が予想されるので、女子供、年寄りはすばやく立ち退《の》くようにと触《ふ》れ太鼓を鳴らして上野近辺に住む人々に知らせた。同様に官軍側でも触れを出して、人々が被害に遭《あ》わないように呼び掛けた。

山岡鉄太郎（鉄舟《てっしゅう》）は十四日の深更に及んで上野を訪れ、彰義隊の頭《かしら》に面会を請《こ》うた。何んとか戦を回避できないかと説得するためだった。

山岡は旗本、小野朝右衛門《あさえもん》の息子として生まれ、後に山岡家を継いだ男である。幼年の頃より剣術に親しみ、江戸の千葉周作《ちばしゅうさく》の門に入って修行した。やがて幕府講武所の剣術世話心得となる。文久《ぶんきゅう》二年（一八六二）には浪士組取締役として高橋泥舟《でいしゅう》とともに江戸の治安維持に努め、江戸城の無血開城にも尽力した。

池田大隅守《おおすみのかみ》は席を外していて、面会は叶《かな》わなかった。もう一人の頭である小田井蔵太《おだいくらた》も上野を出ていていなかった。何んでも覚王院義観《かくおういんぎかん》の使いで奥州に赴《おもむ》いたという。

明日、戦が始まるというのに頭が上野を留守にするのは、山岡には解《げ》せなかった。仕方なく応対に出た越後《えちご》高田藩出身の酒井良祐《りょうすけ》に戦をやめるよう説得した。酒井は山岡をなかなかの人物と見ていたので、上野山中を走り回って山岡の意向を隊員に伝えた。しかし、隊員達はすでに戦闘態勢に入っていて、誰も聞く耳を持たなかった。山岡は憮然《ぶぜん》として山を下りるしかなかった。

この時分には、上野近辺は通行止めの措置が取られ、うっかりそちらに出かけて長居した者は帰宅できないというありさまだった。

慶応《けいおう》四年（一八六八）、五月十五日の早朝。しのつく雨をものともせず、二人の武士が馬で上野に駆けつけた。

一人は天璋院《てんしょういん》（徳川家定《いえさだ》夫人）の使者、一色《いっしき》純一郎。もう一人は静寛院宮《せいかんいんのみや》（徳川家《いえ》茂《もち》夫人・和宮《かずのみや》）の使者、服部筑後守《はっとりちくごのかみ》だった。彼等《かれら》は最後の説得にやって来たのだった。

開戦を見合わせ、主家の保全を思わば、武器を捨てて降伏するべきと二人は説いた。これに対し、池田大隅守は、ご厚意に感謝すれども一戦も交えず降伏することは武士の意地が許さぬ、また、主家もそれを喜ばぬだろうと説得を拒否した。天璋院、静寛院宮の思いも彰義隊の前には空しかった。

一色と服部は再び馬に乗り、黒門を出た。二人が黒門の先にある三枚橋《さんまいばし》を渡った時、それが合図でもあったかのように官軍の大砲が火を噴《ふ》いた。

三

雨は音を立てて降る。外は何も彼《か》もねずみ色に染まっていた。朝めしを食べ終え、おあきは茶の入った湯呑を弘蔵に差し出した。二人の湯呑は萩焼《はぎやき》で、近所の隠居が所帯を持った祝いに贈ってくれたものだった。もう二十年近く使っているが、少しも古さを感じさせなかった。

弘蔵は音を立てて茶を啜《すす》った。おあきも口をすぼめて茶を飲む。その時、突然遠くから花火のような音が聞こえた。驚いたおあきは湯呑を取り落とした。畳に茶が拡《ひろ》がり、湯呑は勢いがよかったせいか内所の外まで転がり、土間に落ちて割れた。

「お前さん！」

湯呑も畳も構わず、おあきは不安な顔で弘蔵を見つめた。

「茶がこぼれたぜ、拭《ふ》きな」

弘蔵は畳に視線を向けて言う。いつもなら「何やってんだ」と、甲高い声を上げるのに、その時の弘蔵はひどく落ち着いて見えた。いや、弘蔵は必死で落ち着こうと努めていたのかも知れない。

「今のは大筒《おおづつ》の音？」

おあきは雑巾《ぞうきん》で畳を拭きながら訊いた。

「ああ」

「戦が始まったってこと？」

「そうらしい」

「他人事《ひとごと》みたいに言うのね。お前さん、平気なの？」

「ばかやろう。平気なことがあるものか。だが、心配したところでどうにもならねェ」

弘蔵の言葉尻《じり》にため息が交じった。

「あれあれ、茶碗《ちゃわん》が割れているよ。いい茶碗だったのに」

おすさの声が聞こえた。おあきはおすさに構わず仏壇の扉を開け、蠟燭に火を点《つ》け、線香を立てた。それから良助の無事を祈った。

「親分、おかみさん。お早うございます。また雨ですよ。何んだってこう雨ばかり降るんだか」

おすさが話し掛けているのに、おあきも弘蔵も上の空だった。

「ちょいと、行ってくらァ」

弘蔵は腰を上げた。

「お前さん。どこへ？」

おあきは振り返って訊いた。弘蔵は返答に窮《きゅう》して、つかの間、黙った。

「上野には行けやしないよ。どこもかしこも通行止めになっている」

「ここでじっとしているより、近くまで行けば様子がわかる」

弘蔵はようやく応えた。

弘蔵が蓑《みの》と笠《かさ》を身に着けた時、磯兵衛が同じ恰好《かっこう》で油障子を開けた。

「おィ、間に合った。もう、出かけた後かと心配しやしたぜ」

磯兵衛はほっとして弘蔵に笑顔を向けた。

「一緒に行ってくれるのけェ？」

弘蔵は縋《すが》るような眼で訊く。

「当たり前です。良ちゃんが戦に交じっているんだ。行かなくてどうする」

「ありがてェ……」

弘蔵の声が心なしか湿った。

「礼なんざ、よしちくんな。親分、手始めにどこから廻《まわ》りやす？」

「そうだな。とり敢《あ》えず浅草に渡って、それから行ける所まで行くか」

「さいですね」

「お前さん！」

おあきは甲高い声を上げた。

「危ないことはしないでおくれよ」

「心配すんな」

弘蔵は、ふっと笑い、磯兵衛と一緒に出て行った。

二人の足音は、すぐに雨に掻《か》き消された。遠花火のような大砲の音が続く。

「おかみさん。あの音は何んだろうね」

おすさは無邪気に訊いた。

「上野のお山で戦が始まったんですよ」

おあきは怒ったように応えた。

「あれまあ。坊ちゃんは大丈夫だろうか」

「だから、うちの人と磯兵衛さんは様子を見に行ったんですよ」

「それはそれはご苦労なこって」

呑気《のんき》なおすさに、おあきはまともにつき合う気がせず、朝めしの後片づけを始めた。

おすさは割れた湯呑《ゆのみ》を拾い集めながら、何度ももったいないと言っていた。

大工の浜次《はまじ》と青物屋の政五郎が現れたのは、それから間もなくだった。

「おかみさん。親分は出かけたのけェ？」

浜次は番傘を差していたが、肩先をすっかり濡《ぬ》らしていた。

「ええ、磯兵衛さんと一緒に出かけましたよ」

「おれ達もこれから行くつもりだ。政の女房のお袋と親父が雁鍋のまうしろの裏店《うらだな》に住んでいるのよ。無事に逃げたかどうかわからねェんで、政の女房は心配で泣き出しちまったのよ」

浜次は気の毒そうに言う。

「でも、雁鍋には官軍が集まっていて、どうもそこからも攻撃するみたいだって、鳶《と》職《び》の松五郎さんが言ってたのよ。とても近づけないと思うけど」

おあきは昨夜聞いた話を伝えた。

「それは知っているよ、おかみさん。だから、駒形《こまがた》から森下《もりした》に出て、下谷御徒町《したやおかちまち》から雁鍋の後ろに行くって寸法だ」

政五郎は段取りを調えている様子だった。

「うまく行くかしらねえ」

おあきは半信半疑だった。

「近くまで行ったら、もしかして親父とお袋のことを知っている者に出くわすかも知れねェしよう」

浜次は呑気なことを言う。

「多分、逃げたとは思うのよ。官軍も彰義隊も戦があると触れ回っていたしよう。だが、嬶《かか》ァが喚《わめ》くんでどうしようもねェのよ」

政五郎は困り顔で言った。

「んだ。政の女房は喚いたら手がつけられねェ。よかったよ、おれァ独り者で」

「こんな時に何言ってるの。でも、くれぐれも気をつけてね。それから向こうのことは、あたしも心配だから、戻ったらここへ来て話を聞かせて。今夜はずっと見世を開けておくから」

おあきは二人に念を押した。二人はこくりと肯《うなず》いて出て行った。

雨は降りやまない。雨音を聞きながら、おあきは何度もため息をついた。


官軍は正面攻撃として黒門前に薩摩《さつま》、因州、肥後の兵を配置した。側面攻撃としては本郷台《ほんごうだい》に肥前、筑後、尾張《おわり》、備前、津、佐土原《さどわら》の兵。そして背面攻撃として団子坂《だんござか》に長州、大村の兵を置いた。

根岸《ねぎし》、谷中《やなか》、三河島方面は兵を置かなかった。

激戦が展開されたのは黒門付近だった。門前から三枚橋までの間に彰義隊は集めた古畳や土を詰めた米俵を積み重ね、その後ろから銃を放った。

また山王台《さんのうだい》に四斤砲を設置して官軍に応戦した。

午前中は彰義隊、官軍とも互角の戦いだった。

だが、雁鍋の二階からの攻撃は黒門口の彰義隊の守りを崩し、不忍池《しのばずのいけ》対岸にある富山藩邸に設置した鍋島《なべしま》藩製造のアームストロング砲も上野山内の寺院を次々と破壊すると、彰義隊の士気は次第に衰えて行った。

「怯《ひる》むな、わが身を思うな、死を潔《いさぎよ》くせよ。ここを出て、いずこに生を欲するか！」

頭並《かしらなみ》天野八郎は隊員に檄《げき》を飛ばすも、敗色が濃くなった隊員達の耳には空しく響くばかりだった。

黒門口を守っていた頭取並《とうどりなみ》の酒井宰輔《さいすけ》は討ち死にした。同じく頭取並の近藤武雄は脇腹を撃《う》たれた。料理茶屋雁鍋の二階から発砲された官軍の弾は山王台付近にいた彰義隊を次々と倒した。古畳や米俵の障壁は何んの効果もなかった。黒門横の番小屋も吹き飛び、彰義隊は身を隠す場所もなくなっていた。

その中で馬に乗って果敢に山内を走り回る目許涼しい美男子がいた。丸毛靫負《まるもゆきえ》である。ずぼんにブーツを履き、マントを羽織った洋装はひどく目立った。まだ二十歳《はたち》にもなっていない青年だった。彰義隊では本営詰めの組頭を務め、諸隊へ伝令する傍《かたわ》ら、七連発銃を撃って大いに活躍した。丸毛は維新前、旗本二百五十石取りの家に生まれ、奥詰銃隊《おくづめじゅうたい》に属していた。だから、銃はお手のものだった。

官軍は黒門口を攻めるとともに、右手に回り、車坂《くるまざか》門、屛風坂《びょうぶざか》門、坂下門を攻めた。これに対し彰義隊は四斤砲を駆使して、よく凌《しの》いだ。

ところが、昼過ぎに会津の兵が十名ばかり黒門口より入るので、同士討《う》ちを避けるため、発砲をしばしやめよとの伝令が入った。これがいわゆる官軍の策で、にせの伝令は彰義隊内部の人間の裏切りだった。黒門口はこれによって破られた。

とどめは富山、水戸藩邸に設置されたアームストロング砲が根本中堂前の文珠楼《もんじゅろう》に命中したことだった。宝物のような楼門は雨にも拘《かかわ》らず紅蓮《ぐれん》の炎を上げた。その凄艶《せいえん》な美しさはたとえようもなかったという。頭取伴門五郎《ばんもんごろう》はこの火に身を投じて果てたと言われる。これをきっかけに隊員は「会津へ」を合言葉にちりぢりになった。怪我《けが》を負って応戦叶《かな》わぬ者は切腹し、あるいは互いに刺し違えて果てる。山内にはそうした死体が至る所に転がっていた。

湯島の高台より遠眼鏡で戦況を見つめていた官軍の大村益次郎は文珠楼に上がった炎を見て「これで戦は終わり申した」と、傍《そば》にいる者に言った。

四

おあきは仏壇に掌《て》を合わせたままだった。大砲の音が鳴る度に胃《い》ノ腑《ふ》がきゅっと縮んだ。良助は命を落としたのかも知れないという思いが時々、脳裏を掠《かす》めた。だが、その度に、いやいや良助は運の強い子供だから、何んとか難を逃れたはずだと不吉な思いを振り払った。弘蔵と磯兵衛は戻らない。浜次と政五郎も。雨は降り続いた。見世の外に出した縄暖簾も、すっかり雨に濡れそぼっていた。おすさは掃除を済ませると、勝手にめしを食べ、暮六つ（午後六時頃）前には帰って行った。

最初に福助に現れたのは、おていの亭主の半次郎《はんじろう》だった。着物の裾《すそ》を尻端折《しりつぱしょ》りして八百半《やおはん》の半纏《はんてん》を羽織ったいつもの恰好だった。番傘をすぼめて、しゅっと雫《しずく》を振り払い、おあきにこくりと頭を下げた。

「戦は終わったらしいですね」

半次郎はそう言いながら床几《しょうぎ》に座った。

「終わった？　本当に？」

おあきは信じられない気持ちで半次郎を見つめた。おていと所帯を構え、秋には父親になる半次郎は以前より落ち着いて見える。

「大筒《おおづつ》の音が聞こえなくなりやした。まさか、戦の途中で小休止でもねェでしょう」

「それもそうだけど……」

「お義父《と》っつぁんは出かけているんですかい」

「良助が心配だからって、朝早く磯兵衛さんと出て行ったの。でも、まだ戻らないのよ。政五郎さんもおかみさんのご両親の様子を見に浜さんと行ったきりよ」

「さいですか……おていもここへ来ると言ったんですが、お袋に止められやした」

「当たり前だよ。雨に濡れて風邪でも引いたら大変だ。おとよさんが止めてくれてよかったよ」

「おていは義兄《にい》さんのことが気になるようで、おいらにそっと、福助に行って様子を見て来てくれと言ったんですよ」

「心配掛けてすまないねえ。一杯、飲んでおくれ」

おあきは半次郎の前に湯呑《ゆのみ》を置き、そこに酒を注いだ。半次郎は嬉《うれ》しそうに口へ運ぶ。

「ここで飲むのは久しぶりですよ」

「そう言えばそうね。大根おろし食べる？」

「大根おろし？」

半次郎は怪訝《けげん》な顔になった。

「じっと待っていると気がおかしくなりそうだったの。それでね、何かお菜を拵《こしら》えようとしたけれど、大根しかなかったのよ。煮物をする気持ちにもならなくて、大根おろしにしてしまったの」

おあきは恥ずかしそうに言う。

「気が利かねェですんません。こんなことなら何か持って来るんだった」

半次郎は申し訳なさそうに言った。

「いいのよ、それは。どうせ今日は、まともな商売はできないと思っていたから。ほら、大根は験《げん》かつぎにもなるでしょう？」

「当たらない役者を大根って言うじゃない」

「駿かつぎ？」

「なある」

半次郎は得心して笑った。

だが、験かつぎの大根も肝腎《かんじん》の良助が食べるのでなければ意味がないと、おあきは内心で思った。

小鉢に盛った大根おろしに半次郎はさっと醬油《しょうゆ》を回し掛けて食べた。

「なかなか乙《おつ》ですよ」

半次郎はお愛想を言う。おあきは薄く笑った。

次に戻って来たのは浜次だった。夜の五つ（午後八時頃）に近い時刻だった。浜次はすっかりくたびれた顔をしていた。

「政さんは？」

おあきはすぐに訊いた。

「ヤサ（家）に戻ったよ」

「おかみさんのご両親は無事だったの？」

「ああ、知り合いの所に身を寄せていた」

「居所がわかるのに今まで掛かったの？」

「おかみさん。そう立て続けに訊くなよ。こちとら朝めしを喰《く》ったきりで何も腹に入れていねェんだ。もう目が回りそうでェ」

「あらあら。それはお気の毒さま。ごはんは炊いてあるけど、あいにくお菜が……」

「おっ義母《か》さん。大根おろしでいいじゃねェか」

半次郎はおあきをいなすように言う。

「何んでもいい。とにかく、めしをくれよ」

浜次はやけのように声を張り上げた。おあきは慌てて丼《どんぶり》にめしをよそうと、大根おろしを小鉢に入れて差し出した。浜次はがつがつと頬張《ほおば》った。

おあきは沢庵《たくあん》の古漬けと梅干しも出した。丼にふたつのめしを平らげると、浜次はようやく人心地がついた顔になり、それからおもむろに「おかみさん。一杯くんねェ」と酒を求めた。

「ごはんを食べた後で、よくお酒を飲む気持ちになるねェ」

おあきは呆《あき》れたように言った。

「おれにとっちゃ、酒は水代わりよ」

浜次の冗談に半次郎は声を上げて笑った。

「下谷のな、竹町《たけちょう》の辺りまで行ったのよ」

浜次は酒をひと口飲んで、ようやく本題に入った。

「よくそこまで行けたこと」

おあきは感心した顔になった。

「なあに。鳶職《とび》の松五郎と竹蔵《たけぞう》に途中で出くわし、湯屋に誘われたんで、ついて行ったまでよ。奴等は仲間が夜っぴて黒門前の三枚橋の辺りで働かされていたから、様子を見に行っていたんだと。そうこうする内に近くの湯屋の若い衆が、朝湯が沸いたが、誰も入りに来《き》やがらねェ。入《へ》ェらねェか、入ェらねェかと触れ回っていたそうだ」

浜次は腹ごしらえをしたので舌も滑《なめ》らかだった。

「雨に濡れたし、ひとっ風呂《ぷろ》浴びるのもいいかと思ったが、ドンパチが始まって、湯に入ェるどころじゃなくなったのよ。湯屋のおかみさんとお袋さんも手に手を取って逃げるところだった。お袋さんはおれ達に、うちのばかを見掛けませんでしたかって訊くのよ。湯に入ェらねェかと触れ回っていた若い衆のことよ。そいつは倅《せがれ》だったらしい。商売もうっちゃって、うちのばかは戦見物していると、お袋さんは泣いていたぜ」

浜次は気の毒そうな表情で続けた。

「あちらのご近所の方も大変な思いをしているのね」

おあきはそう言ったが、おあきが聞きたかったのは、そんなことではなかった。

「浜次さん。うちの義兄さんを見掛けませんでしたか」

半次郎は心細い声でおあきの代わりに訊く。

「上野のお山にゃ、近づけなかったからな」

浜次は低い声になって応えた。

「明日にならないと無理か……」

半次郎は独り言のように呟《つぶや》いたが、帰る様子は見せなかった。

「浜さん。うちの人が戻るまで、ここにいて。あたし、心細くって」

おあきはそう言って前垂れで眼を拭《ぬぐ》った。戦が終わっても、良助の安否が気になる。独りになるのはいやだった。

「もちろん、いるさ」

浜次は、にッと笑った。

「おっ義母さん。おいらもお義父っつぁんが戻るまでここにいますよ」

半次郎も言い添えた。おあきは洟《はな》を啜《すす》って「恩に着るよ」と言った。

五

弘蔵と磯兵衛が戻って来たのは四つ（午後十時頃）を過ぎていた。二人ともひどく疲れた顔をしていた。

「めしをくれ。それと酒だ。一緒でいい」

弘蔵はおあきを急《せ》かした。

「おかみさん。その前に水を一杯。喉《のど》がからからだ」

磯兵衛は蓑と笠を乱暴な仕種《しぐさ》で外しながら言った。

「はいはい」

おあきは水甕《みずがめ》の蓋《ふた》を取って、柄杓《ひしやく》で湯呑に水を注いだ。磯兵衛はそれを喉を鳴らして飲んだ。

「親分。何かわかったのけェ」

浜次は早口に訊いた。しかし弘蔵は首を振った。

「何も彼《か》も無駄足よ。最初に筋違御門《すじかいごもん》に行ったが、そこは官軍が抜き身を振り回して通させねェ。昌平橋《しょうへいばし》もその通り。仕方なく、顔見知りの呉服屋に行って、そこの火の見から上野のお山を眺めたのよ。黒い煙が上がって、火も見えた。あの見事な楼閣を燃やしたのかと思えば、泣けてきたわな」

弘蔵はしんみりとした顔で言った。

「それは何刻《なんどき》ぐらいのこと？」

おあきは弘蔵と磯兵衛を交互に見ながら訊いた。

「朝の四つ（午前十時頃）じゃなかったかな」

弘蔵はめしと酒はまだかという顔で応えた。おあきは、とり敢《あ》えず、湯呑《ゆのみ》に酒を注いだ。それから大根おろしも出すと「何んの謎《なぞ》でェ、大根おろしたァ」と弘蔵は呆《あき》れた顔をした。

「お義父《と》っつぁん、験かつぎですよ。弾《たま》に当たらないという」

半次郎が悪戯《いたずら》っぽい顔で説明した。

「下らねェ」

弘蔵は吐き捨てた。

「親分と火の見から眺めていると、新大橋の菅沼《すがぬま》様にいる竜虎隊《りゅうこたい》が上野に加勢するらしいと、野次馬達が噂《うわさ》しているのが耳に入った。それってんで、新大橋に向かったが、竜虎隊は身拵《みごしら》え充分だが、とんと動かねェ。痺《しび》れを切らして本所《ほんじょ》へ戻ろうとしたら、今度ァ、魚河岸連が加勢に出る、いや、赤坂の紀州様のお屋敷から加勢が出ると噂が飛び交《か》った。だが結局、夜になっても何事もねェのよ。これは今日のもんじゃねェ。明日一番で上野のお山に行こうと親分と話し合って、ようやく戻って来たのよ」

磯兵衛は一日の行動を説明した。結局、良助に関することは何一つわからなかったのだ。おあきは下を向いた。自然に眼が濡れる。

「お義父っつぁん。明日、おいらも連れて行って下せェ」

おあきの顔を見て、半次郎は弘蔵に言った。弘蔵は煩《わずら》わしいような表情をして「明日はこっ早《ぱや》く上野へ向かう。お前ェは競《せ》りがあるだろうが」と言った。

「一日ぐれェ、何んとでもなります。おいらが様子を見に行けば、おていも安心するんで」

半次郎は強く縋《すが》る。

「わかった、見世に来い。遅れたら置いて行くからな」

「へい」

半次郎は張り切って応えると、慌てて帰って行った。

「親分。あっしも帰りやす」

磯兵衛も腰を上げた。

「めしを喰って行け」

弘蔵は引き留める。

「めしは家でも喰えますよ。明日のこともあるんで」

磯兵衛はそう言うと、弘蔵は仕方なく肯《うなず》いた。

浜次も磯兵衛と一緒に帰ると、おあきは外の暖簾《のれん》を下ろした。しんと静まった見世の中で雨音ばかりが耳についた。

「こんな気持ちはいや。良助が生きているのか、死んでいるのかわからないなんて……」

おあきはじれったい気持ちで言う。

「はっきり知りてェのけェ」

弘蔵は醒《さ》めた眼を向けた。

「ええ」

「もしも死んでいたとしても早く知りてェか」

「それは……」

「死んでいたとしても、それを知らねェ内は、おれ達にとって良助は死んだことにはならねェ。少なくとも今晩だけは望みを繋《つな》いでいられる。そう思わねェか」

「…………」

おあきはのろのろと飯台《はんだい》の前を片づけ始めたが、途中で突然思い出したように「お前さん」と弘蔵に呼び掛けた。

「何んでェ」

「彰義隊は負けたの？　それとも勝ったの？」

おあきの問い掛けに弘蔵は思わず噴《ふ》いた。

「勝つ訳がねェだろうが」

「やっぱりそうなの。誰も肝腎《かんじん》なことを言わないんですもの。あたしは何が何んだかわからなかったのよ」

「肝腎なことなんざ、誰も言わねェよ。官軍のお偉いさんだろうが、彰義隊の頭《かしら》だろうが」

「それが世の中ってこと？」

「ああ。恐らく良助だって、何もわからねェまま、上野のお山を走り回っていただけだろう。戦なんざ、そんなものよ」

「これからどうなるの？」

「さて、志ある者は北へ逃れて、ひと昔前の南北朝を決める魂胆かも知れねェ」

「何よそれ。訳がわからない」

「日本国を二分して、西は官軍、東は幕府軍が治めるってことよ」

「いいじゃない、それ。それは名案だと思う」

「呑気《のんき》なことを言う。官軍が黙って許すものか。戦はまだ続くってことだ。全く、ひでェ世の中だ」

弘蔵はそう言って、苦い顔で酒を飲み下した。

六

輪王寺宮《りんのうじのみや》は五月十五日の早朝、いつものように勤行《ごんぎょう》を済ませた。本坊の外から大砲の音が盛んに聞こえ、警護の隊員は宮に本坊からの退去を促《うなが》した。

宮はねずみ色の真岡《もおか》木綿の単衣《ひとえ》、墨染めの衣、白地錦《にしき》の環袈裟《わげさ》という粗服に着替え、浄門院邦仙《じょうもんいんほうせん》、常応院守慶《じょうおういんしゅけい》の二人の僧侶《そうりょ》を伴《とも》として山内の西北にある等覚院《とうかくいん》に避難した。しかし、そこにも危険が迫ると、さらに北にある林光院《りんこういん》に向かった。やがて黒門口が破られたとの報を聞くと、いよいよ宮は上野から立ち退かねばならなくなった。

雨でぬかるんだ道を、宮は林光院の竹林坊《ちくりんぼう》という僧侶に手を引かれ、三河島へ向かった。官軍は宮の退去を予想して、そちらに兵を置かなかったのだ。後を追って来た天野八郎は、この時、初めて宮の尊顔を拝した。粗服と足許《あしもと》の古びた草履《ぞうり》は、とても一品法親王《いっぽんほうしんのう》とは思えなかった。天野は宮の哀れな姿に涙を禁じ得なかったという。宮は浅草の東光院に避難する途中、あろうことか農家の納屋で休息する始末だった。それほど緊迫している状況だった。官軍は当然、宮の行方を必死で捜していた。

翌十六日、弘蔵は朝めしもそこそこに磯兵衛と半次郎を伴い、上野へ向かった。筋違御門は前日とは打って変わり、すんなり通行ができた。三枚橋を渡り、黒門前に出ると、畳十五、六畳を重ねた障壁が三列並んでいた。しかし、その辺りに死体は転がっていなかった。黒門付近の樹木は弾丸の痕《あと》が夥《おびただ》しくついており、三人は改めて戦の激しさを実感した。

「おろく（死体）がひとつもねェのが解《げ》せやせんね。ここはお山の正面で、戦が一番激しかったと思えるんですが」

磯兵衛は不思議そうに弘蔵に言った。

「昨夜の内に片づけたのかな」

弘蔵は辺りをきょろきょろ見回しながら言う。

黒門をくぐり、山王台に上ると、文珠楼は、まだぶすぶすと、くすぶっていた。

「やっぱり燃えちまったんですね。もったいねェ。これだけの建物はこの先、なかなか拵えることはできやせんよ」

磯兵衛は深いため息をついた。弘蔵も「だな」と、低く相槌《あいづち》を打った。本坊の前には大砲一門が残され、傍《そば》に人足のような二人の男の死体があった。

「わ、死人《しびと》だ！」

半次郎は死体を見て大袈裟《おおげさ》な声を上げ、弘蔵に「静かにしろい」と怒鳴られた。

山王台から穴稲荷《あないなり》門を経て、三人は北の谷中《やなか》門に向かった。ここも激戦と聞いていたが、三人の眼には、別にどうという変化も見られなかった。

谷中門から今度は天王寺に出ると、本堂は今でも盛んに炎をあげていた。

「ここも焼けたか……」

弘蔵は燃える本堂を見つめて呟《つぶや》いた。

「でも、官軍も彰義隊も姿が見えやせんね。どうしたんですかねえ」

半次郎は怪訝《けげん》な表情で言う。

「おろくがごろごろしていねェんで、気が抜けたか」

弘蔵は冗談交じりに訊いた。

「そんなことはねェですよ。おろくは、さっき見やした。気味が悪いっすね」

半次郎は顔をしかめた。

「良ちゃん、無事に逃げ延びているといいんだが」

磯兵衛はぽつりと言った。

「官軍はこれから残党狩りをするだろうよ。うっかり見つかりゃ命がねェ。おれはそっちの方も心配だ」

弘蔵は谷中の方に眼を向けて言う。

「逃げるとすれば、そちらですかい」

磯兵衛は同じ方向に眼を向けた。

「多分な。だんびら持っていては危ねェ。恐らく、どこかへ捨てたか、途中の百姓家にでも預けるだろう。ま、生きてりゃの話だが」

「親分の刀は大層な代物《しろもの》だそうですってね。捨てるなんざ、もったいねェ」

「命を取られるよりましだ。所詮《しょせん》、鉄屑《てつくず》よ」

弘蔵は吐き捨てるように言った。

根岸の様子を見るため、諏訪台《すわだい》より坂を下ると、石神井川《しやくじいがわ》の石橋の下に錦《きん》ぎれをつけ、赤毛の被《かぶ》りものをつけた官軍の兵が倒れていた。

根岸に人影はなかった。住人は、皆、避難した様子だった。その頃になって空腹を覚えた三人は、どこか食べ物屋でもないかと探したが、開いている見世は一軒もなかった。浅草に出て菜《な》めしでも喰《く》うかと屏風坂の通りを行くと、連日の雨で辺りは池のようになっており、三人は足を泥だらけにした。浅草でも開いている見世はなかった。腹は減る、足許は重いで、その日もやはり、さんざんな一日となった。結局、食べ物にはありつけず、三人は背中に腹がくっつきそうになって福助に戻った。

おあきは手回しよく、握りめしにしじみ汁を拵《こしら》えて待っていた。だが、おあきは三人が戻るなり、「彰義隊は、この三日間、見つかれば斬り捨て御免だって」と、泣き出さんばかりに弘蔵に言った。

「誰から聞いた」

弘蔵は眉間《みけん》に皺《しわ》を寄せておあきを見た。

「棒手振《ぼてふ》りの魚屋さんが言っていたのよ。官軍の関門があちこちにできていて、彰義隊かどうか、いちいち改めているそうよ」

弘蔵達が戻る途中、確かに関門があって官軍の兵に身分を改められたが、弘蔵が十手《じって》を見せると、すんなり通してくれた。だから、通行がそれほど困難とは感じなかった。しかし、変装していたとしても彰義隊には、心穏やかなことではないはずだ。

「彰義隊は江戸の市中には近づけやせんね」

磯兵衛は吐息交じりに言った。

「良助はどうなるの？」

おあきは、それが肝腎とばかり訊く。

「恐らくは根岸、三河島方面に身を隠し、ほとぼりが冷めたら……」

弘蔵は言い掛けたが後の言葉が続かなかった。

その先、良助がどうしようとするのかは、父親の弘蔵にもわからなかった。

「ま、義兄《にい》さんのことだ。その内にここへ手紙でも寄こすでしょう」

半次郎はおあきを安心させるように言った。

「生きてりゃな」

弘蔵は、ぶっきらぼうに口を挟《はさ》んだ。半次郎は鼻白んで黙った。

弘蔵は何か新しい話でもないかと、外へ出て行った。磯兵衛と半次郎も後でまた来ると言って、帰った。おあきは突き出しのきんぴらごぼうを拵え、見世の準備を始めた。夏場に掛かり、おでんもしばらく休みだった。めしを食べる客のために塩の効いた鮭《さけ》や、汁気の少ない煮しめ、青菜のお浸しなどを出している。

きんぴらごぼうを拵えても、まだ、時間が余った。ついでに里芋の煮《に》っ転《ころ》がしでも作ろうかという気になり、おあきは裏の物置に向かった。

米俵の空いたものに里芋が入っている。泥つきの里芋は所々、芽が出ていて、腐れているものもあった。おあきが注意深く選《え》り分けていると、微《かす》かに物音がした。猫でも入り込んで仔《こ》を産んだのかと思い、恐る恐る物置の奥に進んだ。

さして広い物置ではないが、野菜の他に野良仕事に使う道具、丸めた筵《むしろ》などを入れてある。筵が物置の隅に衝立《ついたて》のように拡げられていた。

七

おあきは筵をそんなふうに拡げた覚えはなかった。おすさだろうか。おすさは政五郎の所へ薬味にする葱《ねぎ》を買いに行っていた。胸がどきどきした。

「誰かいるの？」

訊いても応えない。及び腰で近づき、思い切って筵を横に引くと饅頭笠《まんじゆうがさ》が見えた。おあきは短い悲鳴を上げた。膝《ひざ》を抱えて俯《うつむ》いた恰好の男が座っていた。傍に風呂敷《ふろしき》包みがぽつんと置いてある。

おあきの悲鳴に、饅頭笠の男は顔を上げた。汚れた顔をしていたが、それは紛れもなく息子の良助だった。おあきは思わず、良助にしがみついた。

「よく無事で戻って来ておくれだね。怪我はないかえ」

言いながら、安堵《あんど》の涙が頬を伝う。

「大丈夫だ。だが、静かにしてくんな。見つかったら只《ただ》では済まねェ。見世に誰かいるのか？」

良助は怪しむような目つきで訊いた。

「誰もいないよ。おすささんは買い物に出ている」

「その内、ここにも官軍がやって来るだろう」

「まさか」

「いや、おいらが彰義隊に入っていることは、近所の人間も知っている。誰かが、つい洩《も》らすことだってある。しばらく休んだら出て行くよ」

「やめておくれ。今出て行ったら、それこそ命がない。大丈夫だ。おっ母さんが匿《かくま》ってやるよ。二階の部屋でお休み」

「ここでいい。荷物もあるし……」

「荷物？」

おあきは傍らの風呂敷包みに眼をやった。雨と泥に汚れた風呂敷包みは元が何色なのかわからなかった。

「濡《ぬ》れているよ。後でおっ母さんが始末するから、お前はとり敢えず、二階にお上がり」

おあきは風呂敷包みを邪魔にならない場所へ移そうと手を伸ばした。良助は慌てて、おあきの手を払った。

「触《さわ》るな!」

あまりの剣幕におあきは二の句が継げなかった。そんな良助を見たのは初めてだった。

「すまねェ。おっ母さんに逆らうつもりはねェのよ。だが、それを手許から離す訳にゃ行かねェ」

良助はとり繕うように言った。

「中に何が入っているのだえ」

「…………」

持ち重りがするような物に思えた。着替えの類《たぐい》ではないらしい。しばらくして、良助は観念したように「関の首だ」と低い声で言った。

「ひえッ」と声にならない声がおあきの喉《のど》から洩れた。良助は関松之丞《せきまつのじょう》の首を抱えてここまで逃げて来たのだった。

「おいら達、寒松院《かんしょういん》の辺りで戦っていたんだ」

良助は俯きがちになって話し始めた。

「それで関さんは敵に斬《き》られたのだね」

「刀なんざ、大砲や鉄砲の前じゃ、ものの役に立たねェよ。榊原《さかきばら》道場で鳴らした組頭《くみがしら》でさえ、水を飲もうとして脾腹《ひばら》を撃たれてお仕舞ェよ。芝居で見るようなもんじゃねェ。人が死ぬ時ァ、恐ろしいもんだった」

「…………」

「おいら達も四斤砲で応戦したのよ。昼近くになって弾が足りなくなり、関は本営に弾を取りに行った。その間にも耳許で敵の鉄砲の音がひゅんひゅん唸《うな》っていた。最初の内こそ、おっかねェおっかねェと、びくびくしていたが、慣れとは恐ろしい。笠の際を弾が掠《かす》めても平気になった。人が弾に当たるってのも、これで結構、難しいもんよ」

「待って。今、おむすびを持ってくる。お前、お腹《なか》が空《す》いているだろう？」

「ああ。昨日の朝に握りめしを喰ったきりだ」

良助は苦笑いした。物置を出る前に、おあきは炭俵を筵の傍に引っ張った。誰が来ても奥に近づけないようにするためだった。

見世に戻ると、おすさは板場で葱を刻んでいた。

「おすささん、ご苦労さま。後はあたしがやるから、もう帰っていいよ。ごはんは何もないから、おむすびを食べてね」

おあきは早口に言った。

「そうですか……」

おすさは眼をぱちぱちさせた。おあきが皿を出して、そこに握りめしを三個のせ、椀《わん》にしじみ汁を入れる様子をじっと見ている。

「何？」

おあきは手を止めておすさを見た。

「いいえ、何んでもありませんよ」

おすさが応えるか応えない内に、外から黒服の男達が入り込んで来た。

おあきは動転して身体《からだ》が震えた。良助の言ったように、とうとう官軍がやって来たのだ。

「ここの息子は彰義隊に入っているそうだな。家の中を改める」

白毛飾りの被《かぶ》りものは、その時のおあきには鬼の頭のように思えた。

「息子は戻っておりません！」

おあきは必死で叫んだ。

「そのようなこと、中を改めればすぐにわかる」

白毛の被りものの男は言う。万事休すか。おあきは唇を嚙《か》み締めた。被りものをしているのは前にいる男だけで、後ろに控えている者は黒の陣笠《じんがさ》だった。袖《そで》に赤い錦《きん》ぎれがついている。白毛が後ろの男達に顎《あご》をしゃくった時、おすさが薄刃《うすば》包丁を持って板場から出た。

「やい！　何んだ手前ェ達は。さんざっぱら大筒で人を殺しておいて、まだ足りないのか。確かに、この家の倅《せがれ》は彰義隊に入っていたさ。そいつは誰が勧めた訳じゃない。上様のためだと思って倅が勝手にやったことだ。止められるものかね。戦が始まって、おかみさんは夜も寝られないほど心配していたんだ。線香の匂《にお》いがするだろ？　今日だって朝から無事を祈ってご先祖様に拝んでいたんだよ。生きているのか死んでいるのかわかりゃしない。てて親はずっと倅を捜して上野のお山を駆けずり回っている。え？　そんな親の気持ちが手前ェ達にはわからないのか。手前ェ達にも親はいるだろう。言わせて貰《もら》えば、うちの倅だって薩摩っぽに雇われた浪人に斬り殺されたんだ。誰にも文句のつけようがなかったよ。泣き寝入りだ。これ以上、手前ェ達の勝手は許さないよ。家の中を改めるだ？　もしもいなかったら、どう落とし前をつけるんだ」

おすさは凄《すご》い形相でまくし立てた。

「おすささん……」

おすさの言葉がありがたいのと、官軍の男達が怖いのとで、おあきはぽろぽろと涙をこぼした。

「わかった……倅の行方はまだ知れていないということだな」

おすさの剣幕に白毛はたじろぎ、見世の中を見回しただけで、あっさり引き上げて行った。おあきは身体の力が抜けた。おすさも土間にぺたりと座り込んだ。

「ありがと、おすささん。このご恩は一生忘れませんよ」

おあきはおすさの肩を抱いて礼を言った。

「なあに」

おすさは何事もないような顔で応えたが、薄刃を持つ手はぶるぶると震えていた。

「早く坊ちゃんにめしを喰わせておやりよ」

「…………」

おすさは、とっくに察していたらしい。おあきは「見世をお願いね」と言って、盆に握りめしとしじみ汁、香の物の小皿をのせて物置に運んだ。

「奴等がまた来たら、追っ払ってやるよ」

おすさは豪気に応えた。

八

その夜ほど、暖簾《のれん》を下ろす時刻を待ちわびたことはなかった。おすさに良助がいることは口止めした。

「そんなこと、合点承知之助《がってんしょうちのすけ》さ」

おすさは当然のような顔で応えた。そればかりでなく、良助にその気があるなら自分の裏店《うらだな》で匿ってやると言ってくれた。おあきは、もしもの時には頼むと応えた。良助は物置で眠っている。おあきはそっと蒲団《ふとん》と枕《まくら》を運んだ。見世の常連客にも良助のことは口にしなかった。

どこから官軍に洩《も》れるか知れたものではなかったからだ。夜の見世は戦の話で持ち切りだった。

彰義隊と見たら斬り捨て御免というのは本当だった。おまけに官軍は、彰義隊を一人始末するごとに一両の褒美を与えているという。今日は四両手にしただの、三両貫っただのと、官軍の兵は声高に喋《しゃべ》っているらしい。

逃げ切れなかった彰義隊の中には不忍池に飛び込んで隠れていた者もいたそうだ。夜になって陸《おか》に上がったところを捕らえられたという。無人となった上野のお山には野次馬が押し掛け、本坊の高価な仏具や調度品を略奪する者が続いた。

戦の話になると、客達は枚挙に遑《いとま》がないという感じで喋り続けた。

最後の客が見世を出て行くと、おあきは暖簾を引っ込め、軒行灯《のきあんどん》の火を消した。それから、堅く戸締まりをした。小上がりの灯《あか》りも消し、板場の灯りだけにした。

「おあき。今夜はやけに店仕舞いを急ぐ。おれァ、まだめしを喰っちゃいねェんだぞ」

弘蔵は酒を飲み干すと嫌味を言った。

「お前さん。話があるんだよ」

おあきは改まった顔で言った。

「何んでェ」

「良助が戻っているの」

「…………」

「まだ、詳しい話はろくにしていないのよ。良助、関さんって子の首を持っているのよ」

「どこにいる。二階か？」

「物置よ」

そう言うと、弘蔵は腰を上げた。すっかり酔いが覚めたという顔だった。

「合図は拳《こぶし》で二度叩《たた》くのよ。それ以外は返事をしないことにしているの」

おあきは言い添える。弘蔵は裏に行き掛け、思い直して内所に入り、一番太い蠟燭《ろうそく》に火をともした。

弘蔵の後からおあきも続いた。拳で二度、物置の戸を叩くと、微《かす》かに返答があった。

物置の中に入ると、おあきは外の様子を窺《うかが》ってから戸を閉めた。物置の隣りは厠《かわや》になっている。

客が用を足す度におあきは気が気ではなかった。

物置の前にはおあきが丹精《たんせい》して草花を植えている。狭い裏庭は商家の土蔵と隣家の壁に囲まれる形になっているので覗《のぞ》かれる心配はなかった。

物置の中は蒸し暑かった。灯りに照らされた良助は汗ばんだ顔をしていた。弘蔵は物置の棚に蠟燭を立てると「よく無事で戻って来た」と、ねぎらいの言葉を掛けた。それから良助の前に胡坐《あぐら》をかいて座った。

「おっ母さん。水が飲みてェ」

良助は甘えた声でねだった。

「おあき。残っている握りめしを皆、持って来い」

弘蔵も言い添えた。握りめしを食べながら良助の話を聞くつもりのようだ。

「あい」

「それから板場の灯りも消してきな」

弘蔵は用心深く続ける。

「あい」

おあきは急いで板場に戻り、鉄瓶に水を入れ、握りめしの大皿を持った。それから手拭《てぬぐ》いを水に浸して絞ると、それも持った。板場の灯りを消して見世の外に耳を澄ませる。大丈夫、誰も外から様子を窺っている者はいない。足音を忍ばせて物置に戻る。

ぼそぼそと低い話し声が聞こえた。近所には気づかれないだろうか。おあきは闇《やみ》に眼を凝らした。今のところは問題ないようだ。

また拳で二度戸を叩いてから中へ入った。

良助は鉄瓶の注ぎ口から水を飲んだ。ごくごくと喉《のど》を鳴らす良助をおあきと弘蔵は黙って見つめた。

「そんなにじっと見るなよ。何んだかきまりが悪いぜ」

良助は照れ臭そうに言った。

「いつまで見ていても、お前ェの面《つら》は飽きねェよ」

弘蔵はぬけぬけと応える。「てへッ」と良助は笑った。

「ダチの首はそれか？」

弘蔵は風呂敷《ふろしき》包みに眼をやった。

「ああ」

「奴は切腹したのか」

「いいや、そうじゃねェ。関は本営に四斤砲の弾を取りに行き、戻る途中で敵の弾が奴のこめかみを貫いたのよ」

良助は両手で顔を撫《な》で下ろして応えた。

「弾なんて、なかなか当たらないと言ってたくせに」

おあきは詰《なじ》るように言った。松之丞の死がいたましかった。弱冠十八。あまりにも若過ぎる。

「あいつはとろいから、わざわざ弾に当たりに行ったんだろうよ」

良助は冗談交じりに応えたが、その時のことを思い出して嗚咽《おえつ》を洩らした。

「泣くな。済んだことは仕方がねェ」

弘蔵が宥《なだ》めるように肩を叩くと、良助はうんうんと肯《うなず》いた。

「こめかみに弾が当たった瞬間、あいつはおいらを見たのよ。口をぽかんと開けてよ。痛ェも何も言わなかった。ただ人形みてェにくずおれた……」

松之丞は即死だったらしい。

「おいら、泣きながら四斤砲の弾を仲間に渡した。仲間もおいおい泣いていた。その内に黒門口が破られたから立ち退けと伝令が入った。松之丞をそのままにして置けなかった。官軍の奴等はきっと、膾《なます》のように斬り刻《きざ》むと思ってな。そしたら、仲間の一人が首だけ持って行こうと言ってくれた。おいら、その時、初めて刀を使った。ところが、すっぱり斬れねェのよ。鋸《のこぎり》みてェにぎこぎこやる始末よ。ようやく身体から首を離すと、奴の着物の袖《そで》を引きちぎって首を包んだ。血がだらだら出てよ、それだけじゃ間に合わなかった。ちょうど、懐に風呂敷を入れていた仲間がいて、親切に貸してくれたよ。それに包んで三河島に走った。だが、首っていうのは存外に目方があるもんだ。おいら、走りながら息が切れた」

良助の話を聞きながらおあきは何度も眼を拭った。友の首を抱えて逃げ回った良助が哀れで仕方がなかった。

「三河島の百姓家に匿《かくま》ってくれと頼んだが、断られた。だが、その恰好《かっこう》じゃすぐに見つかると、野良着と手拭いをくれた。手拭いで頬被《ほおかぶ》りすると、その家の女房が、荷物があるなら、これを持って行けと、背負《しょ》い籠《ご》を出してくれた。おっ母さんが仕入れに使う籠《かご》と同じものよ。その籠に関の首を入れ、上に畑の青物を被せて百姓のふりをした」

良助はまた鉄瓶から水を飲んで続けた。

「刀はその家に置いて来たんだね」

おあきが言うと「すまねェ」と低い声で応《こた》えた。「刀のことは気にするな。だが、途中、関門もあっただろうが」と、弘蔵はいなした。

「ああ。うまく切り抜けたぜ。おいらのもの言いが侍《さむれ》ェのもんじゃねェから、さほど疑われなかった。両国橋の関門を抜けると、どっと力が抜けた」

それから良助は石原町《いしわらちょう》に着くまで、どこをどう歩いたかわからないという。福助の常連客と出くわすことも恐れ、碩雲寺《せきうんじ》の墓所に隠れ、それから福助の物置に入ったという。碩雲寺は石原町にある寺だった。

「これからどうする」

弘蔵は良助がここまでの経緯《いきさつ》を話し終えると低い声で訊《き》いた。

「わからねェ」

「残党狩りは当分の間、続くだろうよ。ほとぼりが冷めるまで、あちこち歩くのは危ねェ」

「それはわかっている」

「おすささんの長屋へ行くかえ?」

おあきは、ふと思い出して言った。

「お婆《ばば》の?」

「ああ。今日だって、おすささん、薄刃包丁を振り回して官軍を追い払ってくれたんだ」

「そんなことがあったのけェ?」

弘蔵は眼を丸くして驚いた。

「一旦《いったん》は引き上げたけど、また別の官軍がやって来ないとも限らない。ここにいるのはまずいんじゃないのかえ」

そう言うと良助は黙った。内心では家にいたいと思っているようだ。

「おすささんの家は長屋の一番奥だ。もしもの時にゃ、裏から表の通りに抜けられる。

近くにゃ寺もあるから、身を隠すには、もってこいだ」

弘蔵もおあきの意見に賛成した。

「なあに、ほんのひと月ぐれェのことだ。官軍だって、いつまでも彰義隊の後を追っているもんか。その内に何んとかなるって」

逡巡《しゅんじゅん》した表情の良助に弘蔵は安心させるように続けた。

「とにかく、今夜はここにいるよ。お婆の家に行くのは明日考える」

良助はようやく応えた。

「関さんの首をどうしたらいいだろうね」

おあきは風呂敷包みが気になった。

「おいら、関の家に届けてェんだが」

「およし。それこそ危ない」

おあきは言下に否定した。

「こう暑くちゃ腐れも速い。明日、庭で焼くか。茶毘《だび》に付《ふ》すってこった」

弘蔵は吐息交じりに言った。良助の眼が濡れた。

おあきは濡れた手拭いを持ち出して、良助の顔をぐいぐいと拭《ふ》いた。良助は黙っておあきのされるままになっていた。

九

輪王寺宮は根岸、三ノ輪《みわ》、入谷《いりや》を経て浅草の東光院に入り、一泊した。この時、東光院までの道案内をしたのが、戦の始まる前、黒門付近で湯に入《へ》ェらねェかと触れ回っていた湯屋の倅《せがれ》だった。

女房と母親が行方を案じていた時、どうしたきっかけか、お山に入り込んで宮の道案内をすることとなったらしい。この男、名を越前屋《えちぜんや》佐兵衛《さへえ》という。佐兵衛は女房持ちだったが、まだ年は若かった。輪王寺宮がぬかるんだ道に往生すると、おぶって先を進んだ。

佐兵衛の家は代々、東叡山《とうえいざん》の掃除御用を引き受けていた。風雨に倒れた樹木は家に持ち帰り、釜《かま》の燃料にすることを許された。だから佐兵衛は常々、おいらの湯屋は畏《おそ》れ多くも宮様のおわすお山の薪で沸かしているのだと自慢していた。道案内を買って出たのも、長年の恩に報いるためでもあったのだろう。

佐兵衛は宮を無事に東光院にお連れすると、差し出された手間賃は受け取らず、ただ、宮の身に着けていた脚半《きやはん》と草履をありがたく頂戴《ちようだい》したという。宮は東光院にしばらく逗留《とうりゆう》し、十七日になってから市谷《いちがや》の自證院《じしようい ん》（瘤寺《こぶでら》）へ向かうこととなる。

良助はもうひと晩、物置で過ごすと、翌日の真夜中になってから、番場町にあるおすさの裏店《うらだな》に移った。

弘蔵が磯兵衛と半次郎を伴って上野のお山に入った時、彰義隊の死体を眼にしなかったのには訳があった。

戦が終わると、官軍側の死体は早々に片づけられたが、彰義隊の方はそのままにされていた。だが、雨と暑さで死体は腐乱が始まっていた。これを見かねた侠客《きょうかく》、三幸《さんこう》こと三河屋《みかわや》幸三郎《こうざぶろう》が三ノ輪円通寺《えんつうじ》の大禅仏磨和尚《ぶつまおしょう》に相談して彰義隊の死体を集め、山内のごみ溜《た》めで一部を茶毘《だび》に付した。

集めた死体は二百六十六体に及んだという。

彰義隊の残党狩りは厳しかった。福助でも官軍に捕縛される彰義隊の話が話題の中心だった。

弘蔵が見廻《みまわ》りから戻ると、福助には浜次と政五郎しかいなかった。磯兵衛は弘蔵よりひと足早く帰っていた。弘蔵は浜次を見て、ふと思いついたように口を開いた。

「浜さんよう、ちょいと頼みてェことがあるんだが」

弘蔵は徳利の酒を浜次と政五郎の猪口《ちょこ》に注いだ。

二人はひょいと首を下げた。

「頼みってな、おれにできることですかい」

浜次は怪訝《けげん》そうに訊いた。

「ああ。大工の浜さんにゃ、お手のもんだろう」

「見世の造作ですかい」

浜次は眼を輝かせた。

「いや、そうじゃねェ。そのう、骨箱《こつばこ》を拵《こしら》えて貰《もら》いてェのよ」

「骨箱ォ？」

浜次は素《す》っ頓狂《とんきょう》な声を上げた。おあきはちらりと弘蔵を見た。仔細《しさい》を話すつもりだろうかと、はらはらした。良助のことが感づかれるのが心配だった。

「お、親分。まさか良ちゃんのって言うんじゃねェでしょうねェ」

政五郎の顔に緊張が走った。

「まさか。そんなことがあってたまるか」

弘蔵が否定すると「ああ、びっくりしたぜ」と、政五郎は胸を撫《な》で下ろした。浜次もほっとしたように吐息をついた。

「ちょいと訳ありなんで、詳しいことは訊かねェでくんな。とにかく骨箱を拵えつくれ。さほど大きいものじゃなくていい。首が収まるぐれェのもんだ」

「首！」

政五郎と浜次の声が重なった。

「もう、話が下手なんだから」

おあきはいらいらした声で言った。

「浜さん、政五郎さん。驚かせてごめんね。二、三日前、誰かが見世に風呂敷《ふろしき》包みを放《ほう》り込んで行ったのよ。何んだと思って開けたら、これが人の首だったの。もう、腰が抜けそうなほどびっくりしたのよ。でも、そのままにもしておけなくて、うちの人と相談して、灯《あか》り油を掛けて裏で焼いたのよ」

おあきは言い繕う。

「どうりで、昨日辺り、妙な臭《にお》いがしたと思った」

政五郎が合点がいった顔で言う。おあきは胸がひやりとした。首を焼いた臭いが近所に流れていたのだ。だが、おあきは平然とした顔で話を続けた。

「焼けば骨が残るでしょう? 古い壺《つぼ》に入れたけど、やっぱりちゃんとした方がいいと思って。その内に誰か引き取りに来るかも知れないし」

そう言ったが、骨は松之丞の家に届けるつもりだった。

「わかった。ひと晩、待ってくれ」

浜次は快く引き受けてくれた。

浜次が拵えてくれた骨箱は檜《ひのき》で、かなり立派なものだった。普通の骨箱よりふた回りほど小さかった。それでも余裕がかなりあり、骨箱を持つ度に中で乾いた音がした。

おあきは骨箱を風呂敷に包み、良助に教えられた下谷御徒町の松之丞の家に向かった。

御徒町は幕府の御家人《ごけにん》が多く居住している地域だった。同じような構えの家が並んでいたので、おあきは探し当てるのに少し苦労した。

何度も人に訊《き》いて、ようやく辿《たど》り着いた家は閉じた門が半ば立ち腐れ、屋根の瓦《かわら》も所々、剝《は》げていた。門の横の通用口を拳《こぶし》で叩《たた》いて訪《おとな》いを入れると、陰気な顔をした年寄りが顔を出した。年寄りはどうやら下男らしい。幕府が瓦解《がかい》してから奉公人に暇を出して駿府《すんぷ》に引っ越しする者が多い。下男を置いているのは、まだ内所に余裕があるのかとも思ったが、家の佇《たたず》まいから、どうもそれは怪しい。

「手前は本所の石原町でめし屋を商っている者です。折り入って、こちらの旦那《だんな》様か奥様にお話がございます。お取り次ぎ願えませんでしょうか」

おあきは緊張した顔で言った。

「旦那様は留守にしておりやす。奥様にお取り次ぎをしてもよろしいんですが、何しろ癇症《かんしょう》なお方なもんで、つまらない用事でしたら、あっしが後で叱《しか》られやす」

下男はおずおずと言った。

「松之丞さんのお骨をお持ち致しました」

思い切って言うと、下男ははっとした顔になり、慌てて母屋に向かった。それから呆《あき》れるほど待たされた。

雨が上がった江戸の町は陽射《ひざ》しが強い。おあきは手巾《しゅきん》で額の汗を拭《ぬぐ》った。やがて現れた下男は申し訳ない顔で「奥様はお引き取りできねェとおっしゃっておりやす」と応えた。

「何んですって！」

おあきの声が尖《とが》った。

「坊ちゃまは旦那様と奥様の反対を押し切って彰義隊に入りやした。その時、親子の縁を切っておりやす。ですから……」

「だって、松之丞さんは亡くなったんですよ。理由はどうあれ、お宅のお墓に納めるのが筋《すじ》じゃないですか。無縁仏にせよとおっしゃるの？」

「申し訳ありやせん」

下男は頭を下げるばかりだった。おあきは怒りが込み上げた。

「お武家様というのはご大層なもんだ。あたし等町人とは、ものの考え方まで違う。余計なことをしてしまったようですね。はい、お世話様」

おあきはそう言って、踵《きびす》を返した。松之丞が可哀想《かわいそう》で仕方がなかった。

三味線堀《しゃみせんぼり》の傍に出た時「おかみさん、待ってくれ」と、下男が大汗をかいて後を追って来た。

「何かご用ですか」

おあきはつんつんした顔で訊いた。

「骨はあっしが預かりやす」

「だって、引き取れないと、さっき言ったじゃないですか」

「奥様の気持ちとしてはそうでしょう」

「どういう意味？」

おあきは赤ら顔の下男をまじまじと見つめた。

「奥様は後添《のちぞ》えに入られた方で、坊ちゃまとは生《な》さぬ仲なんで。ご公儀がいけなくなると、途端に喰《く》う物にも事欠く始末になりやした。坊ちゃまは口減らしのために彰義隊に入ったんでさァ」

「そんなことはありませんよ。松之丞さんは上様のために働きたいとおっしゃってありましたもの」

「坊ちゃまは表向き、そう言うしかなかったんですよ。温厚な人柄で、戦なんざ、本当は性《しょう》に合わねェお人でしたからね」

「そう……」

「近所は上様の後を追って駿府に行きやした。お恥ずかしい話、あの家には駿府に行く路銀もねェ始末でさァ。坊ちゃまの骨が戻って来れば、形だけでも弔《とむら》いをしなけりゃならねェ。奥様はその掛かりを心配しているんですよ。だが、旦那様がお戻りになって、どうして骨を引き取らなかったとご立腹されては事《こと》だ。あっしが手前ェの塒《ねぐら》にしまっておきやす」

「もしも旦那様も奥様と同じお考えでしたら、どうするつもりですか」

「そん時は三ノ輪の円通寺に持って参じやす。何んでも、あそこの和尚《おしよう》は彰義隊の遺《い》骸《がい》を集めて弔ったと聞いておりやす。きっと坊ちゃまの骨も引き取ってくれやすよ」

「そうね。そうしてくれるとあたしも助かる。松之丞さんは息子と大のなかよしだったのよ」

「さいですか。そいじゃ、おかみさんの倅《せがれ》も？」

「ええ、そういうこと。残党狩りが厳しくて、あたしは気が気ではないのよ」

「死んでも地獄、生きても地獄ですね」

「そういうことよ」

おあきはため息をついて応えた。

おあきは骨箱を風呂敷ごと下男に渡した。少し安心した。

「それじゃ、お願いね」

「へい……あの、おかみさん」

「え？」

「坊ちゃまの最期《さいご》はどんなふうだったかご存じですかい」

そう訊かれて、一瞬、胸が詰まった。

「松之丞さんは寒松院の前で息子と一緒に戦っていたそうですよ。大筒の弾が足りなくなって、本営に取りに行き、戻る途中でこめかみに敵の弾が当たったらしいの。苦しまずに亡くなったそうですよ」

おあきはひと息に言った。

「よく知らせておくんなさいやした。旦那様には必ずお伝えします」

膨《ふく》れ上がるような涙を浮かべた下男を、おあきは正視できなかった。

「はい、ごめんなさいよ」

早口に言って、下男の傍を離れた。

陽射しは相変わらず強い。あの雨の日々がうそのようだった。神田川《かんだがわ》に架《か》かる橋を渡ると両国広小路に出た。戦も一段落すると、広小路の床見世《とこみせ》（住まいのつかない店）はそろそろ商いを再開し、大道芸の周りには人垣ができていた。皆、呑気《のんき》な顔をしている。この人達の身内に彰義隊で死んだ者はいないのだろうか。自分に関わりがなければ、戦も恰好《かっこう》の見世物だ。おあきは皮肉な気持ちで、その先の両国橋を渡った。

「何んだか、ちょいと様子がおかしいんですよ」

磯兵衛は冷奴《ひややっこ》を肴《さかな》に酒を飲みながら弘蔵に言った。

「おかしいって、どうおかしいのよ」

弘蔵は怪しむような目つきで磯兵衛を見る。内心では良助のことを感づかれたかと、ひやひやしているようだ。

「炭屋の文次郎《ぶんじろう》の所に、この頃、妙な連中が通《かよ》って来るんですよ」

文次郎は炭屋の屋号を持っているが炭屋ではなく鉄砲師だった。商売柄、武士の客も多い。磯兵衛が気にするのは、よほどのことらしい。

「磯さんは、そいつ等を何者だと思っているのよ」

弘蔵は試すように訊いた。

「彰義隊の幹部じゃねェかと」

「………」

「上野の戦じゃ負けたが、再起を企《たくら》んでいるんじゃねェかと。それで炭屋を繋《つな》ぎ場所にして連絡を取り合っているんじゃねェですかい」

蝉時雨

一

弘蔵は吐き捨てるように言った。おあきも松之丞の骨を届けて、ほっとしていたところだったので、正直、磯兵衛の話は聞きたくない気持ちだった。磯兵衛は喉《のど》ごしのよい冷奴《ひややっこ》を口に運び、それを酒で飲み下すと、話を続けた。

「これはあっしの考えですが、官軍は上野のけりがついたんで、これからは、もっと東の土地の平定に乗り出すはずです。官軍の兵も当然、そっちへ行くことになりやす。さ、そこで江戸が手薄になる。だから彰義隊《しょうぎたい》はその隙《すき》を衝《つ》こうというんじゃねェかと」

「まさか」

磯兵衛の言う東の土地とは、会津を含む東北各藩を意味した。奥羽《おうう》列藩同盟《れっぱんどうめい》の名を弘蔵は思い出した。松前藩《まつまえ》は、その後どうなったかと俄《にわか》に案じられた。だが、今は松前藩のことより彰義隊の残党の動きを知ることが肝腎《かんじん》だった。

「彰義隊は、どうやって隙を衝くと磯さんは思っているのよ」

弘蔵は試すように訊《き》いた。

「千代田《ちよだ》のお城を焼き討ちにするとか、思い切ったことをしなけりゃ、官軍の鼻は明《あ》かせやせん」

「…………」

「そうじゃねェですかい」

磯兵衛は弘蔵の返答を急《せ》かす。

「谷中《やなか》を焼いたのは彰義隊だったと聞いたぜ。奴等《やつら》の再起てェのは江戸の町を焼くことけェ」

弘蔵は皮肉な口調で言う。戦《いくさ》が終わって良助の行方を捜す一方、弘蔵は自身番の大家や奉行所の役人から戦の被害の状況を聞いた。官軍は三河島方面には兵を置かなかったので、生き残った彰義隊は、そこから逃れたと思われる。その時、彰義隊は官軍の追撃を阻《はば》むため、谷中付近の民家に火を放ったというのだ。江戸の庶民の味方であったはずの彰義隊がそれでは、もはや救いようがない。この先、彼等は無頼《ぶらい》の徒と化し、ただ私怨《しえん》に駆り立てられて行動するだけだと弘蔵は思う。

「磯さん。もう彰義隊の肩を持つことはねェよ。戦は終わったんだ」

弘蔵はきっぱりと言った。磯兵衛は何か言い掛けたが、思い直した様子で肯《うなず》いた。

「おあき。あちらさんの用事は済ませたのけェ？」

弘蔵は、ふと思い出して板場にいたおあきに訊いた。

「ええ……」

おあきは傍《そば》に磯兵衛がいるので、居心地の悪い表情になった。

弘蔵は、そんなおあきに構わず「あちらさんのてて親か母親に会ったのけェ」と続けた。

「いいえ。旦那《だんな》様はお留守で、奥様は、あの子とは親子の縁を切ったので、何があっても関《かか》わりたくないご様子で会って下さらなかったんですよ」

「で、骨はどうしたい」

そう訊いた弘蔵に磯兵衛は、ぎょっとした顔になった。

「お前さん。磯兵衛さんが驚いているじゃないの。何も見世にいる時、言わなくてもいいじゃないですか」

おあきは弘蔵を窘《たしな》めた。

「よかったら仔細《しさい》を聞かせておくんなさい」

磯兵衛は二人の顔を交互に見ながら遠慮がちに言った。弘蔵は短い吐息をついた。

「もう、そこまで言ったんだから、打ち明けたら？」

おあきは諦《あきら》めたように言った。

「良助のこともか？」

弘蔵は心許《こころもと》ない表情でおあきに確かめる。

「磯兵衛さんなら大丈夫ですよ」

おあきは悪戯《いたずら》っぽい顔で応《こた》えた。磯兵衛が自分達を裏切って官軍に良助のことを告げ口するなど、万にひとつも考えられなかった。

「そ、そうだな」

弘蔵は安心したように磯兵衛に向き直った。だが磯兵衛は「良ちゃんのことなら知ってますよ」と、あっさり応えた。

「どうして」

おあきは驚いた。

「なあに。釜《かま》の火を落とす頃、そっと湯に入りに来るんですよ」

おあきと弘蔵は良助の大胆さに驚いた。人目についたらどうするのかと思った。

「心配いりやせん。裏口からそっとやって来て、小父《おじ》さん、湯に入ってもいいかなって訊くんですよ。洗い場に客の姿がないのを確かめてから入れてやってます。その後は掃除を手伝ってくれるんで、こっちも大助かりなんですよ」

磯兵衛は笑顔で言った。

「黙っているなんてひどいじゃない」

おあきは思わず声を荒らげた。

「親分とおかみさんこそ水臭い。あっしと何年のつき合いになると思っているんで？」

磯兵衛は、その時だけ詰《なじ》る口調になった。

「すまねェ、磯さん」

弘蔵の声が湿った。おあきも喉《のど》を詰まらせながら頭を下げた。

「それで骨というのは？」

磯兵衛は気になる様子で話を急かした。

「磯兵衛さん。良助の友達で関松之丞って子がいたでしょう？」

おあきは俯《うつむ》きがちになって話を始めた。未《いま》だにおあきは松之丞が不憫《ふびん》でたまらなかった。

「ええ」

「上野の戦で官軍の弾《たま》に当たって亡くなったんですよ」

「そいつァ……」

磯兵衛はそう言ったきり、言葉に窮《きゅう》して黙った。

「良助はね、あの子の首を持って逃げて来たんですよ。置き去りにしたら官軍が膾《なます》のように斬り刻《きざ》むからって。それでね、あたしとうちの人は首をそのままにもしておけないから、裏で焼いて骨にしたんですよ。浜さんに骨箱を拵《こしら》えて貰《もら》って、それに入れて、あたしはあの子のお屋敷に持って行ったの。奥様は受け取れないとおっしゃったけど、年寄りの下男の人が預かってくれたのよ。もしも、旦那様も奥様と同じ意見だったら、三《み》ノ輪《わ》の円通寺《えんつうじ》に運んでくれるって。そのお寺には戦で亡くなった彰義隊の骨が集められたそうだから」

「さいですか。しかし、武家の母親ってのは厳しいもんですね。親子の縁を切ったからには倅《せがれ》が死んでもお屋敷の敷居を跨《また》がせないってことですかい」

磯兵衛は感心したように言う。

「それにも仔細があってね、母親はあの子の生みの親じゃないそうなのよ。おまけにお上《かみ》が倒れてから、かなり困っている様子だったのよ。あの子、口減らしのために彰義隊に入ったと、下男の人は言っていたの。あたし、たまらなかった」

おあきは思い出して眼《め》を拭《ぬぐ》った。

「良ちゃんのダチも気の毒だが、ダチの首を持って逃げた良ちゃんの気持ちを思うと……切《せつ》ねェなあ」

磯兵衛は堪《こら》え切れずに咽《むせ》んだ。

「それが戦ってもんよ。それだけ犠牲を払っているのに、まだ懲《こ》りねェ彰義隊の幹部の気が知れねェ」

弘蔵は憤《いきどお》った声で言った。

「まだ、幹部とは決まった訳じゃありやせんが」

磯兵衛は洟《はな》を啜《すす》って応えた。

「磯兵衛さん。まさか、良助は炭屋さんに顔を出してやいないでしょうね」

「それはねェと思いやすが……」

そう言ったが磯兵衛は自信がなさそうな表情だった。

「おすささんに、様子を訊かなきゃ。夜中にこっそり抜け出しているようなら目も当てられない」

おあきは良助に対して怒りが湧《わ》いた。さんざん親に心配を掛けて、この上、また彰義隊に舞い戻るつもりなら、松之丞の親ではないが勘当しなければならないと強く思った。

浜次と政五郎が見世にやって来たので、良助の話は自然に立ち消えとなった。

二

輪王寺宮《りんのうじのみや》は五月の十七日に市谷《いちがや》の自證院《じしょういん》に着いて、しばらくその寺に逗留《とうりゅう》していた。

しかし、官軍の詮議《せんぎ》はますます厳しく、自證院の院主亮栄《りょうえい》は品川沖の艦船にいた榎本《えのもと》武揚《たけあき》を訪ね、宮を船で奥州へ送ってほしいと懇願した。榎本はこれを快く引き受けた。

五月二十五日、宮は浄門院邦仙、常応院守慶と、他に三人の武士を伴《とも》にして鉄砲洲《てっぽうず》より伝馬船《てんま》で品川に向かい、長鯨丸《ちょうげいまる》に乗り込んだ。

長鯨丸は元治《げんじ》元年（一八六四）にイギリスのグラスゴーで建造された蒸気船である。慶応二年（一八六六）に幕府が二十万ドルを投じて購入し、主に運送船として使用されていた。

榎本武揚は維新前、海軍副総裁の任に就《つ》いていた。オランダに留学して開陽丸《かいようまる》の建造にも携《たずさ》わり、航海技術を習得して開陽丸とともに日本に戻って来た男だった。幕府が瓦解《がかい》した時、官軍は幕府が所持する軍艦の引き渡しを要求したが、榎本はそれを拒んでいた。榎本は強い主戦論者だった。

宮を乗せた長鯨丸はすぐさま出航し、五月の二十八日には常陸国《ひたちのくに》の平潟《ひらかた》に着いた。そして月が変わった六月に、宮は佐幕の牙城《がじょう》、会津城下に入った。

会津では前藩主松平容保《かたもり》を始め、幕府の重鎮板倉勝静《かつきよ》、阿部正静《まさきよ》、小笠原長行《おがさわらながみち》、それに覚王院義観《かくおういんぎかん》が待ち構えていて、宮を歓迎した。宮はこの時点から奥羽列藩同盟の象徴たる人物となった。

奥羽列藩同盟の考えは宮を天皇として仰《あお》ぎ、新たな政権を樹立することだった。

弘蔵の松前藩時代の朋輩《ほうばい》、原水多作《はらみずたさく》が福助を訪れたのは六月に入って間もなくのことだった。午前中から陽射《ひざ》しが照りつけ、うだるような暑さの中、多作は汗を拭《ふ》きふき、やって来た。おあきは多作が現れると、すぐさま自身番に行って弘蔵に知らせた。

「見廻《みまわ》りに出る前だったんで、すれ違いにならずに済みやした」

弘蔵は嬉《うれ》しそうに多作に言った。

多作はおあきが出した冷えた麦湯《むぎゆ》をうまそうに口へ運びながら「そいつは好都合だった。なに、ちょいとおぬしの耳に入れておきたいことがあってな」と応えた。彰義隊に関する新たな情報かと弘蔵は俄《にわか》に緊張した。だが、そうではなかった。それは松前藩の内紛についてだった。

幕府が瓦解すると、官軍は蝦夷地《えぞち》を南北の二つに分けて統轄することを決定した。その手始めに、南の箱館《はこだて》に裁判所が設置され、総督に清水谷公考《しみずだにきんなる》、判事に井上石見《いわみ》（薩摩《さつま》）、松浦武四郎《たけしろう》（長州）等、数名が選ばれた。清水谷の一行は閏《うるう》四月十四日に京都を発《た》ち、敦賀《つるが》から汽船華陽丸《かようまる》に乗って蝦夷地の江差《えさし》に到着した。それから陸路箱館に向かった。

閏四月の二十四日には早くも改革があり、箱館裁判所は箱館府に、総督は府知事となった。旧幕府の箱館奉行、杉浦勝誠《かつしげ》は官軍に恭順の姿勢を示し、一行を洋式築城五稜郭《ごりょうかく》へ案内して事務の引き継ぎを行なったという。こうして箱館府は樹立した。

松前藩も官軍には恭順の意を表し、一行を松前城下に迎える準備を始めた。しかし、藩主松前徳広《のりひろ》は三月下旬に松前に戻ってから、体調が思わしくなく、藩政を執《と》ることもほとんどできない状態にあった。そのため筆頭家老の松前勘解由《かげゆ》を始め、蠣崎監三《かきざきかんぞう》、関佐守《せきさもり》、山下雄城《ゆうき》等に藩政が委《ゆだ》ねられていた。彼等は前藩主松前崇広《たかひろ》の頃からの家老職の面々で、佐幕派でもあった。

奥羽列藩同盟が東北の白石《しろいし》で結成された時、松前藩からも家老の一人が出席している。以前に多作は藩が同盟に入るかどうかを考慮中だと言っていたが、とり敢《あ》えず、会合には出席したらしい。

その実、すでに恭順の決意をしていたのだが、東北各藩に攻撃されることを恐れ、表向きはどちらにもいい顔をしていたと思われる。

「それが家臣達の不満を募《つの》らせたってことですかい」

弘蔵は自分が予想したことを口にした。

「まあ、それもあるが、どこの藩もうちと同じようなものだろう。問題はそれじゃない。ご公儀が倒れたのをきっかけに藩内でも新たな改革をすべきだという空気が生まれたのよ」

「新たな改革ですかい」

弘蔵は呑《の》み込めない顔で多作を見た。鬢《びん》にちらほら白いものが目立つ。それは多作の童顔とそぐわなかった。

「藩は昔から殿の血縁者が家老職を継ぐことが多かったじゃないか。中にはまるで、ものの役に立たない者もいた。おぬしだって覚えがあろう」

多作は相槌《あいづち》を求めるように弘蔵を見た。

確かに松前藩は藩の創世の時から藩主の血縁関係にある者が藩政を牛耳《ぎゅうじ》ってきた。

弘蔵もそれに不満を持ったことはある。しかし、その不満を口にしたことはなかった。僭越《せんえつ》なことであるし、殿の親戚《しんせき》ならば仕方がないと半ば諦《あきら》めの気持ちが先行していたからだ。弘蔵ばかりでなく、おおかたの家臣達も同じ気持ちでいたと思う。

幕府が瓦解すると、北の小藩でさえ、その影響を受けるようだ。藩政を変えろと気勢を上げる者も出てきた。以前なら考えられないことだった。

弘蔵は維新の縮図を松前藩に見る思いだった。

「きっかけはお世継ぎ問題だった」

多作は麦湯を飲み干すと続けた。

「もう一杯差し上げましょうか」

おあきは気を利かせて勧めた。

「いや、もう結構でござる。幾ら飲んでも汗になるばかりだ」

多作はにこやかに笑って応えた。

「お世継ぎ問題とは解《げ》せませんな。殿はまだ隠居なさるお年でもないでしょうに。それほどお身体《からだ》の調子が悪いのですか」

弘蔵は心配そうに眉間《みけん》に皺《しわ》を寄せた。

「そうだ。労咳《ろうがい》がかなり進んでいらっしゃるご様子。加えて痔《じ》の具合も悪くてな、じっと座っていることもお辛《つら》いようだ」

「お気の毒に」

「それでの、藩の重職達は敦千代君《あっちよぎみ》（前藩主崇広長男）を後継者に考えたのだ。ところが反対派は病身であっても殿の藩主存続を主張しておる」

「…………」

かつて、松前崇広が藩主に就く時も世継ぎ問題が発生したことを弘蔵は思い出した。崇広は現藩主徳広の叔父《おじ》に当たった。本来は徳広が家督を継ぐべきところを徳広が幼少だったため、崇広に藩主の道が開けたのだ。その時も藩内では意見が分かれ、長い間、ごたごたが続いた。崇広が没して、ようやく徳広が藩主に就いたが、このていたらくである。崇広の長男は徳広の庶弟という扱いになっている。だが、まだ十一歳。反対派が藩主の存続を願う気持ちも弘蔵には理解できた。

「反対派は箱館に出て箱館府の役人に援護を要請した由。すでに武器の用意を調《ととの》えたとも聞いた」

「藩内で戦ですかい」

弘蔵は自然に口許《くちもと》が歪《ゆが》んだ。

「そうなるやも知れぬ」

多作は苦汁を飲んだような顔で応えた。

「ちなみに反対派はどのような顔ぶれが揃《そろ》っているんで？」

弘蔵は多作の顔色を窺《うかが》いながら訊いた。もとは同僚でも今は立場が違う。藩内の事情まで訊くことは僭越だった。だが、多作はさほど躊躇《ちゅうちょ》することなく「うむ。下国東《しもくにとう》七郎《しちろう》、松井屯《たむろ》、鈴木織太郎《おりたろう》、新田千里《にいだせんり》、三上超順《ちょうじゅん》等だ」と、応えた。

下国という苗字《みょうじ》には聞き覚えがあった。松前にはその苗字の家が幾つかあったからだ。しかし、他は知らなかった。

「その内、三上超順は寺の坊主で、新田千里は儒者だ」

多作は訳知り顔で続ける。

「広田《ひろた》様はどちらについているんで？」

弘蔵はもう一人の朋輩、広田忠蔵《ちゅうぞう》の考えが知りたかった。

「あいつは殿の伴をして国許に戻ったから、表向きは殿に藩主の座を守ってほしいと考えているだろう。だが、そうなるとご家老達と袂《たもと》を分《わか》つことになる。どっちが得か右往左往しておるのよ。実は拙者もそうなのだ。どちらに加勢したらよいものか……

「……」

多作は煤《すす》けた天井を見上げて吐息をついた。

「難しい問題ですね」

「栂野尾《とがのお》ならどうする」

「さあ」

どちらについたところで、所詮《しょせん》、得になるようなことはないと思う。しかし、薩摩、長州の倒幕派が、ついには幕府を倒したように、いずれは反対派が旧態依然の藩を凌駕《りょうが》するような気がした。

だが、弘蔵はそれを口にしなかった。多作は日和見《ひよりみ》主義の男だった。町人となった自分が多作の身の振り方に影響を及ぼしてはまずい。あくまでも、それは自分で決めるべきことだった。

見世の外からかまびすしい蟬《せみ》の鳴き声が聞こえた。いつの間にか夏になった。そう、弘蔵は思う。

蟬の一生は短い。土中から出て、羽化して成虫になった途端、種《しゅ》を保存して慌《あわただ》しく一生を終える。雌《めす》を求めて一斉に鳴き声を立てる様子を人々は蟬時雨《しぐれ》と粋《いき》な言葉で表現した。蟬時雨は、その時の弘蔵には耳鳴りのように響いた。

「子供の頃、山で蟬の抜け殻《がら》を拾ったことがあったな」

多作は昔を思い出して言う。多作も蟬の鳴き声に気づいたようだ。しばらく二人の間に沈黙が挟《はさ》まれたせいかも知れない。

「ああ」

弘蔵は、ふっと笑った。

「抜け殻を家に持って帰ると、祖母は大層喜んだ。痒《かゆ》み止めと熱冷ましになると言うてな。細かく砕《くだ》いて大事にしまっていた。本当に効果があるものかどうか」

多作は苦笑交じりに言う。

「昔からそう言われているそうですよ。だが、おれはすぐに母親に捨てられた。それだけではありやせん。春に蕗《ふき》を採って持ち帰っても、よく採って来たと褒めてくれるが、後でごみ溜《た》めに捨てられていた。あれには大層、がっかりした」

弘蔵がそう言うと、多作は声を上げて笑った。

「松前の人間は何んでも彼《か》でも蕗は採らぬ。沢《さわ》蕗が極上だ。お前の採って来た蕗は使い物にならなかったのだろう。おぬしの母上は、よっくご存じだったのだ」

「…………」

「ご両親は息災だ」

多作は静かな声で続けた。

「とせさんに婿《むこ》を迎え、栂野尾の家は存続が許された。今は子供が五人もできているそうだ。一番上の息子は確か、おぬしの息子と同い年とか」

多作は俯《うつむ》きがちになった弘蔵に言った。とせは弘蔵の五つ違いの妹である。その下にも妹が二人いるが、男子は弘蔵だけだった。松前藩から離れ、町人に身を落とした自分に両親はさぞかし無念な思いを抱いたことだろう。それを思うと胸が塞《ふさ》がった。

「ご両親は、おぬしの子供達の顔が見たいと広田に洩《も》らしていたそうだ。だが、江戸と松前は遠過ぎる。その望みは恐らく叶《かな》うまいともおっしゃっていたそうだ」

「父上が？」

弘蔵は縋《すが》るような眼で多作に訊いた。

「どちらもだ！」

多作は声を荒らげ、その後で、そっと眼を拭《ぬぐ》った。弘蔵の両親の気持ちが切なかったのだろう。

「秋には孫ができやす」

弘蔵は低い声で言った。

「ほう。それはめでたい。ご両親にとっては、ひ孫だ」

「親父《おやじ》とお袋が達者な内に、一度故郷《くに》に帰りてェとは思っておりやす。しかし、まだ世の中が落ち着かねェんで、どうなるかわかりやせんが」

「是非にもそうしてやれ。拙者も待っている」

「原水様も、いずれ松前においでになるんですね」

「ああ。だが、江戸のお屋敷の処分が決定するまでは、ここを離れられぬ」

「江戸のお屋敷は官軍に取られてしまうんで？」

弘蔵は寂しい気持ちで訊いた。

「恐らくな。それに殿の待遇もどうなることやら。まさか素町人《すちょうにん》にする訳もあるまいと思うておるが、どうなるかは見当もつかん」

多作はため息をついた。

「さて、長居をしてしまった」

多作は思わぬほど刻《とき》を喰ったことに気づくと腰を上げた。

「また寄っておくんなせェ」

弘蔵はお愛想でもなく言った。

「ああ。また来る。藩がどうなるかお前も気になるだろうし、拙者もお屋敷で留守番ばかりでは退屈でかなわんからな」

多作は悪戯《いたずら》っぽい表情で応えた。

多作が去って行くと、蟬の鳴き声はさらに高く耳についた。おあきは多作の使った湯呑《ゆのみ》を下げて洗ったが、何も喋《しゃべ》らなかった。弘蔵も明る過ぎる外の陽射しを眩《まぶ》しそうに見つめているだけだった。

三

官軍の兵は相変わらず江戸の町々で多く見掛けた。しかし、残党狩りも以前ほど殺伐としたものはなくなったように感じていた。良助はおすさの住まいに寄宿して、日中は出歩くことを控えていた。

それでも十八の若者である。夜になっておすさが眠りに就くと、こっそり裏店《うらだな》を抜け出し、生き残った同志の行方を探しているようだった。

そんな時、本所番場町の妙源寺《みょうげんじ》に町奉行所の役人達の出入りがあった。弘蔵は同心の佐々木重右衛門《じゅうえもん》から野次馬の取り締まりを命じられた。番場町にはおすさの住まいがある。良助もその妙源寺に入り込んでいたのではないかと、弘蔵は緊張した。しかし、妙源寺にいたのは彰義隊ではなく、靖共隊《せいきょうたい》という組織だった。靖共隊は彰義隊とは意見を異にして、上野の寛永寺《かんえいじ》を本営にして戦うことには反対だったらしい。だが旧幕府脱奔《だっぽん》連中であることは彰義隊と変わりがない。同志は先に江戸を脱走した大鳥圭介《おおとりけいすけ》の後を追って東北に行くつもりが、つい出遅れ、妙源寺で待機していたらしい。それが官軍の耳に入り、ついに捕縛される羽目となったのだ。

福助の前の通りは、いつになく人の往来が激しかった。見世にやって来た浜次と政五郎は妙源寺の捕物騒ぎを口から泡を飛ばす勢いで語った。磯兵衛が現れると、二人の口調は、さらに熱を帯びたように感じられた。

「寺にいた幹部らしいのがよ、与力様に向かって、貴様等は火付け、強盗の下手人を捕らえる役目であって、我等武士を捕らえる役目ではない、新政府の陸軍に引き渡せ、さもなくば、ここで切腹して果てると、大声で叫んでいたぜ。おれァ、本当に切腹するのかと、はらはらして見ていたわな」

浜次は興奮して磯兵衛に言う。

「奴等は彰義隊とは違うらしい。おれは別の心配をしていたから、騒ぎが収まるとほっとしたわな」

磯兵衛はおあきをちらりと見て言った。

「磯さんは良ちゃんでも交じっていねェかと思っていたんだろ？」

浜次は訳知り顔で言うと枝豆を前歯でせせった。今夜の突き出しは色よく茹《ゆ》で上げた枝豆だった。

「まあな」

磯兵衛は仕方なく応えた。

「良ちゃんなら大丈夫だよ。あいつは逃げ足の早ェ奴だからよ」

政五郎も枝豆を手にして口を挟んだ。おあきは何も言わず、磯兵衛の前に大ぶりの猪口《ちょこ》を置くと冷《ひ》やの酒を注《つ》いだ。

「おかみさん。冷奴をくれ」

磯兵衛は枝豆には目もくれず言った。

「はいはい。薬味は生姜《しょうが》がよござんすか。それとも葱《ねぎ》と鰹節《かつおぶし》ですか」

「どっちも」

磯兵衛はそう言って猪口の酒を呷《あお》った。

「奴等は牢屋《ろうや》に入れられたのかな。あの寺の中に四、五十人も隠れていたとは驚きだ。住職はよくもまあ、養っていたものよ」

浜次は呆《あき》れたように言う。

「何んだか、この辺りも物騒な感じがして来たぜ。他にも侍《さむれ》ェが隠れているんじゃねェかと」

政五郎は不安そうな顔をした。

「しかし、妙源寺は、けりがついたから、少しは静かになるだろうよ」

磯兵衛は、またちらりとおあきに視線を向けて言った。

「うちの親方は、彰義隊らしいのをよく見かけると言っていたぜ。なに、親方は侍ェと見れば何んでも彰義隊にしたがる口だから当てにはならねェが」

浜次は誰にともなく言う。

「江戸に残っている彰義隊は多いのかしらねえ」

おあきは鰹節を掻《か》きながら呟《つぶや》いた。

「そりゃ残っているだろう。だが、上野の戦で負けたんだから、了簡《りょうけん》しなくちゃならねぇとおれは思う。負けは負けだ」

浜次はきっぱりと言った。

「そんな言い方はねぇだろう。おかみさんの気持ちを考えな」

政五郎はさり気なく浜次を窘《たしな》めた。

「んなこと、わかっていらァ。だが、お愛想を言っても始まらねぇ。そいじゃ何かい？　彰義隊はよく戦いやした、も一回踏ん張って、また戦をしておくんなせぇとでも言えばいいのか」

浜次はむきになって政五郎を睨《にら》んだ。

「浜さん、やめて」

おあきは止めたが、浜次は聞く耳など持たなかった。眼が据《す》わっている。さほど飲んでいないのに、いつもより酔って見えた。

「ああ、わかったわかった。おれがいらねぇことを喋ったようだ。堪忍《かんにん》してくんな」

政五郎はいなすように浜次に言った。それも浜次には気に入らなかったらしい。

「何を堪忍する、え？　ああ、わかったわかったってぇのはどういうことよ。何がわかったのよ」

「酔っ払いに言っても仕方がねェ。お前ェ、今日は建前《たてまえ》だったな。祝い酒が過ぎたようだぜ」

そうか。浜次は福助に来る前に相当飲んでいたのか。それなら酔っ払うのも道理だとおあきは思った。

「おれァ、酔っていねェよ。人の話はちゃんとわかっていらァ」

浜次は頭をぐらぐらさせて猪口を手にする。

「浜さん。誰が見ても、あんたは立派に酔っていますよ」

こうなったら遠慮会釈はお構いなしだ。おあきは少しきつい言い方をした。

「もう酒は仕舞いにしな。明日も仕事があるんだろ？　二日酔いじゃ満足な仕事はできねェよ」

磯兵衛もあやすように言った。

「ほっといてくんな」

浜次はぷいっと横を向いた。すると磯兵衛の顔に朱《しゅ》が差した。

「人が親切に言っているのに、何んだ手前ェは！」

いきなり激昂《げっこう》した声を上げた。その拍子に床几《しょうぎ》が耳障りな音を立てた。

「やるのか、磯さん。受けて立つぜ」

浜次はぎらりと磯兵衛を睨んだ。政五郎は慌てて磯兵衛と浜次の間に割って入った。

「浜、よしな。送って行くよ。だからな、帰《け》ェろ?」

政五郎は浜次の腕を取った。浜次はそれを邪険に振り払う。政五郎も、かっとして、思わず浜次の頰《ほお》に平手打ちを喰《く》らわせた。おあきに短い悲鳴が出た。

浜次は政五郎に摑《つか》み掛かろうとして体勢を失い、土間にどうっと倒れた。立ち上がろうとしたが、酔いは足にも来ていて、芋虫のようにもがくばかりだった。磯兵衛は業を煮やし、浜次の後ろ襟を摑んで見世の外に引きずり出した。

浜次は悪い男ではないが、酒にだらしのないところがあった。年に一度ぐらいは、こんな揉《も》め事を起こす。慣れっこになっているとは言え、おあきは怪我《けが》でもしないかとはらはらした。

「いいか。酒は飲むもんで、飲まれるもんじゃねェのよ」

磯兵衛は浜次を外に出すと、脱げた雪駄《せった》を放り投げる。浜次はおとなしく帰らない。また見世の中に戻ろうとした。磯兵衛は浜次に足払いを掛けて地面に引っ繰り返した。

磯兵衛は五十の声を聞くというのに、まだまだ元気なものだ。浜次も大工をしているから足腰は達者である。だが、磯兵衛と比べると背丈は首一つも低い。勝負は目に見えていた。通りに人垣ができた。皆、半ば恐ろしそうに、半ばおもしろそうに眺めている。

磯兵衛が手を離すと、政五郎が浜次の襟を摑んで揺する。

「お前ェはどうしておとなしくしねェのよ。帰《け》ェろと言ったら、素直に帰ェったらどうなんだ」

「うるせェ」

浜次の着物の前は乱れ、下帯は今にもほどけそうだった。

「こらッ！　何してる。往来でみっともねェことをするな」

ようやく戻って来た弘蔵が三人を一喝《いっかつ》した。浜次は味方を得たように「親分。二人がおれを苛《いじ》めるんでェ」と半べそをかいて縋《すが》った。苛めると言われて磯兵衛は苦笑した。

「磯さんもいい年して何んでェ。浜、もう今夜は仕舞いだ。ヤサ（家）に帰ェって寝ちまいな」

弘蔵が浜次の肩を叩くと、ようやく浜次は素直に肯いた。弘蔵は浜次の着物を直し、雪駄を履かせて塒《ねぐら》に送って行った。政五郎も、そのまま白けた表情で帰った。

「おかみさん、すまねェ」

磯兵衛は見世に戻ると、床几の位置を直していたおあきに謝った。

「浜さん、悪いお酒になったようだねえ。磯兵衛さんも酔っ払いに逆らったって仕方がないでしょうに」

おあきはちくりと文句を言った。

「面目ねェ。だが、あいつが素直に言うことを聞かねェから、こっちもつい、頭に血が昇《のぼ》ってしまったんだ」

磯兵衛は言い訳がましく言う。

「磯兵衛さんも、まだまだ血の気があるってことね。浜さんは彰義隊の話をしたところで、良助のことを思い出したのよ。あたしに悪いと気づいた時には引っ込みがつかなくなっていた。だから、あんな態度になっちまったのよ」

おあきはそう言って、汚れてもいない掌《て》を払った。

「浜の奴、おとなしくヤサに帰ったかな」

弘蔵の手を煩わせていないかと磯兵衛は心配顔だった。

「うちの人、酔っ払いの扱いはお手のものだから大丈夫よ。磯兵衛さん、まだ飲む？」

「あ、ああ。妙源寺の出入りの話も聞きてェから、親分が戻って来るまでいさせてくれ。いいかい？」

「もう、何を遠慮しているの。ここは飲み屋で、磯兵衛さんはお客様だ。あたしの顔色を窺《うかが》うことはないのよ」

おあきは苦笑しながら磯兵衛に言った。

弘蔵は小半刻《こはんとき》（約三十分）ほどして戻って来た。磯兵衛は安心して笑顔になった。

「やれやれ往生したぜ。あいつ、仕舞いには、べしょべしょ泣き出したのよ。泣き上戸とは知らなかった」

弘蔵は冗談交じりに言う。

「おかみさんがいないから寂しいのよ」

おあきはそう言って弘蔵の前に酒の入った湯呑を置いた。

「そうだなあ。あいつは結構稼ぐから喰う心配はないと思うが、何しろ酒癖が悪いんで嫁の来てがなかったのよ」

弘蔵は湯呑の酒をひと口飲んで吐息をついた。

「今日が建前だったそうですから、つい、飲み過ぎたんですよ。いつもはそうでもねェんだが」

磯兵衛も落ち着くと浜次を庇《かば》う言い方になった。

「建前か……上野の戦のとばっちりを受けて、家を焼かれた人は多いからな。皮肉なもんで、途端に浜さんの仕事も忙しくなった」

「焼かれたのは谷中ばかりじゃねェんですってね」

「ああ。上野、本郷辺りもそうだ。何んでも千二百戸の家が焼かれたそうだ」

罹災者《りさい》は今も路頭に迷っている。季節が夏なのは不幸中の幸いだった。これが冬場なら凍え死にする者が跡を絶たなかっただろう。

四

官軍は上野の戦以後、江戸鎮台《ちんだい》を置き、町奉行所を市政裁判所に、寺社奉行所を寺社裁判所、勘定奉行所を民政裁判所とする沙汰《さた》を下した。

そして、長く懸念されていた徳川家は徳川家達《いえさと》（田安亀之助《たやす》）が駿府《すんぷ》に七十万石の大名として封じられることとなった。これから官軍は奥州追討に本腰を入れるだろう。江戸の菓子屋「凮月堂《ふうげつどう》」が薩摩藩の依頼で黒ゴマ入りの西洋煎餅《せんべい》（ビスケット）五千人分を納めたことは、江戸でも大層な評判になっている。兵隊の携帯食であろうが、どんなものなのか弘蔵には想像もつかなかった。

「妙源寺の方はどうなりやした」

磯兵衛は遠慮がちに訊《き》いた。

「皆、牢屋《ろうや》入りだ。恐らく命はねェだろうなあ」

弘蔵は苦い顔で応《こた》える。

「さいですか。まあ、彰義隊と似たようなもんだそうですから、それも仕方がありやせんね」

「上野の戦じゃ、官軍の兵も三十人ばかり死んだそうだ。おおかたは薩摩の兵だったらしい」

「そいじゃ、薩摩の兵が残党狩りには熱を入れているってことですね。だが、官軍の軍服は同じですから見分けはつかねェなあ」

磯兵衛は薩摩の兵を近所で見掛けたら、それとなく気をつけるつもりなのだが、見分けがつかないのではどうしようもないと思ったらしい。

「笠《かさ》の形にちょいと違いがあるらしいぜ」

だが弘蔵は磯兵衛の気を引くように言った。

「え？　そうなんですかい」

「ああ。薩摩の笠は頭が、きゅっと尖《とが》っているわな。長州の方はそれほどでもねェ」

「尖った笠ですね」

磯兵衛は念を押し、何事か思案する表情だった。

「この先、どうなるんだか。彰義隊だって、いつまでも隠れている訳にもいかねェだろうし、さっさと会津でもどこでも行きゃあいいのに」

弘蔵はくさくさした顔で言う。

「街道には官軍の兵が守りを固めているそうです。とても歩いては行けやせん。行くとするなら船を使うしかねェでしょう」

「船か……」

その時の弘蔵は、良助を会津に向かわせようと考えていた訳では、もちろん、ない。ただ、良助にとって安全な場所とはどこかと思案していただけだ。ふと、松前藩の屋敷なら、本所にいるよりはましだと思った。藩の中間《ちゅうげん》にでも雇って貰えたら、良助の身の安全は保証される。明日になったら下谷《したや》新寺町《しんてらまち》に行き、藩邸の留守番をしている原水多作に頼んでみようという気になった。

竹町《たけちょう》の渡しで浅草に着き、そこから弘蔵は下谷に向かって歩みを進めた。通りはどこもここも閑散としていた。だから蝉の鳴き声はなおさら高く耳についた。炎天の陽射しは弘蔵の月代《さかやき》を焦《こ》がす。

笠《かさ》を被《かぶ》ってくればよかったと、弘蔵は後悔していた。高い欅《けやき》の樹《き》の下を通った時、蝉の鳴き声は、いやました。弘蔵はそっと上を向いた。青葉は繁《しげ》っているが、蝉の姿は見えない。彰義隊の残党は蝉のようなものだと思った。いずれ間もなく、己れの命がはかなくなるのも知らず、ただ闇雲《やみくも》に鳴き声を立てている。つかの間、哀れな気持ちがした。

藩邸に着いて門番に取り次ぎを頼むと、さほど待たされることもなく多作は現れた。この暑いのに紋付羽織を律儀に纏《まと》っている。

「おお、よく来たな」

多作は嬉しそうに言った。

「ちょいとこのう、お願いがありやして」

「ん？　金の無心なら駄目だぞ」

多作は先に釘《くぎ》を刺した。

「わかっておりやす」

弘蔵は苦笑した。

「そこら辺の水茶屋にでも行くか」

「いいんですかい？」

「ああ。小半刻（約三十分）ぐらいなら大丈夫だ」

多作は気軽に応え、門番に手短にその旨を伝えると、弘蔵を下谷広小路の方向へ促した。

下谷広小路も活気がなく、ようやく一軒の水茶屋を見つけて、奥の床几《しょうぎ》に二人は腰を下ろした。

「その後、お国許《くにもと》の様子はいかがです？」

冷えた麦湯を注文すると弘蔵はうなじの汗を拭《ぬぐ》っている多作に訊いた。

「進展は今のところない」

多作はあっさりと応えた。

「さいですか」

「それでおぬしの頼みとは何んだ」

多作は話を急《せ》かした。

「へい……」

弘蔵は周りを窺ってから口を開いた。その見世には、行商人ふうの男が一人いるだけだった。煙管《きせる》を遣いながら空を見上げている。弘蔵達の席から離れているので、高い声を上げなければ話は聞こえないだろうと思った。

「実は倅《せがれ》のことなんで」

「倅？　十八になるとかいう倅のことか」

「へい。面目ねェ話なんですが、この間まで彰義隊に入っておりやした。何んとか命は繫《つな》がりやしたが」

そう言うと、多作は眼を丸くして驚いた。

「ほほう……」

多作はその後でおもしろそうに笑った。

「笑い事じゃねェんですよ。戦の後、官軍がうちへ押し掛けたこともあるんですから」

弘蔵は詰《なじ》るように言った。

「命が助かって幸いだったの。したが、戦の時は、おぬしも生きた心地がなかっただろう」

多作はようやく同情的な顔になった。

「さいです。倅のおろくが転がっていねェかと、上野のお山を捜し回りやした」

「親だのう」

多作はしみじみと言う。

「今は近所に隠しておりやすが、官軍の残党狩りが厳しいんで気が気でねェんです。それで……」

「うむ。わが藩に預けたいということだな」

多作は弘蔵の話を皆まで聞かない内に応えた。

「中間でも下男でも構いやせん。命が助かりゃ、あっしはそれだけで御《おん》の字なんで」

「いいだろう。いずれ国許に戻る時は荷物持ちを雇わなければならぬと考えておったところだ」

「恩に着ます」

弘蔵は深々と頭を下げた。

「そういうことなら早い方がいいだろう。上に話を通して、近い内に迎えに行く。藩のお仕着《しき》せを持参する。それを着せてお屋敷に連れて行けば、官軍の詮議《せんぎ》もないだろう」

「そうしていただけやすか」

「うむ。ただし、倅はいずれ松前行きとなるが、それでも構わぬか」

「へい。望むところです」

「松前では士分に取り立てられぬやも知れぬが」

「そこまで我儘《わがまま》は申しやせん」

「わかった」

多作が応えると、弘蔵は安堵《あんど》の吐息をついた。

多作は運ばれて来た麦湯を口にすると「彰義隊の生き残りは、まだ江戸の町をうろちょろしている様子だな」と言った。

「らしいです」

「死ぬ覚悟で戦に出た者が生き残ったとなると、もはや怖いものもなくなるのかの」

多作は重々しい口調で続ける。いつもの多作とは感じが違って見えた。弘蔵は、そんな多作に戸惑いを覚えた。多作は盛んに咳払《せきばら》いをする。居心地の悪い沈黙が少し挟まった。

「ものは相談だが……」

多作は、ようやく決心したように口を開いた。悪びれた表情だった。

「何か……」

怪訝《けげん》な眼で弘蔵は多作に訊いた。

「倅のことは、拙者が責任を持つ。それは心配するな。したが、上に話を通す時、そのう、只《ただ》という訳には行かぬ。それなりのことをせねばならぬ」

暗に金銭を要求していた。多作の意図はそれだったのかと俄《にわか》に合点した。

「いかほどご用意したらよろしいでしょうか」

「なに、多くはいらぬ。料理屋で一杯飲ませるぐらいの掛かりでよい」

一両まではいらないが二分《ぶ》や三分は出さなければならないだろうと思った。

「承知致しやした」

弘蔵は低い声で応えた。多作は話が纏まると、途端に機嫌がよくなった。

五

半刻《はんとき》（約一時間）ほどして、二人は水茶屋を出た。二、三日中に多作は福助を訪れるという。それまでに良助の身仕度を調え、金の都合をつけなければならなかった。

家の内所に金がどれほどあるのか弘蔵は知らなかった。今まで、すべておあきに任せていたからだ。だが、四《し》の五《ご》の言っている暇はなかった。どうでも金は工面しなければならないのだ。

帰り道を辿《たど》っていると、道端に筵《むしろ》を拡《ひろ》げ、家財道具を売っている武士の姿が目についた。螺鈿《らでん》細工の文箱《ふばこ》、塗りの椀《わん》、茶道に使われる茶碗《ちゃわん》、堅い文字の書物などが並べられている。禄《ろく》を失った武士は、そうして売り喰いをして生計《たつき》を支える者が多くなった。多作もご多分に洩《も》れない。懐が寂しいので、無心をする気になったのだろう。いやな世の中だとつくづく思う。陽射しは相変わらず強い。蟬時雨もやまない。弘蔵は吐息をついて本所へ向かった。

おあきに金のことを言うと、すぐに二つ返事で応えてくれた。弘蔵はほっとした。お前さんの仲間は了簡《りょうけん》が狭いと言われたら弘蔵の立場はなかっただろう。その時のおあきが弘蔵にはありがたかった。

弘蔵は日が暮れてからおすさの裏店《うらだな》に行って、良助に事情を話した。

良助はあまり気乗りしない表情だったが、仕方がないと覚悟を決めた様子で肯いた。

「お屋敷に着けば、もう安心だ。いずれお前ェは松前に行くことになるだろう。向こうに行けば、お前ェの祖父《じい》さん、祖母《ばあ》さん、叔母《おば》さん夫婦に従兄弟《いとこ》がいる。寂しいことはねェぜ」

「お父っつぁんは、その内に松前に来るけェ？」

良助は心細い顔で訊いた。

「世の中が落ち着いたら、きっと行く。だから、しばらくは辛抱しな」

「ああ」

「坊ちゃん、よかったねえ。でも、あたしはこれから寂しくなるよ。一緒に暮らして、楽しかったからさ。まるで本当の孫のようだった」

おすさは前垂れで眼を拭《ぬぐ》った。

「お婆《ばば》。泣かねェでくれ。お婆が泣けば、おいらも泣けてくらァ」

良助はそう言って拳《こぶし》を眼に押し当てた。

「とんだ愁嘆場だな」

弘蔵は冗談交じりに言う。そうでも言わなければ、弘蔵ももらい泣きしそうだった。

二日後。多作は良助を迎えに来た。前夜の内に良助を家に戻し、親子でささやかに別れの杯を交わした。多作が持参したお仕着せの印半纏《しるしばんてん》は、背に武田菱《たけだびし》の紋が染め抜かれていた。武田菱は松前藩の家紋だった。弘蔵はそれを見て感慨無量だった。どういう形にせよ、息子を松前藩に奉公させることができたからだ。これで少しは肩の荷が下りる気持ちだった。弘蔵は下谷新寺町までの道中が心配で、屋敷まで送って行った。

「お父っつぁん」

通用口から中へ入る時、良助は振り返って子供のように叫んだ。

「身体に気をつけるんだぜ。しっかりお務めしろ」

弘蔵は込み上げるものを抑えて言った。

ぱたんと通用口が閉じた時、弘蔵は堪《こら》え切れずに咽《むせ》んだ。良助の命を守り、安堵して嬉しいはずが、なぜか泣けるのだった。

だが弘蔵は、ぐいっと唇を嚙《か》むと空を仰いだ。

もはや、息子はいないものと覚悟している自分が不思議だった。帰り道の弘蔵の足取りは、どこか覚つかなかった。


七月のお盆が近づくと、江戸の町々には草市《くさいち》が立った。灯籠《とうろう》、提灯《ちょうちん》、素麵《そうめん》、茄子《なす》、瓜《うり》、蓮《はす》の葉などが並べられ、人々は露店の前に人垣を作る。

お盆は正月と並ぶ大事な年中行事だった。ただし、今年の場合は四月が二度あったので、お盆と言っても、秋の彼岸のようだった。

おあきは商売があるので、早めに菩提寺《ぼだいじ》に行って両親の墓参りを済ませた。だが、十三日には見世の前で苧殻《おがら》の迎え火を焚《た》くつもりだった。通り過ぎる人々や見世の常連客はしみじみとした顔になる。それを見るのも楽しみだった。

その十三日の朝、おあきはいつものように外に出て、見世の前の掃除を始めた。毎日掃除していても不思議にごみは出る。枯れた葉や竹串《たけぐし》、鼻紙の丸めたものを掃き寄せた時、目の前を黒服の男達が一斉に通った。集めたごみは蹴散《けち》らされた。その数、およそ七、八十人。ただ事ではなかった。

「お前さん！」

おあきは慌てて内所にいる弘蔵に叫んだ。弘蔵も驚いた顔で出て来た。

官軍の兵は石原町の一郭で止まり、周りを取り囲んだ。皆、手には銃を持っていた。

「炭屋で何かあったらしい」

弘蔵は独り言のように呟《つぶや》いた。炭屋文次郎は鉄砲師をしている男だった。男達の怒号が聞こえたと思ったら、いきなり二人の男が屋根に上がった。官軍は二人に発砲した。一人はそのまま屋根伝いに走り、途中から地面に下りたが、もう一人は地面に転がり落ちた。

それを官軍の兵が取り押さえる。男は縄を掛けられた。

「彰義隊だ」

野次馬の声が聞こえた。捕らえられた男は存外にしっかりした足取りで歩いていたから、掠《かす》った弾で目まいを起こしただけなのだろう。渋紙色に陽灼《ひや》けした、いかつい顔の男だった。官軍の兵の半分ほどは男を護送しながら来た道を戻る。残りは逃げた男を追って、先へ進んだ。

捕らえられた男が彰義隊の実質上の頭《かしら》、天野《あまの》八郎《はちろう》と弘蔵が知ったのは、それからしばらく経《た》ってからだった。

天野八郎は天保《てんぽう》二年（一八三一）、上野国甘楽郡磐戸村《こうずけのくにかんらごおりいわとむら》で生まれた。父親は磐戸村の庄屋《しょうや》をしていた。天野は幼い頃から学問を好み、江戸に出てからは剣術も学んだという。正義感が強く、また行動力にも富んだ。最初は攘夷《じょうい》を唱える青年であったが、幕府が瓦解《がかい》して後、彰義隊に身を投じた。

もともとは武士ではなかった彼が、そうして彰義隊の一員として行動したのは、良助と同じで武士になりたかったからなのか。その理由はよくわからない。だが、学問に優れ、剣の腕も立った天野は彰義隊に入ってから人望を集め、幹部にのし上がった。上野の戦以後は再起を図って、生き残った彰義隊と連絡を取っていたものと思われる。

「目と鼻の先に彰義隊が隠れていたなんて……」

おあきは去って行く官軍を見つめながら言った。

「良助が、まだおすささんの所にいたら、どうなっていたか知れたもんじゃねェな」

弘蔵もぽつりと呟いた。

「本当にそう。お前さん、早く手を打ってよかったこと」

「ああ」

「でも、炭屋さんに彰義隊がいたこと、良助は知っていたのかしら」

「どうだろうなあ。しょっ引《ぴ》かれた男は結構な年に見えたぜ。ありゃあ、幹部の一人かも知れねェ。幹部達の話にゃ、良助のような下っ端は交《ま》じらねェだろうよ。良助は知らなかったと思うぜ」

「知っていたら下谷のお屋敷へ行く話は承知しなかったはずよね」

「まあな」

「知らなくて幸いだった。でも、官軍も何んだってまた、お盆の時に捕物に繰り出したんだろう」

おあきは不思議そうに首を傾《かし》げた。

「隙を衝《つ》いたんだろうよ」

「隙ねえ……あたしは官軍に何か事情ができたから、急いで幹部を捕まえに来たと思うのだけど」

「事情って何よ」

弘蔵は竹箒《たけぼうき》を摑《つか》んだままのおあきに訊いた。

「わからないけど」

「いい加減なことは言うな」

「何よ。おあいにく、あたしは官軍じゃありませんから」

おあきはぷりぷりして掃除を続けた。

おあきの言ったことは、あながち的外れではなかった。それから四日後の七月十七日、官軍は江戸を東京とする旨の詔《みことのり》を出した。これにより、江戸府は東京府となった。

「何んだかなあ、とうけいって言うのも間が抜けて聞こえらァ」

浜次は仕事を終えて福助に立ち寄ると、そんなふうにおあきに言った。見世で暴れたことなど、すっかり忘れたような顔をしている。体裁が悪くて福助から足が遠退《とおの》くかと思われたが、あれから三日もしたら、また涼しい顔で訪れるようになった。おあきもほっとした。浜次は福助にとって大事な客だった。

「慣れるまで、しばらく掛かりそうね」

おあきは浜次の猪口《ちょこ》に酌をしながら言った。暦の上では七月でも、外はすっかり秋だった。とは言え、日中の残暑は結構厳しかった。

六

その夜、客の出足は遅かった。暮六つ（午後六時頃）を過ぎても福助には浜次しかいなかった。ようやく縄暖簾《なわのれん》を掻《か》き分けて入って来たのは娘のおていの亭主の半次郎だった。半次郎は青物の束を抱えていた。

「何んだ、浜さんだけかい」

半次郎は軽口を叩いた。

「浜さんだけとはご挨拶《あいさつ》だな。おれじゃ不服けェ」

浜次は口を尖らせた。

「そういう訳じゃねェが、そろそろ他の客も顔を揃えているんじゃねェかと思ったもんで。おっ義母《かか》さん。仕入れを間違えて品物を多く取り過ぎちまった。よかったら使っておくんなせェ」

半次郎は板場に回り、流しに青物の束を置いた。

「幾らだえ」

「なあに。銭はいらねェよ」

半次郎は太っ腹に応える。

「その代わり、一杯飲ませろという魂胆《こんたん》だな」

浜次は訳知り顔で言う。

「そういうこと。わかっているじゃねェですか、浜さん」

半次郎は悪戯っぽい表情で笑い、板場から出て浜次の横に腰を下ろした。

「おてい、変わりはないかえ」

おあきは半次郎の前に猪口を置き、片口丼《かたくちどんぶり》に入った酒を注ぎながら訊いた。おていはそろそろ臨月を迎える。

「ええ。産婆《さんば》は少し腹がでか過ぎると言っていましたがね」

「そう……」

腹の子が育ち過ぎると、難産になる恐れがある。

おあきも心配だったが、これぱかりはどうすることもできない。

「親父は方々の神社から安産のお札を貰《もら》って来てますよ。お袋はおていに厠《かわや》の掃除をさせている。何んとかなるでしょう」

半次郎はおあきを安心させるように言った。

「厠の掃除ィ？」

浜次は怪訝《けげん》そうに半次郎とおあきを交互に見た。

「浜さん。厠の掃除をするとね、可愛《かわい》い子が産まれると昔から言われているのよ。まあ、身体を動かせばお腹の子もさほど大きくならないから、安産のためでもあるのよ。あたしも子供ができた時、死んだおっ母さんに厠の掃除をさせられたものよ」

おあきは昔を思い出して言った。

「そんなもんなのけェ。おなごは色々と難しいもんだなあ。おれァ、男でつくづくよかったよ」

浜次は真顔で応えた。

「ところで、義兄《にい》さんはどうなりやした？ おていが心配しているんですよ」

半次郎は話題を変えるようにおあきに訊いた。

「ええ……」

おあきは浜次がいるので少し居心地が悪かった。

良助が無事だったことはおていにそっと知らせた。その時は、おていも心から安心していたが、残党狩りが厳しいので、やきもきしているらしい。

「この間は炭屋で大層な騒ぎがあったそうですね。まさか義兄さんは、そこにはいなかったでしょうね」

「それは大丈夫だから安心して」

「そうですかい。炭屋の旦那もしょっ引かれたんでしょう？」

「彰義隊を匿《かくま》っていたのだから、お咎《とが》めなしってことにはならないでしょうよ」

おあきは吐息交じりに呟いて、鍋《なべ》に水を張り、竈《かまど》の上にのせた。半次郎の持って来た青物を茹《ゆ》でるつもりだった。

「彰義隊を匿っても咎めがあるって噂《うわさ》だから、うちも義兄さんのことは、よそに喋《しゃべ》らねェようにしているんですよ」

「すまないねえ、心配掛けて」

おあきは低い声で謝った。

「なあに。それは構わねぇんですが」

「それで、良ちゃんは、今、どこにいるのよ」

浜次も心配そうに口を挟んだ。

「居場所を明かす訳にはいかないけど、官軍が入り込めない所に預かって貰《もら》っているの。でも、もう江戸にはいられないと思うのよ」

「そいじゃ、どっか遠くに行くってことけぇ」

「ええ」

おあきは曖昧《あいまい》な表情で肯いた。

「まあ、それも仕方がねぇですね。殺されるよりましだ。つい二、三日前、うちの店の客から聞いたんですが、根津《ねづ》に隠れていた彰義隊の一人が吉原の大門《おおもん》の前で捕まり、なぶり殺しにあったそうです。そいつは大工に変装していて、懐には匕首《あいくち》一本を吞《の》んだ切りだった。官軍は奴を斬りに斬ったそうです」と、半次郎は二人に教えた。

「怖い話だこと」

おあきは恐ろしそうに眉根《まゆね》を寄せた。

「だけどよう、この間、炭屋での騒ぎがあって、一人は捕まったが、もう一人はとうとう捕まらなかったという話だ」

浜次はふと思い出して言う。

「まあ、そうなんですか」

おあきは驚いた。

「どうやら多田薬師《ただやくし》の縁の下に隠れていたらしいぜ」

浜次は酒の催促をしてから続けた。多田薬師は石原町からほど近い南本所番場町《みなみほんじょばんばちょう》にある寺だった。ちょうど酒井下野守《しもつけのかみ》の下屋敷の隣りにある。そこは竹町の渡しの傍《そば》なので、難を逃れた彰義隊の一人は、そこから浅草方面に逃げたと思われる。

「浜さん。どうしてわかったの？」

おあきは不思議そうに訊いた。

「おれが仲間と現場から渡し舟で戻って来た時、真っ黒い顔をした男が血相を変えてやって来たのよ。炭屋の騒ぎから三日ほど経った頃だったかな。そいつの着物には蜘《く》蛛《も》の巣が絡《から》みついていた。ありゃあ、どっかの縁の下にでもいた泥棒じゃねェかと、おれは仲間に言った。すると仲間の一人が、泥棒じゃなくて彰義隊じゃねェかと言ったのよ。そう言われると、そんな気がしたわな。後で多田薬師の近所に住む年寄りも、お堂の下に隠れていた者がいたと喋っていたぜ」

「生き残るのに必死だったのね。よくも縁の下なんぞに隠れていたものだ。野良猫でもあるまいし」

　おあきは呆《あき》れた表情で言う。

「しかし、捕まった奴も多い。糾問所《きゅうもんじょ》の牢《ろう》は彰義隊で溢《あふ》れ返っているでしょうね。皆んな殺されてしまうのかな」

　半次郎は気の毒そうに猪口《ちょこ》の酒を飲んだ。

　炭屋文次郎の家に潜伏していた天野八郎と頭取並《とうどりなみ》の大塚霍之丞《かくのじょう》に官軍の手が入ったのは、糾問所の牢にいた芝・増上寺《ぞうじょうじ》の僧の密告からだった。

　その僧、了寛《りょうかん》は同じ牢内にいた石川善一郎《ぜんいちろう》に、近々出所するので天野の居場所を教えてほしいと持ち掛けたのだ。自分も天野と一緒に彰義隊の再起に協力したい意志があると言い添えた。石川は七番隊の隊長をしていた男で、了寛の言葉をうっかり信じ、本所の石原町の居場所を教えてしまったのだった。もちろん、そういう経緯《いきさつ》は、おあきも福助の客達も知らなかった。

「残党狩りもいつまで続くんだか」

　浜次はため息をつくと猪口の酒を勢いよく呷《あお》った。良助はちゃんと勤めを果たしているだろうか。

　おあきは松前藩の藩邸にいる息子を思った。たとい、勤めがどれほど辛《つら》くても牢に繋《つな》がれるよりましだった。

鳶職《とび》の男達がどやどやと現れ、福助はようやくいつもの活気を取り戻した。おあきは茹でた青物に鰹節《かつおぶし》をのせて出した。半次郎は、その夜、遅くまで浜次と酒を酌み交わしていた。

七

王政復古の大号令の後、官軍は四民平等、公議輿論《よろん》、開国和親を主張していた。そして今までは権威だけの存在であった天皇を政治の支配者として復活させようとした。その手始めに慶応四年（一八六八）の三月には、天皇の名のもとに五ヵ条の誓文を発し、官軍の基本方針を明らかにした。

具体的にはアメリカ憲法に倣《なら》い、三権分立主義を採り、官吏《かんり》公選の規定を置く進歩的なものだった。とは言え、幕府の封建制を突き崩したばかりの官軍の主張は、まだ庶民に浸透するところまでは行っていなかった。ヨーロッパ諸国やアメリカの市民革命とはおのずと趣《おもむき》を異にするものと言わなければならないだろう。官軍の主張に不満を唱える武士は相変わらず多かった。その理由は、徳川家達が給《たま》わった七十万石だけでは旧幕臣を養うことが不可能だったからだ。同じく諸藩は依然として存続している。このままでは公卿《くげ》と諸藩の間に対立が生じることは必至だった。

そんな折、松前藩の原水多作が慌てた様子で福助に訪れた。

「困った問題が起きた」

多作は開口一番、そう言った。弘蔵が、まだ家を出ていなかったのが幸いだった。

「どうしやした。まさか良助に何かあったんで？」

弘蔵は不安そうに訊いた。

「そのまさかよ」

多作は苦々しい口調で応える。おあきと弘蔵は顔を見合わせた。

「良助は真面目《まじめ》に働いておった。気が利く男で、屋敷内でも評判が高かったのだ。ところが、突然、書き置きを残して出て行ってしまった」

「ええっ？」

おあきは驚いた声を上げた。

「原水様。息子はどこへ行ったのでしょうか」

おあきの声が震えた。

「わからん。ただ、その二、三日前、馬喰町《ばくろちょう》に使いに出したことがあった。戻って来てから、ひどく塞《ふさ》ぎ込んでいたと、一緒の御《お》長屋《ながや》にいた中間《ちゅうげん》が話していたのだ。馬喰町で何があったものか」

多作は盛んに首を傾げた。津軽屋《つがるや》へ行ったのだと、おあきはすぐに当たりをつけた。

「書き置きにはどのようなことが書かれていたんで？」

弘蔵はもっと詳しいことを知りたくて多作に訊いた。

「うむ。お世話になりました、このご恩は一生忘れませんが、自分は意志を貫きたいのでお屋敷を退《の》かせていただきたいということだった」

良助は彰義隊の仲間と再起を図る決心を固めたようだ。必死の思いで官軍の手を逃れ、ようやく安全な場所を見つけたというのに、危険を承知で元の彰義隊に戻るとはどういうことなのだろうか。

おあきは考えても考えても理由がわからなかった。弘蔵とおあきは多作に平身低頭して謝った。

多作は良助が戻って来て、詫《わ》びを入れたら、また奉公させることを考えると鷹揚《おうよう》に言ってくれた。

「若さとは難儀なものよのう。止めてもとまらぬ」

多作は二人が何度も謝ったことに気をよくしたのか、さほど立腹した様子もなく帰って行った。

「津軽屋に行ってくるか」

弘蔵は多作が帰ると独り言のように言った。弘蔵も馬喰町と聞いて、津軽屋を思い出していたらしい。

「おゆみちゃんに、こんなことでどうするの、男なら最後まで闘いなさいよと気合を入れられたのかしら」

「そんな勇ましいことを言う娘じゃねェよ」

弘蔵はおあきの言葉をすぐさま否定した。

「それもそうよねえ。おとなしくて可愛らしい娘だったもの」

「とり敢《あ》えず、行っつくらァ」

弘蔵は勢いよく見世から出て行った。

だが、弘蔵はそれから、なかなか戻って来なかった。おあきは弘蔵を案じながら、

夜の見世の仕度をした。

ようやく弘蔵が戻って来たのは五つ（午後八時頃）を過ぎていた。浜次が帰り、見

世には磯兵衛が一人いるだけだった。

「遅かったのね」

おあきは磯兵衛の横に座った弘蔵にちくりと文句を言った。

「おあき。水をくれ」

座るなり弘蔵はそう言った。弘蔵は少し酔っていた。

「珍しいですね、親分が酔っ払うなんて」

磯兵衛はからかうように言った。

「津軽屋の親仁《おやじ》と今まで飲んでいたのよ。帰るに帰れなかった」

弘蔵は吐息交じりに言った。

「それで何かわかった？」

おあきは弘蔵に話を急《せ》かした。弘蔵は湯呑に入った水をひと息で飲み干すと「良助の奴、何んで津軽屋に行ったものか。行かなきゃ知らずに済んだものを」と、眼を赤くして言った。磯兵衛はそんな弘蔵をじっと見ていた。

おさまるめい

一

「どういうことなのよ！」

おあきはいらいらして甲高い声を上げた。

「もう少し飲みやすかい」

磯兵衛は穏やかな声で弘蔵に訊《き》いた。

「いや。酒は飽きるほど飲んだ。おあき、茶をくれ」

弘蔵は吐息をついて言った。おあきはほうじ茶を淹《い》れ、その中に梅干しを加えて弘蔵の前に出した。

「津軽屋《つがるや》の娘は……」

熱いほうじ茶をひと口飲むと、弘蔵は話を始めたが、すぐに言葉に詰まった。

「おゆみちゃんに何かあったの？」

おあきは不安な気持ちで訊いた。弘蔵はこくりと肯《うなず》き、洟《はな》を啜《すす》った。

「上野の戦《いくさ》の時、官軍は津軽屋にも入って、只めしと只酒をかっ喰《く》らったそうだ。夕方で戦のけりがつくと、そのまま居座って飲み続けたらしい」

弘蔵は固唾《かたず》を飲み込んでようやく言った。

「津軽屋さんも災難でしたねえ」

おあきは低い声で応えた。

「親仁《おやじ》は娘に何かあっては大変だと見世には出さず、二階の押し入れに隠していたそうだ」

津軽屋の主《あるじ》とすれば当然のことだったろう。その内に次々と兵が訪れ、見世の中だけでは間に合わなくなった。官軍は二階にも部屋があるなら、そこも貸せと言った。「どういたしまして。二階は手前どもの寝泊まりする部屋なので、お客様をご案内する訳には参りやせん」と主は断った。官軍はそれを別な意味に取ったようだ。つまり、彰義隊《しょうぎたい》を匿《かくま》っているのではないかと考えたのだ。主が止めるのも聞かず、五、六人の男達は二階に上がって行った。そこで押し入れにいたおゆみを見つけたのだ。男達がそれからおゆみに何をしたか、おあきには説明されなくてもわかった。おあきは板場にしゃがんで顔を覆《おお》った。

「あの娘は心持ちが尋常じゃなくなった」

弘蔵がそう言うと、おあきはたまらず声を上げて泣いた。

「良ちゃんは、それを知ってしまったんですね」

磯兵衛もやり切れない表情で言った。

「ああ。あの娘は男を見ると、怖がって悲鳴を上げるという。だが、良助が津軽屋に行って、おゆみちゃん、おいらだ。良助だよ。おいらはお前ェに悪さはしねェよと宥《なだ》めると、おとなしくなった。良助のことは覚えていたらしい」

弘蔵はその時だけ、ふっと笑顔を見せた。

「良助は裏の庭に咲いてる花を見せるため、娘を連れて行った。娘は外にも出ようとしなかったんで、良助の言うことを素直に聞いた娘を見て、親仁は大層喜んだ。しばらくして親仁が様子を見に行くと、良助は娘の肩に腕を回して、一緒に唄《うた》をうたっていたとよ」

弘蔵は話を続けたが、その声は次第にくぐもり、とうとう掌《て》で口を覆って咽《むせ》んだ。

磯兵衛も何も言えず、俯《うつむ》いた。初めて心を魅《ひ》かれた娘が官軍の男達に辱《はずかし》めを受けてしまった。良助は官軍に対する怒りを新たにして、再び戦うことを決心したのだ。

おあきは無理もないことだと思う。

「それでお前さん。良助はいったいどこへ行ったんですか」

気持ちが少し落ち着くと、おあきはゆっくりと立ち上がった。弘蔵は湯呑《ゆのみ》の中の梅干しを摘《つま》み上げ、それを口に放《ほう》り込んだところだった。酸っぱそうに顔をしかめた。

「津軽屋の親仁の話じゃ、彰義隊の連中は品川へ向かう者が多いらしい」

「品川？」

おあきは怪訝《けげん》な顔で弘蔵を見る。

「品川にゃ、お上《かみ》の軍艦が何隻も泊まっているそうですぜ」

磯兵衛は小耳に挟《はさ》んでいたことを話す。

「良助はその軍艦に乗って、どこへ行くつもりなの？」

おあきは弘蔵と磯兵衛の顔を交互に見た。

「軍艦を仕切っているのは海軍の榎本《えのもと》様だ。榎本様は官軍に軍艦を引き渡したくなくて踏ん張っていなさる。榎本様の行き先は仙台……いや、その先の蝦夷地《えぞち》（北海道）か」

磯兵衛は天井を睨《にら》んで応《こた》えた。

「だな」

弘蔵も相槌《あいづち》を打った。

「蝦夷地に行くのなら、何もお屋敷を出なくても、その内に行けたはずなのに」

今さら詮《せん》のないことと思いながら、おあきは愚痴を洩《も》らした。

「松前藩はその内に官軍に従うだろう。良助はそれを読んでいたのよ。官軍と戦うためには徹底抗戦の構えの榎本様の下につきたいと思ったんだ」

弘蔵はおあきをいなすように言った。

「さいですか。良ちゃんは松前様のお屋敷にいたんですかい」

磯兵衛はそう言ったが、詰《なじ》る感じではなかった。

「その内に打ち明けようとは思っていたのよ。そうさなあ、お屋敷の人間が、すっかり松前に引き上げてからのつもりだった」

弘蔵は言い訳のように応えた。

「親分の気持ちはようくわかっておりやす。別にそれはいいんですよ。しかし、まだ戦は続きそうですね」

磯兵衛はため息をついた。

「榎本様は蝦夷地にご公儀の家来達を引っ張って行って、そこで生計《たつき》の道を立てるつもりなんだろう。悪くねェ考えだ。だが、官軍はそれを許さねェだろう。榎本様は軍艦を使って戦をする魂胆だ。うまく行けばいいが……」

勝算があるかどうか、その時の弘蔵には予測がつかなかった。ただ、良助のためにも戦は勝ってほしいと願うばかりだった。

会津城下に入った輪王寺宮《りんのうじのみや》に、早くも官軍の追っ手は迫っていた。官軍は七月五日、平潟《ひらかた》に上陸していたのだ。

常陸国《ひたちのくに》の平潟は仙台藩の守備範囲にあった。しかし、兵力の不足で易々《やすやす》と官軍の上陸を許してしまった。官軍八百名の内の一部は白河城《しらかわ》の応援部隊のある棚倉《たなくら》に進軍した。

仙台藩と会津藩はこの報を受けると、急ぎ棚倉へ兵を向けた。しかし、官軍の前に敗退した。棚倉が落ちると、仙台藩の中で反旗を翻《ひるがえ》す者も出た。

それでも仙台藩は相馬《そうま》藩と力を合わせて官軍と戦ったが、勢いは官軍にあった。泉城、湯長谷《ゆながや》城、磐城平《いわきたいら》城が落ちると、敗残兵は川内《かわうち》に逃れた。

七月二十二日。官軍は相馬に近い浪江《なみえ》に進んだ。

相馬藩はもはや勝算はないものと判断して、八月四日には官軍参謀の河田左久馬《かわださくま》に面会し、謝罪して恭順の意を表明した。

官軍にとって、相馬藩は問題ではなかった。彼等の最大の目標は会津藩を落とすことだった。

仙台藩は会津藩に加勢していたが、相馬藩が降伏すると、仙台も苦しい状況に陥《おちい》ったことを悟り、会津藩から手を引く形になった。

会津藩は奥羽列藩同盟の中で孤立し、応援のないまま苦しい戦を続けるしかなかった。

この頃、江戸、もとい東京でも変化が起きていた。

八月十九日、榎本武揚は八隻の軍艦を率いて品川沖から脱走したのだった。

八隻の軍艦は開陽丸《かいようまる》、回天丸《かいてん》、蟠龍丸《ばんりゅう》、千代田形《ちよだがた》、長鯨丸《ちょうげい》、神速丸《しんそく》、美賀保丸《みかほ》、咸臨丸《かんりん》だった。

この中には丸毛靫負《まるもゆきえ》、大塚霍之丞《かくのじょう》、新井鐐太郎《りょうたろう》、阿部杖策《じょうさく》、木下福次郎の五人の幹部を含む二百名の彰義隊員も同乗していた。そして、長鯨丸の船底には緊張した顔の良助もいたのだった。榎本艦隊は一路、仙台の寒風沢《かんぷうざわ》を目指した。まずは官軍と戦っている東北各藩の援護をするためだった。

二

朝から風が強く、夕方から夜に掛けて、さらに勢いが増した。まだ野分《のわき》の季節でもないだろうにとおあきは思ったが、よく考えてみたら、今年は閏年《うるうどし》で四月が二度あったから、野分が発生しても不思議ではなかった。

磯兵衛は火事を恐れ、その日は早めに店仕舞いして福助で飲んでいた。だが、客は他にいなかった。弘蔵は木戸番小屋の番太郎《ばんたろう》とともに町内に火の用心を呼び掛けていた。

見世の外で風が唸《うな》りを上げているように聞こえ、空き樽《だる》が転がる音もした。

「こんな日に火事が起きたら目も当てられない」

おあきはおでんの様子を見ながら独り言のように言った。ようやくおでんがふさわしい季節になった。ちろりで燗《かん》をつけた酒も客の前に並べられることが多い。磯兵衛は手酌で酒を飲みながら、時々外の様子に耳をそばだてていた。

「おていちゃん、そろそろじゃねェんですか」

磯兵衛は気になる様子でおあきに訊《き》いた。

「ええ。もう産まれてもいい頃なんですが、初産《ういざん》は予定した日より遅れることが多いですから」

「赤ん坊が生まれたら、おていちゃんはこっちへ戻って来るんですかい」

嫁いだ娘は実家で養生するのが一般的だった。

「どうかしら。おてい、何も言ってこないんですよ。あたしに商売があるから遠慮しているのかしら。その気になれば、おすささんもいることだし、何も心配はいらないんですけどね。もっとも、向こうは、おかみさんの他に女中さんもいるし、母屋も大きいから、向こうにいた方が安心なのかも知れませんよ。この頃は、おかみさんもおていのことを可愛《かわい》がって下さるし」

「八百半の跡継ぎが産まれるんだ。そりゃあ、粗末にはできねェでしょう」

「まだ男の子とは決まっておりませんよ。でも、どちらにせよ、向こうには初孫だ」

「おかみさんと親分にとってもそうでしょう」

「そりゃそうですけど、外孫だし……」

手を出すのは幾らか遠慮することになるだろう。

「女の子だったら、雛《ひな》人形を届けなきゃなりやせんね。男の子だったら鯉幟《こいのぼり》か」

磯兵衛はおあきの思惑など意に介するふうもなく嬉《うれ》しそうな顔で言った。

「ええ。それは心積もりしているの。と言っても良助がそうしてくれって、あたしにお金を預けて行ったのよ」

おあきは上野の戦の前に良助に渡された金のことを言った。

「へえ。彰義隊って、結構、実入りがよかったんですね」

磯兵衛は感心した。

「隊に入っている間はお金に困らなかったみたい。津軽屋さんにも畳替えしろって、幾らか置いて来たそうよ」

「いずれ、あの娘を嫁にするつもりだったんだろうなあ」

「今でもそう思っているんじゃないかしら」

「え？」

磯兵衛は驚いた表情になった。内心では辱めを受けた娘は嫁に行けないものと考えていたらしい。

それがおおかたの人々の考えだとおあきは思う。

おあきも気持ちに幾らか引っ掛かるものは否定できないが、良助がそれでも構わないと言うのなら反対するつもりもなかった。おゆみに罪はないのだから。

「その気がなかったら、ずっと下谷のお屋敷で奉公して、いずれ松前に行ったら、土地の娘さんと一緒になるはずだもの。官軍に一矢《いっし》報いたいと考えたのは、おゆみちゃんのためでもあるんでしょうよ」

「さすが良ちゃんだなあ。男だよ。そいで、あっちの娘は気持ちが元通りになりそうですかい」

「時間が経《た》てば、きっと元のおゆみちゃんになると思うのよ」

そう言ったのは、おあきの願望であったかも知れない。

風はやまない。そろそろ帰ろうかと磯兵衛が腰を上げた時、弘蔵が勢いよく油障子を開けて戻って来た。

「今聞いた話なんだが、品川沖にいた軍艦は、皆、消えちまったそうだ」

弘蔵は興奮した声で言った。

「消えちまった？」

おあきは弘蔵をじっと見つめた。

「榎本様は、とうとう重い腰を上げたってことですかい」

磯兵衛は嬉しそうに弘蔵に訊いた。

「また戦が始まるぜ。だが、これが正真正銘、最後の戦だ」

弘蔵はそう言って、磯兵衛の猪口《ちょこ》に残っていた酒をぐっと呷《あお》った。

「さいです。浮《う》き城《しろ》と呼ばれるでかい軍艦がありゃ、官軍なんざ手もなく追い払ってくれまさァ」

磯兵衛も豪気に言った。磯兵衛の言う浮き城とは開陽丸のことを指していた。幕府がオランダに発注した蒸気艦で、先進技術の粋《すい》を凝《こ》らしたものだった。人々は威容を誇る開陽丸を「浮き城」と称していた。官軍は、海軍力の点で幕府側に劣っている。榎本武揚は幕府の軍艦を駆使して官軍に立ち向かえば、充分に勝算があると踏んでいたのである。

榎本は大政奉還、王政復古に反対ではなかった。ヨーロッパ列強国と日本が肩を並べるためにも新しい政治は必要なことだと考えていた。

榎本が軍艦を率いて江戸を脱走したのは、徳川家が給わった七十万石に理由があった。それだけでは、残された幕臣達を養うことはできない。彼は未開拓の蝦夷地に前々から目をつけていた。そこに幕臣達を集めて新たな生計《たつき》の道を求めようとしたのだ。だが、榎本の意見は官軍に拒否された。

業を煮やした榎本は武力で蝦夷地を手に入れようと、同志とともに江戸を脱走したのである。蝦夷地へ行く前に仙台に立ち寄り、東北各藩の援護をするつもりでもいた。

東北はまだ、恭順に傾いていない藩が多かった。榎本の到着を彼等は首を長くして待っていた。

しかし、頼みの綱の開陽丸は出航早々、野分に遭い、船体を損傷してしまった。美賀保丸は鹿島灘《かしまなだ》で沈没。咸臨丸も航行不能となり、蟠龍丸に曳航《えいこう》されて清水港に入ったところを官軍に拿捕《だほ》された。主戦派の榎本は出鼻をくじかれた形で仙台寒風沢《さぶさわ》に着いたのだった。

いつまでも続くかに思えた彰義隊の残党狩りは八月二十七日になって、新たな展開があった。

『御即位につき脱走の者、一切斬《き》ることならず』との太政官《だじょうかん》の沙汰《さた》で、官軍に捕まった者達も助命となった。御即位とは、むろん、睦仁《むつひと》親王が天皇に即位することだった。

睦仁親王は嘉永《かえい》五年（一八五二）、孝明《こうめい》天皇の皇子として生まれた。母は公卿《くげ》中山忠能《ただやす》の次女慶子《よしこ》（二位局《にいのつぼね》）である。慶応二年（一八六六）、孝明天皇が崩御《ほうぎょ》すると、翌年一月、皇位を継承した。

慶応四年のこの年、睦仁親王は、まだ十六歳の若者だった。

睦仁親王の天皇即位にともない、年号も九月八日を以《も》って明治と改元されることとなった。口さがない江戸っ子達はこれを聞くと、すぐさま落首を詠《よ》んだ。

上方《かみがた》のぜいろく共がやって来て
とんきやう（東京）などと江戸をなしけり
うへからは明治だなどと云《い》ふけれど
治明（おさまるめい）と下からは読む

三

出産予定日をひと廻り（一週間）も過ぎたというのに、おていに陣痛の兆候はなかなか表れなかった。おあきも周りの者も、それにはやきもきしていた。

しかし、年号が改元された途端、おていは俄《にわか》に産気づいた。半次郎が呼びに来て、おあきは慌てて八百半に向かった。

髪をほどき、後ろで束ねた恰好《かっこう》のおていは、床の上で握りめしを頬張《ほおば》っていた。これから出産に向けて、まずは腹ごしらえというところだった。だが、おていはまだ本格的な陣痛が訪れていないように見えた。急いでやって来ただけに、おあきは気を殺《そ》がれた。

「痛いのかえ」

おあきは握りめしを頬張るおていに心配そうに訊いた。

「ううん。時々、下腹がちくちくするだけ。それより腰が痛くて」

おていは眉間《みけん》に皺《しわ》を寄せた。おていの腹は針で突っついたら、たちまち破裂しそうなほど膨《ふく》れている。腰への負担も相当なものだろうと察せられた。

「本当のお産はこれからだよ。障子の桟《さん》が見えなくなってから、ようやく産まれるんだ」

おあきはおていを励ますように言った。

「そうですってね。様子が少しおかしいとお姑《かあ》さんに言ったら、もう、大慌てで。あたし、身体がしんどいのに無理やり髪を洗わせられたのよ」

おていは姑《しゅうとめ》のおとよの指図に愚痴をこぼした。

「子供を産んだら、しばらく髪は洗えない。おとよさんは気を遣ってくれたんだ。文句を言うのは筋違《すじちが》いだよ」

おあきはさり気なくおていを窘《たしな》めた。

「まあまあ、福助のおかみさん。ご苦労様ですね。でも、産まれるのはまだまだ先ですよ」

お浜《はま》という年寄りの産婆《さんば》が顔を出して言った。

「ええ。わかっておりますよ。でも、その前に娘の顔を見ておかなきゃ、あたしも落ち着かなくて」

お浜には良助とおていも取り上げて貰《もら》った。おあきはお浜に絶対の信頼を寄せていた。この度も多分、大丈夫だろうと思う。

「おていちゃんが産まれた時のことは、あたしもよく覚えていますよ。そのおていちゃんが、今度は赤ん坊を産む。親子二代のお産の手伝いができて、あたしは産婆冥《みょう》利《り》に尽きるというものだ。でも、つくづく自分の年を感じますよ」

お浜はそう言って苦笑いした。本当ですねと、おあきも相槌《あいづち》を打った。

「ささ、おかみさん。追い立てるようで悪いが、おかみさんが傍《そば》にいるとおていちゃんに甘えが出る。おかみさんは知らせがあるまで家で待っていて下さいな」

お浜は真顔になっておあきに言った。

「お浜さん。くれぐれもよろしくお願いしますよ」

おあきは頭を下げた。

「ああ。任せて下さいな」

お浜はにこやかに笑って応えた。

「おっ母さん！」

腰を上げると、おていが今にも泣きそうな顔でおあきを見た。

「しっかりするんだよ」

おあきは胸の前で握り拳《こぶし》を作った。おていはこくりと肯《うなず》いたが、笑顔は見せなかった。

おとよと半兵衛《はんべえ》にもよろしく頼むと挨拶《あいさつ》して、おあきは八百半を出た。福助に戻りながら、おあきはおていが可哀想《かわいそう》に思えて仕方がなかった。今まで感じたことのない痛みが、これからおていを襲う。自分の出産の時は、ただ闇雲《やみくも》に踏ん張っていただけだが、周りの人間は気が気でなかっただろう。それを考える余裕も、その時はなかった。

おあきはつかの間、亡き母親のおふさのことを思った。あの時のおふさも、今の自分のように、どうしてよいかわからない気持ちでいたのだろうかと。

おあきは福助に戻ると内所に入り、仏壇の扉を開けた。灯明《とうみょう》をともし、おていの安産を祈った。

「おかみさん。おていちゃんの様子はどうでした」

おすさが心配そうに内所の外から声を掛けた。

「まだまだ。今日のものじゃありませんよ」

「そうですか。傍についていなくてよろしいんですか」

「お産婆さんにね、傍にいるとおていに甘えが出るから、あんたは家で待ってろと追い払われちまったのよ」

おあきは苦笑交じりに応えた。

「あのお浜という産婆は、やけにいばるんで、あたしは好きになれませんよ。喚《わめ》く女房には平気で平手打ちのひとつやふたつ喰《く》らわせるそうだから」

おすさは苦々しい顔で言う。

「そうお？　あたしの時はそんなことはなかったけど」

「おかみさんは気丈な人だから、お産ぐらいで弱音を吐かなかったんでしょうよ。だが、おていちゃんの場合はどうだかわかりませんよ。この頃の女房は意気地のない奴が多いから」

「………」

「さて、あたしは帰らせていただきますか」

「ご苦労さま」

おあきはおざなりに労をねぎらった。

夜の見世の準備をしながら、おあきは心、ここにあらずという態《てい》だった。気持ちを落ち着かせるために大根おろしを山ほど拵《こしら》えたり、葱《ねぎ》を細かく刻《きざ》んだりしたが、ふと気が抜けると、おていのことが案じられた。

おていの亭主の半次郎がやって来たので、もはや産まれたのかと思ったが、半次郎も落ち着かなくて外の空気を吸いに出て来たのだった。

「おていの様子はどう？」

たようだ。

おあきは半次郎にちろりの酒を勧めながら訊いた。おていは本格的な陣痛が始まっ

「どうもこうもありやせんよ。おていはまるで獣《けだもの》のような悲鳴を上げるんだ。あれがおいらの知ってるおていとは、とても信じられねェ」

半次郎は吐息をついて猪口《ちょこ》に口をつけた。

「それじゃ、お浜さんは、さぞ、往生しているでしょうね」

「あの産婆もおっかねェ女ですよ。手前ェが好きなことをして子ができたのに、何てざまだとほざいてよ、聞いてるこっちまで顔が赤くなっちまいやした」

半次郎はやり切れない表情で言う。おあきもそれには腹が立った。おていはれきとした八百半の嫁である。初めての子を産もうという時に、そんな言い方はないだろうと思う。おていに、喚くのは女の恥だと、ひと言、念を押すべきだった。

暮六つ（午後六時頃）の鐘が鳴ったすぐ後に、松前藩の原水多作《はらみずたさく》が現れ「栂野尾《とがのお》はおらぬか」と声を掛けた。

多作は暗い表情だった。

「お越しなさいまし。うちの人は、まだ自身番にいると思いますが」

おあきがそう言うと、半次郎は「おっ義母《か》さん。おいら、お義父《と》っつぁんを呼んできますよ」と、気を利かせた。

「そ、そうかえ。そいじゃ、頼んだよ」

おあきが応えると、半次郎はすぐさま外に出て行った。おあきは多作を飯台《はんだい》の前の床几《しょうぎ》に促《うなが》し、「お飲みになりますか」と訊いた。

「ああ。そのつもりで来た」

多作は当然のように応える。何かあったのだとおあきは察しをつけた。酒の燗《かん》をつけながら、おあきは銅壺《どうこ》のおでんの種を睨《にら》み、大根とこんにゃく、竹輪を深皿に盛って多作に差し出した。

「おお。これはこれは。おかみの自慢のおでんでござるな。ようやく、これを喰うにふさわしい季節となったな。時に良助のその後はいかがである」

多作は思い出したように訊いた。

「まだ行方は知れないんでございますよ。でも、どうも江戸にはいないような気がします」

「会津にでも向かったのかな。だが、所詮《しょせん》、会津も落ちるのは時間の問題だろう」

多作は他人事《ひとごと》のように言う。多作の思惑通り、この時、会津は崖《がけ》っぷちに立たされていた。

官軍の大村益次郎《ますじろう》は奥羽列藩同盟に対して枝葉を刈り、根本を枯らす作戦に出た。官軍は日光、宇都宮、白河を制し、仙台、米沢《よねざわ》に兵を進めた。平潟からも兵を進め、相馬、磐城平を落とした。棚倉を経て、三春《みはる》、二本松《にほんまつ》を攻めた後、仙台、会津という方向に照準を合わせていた。

東北諸藩の戦況は混沌《こんとん》としていた。恭順するか徹底抗戦かと、どこの藩も迷いに迷っていた。

三春が突如、官軍に恭順し、あろうことか仙台の兵に銃を向けた。それればかりでなく、七月二十九日には官軍の先鋒《せんぽう》となって二本松を攻めてもいた。須賀川《すかがわ》付近に駐屯《ちゅうとん》していた仙台兵は進むことも戻ることもできない状況となり、守りを放棄して逃げ出す者が続いた。

二本松は仙台の援護を受けられず、孤立無援の戦いの後、ついに落城した。官軍は二本松城下をことごとく焼き払った。戦火を逃れた二本松の人々は安達太良山《あだたらやま》の岳下《だけした》から、城が燃える様子を目にした。着の身着のままの彼等は携《たずさ》える食料もなく、飢えに苦しみながらとぼとぼと歩くばかりだった。それもこれも仙台が二本松を見捨てたせいに外《ほか》ならなかった。会津は二本松が落ちたことに衝撃を覚えたが、兵に余裕がなく、援護することはできない状況だった。

四

「おっ義母さん。お義父っつぁんは、おっつけ戻ってきます」

半次郎は荒い息をして戻ってくると、そう言った。

ほどなく弘蔵は福助に戻ってきた。弘蔵は多作の顔色を見て「何かありやしたかい」と、心配そうに訊いた。

「おおありだ」

多作は怒鳴るように応えた。弘蔵は、ひとつ吐息をつくと、多作の横へ腰を下ろした。

「お前さん。御用は、もう済んだのかえ」

おあきはそっと弘蔵に訊いた。まだ町内の用事が残っているなら、多作と酒を酌《く》み交《か》わす訳にはいかないと思った。

「大家さんと書役《かきやく》さんに後のことは任せてきた。何かあったら、見世に知らせに来るだろう」

「そうですか。それじゃ……」

おあきは安心して弘蔵の前に猪口を置いた。

「何があったんで？」

弘蔵は猪口の酒をひと口飲んで多作に話を促した。

「うむ。国許《くにもと》での、蜂起《ほうき》（クーデター）があったらしい」

多作は苦汁を飲んだような表情で応えた。

「例の反対派ですかい？」

「そうだ。正議隊《せいぎたい》は殿に佐幕派を弾劾《だんがい》し、尊王派の藩政にすべきと建白書を提出したらしい」

反対派は正議隊と称している。彼等は旧態依然の藩政を改革しようと意気込んでいた。

「殿はそれを受け入れたんで？」

弘蔵は藩主、松前徳広《のりひろ》の意見が気になった。

「殿は座ることもままならず、正議隊の幹部の松井屯《たむろ》や下国東七郎《しもくにとうしちろう》、鈴木織太郎《おりたろう》の話を横臥《おうが》してお聞きになったご様子。奴等の意見を拒否なさるお元気もなかったらしい」

どうやら徳広は血気にはやる正議隊の申し出を呑《の》むより仕方がない状況だったようだ。

「それで中立派のご家老が、とり敢《あ》えず三人を殿の近習頭《きんじゆうがしら》に取り立て、佐幕派の重職達に謹慎を命じられた由」

多作は早口に続けた。

「謹慎を命じられたお人とは？」

「うむ。松前勘解由《かげゆ》殿、蠣崎監三《かきざきかんぞう》、関佐《せきさ》守《もり》、山下雄城《ゆうき》等だ」

その名前を聞いて弘蔵は息を吞んだ。松前勘解由と蠣崎監三は兄弟で、二人は執政《しっせい》（首席家老）蠣崎広伴《ひろとも》の息子達であったからだ。蠣崎広伴の父親は蠣崎波響《はきょう》と言って、かつて松前藩が奥州梁川《やながわ》に移封《いほう》（国替え）となった時、粉骨砕身して元の領地に戻した人物である。言わば藩にとって蠣崎波響は大事な恩人である。その波響の孫達まで弾劾されるとは思いも寄らない。弘蔵は改めて世の中の流れが大きく変わっていることを実感した。

「そいじゃ、執政の蠣崎様もただでは済まなかったんじゃありやせんかい」

弘蔵は恐る恐る訊いた。

「その通りよ。執政は下国安芸《あき》殿が任命された。それ以後、国許は正議隊が藩政改革と称して佐幕派の粛清《しゅくせい》を始めた。城中の警備も正議隊が主導権を握っておる。松前勘解由殿は完全に城から締め出しを喰《く》わされた。一時は反撃に出ようと同志を募《つの》ったが、お父上に止められ、仕方なく自宅のお屋敷に戻られた。しかし正議隊はこれを好機と捉《とら》え、松前殿のお屋敷に出向いて、松前殿を監禁してしまった。松前殿は、もはやこれまでと観念して自刃《じじん》された」

国許は弘蔵が想像していたより、はるかに緊迫した状況になっていた。重い話にひと息をつくように弘蔵は板場のおあきを見た。

「おあき。おていの様子はどうでェ」

「ええ。うんうんと唸《うな》っているそうですよ。半次郎さん、ちょいと様子を見てきて下さいな」

おあきは、途端におていのことを思い出し、飯台の隅でひっそりと酒を飲んでいた半次郎に言った。

「おっ義母《か》さん。おいら、とても見ていられねェよ」

半次郎は情けない声を出した。

「べらぼうめい！　女房が子供を産もうとしているのに、手前ェは何んだ」

弘蔵は突然、激昂《げっこう》した声を上げた。多作が驚いて弘蔵と半次郎の顔を交互に見つめた。

弘蔵は多作の眼を意識すると「何もしなくても、傍《そば》にいて励ましてやんな。それでおていの気も幾らか晴れるというものだ。まだまだ掛かりそうなら、またここに戻って来ていいぜ」と、今度は穏《おだ》やかに言った。

「へ、へい。そいじゃ、ちょいと様子を見てきます」

「お酒はこのままにして置くからね」

おあきも言い添えた。

「どうも間《ま》が悪かったたな。取り込みの時にやって来て」

半次郎が出て行くと、多作は気の毒そうに言った。

「それはよろしいんですよ。ねえ、お前さん」

おあきは取り繕《つくろ》った。

「ああ。それで、他の佐幕派の皆さんはどうなりやした」

弘蔵は多作に話を促した。

「正議隊は謹慎中の佐幕派の屋敷を襲い、関佐守殿も自刃、蠣崎監三殿と関殿の弟の賜《たもう》殿は殺された」

あまりのことに弘蔵は二の句が継げなかった。

多作はそれを知らせたくて、わざわざ下谷から本所までやって来たのだ。

「国許の影響は江戸にも伝わっての、佐幕派の連中は戦戦《せんせん》兢兢《きょうきょう》としておるありさまだ」

黙った弘蔵に多作は話を続ける。その時、弘蔵は、これで松前藩も完全に恭順の姿勢をとるのだと思った。江戸を脱走した榎本軍が蝦夷地に着いても松前藩の協力を得ることはできないのだ。

「ちなみに原水様はどちらについていなさるんで?」

弘蔵は多作を上目遣いに見ながら訊いた。

「せ、拙者はそのう、わが身が可愛いゆえ、表向きは正議隊に加担しておるが」

多作はおずおずと応えた。

「それがよろしゅうございます。下手に意地を通して命を取られてもつまりやせんから」

そう言うと、多作はほっとした顔で肯《うなず》いた。

「ただの、江戸のお屋敷には松前勘解由殿の側近だった者が何人かおる。その安否が気になる。まさか、江戸のお屋敷内で血なまぐさいことは起こらぬと思うが」

「油断は禁物ですぜ」

弘蔵はさり気なく注意を与えた。

「おぬしに話をして胸の痞《つか》えが下りた。つまらぬ話を聞かせて悪かったの。しかし、こうなってみると、つくづくおぬしが羨《うらや》ましい。余計なことを考えずに済むからな。おかみ、幾らだ」

多作は紙入れを取り出した。おあきは弘蔵をちらりと見て「お代は結構ですよ」と応えた。

「そういう訳には参らぬ。毎度毎度馳走《ちそう》になっては、こちらの肩身が狭い。それでは少ないが」

多作は波銭《なみせん》（四文銭）を十ばかり出して飯台《はんだい》に置いた。

「ありがとう存じます」

おあきは恐縮して頭を下げた。

「無事に孫が産まれるとよいな」

多作はにこやかに笑って見世を出て行った。

「どこもここも大変なことばかり」

おあきはため息をついて多作の使った皿小鉢を片づけ始めた。

「今夜は寝られそうもねェな」

弘蔵は独り言のように呟《つぶや》いた。おていが無事に出産したと知らせがあるまで、弘蔵も落ち着かない様子だった。

「藩のことよりおていが大事？」

おあきは悪戯《いたずら》っぽい顔で訊いた。

「当たり前ェよ」

弘蔵は怒ったように応えた。

「官軍が近くまで迫っているのに、松前藩は内輪揉《うちわも》めしている場合じゃないでしょうに。全くお武家の考えていることはわかりゃしない」

おあきは水音を高くして食器を洗いながら言った。

「おあき。めしをくれ」

「あら、お酒はもういいの？」

「今夜は呑気《のんき》に酔っ払っていられねェよ」

「親ねえ」

おあきは含み笑いを堪《こら》えて言った。

「おきゃあがれ！」

弘蔵はそう言ったが、眼は笑っていた。

松前藩の内紛は存外に根が深かった。正議隊は蜂起《ほうき》に成功すると、箱館府の清水谷《しみずだに》公考《きんなる》知事に報告し、さらに藩政改革の一環として松前近郊の館村《たてむら》という場所に新城を築くことを申し入れた。箱館府は築城にあたり、太政官へ正式に申し入れするよう松前藩に指示した。正議隊の下国東七郎はそのために江戸へ赴《おもむ》いた。他の正議隊は八月の下旬から館村入りした。こうして九月の十日から築城が始まった。新城建設は松前城が城下の適当な場所に建っていないとの理由であったが、実は正議隊が他の松前藩士や城下の人々に好意的に受け入れられていないことからだった。

原水多作は松前藩の江戸藩邸で揉め事が起きるのを心配していたが、その心配は現実のものとなった。松前勘解由の取り巻きで、江戸家老を務めていた遠藤又左衛門《またざえもん》は殺害され、さらに京都の守備に就《つ》いていた松前藩士の中でも、正議隊の意見に異を唱える者が処断された。しかし、その間にも官軍と幕府軍の戦の波は徐々に北上して松前藩に襲い掛かろうとしていたのである。

五

夜も更けると弘蔵は小上がりで横になった。おあきは火鉢の炭を足してから弘蔵の上にどてらを掛けた。その夜はとても蒲団《ふとん》に休む気にはなれなかった。おあきも暖簾《のれん》を引っ込めてから飯台の前に座ったが、いつの間にか眠ってしまったらしい。

気がついたのは半次郎が大声を上げたからだった。

「おっ義母さん、産まれた！　男だ、男」

半次郎は小躍りせんばかりだった。

「本当？」

おあきは眼を擦《こす》って笑った。

「産まれたってか？」

弘蔵もむくりと起き上がった。

しわくちゃな顔の赤ん坊は真新しい産着を着せられて眠っていた。おていは疲れているにも拘《かかわ》らず、弘蔵とおあきの顔を見ると口から泡を飛ばす勢いでお産の経過を喋《しゃべ》った。まだ興奮状態だった。

「あまり喋ると疲れるよ。ご苦労さんだったねえ」

おあきはおていの労をねぎらった。産婆のお浜は赤ん坊に産湯を使わせると、疲れた顔をして戻ったという。かなり時間が掛かってしまったが、お浜に言わせれば安産だったそうだ。弘蔵はおていの枕許に座ってじっと赤ん坊を見つめているばかりだった。

「お父っつぁん、嬉《うれ》しい？」

おていは、そんな弘蔵に訊《き》いた。

「ああ」

「何も喋らないのね。可愛いとか小さいとか」

おていは弘蔵の反応に不満そうだった。

「こいつは明治生まれになるんだなって考えていたのよ。新しい時代の子供だ。おてい、しっかり育てるんだぜ」

弘蔵はしみじみと言う。おていは感極まった様子で肯き、少し涙ぐんだ。

おとよと半兵衛が顔を出した。二人とも徹夜したらしいが、疲れも見せず上機嫌だった。それはそうだろう。八百半の跡継ぎが産まれたのだから。

小半刻《こはんとき》（約三十分）ほどで八百半を出たが、弘蔵とおあきは、お互いに孫のいる立場になったので感無量だった。

「良助の孫はいつ見られるかしらねえ」

おあきはぽつりと呟いた。

「そうだなあ……」

弘蔵は夜明けを迎えた空を眺めた。澄み切った秋の空が頭上に拡《ひろ》がっている。鳥の鳴き声もかまびすしい。

「今日は寝不足で辛《つら》いことでしょうね」

おあきは苦笑交じりに言う。

「滅多にあることじゃねェから辛抱しな」

「ええ。孫が産まれたんですものね。文句を言ったら罰《ばち》が当たる。お前さん、後でまた顔を見に行きましょうよ」

「ええっ？　明日でもいいだろうが」

「気になって仕方がないのよ。それに魚屋で鯛を誂《あつら》えて届けたいし」

「好きにしな」

笑いながら見世に戻ると、菅笠《すげがさ》に半纏《はんてん》姿の男が福助の前でうろうろしていた。

「何かご用でしょうか」

おあきは怪訝《けげん》な顔で訊いた。

「へい、仙台から手紙を持って参じやした」

男はどうやら飛脚《ひきやく》のようだった。

仙台からの手紙と言っても、おあきには心当たりがなかった。弘蔵もそちらに親戚《しんせき》がいるようなことは聞いたことがない。怪訝な顔になった二人に飛脚は「本所石原町の福助さんは、ここに間違いありやせんね」と念を押した。

「そうですけど……」

「だったら手紙はこちらさんに来たもんです」

飛脚は手にしていた書状を差し出した。弘蔵はそれを受け取ると、状袋の裏を見た。その途端、「良助からだ！」と甲高い声を上げた。

「ほ、本当？　良助からなの？　無事でいたんだ」

おあきの声も弾《はず》んだ。

「そいじゃ、確かにお渡ししましたぜ」

飛脚はほっとしたように笑うと、すぐに竪川《たてかわ》の方向へ去って行った。

「お前さん。早く読んでおくれ」

おあきは弘蔵を急《せ》かす。

「まてまて。中に入ってからだ」

弘蔵は、はやるおあきを制した。見世では、おすさが土間の掃除をしていた。

「おかみさん。おていちゃんは産まれたんですか」

おすさは手を止めておあきに訊いた。

「ええ」

「おめでとう存じます。それで男の子ですか、それとも女の子？」

「男の子よ」

おすさの問い掛けが、その時のおあきには煩《わずら》わしかった。床几《しょうぎ》に座った弘蔵の横にぴったりと寄り添い、おあきは弘蔵の手許《てもと》をじっと見つめた。

「おやおや。朝から仲のよいことで」

「おすささん。掃除が済んだら、牛蒡《ごぼう》を刻んで下さいな。あたしは今、それどころじゃないから。詳しい話は後でね」

おあきは早口に言った。


「一筆申し上げ候。追々寒気《おいおいかんき》相増候得《あいましそうらえ》ども、御変わりなく御暮らしと存じ候。扨《さて》、小生、仙台寒風沢と申す所に罷《まか》り在《あ》り候。この先はゑぞ（蝦夷）へ参るつもりにて御《ご》座《ざ》候。ゑぞは極めて寒気つよき所と相聞き候得ども、御祖父《おじい》さま、御祖母《おばば》さまのおわす国と思わば、つよき寒気も何するものぞと、我が身をふるい立たせており候。小生、風邪も引かず、元気に致し候。どうぞ御安心下されたく候。尚々《なおなお》、津軽屋如何哉《いかがかな》と案じ候。津軽屋御一同さまには何卒《なにとぞ》よろしく御申し伝え可在候《あるべく》。

先《ま》ずは幸便にまかせ早々。めでたくかしく。

良助

八月吉日

父上さま　母上さま」

「こいつはどうやら、誰かに代筆を頼んだ手紙らしいぜ」

弘蔵はそう言った後で、そっと眼を拭《ぬぐ》った。代筆でも何んでも良助の手紙が嬉しかったのだ。それはおあきも同じ気持ちだった。

「でも、どうして良助は仙台にいるのだえ」

おあきは腑《ふ》に落ちなかった。

「良助は榎本様の軍艦に乗って仙台に行ったんだ」

「それじゃ、やっぱり戦をするために？」

「ああ」

「…………」

「心配するな。上野の戦でも生き残ったんだ。あいつには運がある。きっと無事で帰《け》ェって来るさ」

弘蔵は気落ちしたおあきを励ますように言った。

良助は津軽屋のおゆみが案じられるようだ。近い内に様子を見に行こうとおあきは思った。

六

この頃、東北の戦は終盤を迎えつつあった。会津は二本松の落城と仙台の撤退で苦しい戦を続けていた。官軍は会津侵攻の策を着々と練《ね》っていた。奥州街道から会津へ入る道は七ヵ所あるが、いずれも険しいものだった。その内、最も難所である母成峠《ぼなりとうげ》は会津兵の警護も幾らか手薄だった。

官軍参謀の伊地知《いじち》正治《まさはる》（薩摩出身）は、母成峠からの攻略を主張した。そこへ向かうためには地元の人間の案内が必要だった。会津兵は戦にかこつけ、商家に押し入り、米、酒、味噌《みそ》、醤油《しょうゆ》を持ち出していた。それればかりでなく質屋に返済の引き延ばしまで要求した。会津兵の暴挙を喰《く》い止めるために、地元の人間は官軍に警護を頼むしかなかった。もともと会津は年貢が過酷で身分制度も厳しい土地柄であった。農民、商人が武士に対する時は、土下座に近い恰好《かっこう》で礼を尽くさなければならなかった。会津が苦境に陥ったのは、実はこうした地元の人間の不満も大いに影響していたと思われる。彼等は官軍を「官軍さま」と崇《あが》め、母成峠への道案内も進んで引き受けたのだ。

だが、会津藩主、松平容保《かたもり》は誠実な藩主であった。鳥羽伏見《とばふしみ》の戦で将軍慶喜《よしのぶ》とともに江戸へ逃げ帰った時、容保は和田倉《わだくら》の馬場に家臣を集めた。その数、およそ千数百人。容保は家臣を前に涙ながらに詫《わ》びたという。

「そち等の奮戦、この容保、感傷に堪《た》えない。しかるに上様（慶喜）は東帰《とうき》され申した。予《よ》は上様に従ったが、これをそち等に告げざりしは末代までの恥と心得、今、これを告《つ》ぐ。会津松平家のため、そち等、なおいっそう励み、予を助け給え。予、そち等に篤《あつ》く依頼す」

容保の言葉に家臣全員が号泣したという。容保はその翌日の二月十六日に国許へ向かった。帰国の前に輪王寺宮や尾張徳川家等を通じて官軍に恭順の嘆願書を提出したが、これが受け入れられることはなかったのである。

会津は官軍の攻撃に備え、母成峠の山頂に第三台場、下の中軍山《ちゅうぐんやま》に第二台場、さらに下方の萩岡《はぎおか》に第一台場を設《しつら》えた。守備に就いた兵はおよそ八百人ほどだった。これに対し、官軍は三千の兵を擁《よう》した。

八月二十一日、朝五つ半（午前九時頃）。官軍の攻撃が開始された。第一台場の萩岡はすぐに破られ、守備兵は第二台場まで撤退する。中軍山付近で本格的な戦闘に突入したが、伊達路《だてじ》を進んで来た官軍の側面攻撃に、ついに会津は第三台場の母成峠まで敗走した。だが、母成峠でも官軍の攻撃を躱《かわ》すことはできず、会津兵は城下へ退散した。

母成峠が破られた報が届くと、松平容保は白虎《びゃっこ》二番士中組を率いて滝沢《たきざわ》本陣に向かった。城下から猪苗代《いなわしろ》の間に架かっている十六橋を破壊して官軍の侵入を阻《はば》もうとしたが、官軍の攻撃が厳しく、破壊工作は失敗した。

八月二十二日。会津は戸《と》ノ口原《くちはら》（福島県会津若松市湊町）と滝沢峠で激戦を展開した。この時、援護のために戸ノ口原へ出陣したのが白虎二番士中組の少年隊だった。しかし、戸ノ口原と滝沢峠も破られると、少年隊は飯盛山《いいもりやま》に敗走した。そこから会津城は、はるか遠くである。豆粒程度にしか城は見えない。折しも雨もよいの天候で遠目も利かなかった。城下に火の手が上がったのを見て、少年隊は城が燃えているものと早合点してしまった。もはやこれまでと観念し、少年隊は次々に自刃して果てたのである。

城下に官軍の侵入を許した会津は、それから一カ月に及ぶ籠城《ろうじょう》戦に突入するのだった。

おあきは毎日のように八百半を訪れ、初孫の顔を眺めた。初孫は半蔵《はんぞう》と名づけられた。いずれ八百半の主《あるじ》となるのにふさわしいものだった。半蔵は日一日と顔が変わり、それもおあきには楽しみとなったが、どことなくおていの姑《しゅうとめ》のおとよに似ているのが気になった。それを言うと、福助の客達は声を上げて笑う。

「おかみさん。血が繋《つな》がっているんだから八百半の姑さんに似ても仕方がねェだろうが」

大工の浜次はおあきをいなした。

「それはそうですけど、何んだかあたし、居心地が悪いのよ」

おあきはつまらなそうにため息をついた。

「人の見方は様々ですよ。案外、向こうはおかみさんにそっくりだと言っているかも知れねェよ」

磯兵衛が愉快そうに口を挟む。

「そんなことがあるもんですか。おていのお乳を飲んでいて、人の気配を感じると、あの子、耳を澄ますようなそぶりをするの。それなんて、おとよさんと瓜二《うりふた》つなの。いやになっちまう」

「へ、八百半のおかみさんは、今頃くしゃみをしていらァ」

浜次はほろりと酔った顔で笑った。

「ここだけの話よ、浜さん。よそで喋《しゃべ》っちゃ駄目よ」

おあきは釘《くぎ》を刺した。

「良ちゃんは、まだおていちゃんが子供を産んだことは知らねェんだな。伯父《おじ》さんになったのによう」

　磯兵衛はしみじみと言う。

「この間、良助から手紙が届いたのよ」

　おあきは思い切って磯兵衛と浜次に打ち明けた。

「え、本当けェ？」

　磯兵衛は驚いた顔でおあきを見た。

「仙台にいるのよ。どうやら良助は榎本様の率いる軍艦で行ったようなの。今のところは元気にしているらしいけど」

　そう言うと、磯兵衛は掌《て》を打って喜んだ。

「笑い事じゃないのよ。あたし、心配でたまらないのよ。全く、いつになったら落ち着くんだか」

　おあきは苦笑しながら言って、浜次と磯兵衛の猪口《ちょこ》に酌をした。

「磯さん。戦はいつまで続くのよ」

　浜次は心配そうに磯兵衛に訊いた。

「それは誰にもわからねェよ。明日終わるかも知れねェし、一年、二年と続くかも知れねェ」

「一年、二年ということはねェだろう。上野の戦は一日でけりがついたし、鳥羽伏見の戦だってふた月ぐれェのことだったしよう」

浜次は不服そうに口を返した。

「この度は東北の藩が相手だ。東北と言っても藩は幾つもある。官軍がそれをひとつひとつ潰《つぶ》すんだから手間も暇も掛かるわな」

「なある」

浜次はようやく納得したような顔になった。

「おまけに榎本様はでかい軍艦を持ち出している。おいそれとは行かねェだろうよ」

「磯さん。榎本様の軍は勝つ？」

おあきは意気込んで訊いた。

磯兵衛はつかの間、醒《さ》めた眼になり「わからねェよ。風の吹きようで、運はどちらに傾くか知れたもんじゃねェ」と応えた。

「だな」

浜次も相槌《あいづち》を打った。

「でも、これまでの戦は皆、官軍が勝利を収めているのよね。これから戦をしても悪あがきに過ぎないのじゃないかと思うのよ」

「おかみさんは、どきりとするようなことを言うなあ」

磯兵衛は眼を丸くした。

「だって、時代は変わっているのよ。お上《かみ》が倒れ、年号も変わり、上様じゃなくて天《てん》子《し》様がご政道《せいどう》を執《と》るのよ。ここまで変わっているのに、まだお上のご家来衆が元の待遇を求めているのは、できない相談なんじゃないかしら。もう禄《ろく》は当てにできないのだから、さっさと生計《たつき》の道を別に考えたらいいのよ」

おあきは今まで思っていたことを口にした。

「だから榎本様はそのために江戸を脱走したんですよ」

磯兵衛は柔らかくおあきの言うことを制した。

「榎本様は蝦夷地に別の国を作る考えだそうですってね。ひと昔前の南北朝を決めるつもりで。そんなの無理よ。官軍が承知しない……これはあたしの考えじゃなくて、うちの人の受け売りですけどね」

「それを言っちゃ、良ちゃんが可哀想だ。良ちゃんは榎本様を信じてついて行ったんですから。ここは信じてやりましょうよ」

磯兵衛は良助の肩を持つ。たとい負け戦になろうとも、息子が参加している以上は応援するべきなのだろうか。だが、おあきはどうしてもそんな気持ちになれなかった。早く戦のけりがついて良助が江戸へ戻って来ることだけがおあきの望みだった。榎本軍が勝とうが負けようが、どっちでもよかった。

「磯さん。築地《つきじ》にできた西洋旅籠《はたご》を見たけェ？」

浜次はふと思い出したように言った。むきになったおあきを見て、話題を変えたのかも知れない。

「いいや。だが噂《うわさ》は聞いているよ。大層立派な建物だそうだな」

「んだ。中はぴかぴかで、うっかり手垢《てあか》なんざつけられねェほどきれいだった。おいら、あの現場に十日ばかり助っ人《すけと》に行ったのよ。異国の旅籠は皆、あんなふうなのかな。おいら、つくづく世の中は広いと思ったわな。おいら達が見たこともねェ景色があるんだからな」

浜次はため息をついた。

七

浜次の言った西洋旅籠とは、築地ホテル館のことだった。官軍の新政府は貿易のために訪れる外国人のために築地周辺を外国人居留地とし、手始めに築地ホテル館を建設した。それが竣工《しゅんこう》したのは八月のことだった。このホテル館を請け負ったのは清水喜助《きすけ》（清水建設創業者）という男だった。

築地では今も続々と建物が造られている。ホテルや住まいばかりでなく、いずれ公民館、教会、学校もできるらしい。そこは新しい外人街となるのだった。

新政府は旧幕府の匂《にお》いを払拭《ふっしょく》するために様々な改革を試みていた。医学所は医学校として復興させ、昌平坂《しょうへいざか》学問所を昌平学校に、開成所は開成学校となった。瓦版《かわらばん》に変わり、「中外新聞」「江湖新聞」の新聞も創刊されていた。

明治天皇は九月に京を発《た》ち、十月の中旬に東京に着き、東京城と名称を変えた江戸城に入った。

東京は、いよいよ天皇が支配する政治が始まるのだった。

その一方、東北各藩は、まだ官軍との戦を続けている。しかし、東京に住む人間にとって、それは対岸の火事に等しい他人事《ひとごと》に過ぎなかった。

輪王寺宮は東北に着いてから米沢城、白石城、仙台青葉城と各地を転々とした。だが、東北各藩の戦況は宮が期待するようにはならなかった。宮はついに平潟の官軍総督に使いを出し、謝罪した。

それは九月の下旬のことだった。十月に入り、宮は仙台の藩主に礼を述べて暇《いとま》を告げた。それから東京に戻ったが、戻った翌日には京へ向かい、実家である伏見宮《ふしみのみや》家に戻って謹慎の姿勢をとったのである。宮の胸に去来していたものは何んであったのだろう。後悔か、はたまた上野のお山の住僧達に対する憐《あわ》れみだろうか。一山の住僧達は上野の戦以後、所払いの沙汰《さた》を下され、一人として帰山は叶《かな》わなかったのである。

そして広大な土地も官軍に没収されてしまった。

良助の手紙はそれから何度か届けられた。返事をしたかったが、良助の所在が転々とするので、それはできなかった。良助は艦内で下働きのような仕事をしているらしいが、上野で戦った彰義隊の仲間も大勢いたので、寂しさをかこつ様子はなかった。関松之丞についてはひと言も書いてこなかった。良助の胸の内では、まだ松之丞の死は癒《い》えていないのかも知れない。だが、津軽屋のことには必ず触れていた。

めっきり冷え込みがきつくなったある日の午前中、おあきは菓子折りを携えて馬喰《ばくろ》町《ちょう》の津軽屋を訪れた。

津軽屋はまだ暖簾《のれん》を出していなかったが、油障子は開いていた。

「ごめん下さいまし」

遠慮がちに入って行くと、飯台《はんだい》を拭《ふ》いていたおゆみが振り返り「おかみさん！」と甲高い声を上げた。

「まあ、おゆみちゃん。元気になって……」

おあきはその顔を見て、やはり胸が詰まった。

「これはこれは福助のおかみさん」

板場から主《あるじ》が出て来て、頭を下げた。

「これ、お袖《そで》。福助のおかみさんがおいでになったよ」

主は女房にも声を掛けた。姉《あね》さん被《かぶ》りにしていた手拭《てぬぐ》いを取りながら五十がらみの女が板場から顔を出した。それがおゆみの養母だった。

「息子が津軽屋さんの様子を気にして何度も手紙をよこすんですよ。それで、ご商売のお邪魔にならない時間を見計らって出て参りました」

おあきは菓子折りを差し出して言った。

「おかみさんもお忙しいでしょうに」

お袖は気の毒そうに応えた。

「でも、よかった。おゆみちゃんがこんなに元気な顔をしているんですもの。まだ引きこもって暗い顔をしていたらどうしようと思っていたんですよ」

「良ちゃんがうちへ来てから、おゆみもどんどん元気になりました。皆、良ちゃんのお蔭《かげ》でさァ」

主も、ほっと安心したように言う。

「おかみさん。良助さんは今、どこに？」

おゆみはそれが気になるらしく、口を挟んだ。

「仙台にいるのよ」

おあきは笑顔で応《こた》えた。野の花のようなおゆみが可愛らしい。とても官軍の男達の暴力を受けたとは思えなかった。おあきは、なるべくそのことを考えまいとするのだが、頭の隅に、どうしてもこびりついて離れない。おゆみと二人きりだったら、とても話などできなかっただろう。おあきは自分を了簡《りょうけん》の狭い女だと思った。

「仙台ですか……」

おゆみは寂しそうに俯《うつむ》いた。

「良ちゃんは、そちらで仕事をしているんですかい」

主は腰掛けを勧めながら訊《き》いた。おあきはひょいと頭を下げて酒樽《さかだる》の腰掛けに座った。お袖は慌てて茶の用意をするために板場に戻った。

「いえね。彰義隊のお仲間と一緒に榎本様の軍艦に乗ったらしいのですよ」

そう言うと、主は「やっぱりね」と応えた。

「やっぱりって、旦那《だんな》さんは見当がついていたんですか」

おあきは驚いて主を見た。以前に見た時より顔がひと回り小さくなったような気がした。

「そうじゃねェかと、薄々、感づいていたんですよ」

「上野の戦の後は残党狩りが厳しかったので、うちの人の知り合いに頼んで良助を大名屋敷に奉公させたんですよ。そのまま落ち着いてくれるものと思っていましたら、ある日、書き置きを残していなくなってしまったんです。お世話してくれた方に申し訳なくて……それから行方が知れなかったので、ずい分心配しておりましたら、突然手紙が来て、今、仙台にいるですって。あたし、呆《あき》れてしまいましたよ」

おあきは眉間《みけん》に皺《しわ》を寄せて困り顔をした。

「あたしのために良助さんは、また戦をしようと思ったのね」

おゆみは低い声で言った。

「そうじゃないのよ、おゆみちゃん。それは良助が勝手にしたことだから」

おあきは慌てて言った。

「ううん。あたしにはわかっています。良助さん、あたしの敵《かたき》を討《う》つために、また戦をする気になったのよ」

おゆみは強い口調で言った。おあきは二、三度、眼をしばたたき主を見た。主も居心地の悪いような顔をしていた。

「おかみさん。お茶をどうぞ」

お袖が湯呑《ゆのみ》を運んで来た。

「お構いなく。すぐにお暇致しますんで」

おあきは恐縮して言った。

「ごゆっくりして下さいな。まだ、昼の客が来るまで時間がありますので」

お袖は笑顔で応えた。横鬢《よこびん》にかなり白髪が目立つ。恐らく、おゆみの災難で胸を痛めたせいもあるのだろうとおあきは思った。

「先日、娘に子供が産まれましてね、とうとうお婆ちゃんになってしまいましたよ」

おあきは暗い話を振り払うように言った。

「八百半さんに嫁に行った娘さんですかい」

主は嬉《うれ》しそうに訊いた。

「ええ。良助と年子の妹になるんですよ。おゆみちゃんと違って意地っ張りなんで、あんなのが母親としてやって行けるのかと心配で」

「おめでとうございやす。だが良ちゃんは、しっかり者の妹だと褒《ほ》めていましたぜ。なあ、おゆみ」

主はおゆみに相槌《あいづち》を求めた。

「ええ。赤ちゃん、可愛いだろうなあ。抱《だ》っこしたい」

おゆみはうっとりとした顔で言う。

「赤ん坊がもう少し大きくなったら、本所にいらっしゃいましな。抱っこでもおんぶでもさせてあげますよ」

「本当、おかみさん？」

おゆみは眼を輝かせた。

「ええ。だから、お見世をしっかりお手伝いしてね。それで、良助が無事に戻って来たら、良助のお嫁さんになってね」

おあきは思わず言ってしまった。お袖は前垂れで眼を押さえた。主もしゅんと洟《はな》を啜《すす》った。

「いいんですか、おかみさん。こんなあたしで」

おゆみはまっすぐにおあきを見つめて訊いた。

「ええ。良助もそれを望んでいると思うのよ」

「この間、うちへ来た時、良助さんからもそれは言われました。でも、あたしはおかみさんが反対すると思って返事をしなかったんです」

「あたしは反対じゃありませんよ。だって、おゆみちゃんは、とても素直な娘さんですもの。うちの人の考えも同じですよ」

おあきは笑顔で応えた。

「よかったなあ、おゆみ」

主は感極まった表情で言った。

「ありがとうございます。何んとお礼を言っていいかわかりません」

おゆみは深々と頭を下げた。

「お礼なんてとんでもない。それを言うのはこっちの方ですよ。早く戦が終わらないかと、それればかりが心配なだけ」

「まだ戦が続いているなんざ、考えられやせんね。こっちは静かになったというのに」

主《あるじ》は見世の外を眺めて言った。外は明るい陽射しが降っている。通り過ぎる人々も呑気《のんき》な表情で歩いていた。本当に東北で戦をしているとは考えられなかった。

小半刻《こはんとき》(約三十分)ほどしておあきは津軽屋を出た。おゆみは両国橋までおあきを送ってくれた。歩く道々、「おゆみちゃん、お父っつぁんの名前は何んて言うの」と訊いた。前々から気になっていたが、改まって主に名前を問うのは気が引けていた。

「吾助《ごすけ》です。おっ母さんはお袖です」

おゆみは張り切った声で言った。

「お袖さんの名前は、あんたのお父っつぁんがそう呼んでいたからわかったのよ」

おあきは、主の名を知ってほっとした。別に知らなければ知らなくてもよさそうなものだが、いずれ親戚《しんせき》になる人の名は覚えておきたかった。

「あの、おかみさん……」

おゆみは気後れした顔で言った。

「なあに」

「おかみさんのお名前は?」

「あら」

おあきは思わず噴《ふ》いた。

「名乗りを上げるのが遅くなったわね。あたしはおあき。良助の父親は弘蔵。良助の妹はおていよ。ついでにおていの亭主は半次郎で、産まれた孫は半蔵なの」

「うわあ、こんがらがりそう」

おゆみは嬉しそうに両手で頭を抱えた。

「良助が帰るまで身体に気をつけて元気でいてね」

おあきはまた念を押した。こくりと肯《うなず》いたおゆみは、以前のおゆみだった。

「もうひとつ訊きたいことがあるのだけど、いい？」

おあきは足許《あしもと》に眼を向けて言った。

「はい。何んでしょうか」

「良助がお屋敷からいなくなる前に、おゆみちゃんに会いに行ったでしょう？」

「ええ……」

何を訊かれるのかと、おゆみは途端に緊張した様子になった。

「おゆみちゃんと良助、裏のお庭でお花を見ながら唄《うた》をうたっていたそうね」

「……」

「何んの唄だったのかしら」

「それは……」

おゆみは恥ずかしそうに頬を染めた。

るなんて」


「言いたくなければ言わなくていいのよ。ばかね、あたし。つまらないことを気にするなんて」

おあきは野暮なことを訊いたと後悔した。

「猫じゃ猫じゃです」

だが、おゆみはきっぱりと言った。宴席でよくうたわれる戯《ざ》れ唄だった。おゆみはその時のことを思い出すように低くうたった。

〽猫じゃ猫じゃとおっしゃいますが
猫が杖《つえ》ついて　絞《しぼ》りの浴衣《ゆかた》で来るものか
オッチョコチョイ　オッチョコチョイ

おあきはたまらず咽《むせ》んだ。だが、おゆみは構わず、今度は少し大きな声で繰り返した。通り過ぎる人々は何事かと二人を怪訝《けげん》な顔で見ていた。

惜春

一

会津の戦《いくさ》は悲惨を極めていた。すでに官軍は会津城下に侵攻していた。会津藩家老、西郷頼母《さいごうたのも》の家では官軍に辱《はずかし》めを受けるよりは死を選ぶとばかり、一族二十一人の女性が自刃した。城下に出陣する衝鋒隊《しょうほうたい》に従い、二十数人の娘子隊《じょうしたい》と称する女性ばかりの兵も出陣し、柳橋という場所で薙刀《なぎなた》を振るった。中野竹子《たけこ》は官軍の弾《たま》に倒れ、妹の優子《ゆうこ》も首を落とされ、坂下《ばんげ》の法界寺《ほうかいじ》に葬られた。

会津は米沢に援護を求めたが、すでに恭順の意志を固めていた米沢は、援護するところか、逆に会津に降伏を勧めるばかりだった。

城下は完全に官軍に制圧されていた。仙台も会津を見限り、米沢の援護も受けられないとなると、会津は、もはやこれまでである。九月十五日、仙台伊達藩が降伏すると、容保《かたもり》は家臣を米沢藩陣営に差し向け、降伏を申し出た。

九月二十二日、朝五つ（八時頃）。容保は降伏の白旗を掲《かか》げた家臣達に守られながら北出丸前に設けられた式場で、降伏状を提出し、妙国寺《みょうこくじ》で謹慎した。これにより会津戦争はついに終結したのである。

容保は謹慎の後、東京へ送られ因州《いんしゅう》池田家の屋敷にお預けとなり、容保の跡《あと》を継いで藩主となった松平喜徳《のぶのり》も同様に東京へ護送され、久留米《くるめ》藩有馬《ありま》家にお預けとなった。

頼みの綱の仙台も降伏したので、榎本《えのもと》軍が東北に留《とど》まる理由もなくなった。榎本は軍議を開き、蝦夷地《えぞち》へ渡ることを決定した。

十月十七日。開陽、回天、蟠龍《ばんりゅう》、神速、長鯨、それに仙台に貸していた鳳凰《ほうおう》、大江、回春《かいしゅん》を取り戻し、榎本軍は南部宮古《みやこ》を出航して一路蝦夷地へ向かった。千代田形《ちよだがた》はこの時、庄内《しょうない》藩に与えた。

分乗した榎本軍は合わせて二千九百人にも及んだ。これは先に江戸を脱走していた大鳥圭介《おおとりけいすけ》の部隊、新撰組《しんせんぐみ》の残党、星恂太郎《ほしじゅんたろう》率いる額兵隊《がくへいたい》、古屋作左衛門《ふるやさくざえもん》率いる衝鋒隊等が合流したためだった。

「一筆申進候《もうししんじそうろう》。時分柄、寒気強き候ところ、御変わりなく御暮らし、めでたく存じ候。次に、我等一同無事にて御座《ござ》候。御安心可被下《くださるべく》候。去る十月廿一《にじゅういち》日、箱館の後方、鷲ノ木《わしのき》と申す所へ投錨《とうびょう》致し候。箱館、松前城下を攻め落とし候。別段怪《け》我《が》も無之《これなく》候。御母上さまには津軽屋《つがるや》御様子伺いをされたることと察しおり候。小生、来春は帰国致し、いろいろ御話を申度《たく》候。先《ま》ずは、右、申進度早々。めでたくかしく。

良助

十一月廿六日

御父上さま　御母上さま」

良助の手紙に弘蔵は小躍りせんばかりだった。

もしかしたら榎本軍は勝てるかも知れない。弘蔵は、ふっとそんな気がした。

榎本軍の軍艦は蝦夷地の玄関、箱館を敢《あ》えて避け、そこから十里ほど北上した鷲ノ木浜に投錨した。明治元年の十月は閏月《うるうづき》が挟《はさ》まったせいもあり、季節はすでに真冬だった。

遊撃隊《ゆうげきたい》の隊長である人見《ひとみ》勝太郎《かったろう》が、箱館府知事清水谷《しみずだに》公考《きんなる》へ蝦夷地下賜《かし》の嘆願書を届ける役目を仰《おお》せつかった。その後で大鳥圭介が七百名の兵を率いて本道を進むこととなった。さらに新撰組の土方歳三《ひじかたとしぞう》は五百名の兵を率いて海沿いの間道《かんどう》を行く。作戦に抜かりはなかった。

先発隊は七飯《ななえ》峠下で警護に就《つ》いていた箱館府、松前《まつまえ》藩、津軽藩の襲撃を受けたが、大鳥の軍が援護して、まずは勝ちを収めた。その後、大鳥軍は雪中行軍し、大野《おおの》村、七重《ななえ》村でも一戦を交えたが、苦戦にも拘《かか》わらず何んとか勝利した。一方、土方歳三の軍は川汲《かっくみ》峠で敵と遭遇したが、これも難なく撃退した。清水谷公考は、このままでは箱館府の勝ち目はないと踏んで、ひとまず津軽に逃れることにした。

十月二十六日に大鳥軍が箱館府の本営が置かれていた五稜郭《ごりょうかく》に入ると、中はもぬけの殻《から》であった。

武器弾薬もそのまま残されていた。榎本軍は労少なくして箱館を手に入れたのである。

榎本軍の次の標的は松前だった。松前藩に榎本軍の来島を伝え、和平協力を求めるつもりだった。しかし、松前は藩内の蜂起《ほうき》が成功し、榎本軍が蝦夷地にやって来た頃には、すっかり官軍に恭順していた。

松前は反旗を翻《ひるがえ》して榎本軍の申し出を退《しりぞ》け、戦は避けられない状況となった。土方は奇襲作戦で松前の攻撃を躱《かわ》し、蟠龍丸は海上から発砲して土方軍を援護した。松前が怯《ひる》んだ隙《すき》に土方軍は城内になだれ込み、ついに北の拠点、松前をも落としてしまった。

松前藩主松前徳広《のりひろ》は完成したばかりの館《たて》城を出ると、江差《えさし》、乙部《おとべ》村へと逃れた。この時、徳広の病状はかなり悪化して、うわごとを口走る始末だったという。松前藩の兵は退却の際、榎本の追撃を阻《はば》む目的で城下に火を放った。これにより、城下の三分の二までが焼失してしまった。残されたのは湯殿沢《ゆどのさわ》、小松前沖《おき》ノ口《くち》役所、川原町《かわはらちょう》、蔵《くら》町、神明町《しんめいちょう》、寅向町《どらめき》等だった。この中で寅向町に弘蔵の実家である栂野尾《とがのお》家があった。良助はそれを十分に承知していたようだ。松前を攻略した榎本軍は松前城で休息した後、江差に向けて進軍した。

この時、若干の兵が松前城に残された。その残された兵に良助も交じっていた。松前は良助にとって父親の故郷である。祖父母に会いたいという気持ちが募《つの》った。折しも外は吹雪だった。にも拘らず、城下のあちこちに見える炎は勢いが衰えなかった。良助は朋輩《ほうばい》に手紙の代筆を頼んだ後、こっそり城を抜け出して城下の祖父母の家を目指した。その機会を逃しては永遠に祖父母にも、叔母《おば》や従兄弟《いとこ》達にも会えないと思ったからだ。松前の兵は館村の方に向かっていて、城下に敵はいないはずだった。それも良助の行動に弾《はず》みをつけたのかも知れない。

二

ようやく首がすわった半蔵を抱いて、おていは福助を訪れた。おていも家にいるばかりでは退屈だったのだろう。おていの膚《はだ》は透き通るように美しかった。子供を産んだばかりの母親の膚だった。

だが、おあきは半蔵が風邪でも引かないかと、はらはらした。

「おとよさんは出かける時、何も言わなかったのかえ」

おあきはおていの腕から半蔵を抱き取ると、そう訊《き》いた。

「少し心配そうにしていたけれど、今日はお天気もいいし、たまに外の風に当てるのもいいことだから、強いことは言わなかったのよ」

「そうかえ。それならいいけど、おとよさんが止めるのを振り切って無理やり出て来たのかと心配したよ」

「あたし、そこまで頑固じゃないよ」

おていは苦笑した。

「半蔵、お乳をよく飲む？」

「ええ。それは心配ないけど、夜泣きするのよね。あたし、少し寝不足気味なの」

「内所《ないしょ》で横になったらどうだえ？　おっ母さんがお守りしているから」

「そうお？」

おていは嬉《うれ》しそうに笑い、内所に入って行った。

おあきは半蔵の裾《すそ》から手を入れ、おむつが濡《ぬ》れていないことを確かめると、ゆっくりと揺らした。

「福助のお祖母《ばあ》ちゃんでちゅよ。早く顔を覚えて下ちゃいよ」

おあきは半蔵をあやす。唇の端に白い唾《つば》の泡をためている半蔵は表情のない顔でおあきを見ていた。

「お、来ていたのか」

昼めしを摂《と》りに来た弘蔵は半蔵を見て笑顔を見せた。

「あら、もう戻って来たの」

おあきは不服そうに言った。

「もう戻って来たのたァ、ご挨拶《あいさつ》だな。昼めしを喰《く》う時刻だろうが」

弘蔵は苦笑して口を返した。

「そいじゃ、仕度をするから抱っこして」

おあきは綿入れに包《くる》まれている半蔵を弘蔵に押しつけた。

「おていはどうしたい」

「内所で寝ているの。半蔵が夜泣きするんで、寝不足だそうよ」

「呆《あき》れた母親だな」

言いながら弘蔵は半蔵に百面相のようなおどけた顔を拵《こしら》えた。半蔵は泣きもせず、弘蔵の顔をじっと見ていた。

「お前さんのこと、ちゃんとわかっているのね」

塩鮭《しおざけ》を焼き、青菜のお浸し、切り干し大根の煮物、汁の用意を調《ととの》えながらおあきは言った。盆にそれ等《ら》をのせ、茶碗《ちゃわん》のごはんを添えて弘蔵の前に置いてから半蔵を抱き取った。

暮が近づくとともに弘蔵の仕事も忙しくなる。押し込み、付け火に気をつけなければならない。借金で首が回らなくなった者が夜逃げを決め込んだり、前途を悲観して首を縊《くく》る者も出る。

町内の様子は明治の世になっても、さして変わらなかった。

「年越しもお正月もお前さんと二人きりね」

おあきは、ふと思い出して言った。

「別にそんなこたァ……」

弘蔵は埒《らち》もないというように応《こた》える。大晦日《おおみそか》は夜遅くまで見世を開けているし、元旦《がんたん》は寝正月がいつものことだった。おていと良助が傍《そば》にいなくても、特に寂しいことはないと弘蔵は言いたいらしい。

「でも、今年は良助の代わりに半蔵がいるからお祖母ちゃんは平気でちゅよ」

「手前ェでお祖母ちゃんと言っていらァ。お祖母ちゃん、めしのお代わりをくれ」

弘蔵はめし茶碗を差し出す。

「おあいにく。あたしはお前さんのお祖母ちゃんじゃありませんよ」

おあきは少し邪険に半蔵を押しつけた。その拍子に半蔵はべそをかいた。

「ほら、みろ！」

弘蔵はおあきを詰《なじ》った。半蔵の泣き声を聞いて、おていが内所から出て来た。

「あら、まだ寝てていいのに」

おあきはほつれ髪を掻《か》き上げるおていに言った。

「ううん。少し横になったら楽になった。お父っつぁん、ご苦労さま」

おていは弘蔵の労をねぎらった。

「てェした立派な挨拶だ。半蔵が生まれて、お前ェも人間らしくなったぜ」

弘蔵はからかった。

「あたしは、それじゃ、今まで人間らしくなかった訳？」

おていはぷんと頰《ほお》を膨らませた。弘蔵が何か言おうと口を開いた時、油障子が邪険に拳《こぶし》で叩《たた》かれた。

「早飛脚ですぜ。誰かおりやすかい」

胴間声《どうまごえ》も響く。

「開《あ》いてるぜ」

弘蔵はそっけなく応えた。赤ら顔の飛脚は冬だというのに額に汗を浮かべていた。

「助かった。留守ならどうしようかと思いやしたぜ」

「蝦夷から手紙けェ？」

弘蔵は訳知り顔で訊いた。

「へい、蝦夷の松前から届きやした」

「倅からなんだよ」

弘蔵は照れ臭そうに笑った。だが、赤ら顔の飛脚は笑わなかった。いつも来る飛脚ではなかった。

「旦那《だんな》は弘右衛門《こうえもん》さんでございやすね」

飛脚は確かめるように訊いた。

「そうだが……」

つんと嫌な気分がした。良助なら本所石原町の福助宛《あて》に来るはずだった。わざわざ弘蔵を名指しするのが解《げ》せなかった。それに弘右衛門という本名を遣っているのも気になった。

「松前の親御さんからです」

飛脚はごくりと固唾《かたず》を呑《の》んで言った。

「ありがとよ」

おざなりに礼を言うと、飛脚はつかの間、弘蔵を見つめた。それから踵《きびす》を返して外に出て行った。

「松前のお祖父《じい》さんから？」

おていは嬉しそうだった。松前に行った良助が祖父母に会い、それで慌てて手紙を寄こしたのだと思ったらしい。弘蔵は脱藩してから国許《くにもと》とは連絡を取っていなかったからだ。弘蔵は奥歯を嚙《か》み締めて封を開いた。良助の手紙と違い、かなり長いようだ。おあきも途端に緊張して、弘蔵の様子をじっと見つめた。

弘蔵は黙って文面を読む。だが、途中まで来て、眼《め》を瞑《つぶ》った。

「どうしたの、お前さん」

おあきは心配して声を掛けた。弘蔵はおあきの問い掛けに応えなかった。金縛《かなしば》りに遭《あ》ったように手紙の端を摑《つか》んでいる。その手も震えていた。

「お前さん」

もう一度声を掛けると、弘蔵の眼からほとばしるように涙がこぼれた。

「良助が死んだ……」

弘蔵は咽《むせ》びながらようやく言った。おあきは弘蔵の言葉がすぐには理解できなかった。口をぽかんと開けたまま、弘蔵をじっと見ているばかりだった。

「いやあ！」

おていが悲痛な声を上げると、半蔵は驚いて火が点《つ》いたように泣いた。おていは半蔵を黙らせるため、胸をこじあけて乳を含ませた。おていの涙を見て、おあきはよう

やく、ただ事ではないと察した。胸がきりきりと痛んだ。おあきは胸に掌《て》をあてがい
「うそだろ？　ねえ、お前さん。良助が死んだなんてうそだろ？」と訊いた。

「うそじゃねェ。父上が良助の死水《しにみず》を取ったと知らせて来たんだ」

「そんなばかな。手紙では松前を落としたと書いてあったじゃないの。何んで良助が死ななきゃならないのよ。これは何かの間違いだよ」

「良助は父上に会いに行ったらしい。その途中で松前の残兵と出くわし、斬《き》られちまったようだ」

弘蔵は口許を掌で覆《おお》ったまま応えた。

「どうしてお舅《とう》さんの居所がわかったんだえ。お前さん、良助に知らせたのかえ」

「いいや、知らせてはいねェ。だが、下谷のお屋敷に奉公していた時、誰かに訊いたんだろう」

「誰かって、誰。原水様《はらみず》かえ」

おあきは意気込んで訊く。おあきにとって、弘蔵の話は信じられるものではなかった。

「おあき、覚悟を決めるんだ」

弘蔵は、おあきを諭《さと》すように言い、その後でたまらず、また咽んだ。おていもがっくりと首を垂れ、激しく涙をこぼしている。おあきは不思議に涙も出なかった。夫と

娘を呆《ほう》けたように眺めているばかりだった。

「一筆申し上げ候《そうろう》。

久しくお目に掛からず、無音《ぶいん》本意に背《そむ》き候。時分柄、寒気強く候得ども、御変わりなく御暮らしのことと御察し候。次に我が家一同、無事に候得ども、福山《ふくやま》（松前のこと）城下、賊軍（榎本軍）に占領され、御殿様、奥方様、館城より落ち行き候。無念にて御座《ござ》候。賊軍、さらに江差方面に進軍したる由。福山城下、ことごとく焼け落ち、もはや福山もこれまでかと胸の塞《ふさ》がる思いにて御座候。（中略）孫、良助、福山城警護の合間に寅向の我が家を訪れ候。折しも吹雪にて視界定まらず、方々の家に我が家の場所を訊《たず》ね候。福山の残兵、これを知って良助に斬り掛かり、良助、敢えなく路上に倒れ候。隣家の安東家の下男、良助のうわ言を聞き及び、我が家に知らせ候。

慌てて良助を我が家に運び、医者を呼び候得ども、介抱の甲斐《かい》なく、未明に息を引き取り候。良助、今際《いまわ》に御祖父《おじい》様、御祖母《おばば》様と言い候。その顔は極めて安らかにて、小生も家内も涙ながらに良助の手を握り候。良助、福山にて命を終えたのも宿命と心得、ねんごろに亡骸《なきがら》を葬りたき所存なれど、法源寺《ほうげんじ》（松前家臣の菩提寺《ぼだいじ》）焼失にて、また良助、わが孫と雖《いえど》も賊軍の一員なり。世間を憚《はばか》る段、甚《はなは》だ多しと思われ候。焼失を免れし光善寺《こうぜんじ》の住職に相談致し、荼毘《だび》に付した後、骨は一時預かり、法源寺再建の後には必ず栂野尾家先祖代々の墓に納める所存にて御座候。

本所回向院《えこういん》の肌守り（お守り）、差し料（刀）、軍服は形見として大事に致し候。弘右衛門殿には甚だ辛《つら》き知らせなれど、これも前世の因縁、罪障消滅《ざいしょうしょうめつ》と御諦《あきら》め可被下候《くださるべくそうろう》。

尚々《なおなお》、時候御いとひ可被下候。穴かしこ。

十一月廿八日

栂野尾佐太夫《さだゆう》

弘右衛門殿」

弘蔵の父親の手紙はそのように書かれていた。

おあきは心と身体《からだ》がばらばらに分かれたような気分に陥《おちい》った。外の景色も不思議なもののように思えてならない。良助が死んだというのに、通りを行く人々は何事もない顔をしている。荷を積んだ大八車も当たり前のように通る。烏《からす》も鳴いている。冬の風も同じように頬を嬲《なぶ》る。おあきはそれが解せなかった。良助が死んだというのに、どうして世間はそのままなのだろうかと。

「今日は、見世はできねェな」

弘蔵はぽつりと言った。

「駄目よ、それは」

間髪を容《い》れず、おていが応えた。

「良助が死んだのに、涼しい顔をして商売ェができるか！」

弘蔵は怒気を孕《はら》ませた声でおていに言った。半蔵は眠気が差して、とろとろとまどろんだような顔をしている。

「おっ母さんが見世をできないようなら、あたしが手伝うよ」

「ばかやろう！　お前には半蔵の世話があるだろうが」

半蔵は弘蔵の声にびくっと身体を震わせ、泣きべそをかいた。

「大きな声を出さないで。怒っても兄さんは生き返る訳じゃないのよ」

おていは弘蔵を窘《たしな》めた。

「見世はやるよ。お客様に良助のことを知らせなけりゃならないし……」

おあきはぼんやりした声で言った。

「そ、そうだな。今夜は良助の弔《とむら》いがてら、皆んなに飲んで貰《もら》うか」

おあきの言葉に、弘蔵は思い直して応えた。

「お父っつぁん。兄さんのお弔いは出すの？」

おていはそれが肝腎《かんじん》とばかり訊く。おあきと弘蔵は顔を見合わせたが、何も応えなかった。

「できないわね、亡骸もないんじゃ。それに兄さんは官軍に逆らって蝦夷まで行ったんですもの、まずいよね」

おていは弔いもできない兄が不憫《ふびん》で、また眼を濡らした。その涙に誘われ、おあきの眼にようやく涙が湧《わ》いた。弘蔵も泣く。衝撃と激情が収まると、三人の胸には言いようのない哀《かな》しみと寂しさが拡《ひろ》がった。

おあきはまだ良助の死が信じられなかった。明日になったら、明後日《あさって》になったら、ちゃんと良助の死を受け留められるのだろうか。その自信は、その時のおあきにはなかった。

三

飯台《はんだい》の仕切り板の上に大皿が幾つも並べられた。

煮魚、酢の物、青菜のお浸し、きんぴらごぼう、高野豆腐と椎茸《しいたけ》の含め煮、ばら寿《ず》司《し》、卵焼き、沢庵《たくあん》。皆、良助の好物だった。

「へえ、すごいご馳走《ちそう》じゃねェか。今日は何んでェ」

最初に福助にやって来た浜次が嬉しそうに訊く。

「浜さん。政五郎さんを呼んで来て。今夜はあたしの奢《おご》りだから、お代はいらないってね。ついでに鳶《とび》職の兄さん達にも声を掛けて。だけど肴《さかな》はここにあるものだけよ。今夜はあたしも飲むから、他に何も作りたくないのよ」

「………」

浜次はつかの間、怪訝《けげん》な眼でおあきを見たが、すぐに外に出て行った。夕方までていは板場を手伝ってくれた。きっと亭主の半次郎も今夜は見世にやって来るだろう。賑《にぎ》やかに酒を酌み交わすのが良助の弔いにふさわしいと思った。

その夜は商売をするつもりはなかったので、暖簾《のれん》は出さなかった。新しい酒樽《さかだる》の口を開け、勝手に飲めという感じで、おあきは酌もしなかった。

鳶職の男達、浜次、政五郎は大喜びだった。

珍しく呉服屋の番頭の平助《へいすけ》も顔を出したのは虫の知らせだったのだろうか。

「たまたま福助さんの前を通り掛かったら、暖簾は出ていないのに賑やかな声が聞こえたんで、何か祝い事でもあったかと覗《のぞ》いてみたんですよ」

平助は、いつもの笑顔で言った。おあきは板場に近い飯台の前に座っていたが、立ち上がって中へ促《うなが》した。

「番頭さん。お久しぶりでございますねえ。本日は、日頃お世話になっているお客様へ、ほんの恩返しのつもりで飲んでいただいているんですよ。番頭さん、お代はいりませんからお時間がありましたら飲んで行って下さいまし」

ただと聞いて、平助は途端に相好を崩し、浜次と政五郎の座っている横に腰を下ろした。それを見て、鳶職の竹蔵は湯呑《ゆのみ》へ酒を注ぎ、平助の前に置いた。

「竹、こっちの酒もねェぞ」

小上がりの男達から声が上がった。竹蔵は「へい」と応え、かいがいしく酒を運んだ。

「天皇様が京からお越しになった時、市中の人々にお酒を振る舞ったそうですが、まさかここも、その伝《でん》じゃないでしょうね」

平助は酒をひと口飲むとそう言った。

「いやだ、番頭さん。そんなんじゃないですよ」

おあきは苦笑した。明治天皇が東京に着いた時、それを祝って東京府民に酒樽が下《か》賜《し》された。その数は三千樽近かったという。浜次と政五郎が争うように酒を貰いに行った話はおあきも聞いていた。

「いや、あの時は火事場騒ぎのようだったぜ。ろくに酒の味なんざ覚えちゃいねェよ。やっぱり、酒ってのは、こうしてゆっくり飲むのが最高よ」

浜次は満足気な表情で言う。

「んだ。今夜の酒は極上上吉《ごくじょうじょうきち》だ」

政五郎も相槌《あいづち》を打った。

「親分さんは、まだ仕事ですか」

平助は弘蔵の姿がないので訊く。

「ええ。おっつけ戻って来ると思いますが」

おあきはそう言って、平助の前に取り皿と箸《はし》を置いた。

「磯さんも来ねェな。早く来ればいいのによ」

浜次は磯兵衛を気にした。磯兵衛は弘蔵と一緒にいるのだろうと、おあきは察していた。

自身番の座敷で良助のことを話しているのかも知れない。おていの亭主の半次郎も恐らく一緒だろう。

左官職の梅太郎《うめたろう》は鳶職の男達と小上がりで一緒に飲んでいたが、厠《かわや》に行った後で、そっとおあきの傍《そば》に来て、小声で囁《ささや》いた。

「おかみさん。おれは、どうも腑《ふ》に落ちねェ。どうしておれ達に酒や肴を振る舞うんで？」

「だから言ったでしょう？　日頃のお礼だって」

おあきは梅太郎をさり気なくいなした。

「それは聞いた。だが、お礼なら、たとえばちろりの酒を一本、ただにするとか、おでんの種を一つ多く皿につけるのならわかる。こんな大盤振る舞いするのは解《げ》せねェ」

「梅。四《し》の五《ご》の言わずに飲め」

浜次が横から口を挟んだ。

「ああ、わかった。だが、浜さん。ちょいと黙っててくんな」

梅太郎は浜次を制し、おあきの隣りに座って、まじまじとおあきを見つめた。

「おかみさん。訳を聞かせてくんねェ」

梅太郎の眼があまりに真剣だったから、おあきはそれ以上、取り繕《つくろ》うことはできなかった。袖《そで》で口許《くちもと》を覆った。梅太郎は他の客の様子をちらりと見てから「良ちゃんに何かあったんじゃありやせんかい」と続けた。その途端、おあきの喉《のど》が鳴った。

「おかみさん。もしや良ちゃんは……」

「良ちゃんがどうしたって?」

浜次は酔いが回った顔で梅太郎の肩にしなだれ掛かった。

「うるせェ!」

梅太郎は突然、吼《ほ》えた。その声で見世の中は一瞬、静まった。

「梅太郎。せっかくご馳走になっているのに、でかい声を出すんじゃねェ」

鳶職の兄貴分である松五郎が梅太郎を窘《たしな》めた。

「皆んな、よく聞け。お前ェ達、呑気《のんき》な顔で酒を飲んでいるが、おかみさんがどうして酒を飲ませたか考えたのけェ？　日頃の恩返しなんて言葉をまともに取る奴はばかだ」

「ばかか、おいらは」

浜次は茶化す。政五郎が慌てて浜次の口を塞《ふさ》いだ。

「良ちゃんに何かあったらしい」

梅太郎は重々しく言った。

「何かって？」

竹蔵が無邪気に訊《き》く。松五郎は加減もなく竹蔵の頭を張った。松五郎は座り直した。

「おかみさん。事情もわからず勝手なことをしてしまいやした。どうぞご勘弁のほどを」

松五郎は慇懃《いんぎん》に頭を下げた。

「さ、酒はもう仕舞いだ。目の前のものを片づけて引けるんだ」

松五郎は小上がりの男達に命じて腰を上げた。

「松五郎さん。そんなこと言わないで、飲めるだけ飲んでいって下さいな。それが良助の供養なんだから」

おあきは涙声で松五郎に言った。供養という言葉を聞いた途端、浜次と政五郎は咽《むせ》んだ。

「酒は十分いただきやした。本来なら、こっちが香典を出さなきゃならねェ立場なのに……ちょいと気が利きやせんでした。竹、お前ェは残って洗い物をしな。今夜のおかみさんはそれどころじゃねェからな」

松五郎は竹蔵に言う。

「いいんですよ。後片づけは、あたしがやりますから」

「おかみさん。手伝わせて下せェ。良ちゃんは道で出くわせば気軽に声を掛けてくれやした。おいら、そんな良ちゃんが好きだったから」

竹蔵はそう言って板場に入った。鳶職の男達が引き上げると、賑やかだった見世は、竹蔵の使う水の音がするばかりだった。

「何んでこんなことになるんだか」

政五郎は赤い眼をしてぽつりと呟《つぶや》いた。

「良助は戦に行ったのよ。こうなっても不思議じゃないのよ」

おあきは竹蔵の様子を見ながら応える。皿小鉢を洗う竹蔵の手際は、結構よかった。

がらりと油障子が開いて、弘蔵と磯兵衛、それに半次郎が入って来た。半次郎は眼を腫《は》らしていた。真砂屋《まさごや》の番頭の平助は立ち上がって、弘蔵に深々と頭を下げた。

「この度はご愁傷様でございます。何んとお言葉を掛けてよろしいのやら」

「なになに」

弘蔵はわざと気軽な調子で掌《て》を振った。

「すっかりご馳走《ちそう》になりました。おかみさん。ありがとうございます。日を改めてお線香を上げに参ります」

平助はそれを潮に帰って行った。

「親分。酒ですね」

竹蔵は洗い物の手を止めて訊いた。

「何んだ。竹蔵が見世の手伝いけェ。すまねェな」

「いいってことですよ」

竹蔵は床几《しょうぎ》に座った三人の前に酒樽《さかだる》から注いだ酒を運んだ。

「義兄《にい》さん、何も悪りィことはしていねェのに」

半次郎は低い声で言う。

「戦で死んだのは良助だけじゃねェ。運がなかったと思って諦《あきら》めるんだ」

弘蔵はぐびりと酒を飲んで半次郎を諭した。

「神も仏もありゃしねェ！」

半次郎はやけのように声を張り上げた。

「津軽屋の娘にはどう言ったらいいんでしょうね」

磯兵衛はおゆみを心配した。

「津軽屋には昼過ぎに行って知らせた。おゆみちゃんは二階に上がって、おれが帰るまで、とうとう下りて来なかった」

「さぞ、力を落としているでしょうね」

磯兵衛は気の毒そうに顔を歪《ゆが》めた。

「ろくに女も抱かねェ内にお陀仏《だぶつ》になるとは、良ちゃんも可哀想《かわいそう》な男よ」

呂律《ろれつ》の回らない口で浜次が言う。下品なたとえだったが、それはある意味で真実だとも言える。

「内輪だけで弔いをしませんか。手伝いますよ」

磯兵衛は弘蔵に勧めた。

「いや、それはできねェ。良助が彰義隊に入っていたことは官軍に知られている。人目につくことは控えなきゃならねェ。まして、榎本様の軍は松前を落としている。おれは脱藩したとは言え、元、松前藩の家臣だ。藩の手前、遠慮しなけりゃならねェのよ。なあに、父上が向こうでそれなりのことをして下さる。それで十分だよ」

弘蔵はため息交じりに応えた。

「良助はずっとこの家にいなかった。だからねえ、磯さん。この度も良助がどこかへ行って、まだ帰っていないと思うようにしたんですよ。死んだと認めたら、あたしの気がどうにかなってしまいそうだから」

おあきは正直な気持ちを言った。浜次はふらりと立ち上がると、小上がりに行き、そこで横になった。

「浜。寝るんならヤサ（家）に帰れ」

政五郎が怒鳴った。

「政さん。放《ほう》っておおき。浜さんだって、今夜は独りになりたくないだろうし」

おあきは内所に入り、どてらを持って来て浜次に被《かぶ》せた。すぐに浜次の鼾《いびき》が聞こえた。残った者は、それから深更に及ぶまで静かに酒を酌み交わしていた。

四

良助の最後の手紙には書かれざる一文があった。松前攻略の後、榎本軍は江差へ進軍した。まず、土方歳三率いる七百名の兵が江差に向けて出発すると、箱館の五稜郭から松岡四郎次郎率いる二百五十名の兵は厚沢部《あつさぶ》村の館城を目指した。榎本軍は江差と館城をいっきに落とす作戦だった。

松前藩は江差にほど近い木《き》ノ子《こ》村（上《かみ》ノ国《くに》町）の大滝《おおたき》という険しい場所に陣を張り、蠣崎広伴《かきざきひろとも》、氏家丹宮《うじいえたんぐう》等、百五十名の兵で榎本軍に立ち向かった。

榎本軍が松前を落とす間際、藩主松前徳広は館城に逃れていたが、館城にも危険が迫っているとの報を受け、徳広とその一族は執政《しっせい》（首席家老）下国安芸《しもくにあき》、尾見雄三《おみゆうぞう》、それに弘蔵の朋輩《ほうばい》である広田忠蔵等とともに館城を出て、厚沢部川の河口に近い土橋《どばし》で待機した。

大滝の兵はしぶとく土方の軍に抵抗したため、榎本武揚《たけあき》は土方の軍を援護する目的で開陽丸を江差へ向けさせた。だが、開陽が到着する前に江差と大滝を守っていた松前の兵は敗走した。榎本軍は松前に続き、江差も攻略することができたのだ。しかし、江差沖に投錨《とうびょう》した開陽は、十一月十四日の夜半、激しい暴風雪に見舞われ、座礁してしまった。開陽が投錨した場所は周囲五百里にも及ぶ岩礁地帯だった。錨《いかり》の下は硬い岩盤だった。暴風雪で開陽は錨ごと岸に流された。艦底は深く岩盤に喰《く》い込み、いかにしても体勢を立て直すことはできなかった。箱館から神速丸が救援にやって来たが、神速もまた、座礁沈没してしまった。榎本軍は快進撃の途中で貴重な軍艦二隻を失った。これが以後の戦に大きな影響を及ぼすこととなるのだ。

開陽が座礁したことが官軍に知れたら、官軍は勢いづく。良助は敢《あ》えてそのことを伏せて最後の手紙を仲間に書かせたのだった。

館城は二百名の松前藩兵が守っていたが、榎本軍の前に、ついに力尽きた。榎本軍は戦が終わると、館城に火を放った。築城完成から僅《わず》か二十五日で灰燼《かいじん》に帰《き》した悲運の城だった。新しい藩政を目指すために建てられた城だが、それもつかの間の夢に過ぎなかったようだ。

土橋で戦況を見守っていた徳広は家臣の勧めで乙部《おとべ》に逃れた。徳広の病状は悪化を辿《たど》る一方だった。家臣達はとにもかくにも徳広を津軽に逃さなければならないと必死だった。

津軽行きの船を求めて北上するも、どこの船も陸《おか》に引き揚げていた。真冬の日本海は荒れ狂う波が激しかった。ようやく熊石《くまいし》村の中漕船《なかこぎせん》長栄丸《ちようえいまる》（二百五十石）を借り受け、徳広他七十一名、水夫《かこ》十五名が乗り込み、決死の覚悟で船出したのは十一月の十九日だった。

東津軽郡の平館《ひらだて》に到着したのは二十一日の夜だった。一行は津軽藩の兵に救助されたが、一行が陸に揚がったと同時に長栄丸は岩にぶつかり大破した。まさに危機一髪の逃避行だった。

二十五日に一行は弘前《ひろさき》の薬王院《やくおういん》に到着したが、徳広は危篤に陥り、二十九日の夜五つ（午後八時頃）、二十五歳の若さで亡くなった。

福助で皆んなに飲んで貰《もら》った翌日、松五郎等、鳶《とび》職の連中から香典とひと抱えもある白菊が届けられた。おすさは泣きながら白菊を花瓶に入れた。花瓶は家にあるものだけでは間に合わず、おすさは自分の住まいから幾つか持って来た。前日、おすさに良助のことを伝えると、とても手伝いはできないと言って帰ってしまった。仕方なくおていに手伝わせる羽目になったのだが、一夜明けると、おすさも落ち着いたらしく、いつもの時刻に福助にやって来た。

「おかみさん。仏壇の周りだけでも何んとかしたらどうですか」

おすさは飯台に肘《ひじ》をついてもの思いに耽《ふけ》っているおあきに言った。

「何んとかしたらって？」

気のない声でおあきは、おすさを振り返った。

「そのう、お悔やみに来た人は線香の一本も上げたいだろうし」

「言ったでしょう？　世間並のことはできないって」

おあきはいらいらした。

「それはそうですが、喪中の札を出す訳じゃなし、家の中の仏壇ぐらい拝んだって罰《ばち》は当たらないでしょう」

「良助の位牌《いはい》もないのよ。そんな仏壇に掌《て》を合わせたって仕方がないじゃない」

「松前の親父《おやじ》さんに問い合わせたら、戒名は知らせて貰えるはずですよ。そしたら、檀那寺《だんなでら》の住職に頼んで位牌が作れる。それまでご両親に坊ちゃんの代わりになって貰ってお客様に拝んでいただきましょうよ」

やはり亀の甲より年の功だと、おあきは思った。

「そうね。おすささんの言う通りだ。あたし、そこまで気が回らなかった」

「おかみさんは心持ちが普通じゃないから無理もないですよ」

おすさは慰めた。おあきは内所に入り、仏壇の前に経机《きょうづくえ》を置いた。客がお参りしやすいようにするためだ。経机の両脇におすさが活《い》けてくれた花を飾った。これで何んとか体裁は調《ととの》った。おあきはりんを鳴らした。

「お父っつぁん、おっ母さん。良助がそっちに行ったらよろしくね」

独り言を呟《つぶや》いた後で、ふと仏壇の物入れの扉が少し開いているのに気がついた。閉めようと手を伸ばすと、何かが引っ掛かった。厚紙のようなものを取り出すと、それは良助と関松之丞のポトガラヒー（写真）だった。うなじが粟立《あわだ》った。良助がそれを飾ってくれと言っているような気がした。

（そう、松之丞さんは独りでいるのが寂しくて良助を呼んだのね。良助、これで本望でしょう？　大好きな松之丞さんと一緒にいられるのだから）

おあきは胸で呟いた。十八歳で時間を止められた二人の若者は緊張した顔を見せていた。それから間もなく、己れの命がはかなくなるとは、つゆ思いもせずに。

「おかみさん。お客様ですよ」

おすさの声がした。さっそく噂《うわさ》を聞いて悔やみを述べる客が訪れたようだ。おあきは両親の位牌の前に二人のポトガラヒーを飾った。

見世に出て行くと、津軽屋の吾助とおゆみが心細いような顔で頭を下げた。おゆみは仏花を携《たずさ》えていた。

「まあまあ、津軽屋さん」

「おかみさん。この度はとんでもねェことになっちまって、本当にもう、何んと申し上げてよいか」

吾助は言いながら、しゅんと洟《はな》を啜《すす》った。おゆみは俯《うつむ》いて何も喋《しゃべ》らなかった。

「うちの人から事情はお聞きになりましたでしょう？　遠くで亡くなって亡骸《なきがら》も見ていないので、あたしもまだ、信じられない気持ちなんですよ」

おあきはわざと平静を装って言ったが、おゆみの表情を見て、胸が塞《ふさ》がる思いだった。

「とり敢えず、線香を上げさせて下せェ」

「まだ戒名も知らされておりませんが、それでもよろしかったら」

「へい」

吾助は応《こた》えて、おゆみを促した。

内所に入ると、吾助は経机に香典を置いて、線香に火を点《つ》け、りんを鳴らした。それから殊勝に掌を合わせた。その後で、おゆみが経机の前に座り、仏壇を見上げた。

「良助さんだ……」

ポトガラヒーを見て、おゆみは驚きの声を上げた。

「それはね、上野の戦が始まる前にお友達と浅草で撮ったらしいのですよ。二分《ぶ》も取られたんですって」

おあきが教えると、おゆみはまじまじと見つめた。

「良助さん、こんな顔だったのね。あたし、しばらく会っていないから、半分、忘れ掛けていたの」

「もう、忘れていいのよ、おゆみちゃん。良助のことなんて、きれいさっぱり忘れて！」

おあきは甲高い声で言い、袖《そで》で顔を覆った。

「忘れません。決して忘れません」

おゆみは自分に言い聞かせるように応えた。

「そうだよなあ。おゆみに忘れられたんじゃ、良ちゃんが可哀想だ」

吾助はおゆみに同調するように言った。

「あたしはこの先、良助さんの菩提《ぼだい》を弔って生きるつもりです」

おゆみの言葉は心底ありがたかったが、おあきは、賛成する気にはなれなかった。

「駄目よ、おゆみちゃん。あんたは良助の分まで倖《しあわ》せにならなきゃ。いずれ、いい人がいたらお嫁に行って。津軽屋さんを継いでくれるお婿さんが見つかれば、もっといいのだけどね」

「おかみさん。あたしはお嫁になんて行きません」

おゆみはきっぱりと言った。それから仏壇に掌を合わせ、そっと眼を閉じた。

「おかみさん。この間は親分に聞きそびれてしまいやしたが、いってェ、良ちゃんは、いつ亡くなったんで？」

吾助はおあきに向き直って訊《き》いた。

「はっきりした日にちはわからないのだけど、多分、十一月の二十七日か二十八日だと思います」

良助の最後の手紙と弘蔵の父親の手紙から考えると、その辺りが命日となるはずだ。

「ひと月近くも前になるんですかい……」

吾助はやるせない吐息をついた。

「江戸と蝦夷地は二百里も離れています。飛脚が急いで手紙を届けても二十日やそこらは掛かるんですよ。普通の旅人の足じゃ、ひと月も掛かるというものですよ」

「遠いんですね、蝦夷地たァ」

「ええ。とても遠い所ですよ」

「そいで、蝦夷地では、まだ戦が続いているんですかい」

「まだ、当分続きそうですって」

「そうですかい……」

「あたし、先月の晦日《みそか》近くに良助さんの夢を見ました」

お参りを終えると、おゆみはこちらを振り返って言った。

「まあ……」

おあきは驚いておゆみを見つめた。

「良助さん、とても悲しそうな顔で、何んにも言わなかった。そこは海辺で、風も強かったの。良助さん、とても悲しそうな顔で、何んにも言わなかった。あたしが近づくと、良助さんは後ずさりするの。何か言いたそうだったけど、結局、何も言わなかった。ただ、それだけの夢だったけど、あたし、眼が覚めても胸がどきどきしていたことを覚えているの」

おゆみはその時のことを思い出すように言った。

「良助、おゆみちゃんの所には行ったのね。いやだ、あたしには、ちっとも知らせなかったくせに」

おあきは薄い嫉妬《しっと》を感じた。おあきは胸騒ぎひとつしなかった。

「おかみさんには心配を掛けたくなかったんですよ」

吾助は取り繕うように言った。

「そうかしら。あたしよりおゆみちゃんが大事だったたってことでしょう？」

「おかみさん。悋気《りんき》（嫉妬）しても始まりやせんぜ」

吾助は苦笑した。

小半刻《こはんとき》（約三十分）後に吾助とおゆみは帰って行った。おゆみは、また寄せて貰《もら》いますと何度も言った。ここへ来れば、ポトガラヒーの良助の顔が眺められるからだろう。おゆみにそれを進呈したい気持ちも少しはあったが、おあきは敢《あ》えてそうしなかった。幾ら、一生、お嫁には行きませんと言ったところで、年月が過ぎれば人は変わる。

思い出のポトガラヒーが重荷になっては困る。

やはりそれは、おあきが持っているべきだと思った。師走《しわす》を迎えた東京は、どことなく気ぜわしい。おあきの長かった一年も終わろうとしていた。

五

箱館、松前、江差を落とした榎本軍は事実上、蝦夷地を手中に収めたこととなった。

榎本武揚は朝廷に蝦夷共和国を認めさせる嘆願書を提出した。

榎本は蝦夷共和国の首長に徳川慶喜《よしのぶ》の弟である昭武《あきたけ》を立てる方針だった。箱館では全島平定の祝賀が催され、榎本は入れ札《い　ふだ》（選挙）によって蝦夷共和国の総裁に就任した。

だが、嘆願書を受け取った輔相岩倉具視《ほしょういわくらともみ》は、これに拒否の態度を示した。ただちに榎本軍討伐の軍が組織された。十二月二十七日、官軍は津軽に逃れていた箱館府知事清水谷公考を青森口総督府の総督に就任させ、討伐軍の出兵を各藩に求めた。長州、津軽、備後《びんご》福山、越前大野の各藩、それに蝦夷地の奪回を考える松前藩がこれに加わった。

松前藩は十四代藩主徳広が亡くなったので、跡継ぎの勝千代《かっちよ》（脩広《ながひろ》）の家督相続を行政官に願い出、明治二年（一八六九）、一月九日に許可された。

青森周辺に集結した討伐軍の数は六千人以上にも及び、その時点で榎本軍の人数の優に二倍はあった。官軍は榎本軍の海軍力に対抗するため、横浜に係留されていた甲鉄《こうてつ》を手に入れた。甲鉄は、元はストーン・ウォール・ジャクソン号という名で、幕府がアメリカから購入した蒸気艦だった。

甲鉄はアメリカの南北戦争中に建造されたものだが、戦争には使用されずワシントンに係留されていた。ちょうどその頃、アメリカ視察に赴いていた幕府の勘定吟味役小野友五郎《おのともごろう》の一行がこれを見て、購入することを決めた。甲鉄は慶応四年（一八六八）、四月に日本へ回航された。ところが日本は内乱に突入してしまったので、残金の十万ドルは支払われないままだった。そのため、アメリカは引き渡しを拒否して、またも甲鉄は港に係留される宿命となった。

官軍にとっては誂《あつら》えたような艦船だった。甲鉄は最新型のアームストロング砲を五門、他に旧式砲二門を搭載していた。官軍は甲鉄の残金を支払い、これを自分達の所有とした。

松前の弘蔵の父親から良助の戒名を知らせる手紙が届いたのは、年が明けた明治二年の一月の末だった。

「義明院良徹居士」

彰義隊の一員として戦い、蝦夷地の松前で命を落とした良助にふさわしい戒名だった。さっそくおあきは両親の菩提寺に出向き、供養して貰った。

それから間もなく黒塗りの位牌《いはい》が菩提寺から届けられた。これでおあきもようやく落ち着いて良助の冥福《めいふく》を祈れるというものだった。

明治政府は着々と新しい都市造りを始めた。朱引き内を五十区に分け、一区は一万人を目安に確定した。風俗矯正の町触《まちぶ》れを出し、猥褻《わいせつ》な絵、見世物、興行、湯屋の男女混浴を取り締まった。また戸籍の改正、浪人の取り締まりも合わせて行なわれた。弘蔵はしばらく音沙汰《おとさた》のなかった原水多作《たさく》は三月の声を聞いてから福助に訪れた。

ちょうど見世で昼めしを摂っていた時だった。

「おお、いたか」

見世に入って来るなり、多作は嬉しそうに弘蔵へ笑った。

「これはこれは。すっかりご無沙汰しちまって」

弘蔵は口をもぐもぐ動かしながら言った。

「それはお互い様だ」

気軽に床几《しょうぎ》に座った多作を見て、おあきは「原水様。お昼はお済みですか」と訊いた。

「いや、まだだ」

「塩鮭の焼いたのと、しじみ汁しかございませんが、召し上がりませんか」

「そ、そうか。それではありがたくいただくかな。塩鮭など、しばらく口にしたことはない」

多作は相好を崩した。

多作は空腹だったようで、おあきが差し出した丼《どんぶり》のめしに喰《く》らいついた。塩鮭にも手を伸ばし、身をほぐして口に入れ「おや、この鮭はそこらのと味が違う」と、驚いたように言った。

「そいつは松前の父が送ってくれたんですよ。こっちからは干菓子や飴玉《あめだま》を送りやした」

弘蔵はちらりとおあきを見てから言った。

「お父上が？」

多作は怪訝《けげん》そうに弘蔵を見た。今まで音信不通であった親子が、ここへ来て親しく物を送ったり送られたりしているのが解《げ》せないという表情だった。

「昆布《こんぶ》やわかめ、身欠《みが》き鰊《にしん》も送っていただいたんですよ。うちは食べ物商売ですから大助かりなんですよ」

おあきもにこやかに笑って口を挟んだ。

「ま、まあ、それは結構なことだ。だが、松前はどこもここも丸焼けで、お父上も大変な思いをされているだろう」

「へい。幸い、家は火を避けられましたが、父はもはや城下もこれまでと、気弱なことを言っておりやした」

「殿がお隠れあそばして、勝千代君が家督を相続された。勝千代君はまだ五歳の幼子《おさなご》でござる。元服されるまで、我等はしっかり勝千代君を補佐しなければと肝に銘じておる」

「さいですか、殿はお亡くなりになられましたか」

つかの間、弘蔵は天井を仰ぎ、涙を堪《こら》える表情になった。

「松前を取り戻さねばならぬ。家臣の意地に賭《か》けてもの」

「さいですね。殿のためにも是非」

弘蔵はそう言ったが声音は弱かった。

「おぬしの息子は賊軍に加担しておるから聞き苦しいだろうが」

多作は言いながら盛んに箸《はし》を動かす。またたく間に塩鮭、しじみ汁、漬け物をきれいに平らげた。

「倅《せがれ》のことはお気遣いいただかなくてよござんす。原水様は藩のことだけお考え下せエやし」

弘蔵がそう言うと、おあきも相槌《あいづち》を打った。

「そんな呑気《のんき》なことを言ってよいのか。政府はすでに討伐軍を組織した模様だ。これからまた、ひと波乱あるぞ。忠蔵も討伐軍に入っておるそうだ」

「広田様のご無事をお祈りしておりますよ」

おあきは茶の入った湯呑《ゆのみ》を差し出しながら言う。

「おい。二人ともおかしいぞ。忠蔵のことより、息子が大事だろうが」

多作はいらいらして声を荒らげた。

「原水様。息子は松前で亡くなりました」

おあきは思い切って言った。多作は呆気《あっけ》に取られたような顔で弘蔵とおあきを交互に見た。

「いっ？」

「十一月の二十七日です。ちょうど賊軍に松前を落とされた後のことです」

弘蔵は、じっと見つめる多作の視線を避け、俯《うつむ》きがちに応《こた》えた。命日は戒名とともに正式にその日と知らされていた。

「さようか。それは気の毒なことだった。いや、知らぬこととは言え、勝手なことを申した。あいすまん」

多作の声が湿った。

「早過ぎるのう……」

ぐすっと水洟《みずばな》を啜《すす》って多作は続けた。弘蔵は良助が死に至るまでの顚末《てんまつ》を多作に語った。

「お父上が死水《しにみず》を取って下さったのか。それは不幸中の幸いだったの。下手をすれば野垂れ死にで、野良犬の餌食《えじき》になり果てるところだった」

「へい。あっしもそう思いました。まあ、それが縁で、実家と手紙のやり取りをするようになりやしたが、国許《くにもと》がさびれる一方なのは気になりやす。まして、この先、戦が続くとなれば、またまた城下は戦火に包まれるでしょう」

「政府も早く手を打たねばと必死だ。拙者は東京にいて何もできぬが、勝千代君のため、しっかりお屋敷を守るつもりだ」

　多作は殊勝に応えた。

「それがよろしゅうございます」

　弘蔵はようやく笑顔になって言った。

「栂野尾。新しい世の中にするためには多くの犠牲を払わねばならぬものかのう」

　多作はしみじみと訊く。

「いつの時代もそうでした」

「そうやって人間は生きて来たのか。しかし、歴史というのは結局、勝者のためのものでもあるのだな。憎っくき薩摩《さつま》長州も、官軍となり、そして明治政府を牛耳《ぎゅうじ》る立場となった。理不尽と思っても、もはや誰も口にはせぬ。攘夷《じょうい》とはいかなる国の言葉であったのか。考えてみるとばかげたことだった」

　多作の言葉に弘蔵は何も言えなかった。

「おう、もはや外は春だ。今年の桜を良助は見ることができぬのだな。不憫《ふびん》な奴よ」

　多作はそう言って腰を上げた。

「おかみ。お代は幾らだ」

「間に合わせでございますので、お代は結構でございます」

「さようか。すまぬの」

多作は安心した顔をして見世を出て行った。

六

御厩河岸《おうまやがし》の渡しで浅草に出たおあきは懇意にしている乾物屋に行き、浅草海苔《のり》と干し椎茸《しいたけ》、煮干しを仕入れた。ついでに小間物屋へも寄り、へちま水を三つ買った。ひとつは自分のためのもので、後の二つはおていとおすさにやるつもりだった。

それから浅草広小路の呉服屋をひやかした。呉服屋の番頭はおあきに似合いそうな春着の反物を薦めたが、おあきはその気にならなかった。もし買うのなら、平助の勧める日本橋の真砂屋からにしたかったからだ。重くなった荷物を提げて渡し場に戻る途中、商家の庭に桜が咲いているのに気づいた。幹はそれほど太くなかったが、枝にはびっしりと花びらをつけていた。

「ああ、きれい……」

思わず感歎の声が出た。すると上野のお山の桜に思いが行った。去年、良助は松之丞と一緒に上野のお山の桜を眺めたはずだ。戦で山内の桜は焼失したというものの、幾つかの樹《き》は残っているだろう。桜は季節になれば花をつける。だが、今年の桜を良助は見ることができない。原水多作の言葉が思い出された。哀しみが不意におあきを襲った。生きていれば桜を見たか見ないかなどは、大した問題ではない。だが、絶対に見られないと決めつけられたら悔しさが込み上げる。おあきの目頭は熱くなり、ほろりと涙がこぼれた。

「どうかなさいましたか」

通り掛かった町家の女房らしいのが心配そうに声を掛けた。おあきと同じぐらいの年恰好《としかっこう》の女だった。

「いいえ、あんまり桜がきれいなもので、ほろりとしてしまって」

おあきは恥ずかしそうに言って頭を下げた。

「そうですね。毎年、この家の桜はよく咲きますよ。でも毛虫もつくので、傍《そば》を通る時は気をつけなければならないんですよ。桜なんて名所に出かけて見るもので、庭に植えるもんじゃありませんよ。おかみさん、本当に大丈夫ですか。お気をつけてお帰りなさいまし。まあ、たくさんの荷物だこと」

女はそう言っておあきの傍から離れた。くすりと笑いが込み上げた。女は風流よりも現実を重視する。良助のことでもなければ、おあきもその女と同じことを考えたはずだ。何を見ても良助を思い出す自分をおあきは持て余した。めそめそしていてはいけない。見世がある。孫の成長も見守らねばならない。ああ、そうだ。鯉幟《こいのぼり》だ。おていが産んだ子が男の子だったら鯉幟を誂《あつら》えてやってくれと良助が言っていたことを思い出した。

端午《たんご》の節句に間に合うように、とびきり大きな鯉幟を弘蔵と一緒に十軒店《じっけんだな》へ買いに行こうと思った。おあきは少し元気を取り戻して、重い荷物を持ち直した。

官軍は甲鉄を旗艦として、春日《かすが》丸、第一丁卯《ていぼう》、陽春《ようしゅん》、豊安《ほうあん》丸、戊辰《ぼしん》丸、晨風《しんぷう》丸、飛《ひ》龍《りょう》丸を率いて青森に向かった。

榎本軍は密偵から、この報告を受けていた。榎本軍は開陽丸、神速丸を失った穴を、官軍の甲鉄を奪うことで埋めようと図った。

甲鉄が三月二十五日前後に宮古に入港すると知ると、榎本軍の兵は回天丸、蟠龍丸、それに秋田藩から没収した高雄《たかお》の三艦に分乗し、急ぎ宮古へ向かった。これが世に言う宮古湾海戦である。

回天には蝦夷共和国海軍奉行の荒井《あらい》郁之《いくの》助《すけ》、艦長の甲賀《こうが》源吾《げんご》、陸軍奉行並の土方歳三、フランス軍事顧問団の一員であるニコル等が乗り込んでいた。フランス軍事顧問団は幕府の要請で来日していたが、日本が内乱に突入すると局外中立の態度を示した。しかし、榎本軍と行動を共にしたフランス士官が何人かいたのだ。

榎本軍の艦船が宮古近くの鮫村《さめむら》を通過する頃から霧が出て、風も強まった。高雄はエンジントラブルを起こし、蟠龍は行方不明となった。宮古湾に突入したのは、結局回天一隻だけだった。

甲鉄に接近して回天から乗り移ろうとした兵に向けてガトリング砲が火を噴《ふ》いた。榎本軍の兵はばらばらと海に投げ出される者が続いた。甲賀源吾も、この時、討ち死にした。

甲鉄奪取の作戦は失敗に終わった。甲鉄の甲板が回天のものより極端に低いことも原因のひとつだったろう。回天は高雄に退却の信号を送り、早々に箱館に引き上げた。僅《わず》か小半刻《こはんとき》(約三十分)の戦闘だった。

高雄は羅賀浜《らがはま》で座礁し、乗り込んでいた兵は拿捕《だほ》を恐れ、高雄に火を放って南部藩に降伏した。

四月に入り、官軍は先鋒《せんぽう》隊として千五百名の兵を蝦夷地へ送った。上陸は江差の北、乙部《おとべ》村とした。この乙部村からの上陸は榎本軍の不意を衝《つ》くものだった。

おていの息子の半蔵は、あやせば笑うようになった。顔つきもしっかりしてきた。最初は半次郎の母親に似ているのが気になったが、この頃は良助の赤ん坊の時とよく似ていると、おあきは思う。

半蔵が成長するごとに良助の面影が遠ざかる。

四十九日、百か日と、節目の日には八百半から花が届けられた。それは半次郎の母親の気遣いだった。

おていは三日に一度は半蔵を連れて福助を訪れる。おあきと弘蔵に半蔵の顔を見せるというより、実家で息抜きをするのが目的のようだ。

津軽屋のおゆみがやって来た時も、おていは小上がりに半蔵を寝かせて、おあきとお喋《しゃべ》りをしていた。おゆみは養母が拵《こしら》えた煮豆を携えていた。

「おかみさん、こんにちは。おっ母さんが煮豆をたくさん拵えたので、お裾《すそ》分《わ》けに参りました」

「まあ、わざわざ、ありがとうございます」

おあきは笑顔でおゆみを中へ招《しょう》じ入れた。おていは怪《け》訝《げん》な顔をしている。

「おっ母さん。どなた？」

おていはおゆみに値踏みするような視線を向けて訊いた。

「馬喰町の津軽屋さんの娘さんよ。良助がよくごはんを食べに行っていたお見世なのよ」

それでもおていは呑《の》み込めない表情だった。

「あ、赤ちゃん。半蔵ちゃんね」

おゆみは小上がりを見て声を弾ませた。

「ええ、そうですよ」

おあきは重箱の包みを飯台に置くと、おゆみの手を引いて半蔵の傍に促した。

「可愛《かわい》い」

おゆみが嬉しそうに笑うと、半蔵もおゆみに笑みを返した。

「人見知りしないのね。いい子だこと」

「ほら、半蔵。おゆみちゃんですよ。あんたの伯父《おじ》さんの大事な人なのよ。なかよくしてね」

おあきはそう言って半蔵をおゆみの腕に抱かせた。

「おっ母さん……」

おていは驚いた声を上げた。

「何んだえ」

「そうなの？　兄さんが思っていた人なの？」

「そうだよ。いずれ良助のお嫁さんになるはずだったのさ」

おあきは、さり気ない口調で言った。

「おかみさん。そんなことおっしゃらなくてもいいですよ。おていさん、驚いているじゃないですか」

おゆみはおあきをいなした。

「あたしの名前を知っているの？」

「ええ。この子は半蔵ちゃんで、おていさんの旦那《だんな》さんは半次郎さんですよね」

「驚いた。ねえ、いつから兄さんとつき合っていたの？」

おていの追及におゆみは困り顔をしておあきを見た。

「ずっと前から、ね？」

おあきは悪戯《いたずら》っぽく笑って代わりに応える。

「兄さん、女の人には目もくれない人だと思っていたのに」

おていは安心したような、がっかりしたような表情で言う。

「良助だって当たり前の男だよ。年頃になれば様子のいい娘さんに気を惹《ひ》かれるのさ」

おあきは、そんなおていを諭した。

「黙っているなんてひどいじゃない」

おていは不服そうに口を返した。

「ごめんなさい、おていさん。別に隠すつもりはなかったのですけど。戦とか色々あったので……」

おゆみはすまない顔で頭を下げると、そっと半蔵を小上がりの座蒲団《ざぶとん》に戻した。

「文句を言ってる訳じゃないの。兄さんがあんなことになって、悲しむのはうちの家族だけかと思っていたのよ。おゆみさんまで悲しませたのかと考えたら、何んだか兄さんに腹が立ったの。好きな人がいたのなら戦に行くべきじゃないのに」

「おていさん。良助さんはあたしのために戦に行ったんです。あたし、そう思っています。だから良助さんを責めないで。あたし、もう平気ですから」

おゆみは気丈に言った。

「あんた、幾つ？」

「はい。年が明けて十六になりました」

「若いのね」

おていの言い方がおかしくて、おあきは苦笑した。

「お前だって若いだろうが」

「そうだけど……」

「おゆみちゃんのおっ母さんがわざわざ煮豆を拵えてくれたそうだよ。お前、少し持って行くかえ」

「いらない」

おていは仏頂面《ぶっちょうづら》で応えた。全く母親になったというのに、おていは相変わらずである。愛想も何もありゃしない。

「おていさん、きっと甘いものが苦手なんですよ」

おゆみが取り繕うように口を挟んだ。

「そうそう。この子は口が曲がりそうなほど塩辛い鮭だとか、すっぱくなった漬け物が好みなのよ」

おあきはわざと大袈裟《おおげさ》に言った。

「ああ、それならあたしも同じですよ」

おゆみは屈託がない。

「変な人」

おていは苦笑して、ようやくいつもの表情に戻った。

七

四月九日。乙部村の沖合に投錨《とうびょう》した官軍の船から、兵が続々と上陸した。上陸した兵は二手に分かれ、それぞれ厚沢部、松前を目指した。江差に駐留していた榎本軍は、松前に進軍しようとした官軍を一旦《いったん》は退けたが、厚沢部を目指した軍の方は進軍に成功した。

松前に駐留していた人見勝太郎は松前城の西にある立石野《たていしの》で官軍を迎え撃つ態勢に入った。立石野は藩主が鷹《たか》狩りなどを行なったただ広い野原である。

官軍の先鋒隊は地の利を得ている松前の兵だった。松前藩兵は領地を奪回しようと必死だった。

　官軍は、十七日には一挙に松前を攻略するつもりだった。だが、十六日に榎本軍は夜襲を仕掛け、松前近くの江良《えら》で激しい銃撃戦となった。海上からは官軍の艦船が援護射撃した。この戦闘で官軍が勝利したのは、豊富な武器弾薬、食料の補給があったからだ。

　榎本軍は立石野まで敗走した。十七日の午後には立石野付近で激しい戦闘となり、白兵戦《はくへいせん》もあちこちで展開された。

　松前藩兵は、この隙に山越えをして松前城下に入り、ついに松前城に突入して天守閣に隊の旗を掲げた。松前の奪回はこれによって成功した。

　榎本軍は松前が奪回されたと知ると、城下の外に敗走した。

　厚沢部川を北上し、中山峠を越えて箱館に進軍しようとしていたもう一方の官軍は十二日に大野川中流付近の二股《ふたまた》で榎本軍と遭遇した。こちらの榎本軍には土方歳三率いる兵、三百名が守りに就いていた。土方はさすが戦闘の巧者《こうしゃ》だった。十六カ所の胸壁から銃を乱射させ、戦闘は八刻《はっとき》（約十六時間）にも及んだ。官軍は、この二股だけはどうしても抜くことができず、後退した。しかし、官軍の第二陣が江差に上陸すると、厚沢部からけもの道を通って内浦湾《うちうら》沿いの落部《おとしべ》に出て、そこから南下して二股を挟み撃ちする作戦に入った。

官軍は榎本軍を追撃しながら吉岡《よしおか》、福島村《ふくしま》へと転戦し、二十一日には知内村《しりうち》から木古内村《きこない》に至った。木古内村は大鳥圭介の部隊が守っていたが、続々と進軍する官軍の前に、ついに大鳥は木古内を放棄する決意をし、矢不来《やふらい》に後退した。しかし、この矢不来もまた官軍に破られてしまうのだった。

四月二十二日、木古内にいた官軍は松前藩兵と合流し、再び二股を目指した。土方の軍は、よく二股を守ったが、矢不来が破られた報を受けると、二股で隊が孤立することを恐れ、箱館に急ぎ戻った。

端午の節句が近づくにつれ、町家の甍《いらか》の上には鯉幟《こいのぼり》が翻《ひるがえ》るようになった。あちこちで色鮮やかな真鯉、緋鯉《ひごい》、吹流しが風を孕《はら》ませて空を泳ぐ様は壮観だった。

本所・二ッ目の青物問屋八百半の裏庭にも真新しい鯉幟が翻っていた。鯉幟の柱は鳶職《とび》の松五郎が設《しつら》えてくれた。八百半の鯉幟は近所でもひと際大きかった。

「どうでェ、半蔵。伯父さんの誂《あつら》えてくれた鯉幟は極上上吉だろうが」

半次郎は半蔵を抱き上げて鯉幟を見せる。半蔵は瞬き《まばた》もせずに鯉幟に見入っていた。

午前中、半次郎は鯉幟を上げたから見てくれと、弘蔵とおあきを迎えに来た。おすさに留守番を頼み、二人はいそいそと八百半に向かった。

「この度は結構な鯉幟を頂戴《ちょうだい》致しまして、ありがとう存じます。本来なら鯉幟はうちで用意するものなのですが」

半次郎の父親の半兵衛が恐縮して頭を下げた。

「いえ。こいつは倅《せがれ》の遺言だったんで」

弘蔵がそう言うと、半兵衛は後ろのおとよを振り返った。

「良助さんの遺言だったそうだよ」

「存じておりましたよ。良助さんはおていちゃんに子が生まれて、男の子だったら鯉幟、女の子だったら雛《ひな》飾りを用意するようにって、お金を置いて行ったそうですよ」

おとよは訳知り顔で応えた。

「若いのに感心なものじゃないか。普通ならそこまで気が回らないよ」

半兵衛は大袈裟に良助を持ち上げた。

「何か胸騒ぎを感じていたのでしょうね」

おとよはため息交じりに言った。

「そんなもんかねえ」

言いながら半兵衛は鯉幟を見上げる。お誂え向きの風に鯉幟も気持ちよさそうに泳いでいた。

「江戸っ子は皐月《さつき》の鯉の吹流し、口先ばかりではらわたはなし、ってか」

半次郎は昔からの諺《ことわざ》を呟《つぶや》いた。

「およし、半次郎。せっかくの鯉幟のお披露目に何んてことを言うのだえ」

おとよが真顔で詰《なじ》った。

「半蔵は江戸っ子じゃねェわな。東京っ子よ。だから、その諺は当たっちゃいねェよ」

半次郎は慌てて取り繕う。

「さあさ、鯉幟はこれぐらいにして、親分、おかみさん。中でお茶でも飲んで下さいまし」

おとよは如才《じょさい》なく二人に言った。

官軍は豊富な兵と軍事力で、じりじりと榎本軍を追い詰めていた。ついに榎本軍は箱館まで後退し、弁天《べんてん》台場、千代《ち よ》ヶ岱《がたい》陣屋、四稜郭《しりょうかく》、五稜郭の守りに全力を注がなければならなくなった。

五月十一日。官軍は箱館山の裏手、寒川《さむかわ》に上陸し、山越えをして箱館市街に突入した。海上からは榎本軍の回天丸に集中攻撃を仕掛けた。榎本軍の頼みの綱である回天を潰《つぶ》せば攻撃に弾みがつくと官軍は考えていた。回天は百五発の砲撃を受け、ついに航行不能となり、浮き砲台と化した。蟠龍丸は砲弾を使い果たし、乗組員は下船して弁天台場に移った。甲鉄は箱館の港内に深く入り込み、五稜郭を攻撃し、中にある箱館奉行所の望楼を微塵《みじん》に撃ち砕いた。

四稜郭を守っていた榎本軍の兵は官軍の奇襲作戦に敗れた。それまで四稜郭の兵はよく戦っていた。官軍は撤退すると見せ掛けて、四稜郭後方の権現《ごんげん》台場を襲った。このため四稜郭の兵は五稜郭に戻ることを余儀なくされた。

土方歳三は二股から箱館に戻ると、一本木《いっぽんぎ》関門の守備に就《つ》いていた。一本木関門は千代ヶ岱陣屋の延長線上に位置し、榎本軍はここを通行する箱館府民から通行税を取っていた。軍資金の不足を補う苦肉の策だった。土方は守備の傍《かたわ》ら、回天から退却する兵に官軍の攻撃が来ないように援護射撃して味方を五稜郭に逃がした。

しかし、一本木関門にも官軍の兵は迫っていた。

一本木の兵達は退却すべきではないかと土方に言った。土方はそれを拒否した。二股で官軍の攻撃を阻んだ自信があった。むざむざ退却する自分が許せなかったのだろうか。土方は箱館で死に花を咲かせる覚悟をしていたのかも知れない。土方は馬に乗り、関門を抜けながら官軍の兵を追い払おうとした。だが、関門を抜けた途端、銃弾が土方の腹に命中した。

よしや身は　蝦夷が島辺に朽ちぬとも
魂《たま》は東《あずま》の君や守らむ

あくまでも土方らしい辞世の句を残して、三十五歳で生涯を閉じた。それも若過ぎる死であった。

榎本軍の食料は尽き、五月十五日には大量の脱走者が出た。千代ヶ岱陣屋では、元、浦賀《うらが》奉行所与力だった中島三郎助《さぶろうのすけ》と二人の息子が守りを固めていたが、十六日、中島親子は官軍の弾に撃《う》たれ、壮絶な最期を遂げた。三郎助の辞世の句。

あらし吹く　ゆふべの花ぞめでたけれ
ちらで過べき世にしあらねば

榎本武揚はもはやこれまでと観念し、ついに降伏を決意した。
五月十七日。松平太郎、榎本武揚、大鳥圭介、荒井郁《も》之助等は箱館の亀田《かめだ》八幡宮で正式に官軍に降伏の意を決した。かくして、この日を以って、五稜郭戦争は終結した。
榎本を始めとする旧幕府軍の首脳陣、他に百八十名の士分の者は東京に護送され、残りの者は箱館、青森、秋田等で謹慎処分となった。

「栂野尾。戦は終わったぞ」

晴々《はればれ》とした顔の原水多作は福助にやって来ると、弘蔵に教えた。すでに暦は六月を迎え、東京は油照りの夏だった。暮六つ（午後六時頃）の鐘が鳴ったすぐ後だったので、福助の客は浜次だけだった。

「いつ終わったんで？」

弘蔵は夜の見廻《みまわ》りの前に軽く腹ごしらえをしようと見世に戻ったところだった。弘蔵は早口に訊《き》いた。

「うむ。五月の十七日だそうだ。松前の連中が格別の働きをして戦を勝利へ導いたのだ」

多作は得意そうに応《こた》えた。

「また、幕府の軍は負けたんですかい。やっぱりねえ」

何がやっぱりなのか知れないが、浜次は独り言を洩《も》らした。多作は浜次に構わず
「松前では敦千代君（松前崇広《たかひろ》の嗣子《しし》・隆広《たかひろ》）が殿の名代で戦に行った松前の連中を出迎え、派手な凱旋《がいせん》式を行なったそうだ。殿もことの外《ほか》、お喜びで掌《て》を打っていたそうな」と言った。

「おめでとうございやす。これで原水様もご安心ですね」

弘蔵は頭を下げて祝いを述べた。

「うむ。だが、これからが大変よ。城下を元に戻すには多額の金が掛かる。また、家

臣の禄《ろく》をどう賄《まかな》ったらよいものか、頭の痛いことだ」

多作は吐息をついた。

「戦が終わったお祝いに一杯、お飲みになりませんか」

おあきは如才なく勧めた。

「そ、そうか」

多作が嬉しそうに応えると、浜次は腰をずらして席を譲った。多作はそれに対し、礼も言わない。

武士の権威は地に落ちたというのに、相変わらず彼等は町人達に横柄な態度をする。心構えを改めることこそ、これからの武士に必要なことではないかと、弘蔵は内心で思っていた。

帰郷

一

薩長《さっちょう》連合組織の明治政府は五稜郭《ごりょうかく》戦争を最後に旧幕府の残存勢力を完全に鎮圧したのであるが、その政府とて戦費の調達等で財政は逼迫《ひっぱく》していた。

四千九百万両の不換紙幣（太政官札《だじょうかんさつ》）を発行したり、豪商に協力を頼んだりすることが多かった。

三井《みつい》、岩崎を始めとする豪商達がこの申し出を呑《の》んだのは、旧幕府に代わり、明治政府に取り入ろうという目的があったからだ。

政府は陣容が調《ととの》うと、次第に中央集権国家の傾向を強くしていった。しかし、諸藩は依然として存続していたため、農民は政府の唱える世直しが幻想に過ぎなかったと悟《さと》る。このため村の民主化、土地の平等所有を掲《かか》げて各地で百姓一揆《いっき》が頻発《ひんぱつ》した。諸藩の中には藩政を維持できぬとの理由から版籍奉還《はんせきほうかん》を願い出る所が現れた。版籍奉還の版とは土地のことであり、籍とは民衆を指した。

木戸孝允《きどたかよし》、大久保利通《おおくぼとしみち》、板垣退助《いたがきたいすけ》は版籍奉還を進めることを有利と考え、まず、薩摩、長州、土佐、肥後の四藩が率先してこれを上申《じょうしん》した。

明治二年(一八六九)の六月には、版籍奉還を上申する藩は二百以上を数えた。政府はこの上申を聞き入れ、まだ上申していない藩にも命じた。藩主は藩知事となって、これまで通り藩政を執《と》り、家禄《かろく》は旧藩領の実収の十分の一が与えられることとなった。少ない家禄ではあるが、とり敢《あ》えず最低限の保障は得た訳である。

しばらく顔を見ていなかった広田忠蔵《ちゅうぞう》が福助を訪れたのは、その版籍奉還の手続きのため、上京していたからだった。忠蔵は原水多作《はらみずたさく》を同行させていた。久しぶりに見る忠蔵はひと回りも痩《や》せ、眼《め》も落ち窪《くぼ》んでいた。病身の前藩主松前徳広《まつまえのりひろ》とともに決死の逃避行をした苦労が偲《しの》ばれた。

二人が訪れたのは昼間だったが、おあきが茶を出そうとすると、忠蔵は酒をほしがった。弘蔵は多作とつかの間、顔を見合わせたが、すぐにおあきへ顎《あご》をしゃくった。

「燗《かん》をおつけしましょうか」

そう言うと、忠蔵は「いや、冷やでよい」と応《こた》えた。湯呑《ゆのみ》に片口丼《かたくちどんぶり》の酒を注《つ》ぐと、忠蔵は水でも飲むようにそれを飲み干し、深い息を吐いた。

「おかみ。もう一杯くれ」

「は、はい」

おあきは慌てて、お代わりを注いだ。

「あんまり飲むな。昼間だぞ」

多作がさり気なく注意すると、忠蔵はぎらりと多作を睨《にら》んだ。

「拙者は地獄を見たのだぞ。真冬の海を、今にも引っ繰り返りそうな船に乗り、丸二日掛かって津軽《つがる》の瀬戸《せと》（海峡）を渡ったのだ。途中、鋭姫《えいひめ》様はお亡くなりになった。殿（徳広のこと）は訳のわからぬうわ言を洩《も》らす始末だった。我等《われら》の気持ちがおぬしにわかるか！」

忠蔵は大音声《だいおんじょう》で怒鳴った。鋭姫とは十三代藩主松前崇広《たかひろ》の娘で、僅《わず》か五歳だった。

「飲んで下せェ。うちは飲み屋だ。遠慮はいりやせんぜ」

弘蔵は鷹揚《おうよう》に言った。忠蔵は途端に眼を細めて湯呑を口に運んだ。

「まあ、広田の気持ちはわかるが、そんな飲み方をしていては身体《からだ》を壊す」

多作は忠蔵の機嫌をとるように言った。

「拙者はあの時、死んだのだ。賊軍に城下を焼かれ、でき上がったばかりの館城《たて》も焼かれ、もう松前はお仕舞いだ。この先、何んの望みがあろうか。せめて酒ぐらい存分に飲まねば気が収まらぬ」

以前の忠蔵とは別人のようだとおあきは思った。

それは弘蔵も感じていただろう。

「実は、本日やって来たのは外《ほか》でもない。栂野尾《とがのお》のお父上が具合を悪くされているご様子で、それを知らせに来たのだ」

多作は忠蔵の愚痴を遮《さえぎ》って言った。

「父上が……」

そう言ったきり、弘蔵は絶句した。

「ご心労で体調を崩されたらしい」

多作は気の毒そうに弘蔵を見る。

「栂野尾。おぬしの息子は賊軍に入っていて死んだそうだな。松前を落としてその気になっていたから、やられたのよ。天罰だ」

忠蔵の直截《ちょくせつ》な言葉はおあきと弘蔵の胸をえぐった。

「申し訳ありやせん」

弘蔵は口を返さず殊勝《しゅしょう》に頭を下げた。

「お父上が倒れられたのは良助のことばかりではないだろう。城下が焼けて、この先どうなるのかと案じられたせいもあろう」

多作は弘蔵の肩を持つように言った。

「それで、父は、回復の見込みはありそうですかい」

弘蔵は多作に確かめた。多作は首を傾《かし》げた。

「お父上もお年だ。そう長くはあるまい」

だが忠蔵は情け容赦もなく言い放った。

「お前さん……」

おあきは縋《すが》るような眼で弘蔵を見た。

「それでな、広田はしばらく下谷《したや》のお屋敷にいるが、拙者は代わりに国許《くにもと》へ戻ることとなった。殿が藩知事に任命されて、色々しなければならないことが山積みだ。城下を復興させることが、まず第一よ。近江《おうみ》商人達に少しでも多く寄付を募《つの》るつもりだ。城下栂野尾、この機会に一緒に戻って、お父上の見舞いをされてはどうだ？」

多作の言う近江商人とは、城下に出店《でだな》（支店）のある近江八幡の商人のことだった。彼等は松前の産物を北前船《きたまえぶね》で京や大坂に運び、利益を得てきた。弘蔵はつかの間、返答に窮《きゅう》した。

「しかし……」

弘蔵には弘蔵なりの仕事がある。父親が近くに住んでいるのなら、何を差し置いても駆けつけたい。だが、蝦夷地《えぞち》の松前はあまりにも遠過ぎた。

「岡《おか》っ引《ぴ》きの制度もその内に変わるだろう。いつまでも十手《じって》を振り回している場合ではないだろう」

多作は弘蔵の仕事にさほど重きを置いていないような口ぶりだった。

「原水様。江戸が東京に変わりましても下手人や咎人《とがにん》がいなくなる訳じゃございませんよ。うちの人が本所を留守にしたら、町内の皆さんが困るんですよ」

おあきは思わず口を挟《はさ》んだ。

「何んとかならぬか。良助の墓参りもできるのだぞ」

多作は、いらいらした様子になって言う。良助を持ち出されてはおあきも弱い。それ以上、口を返すことはできなかった。

「ま、考えておいてくれ。拙者は八月の半ばに出立する。なに、拙者も連れがいた方が心強いのでな、ふと誘うてみる気になったのよ」

多作はそう続け、すでに頭をぐらぐらさせている忠蔵を引き立てて帰って行った。

「どうする、お前さん」

おあきは心細い顔で訊《き》いた。

「どうするったって、おれだって、どうしたらいいかわからねェよ。松前に帰ることなんざ全く考えていなかったからよ。差し当たって大家さんと書役《かきやく》さんに相談してくらァ。留守にするとすれば、代わりの人を探さなければならねェし、佐々木の旦那《だんな》も許して下さるかどうか……」

佐々木重右衛門《じゅうえもん》は北町奉行所で本所見廻《ほんじょみまわ》りを担当する同心だった。

「そうね。とり敢《あ》えず、行ってらっしゃいましな」

「もしも、松前行きが決まったら、おあき、お前ェも一緒に行こうぜ」

弘蔵は当然のように言った。

「あたし？　あたしは駄目よ。見世があるもの」

「見世はどうにでもなる。これが千載一遇《せんざいいちぐう》の機会かも知れねェ。父上におれの女房ですと顔を見せてやれるだろうが」

弘蔵はそう言って、にやりと笑った。

弘蔵が出て行ってから、おあきは松前行きのことが頭から離れなくなった。すぐ行ける距離なら、おあきだって悩みはしない。だが、ひと月ほど旅を続ける自信はなかった。

二

磯兵衛はいつもより早い時刻に福助を訪れた。

ひどく不機嫌な様子だった。

「どうかしましたか」

おあきは冷やの酒と冷奴《ひややっこ》を磯兵衛の前に出しながら訊いた。

「どうもこうもねェ。風俗取り締まりの名目でよう、男湯と女湯の仕切り板を隙間《すきま》のねェようにしろと言われちまった。覗《のぞ》き見するような客はおれの見世にはいねェのによ。おまけに、柘榴口《ざくろぐち》を取り払う話も出ている。全く、お上《かみ》ってのは何を考えているんだか」

磯兵衛はくさくさした表情で湯呑《ゆのみ》の酒を口に運んだ。

「柘榴口を取り払ったんじゃ、何んだか間が抜けますね」

湯屋は湯舟の前に柘榴口と呼ばれる仕切りをしている。洗い場と脱衣場は繋《つな》がっているので、湯気が外に洩れないようにするためのものだった。

柘榴口に遮られた湯舟は夜になると人の顔もはっきり見えない。客はいい気持ちになって端唄《はうた》のひとつもうたいたくなる。柘榴口が取り払われたら、そんな気分になるかどうかと、おあきは思った。

「政府のお達しにゃ逆らえねェから、浜さんに頼んで、とり敢えず、男湯と女湯の境の板を直すさ。手間賃と材料代は仕方がねェとして、見世は二、三日、休みにしなきゃならねェ。こいつに腹が立つっ」

「浜さんにできるだけ早く仕上げて貰《もら》うことですね」

「ああ」

おあきに愚痴をこぼして磯兵衛は少し気が晴れたようだ。

「実はね、あたしもちょっと困ったことがあるの」

おあきは、ため息をついて磯兵衛に酒のお代わりを注いだ。

「どうしやした」

磯兵衛は心配そうにおあきを見た。

「うちの人の父親が病の床《とこ》に就《つ》いたそうなんですよ。それでね、うちの人は松前に行こうって、あたしまで誘うんですよ」

おあきは眉間《みけん》に皺《しわ》を寄せて困り顔をした。

「そりゃ、おかみさんも一緒に行った方がいい」

磯兵衛はすぐに応えた。

「簡単に言わないで。松前は東京と二百里も離れているのよ。あたし、とても歩けない」

「…………」

「うちの人のお友達で松前藩の人がいるでしょう?」

「ええ。ちょいちょい、ここへも顔を出すお武家さんですね」

「そう。八月の半ばに藩の御用で松前に戻るらしいの。道中の退屈しのぎに、うちの人を誘ったのよ。全く余計なことを言う人よ」

「親分はその気になったんですね」

「ええ」

「それで、おかみさんは頭を抱えているってことか」

「そうよ。行くとなったら、この見世を休まなければならないし。ただでさえ、食べるだけのかつかつの暮らしなのに」

「ですが、一生に一度のことなら、眼を瞑《つぶ》って決心したらどうです？　良ちゃんの墓参りもできやすよ」

磯兵衛は多作と同じことを言う。それでもおあきは踏ん切りがつかなかった。

おていが半蔵をおぶって福助にやって来た時、おあきは松前行きの話をおていに打ち明けた。

「行って来たら？」

おていはあっさりと応えた。

「だって、見世を休まなければならないんだよ。おすささんのこともあるし」

「見世はお姑《かあ》さんに話を通して、あたしがやるよ。おすささんに下拵《したごしら》えさせて、夜だけでも商売すれば、お客様にさほど迷惑は掛からないでしょう？」

「だって、お前は八百半の若おかみなんだよ。それに半蔵の世話があるし、大変じゃないか」

「八百半のことは大丈夫よ。あたしがいてもいなくても、さほど困らないから。ここにうちの人と一緒に泊まってもいいのよ」

「そんなこと許されると思うのかえ」

「滅多にあることじゃないから、いいのよ」

おていは八百半の嫁として、おとなしくしているだけではないらしい。時には自分の意見を通す力を身につけたようだ。それは半蔵を産んだ母親の強さでもあったろうか。

おあきが思い悩んでいる間に、弘蔵は着々と松前行きの準備を進めていた。おあきの足を気遣い、何んとか楽に行ける方法はないものかと、あちこちに聞いて廻っていたようだ。そこは岡っ引きである。その結果、横浜に出れば箱館へ向かう船があることを知った。それは貿易会社の船で箱館に定期的に物資を運んでいた。順風にうまく乗れば、十日ほどで箱館に着く。箱館から松前までは、およそ十五里。二日か三日歩くだけでよい。

原水多作もその案に大いに賛成した。行きが十三日から十五日。松前にひと廻り(一週間)滞在するとして、ひと月半もあれば東京に戻れる計算である。

渋るおあきは弘蔵に叱咤《しった》激励され、とうとう箱館行きの船に乗った。横浜までは日本橋の廻船《かいせん》問屋の船で向かった。出立の日は近所の人々、福助の客が盛大に見送ってくれた。おあきの親戚《しんせき》は来られなかったが、おあきの友人のおちえとおむらは顔を出した。おていは半蔵をおぶり、半次郎と一緒に、ちぎれるほど手を振っていた。

道中は短縮されたが、おあきは船酔いに苦しめられた。弘蔵と多作は松前にいた頃、磯舟に何度も乗っていたので、船酔いには強かった。おあきは横になって寝ているばかりだった。

津軽の瀬戸（海峡）はすでに晩秋の色だった。

風も東京とは全く違う。改めて蝦夷地は北国なのだとおあきは実感した。弘蔵と多作は久しぶりの帰郷に胸を弾《はず》ませていた。多作も長いこと妻子を松前に置いたままだった。

箱館を西へ向かうと、あちこちで五稜郭戦争の爪痕《つめあと》を眼にした。幹の途中から真っ二つに折れた松の樹《き》や、戦火に焼かれて骨組みしか残っていない民家が広い平野のあちこちにあった。

木古内《きこない》村で馬を頼み、荷物を載せると、おあきは身体が軽くなった。船酔いも癒《い》えて自然に軽口も出るというものだった。おあきはこれまで、江戸の外に出たことはなかった。北の果てに人々が暮らしていることすら不思議でならない。それを言って弘蔵と多作に笑われた。

だが、いよいよ松前城下に入ると、想像した以上に町は戦火の影響が出ていた。城下の西方の民家、武家屋敷はことごとく焼失して見る影もなかった。

多作の家も焼失して、一家は海岸沿いの番小屋に避難していた。弘蔵とおあきは寅向《どらめき》で多作と別れた。多作はこれから城に向かって、上司に挨拶《あいさつ》を済ませ、それから家族の所に向かうという。帰りはおあきと弘蔵二人だけで東京へ戻る。落ち着いたら栂野尾の家に顔を出すと多作は約束してくれた。

三

弘蔵の実家が近づくにつれ、おあきは新たな緊張を覚えた。弘蔵の両親は町人のおあきをどう見るのかと気になった。

生垣で囲まれた家は玄関口までかなり距離があった。玄関口の前は玉砂利を敷いた広い庭になっていた。おあきが思っていたよりはるかに弘蔵の実家は大きく立派だった。たかが北の小藩の家臣の家とは言え、東京の旗本屋敷と遜色《そんしょく》はなかった。

おあきは改めて弘蔵が武士であったと思い知った。庭の隅に井戸が設《しつら》えてあり、そこで上半身を肌脱ぎにした若者が汗を拭《ぬぐ》っているのに気づいた。

「良助……」

思わず、おあきは声が出た。十七、八の若者はそれほど良助に似ていた。若者は二人に気づくとぺこりと頭を下げ、慌てて、襦袢《じゅばん》ごと着物を羽織った。

「東京の伯父《おじ》さんですね」

若者は笑いながら訊く。その声も良助と似ていた。

「お前ェさんは？」

弘蔵も驚いた表情になっていた。

「拙者は雅之進《まさのしん》です」

弘蔵の妹の長男だった。確か良助と同い年だと聞いたことがあった。

「良助と瓜二《うりふた》つなんで驚いたよ」

弘蔵はおあきと顔を見合わせて言った。

「はい。家の者も皆、そう言います。まあ、従兄弟《いとこ》ですから、どことなく似たところはあるのでしょう。ささ、お疲れでしょう。中へお入りになってお寛《くつろ》ぎ下さい」

雅之進はそれから声高に母親を呼んだ。間もなく、小柄な女が出て来ると「兄上」と叫んで眼を潤ませた。それが弘蔵の妹のとせだった。すぐ後ろから、弘蔵の母親のたきも出て来て、同じように眼を潤ませた。

「母上。ご無沙汰《ぶさた》致しております。ただ今、帰って参りました」

弘蔵は折り目正しく挨拶した。頭はすっかり白く、腰も曲がり掛けたたきは何も言えず、ただ弘蔵の腕を何度も叩《たた》くばかりだった。こんなに何年も親を放《ほう》っておいてという感じだった。

「母上。これが女房のおあきです」

弘蔵は、二人におあきを紹介した。

「いやだ。そんな話は中でして。濯《すす》ぎの水を用意させますから」

とせは台所に回って、女衆《おなごし》（女中）の名を呼んだ。

足を濯ぐと、弘蔵とおあきは身繕《みづくろ》いして父親の佐太夫《さだゆう》の寝間に向かった。

佐太夫は虚《うつ》ろな眼をしていたが、弘蔵が傍《そば》に座り「父上。弘右衛門《こうえもん》です。長のご無沙汰お許し下さい。ただ今、帰りました」と声を掛けると、瞬間、起き上がるそぶりを見せた。

とせが慌ててそれを制した。

「父上、わかったのね。兄上のこと、わかったのね」

とせは子供に言うように佐太夫に訊いた。佐太夫は小さく肯《うなず》いた。

「良助が……」

佐太夫はきれぎれに言う。とせは佐太夫の口許に耳を近づけて聞く。

「死なせて申し訳ないって」

佐太夫の言葉を伝えるとせの声が涙でくぐもった。

「いえ。父上に死水《しにみず》を取っていただき、良助は倖《しあわ》せでした。ありがとうございます」

弘蔵は佐太夫の手を握って頭を下げた。その姿におあきは貰《もら》い泣きした。

「伯母《おば》さん。お茶をどうぞ」

雅之進が盆に湯呑を載せて運んで来た。

「まあまあ、坊ちゃんにこんなことをさせて申し訳ありませんねえ」

恐縮して湯呑を受け取ったが、おあきはつい、まじまじと雅之進を見つめてしまう。

雅之進は照れ臭そうにおあきの視線を避けた。

「坊ちゃんは良助と何か話をされましたか」

湯呑を膝《ひざ》の前に置いておあきは訊いた。

「はい。一緒に酒を飲みたかったと言っておりました。拙者もそうだなと応えました。それから拙者の顔をじっと見て、親孝行しろとも言いました。もっと早く良助に会って、あれこれ話をしたかったものです。いい奴でした……」

雅之進は俯《うつむ》きがちに応えた。おあきは手巾《しゅきん》で眼を拭った。

「おあき。父上にご挨拶しろ」

雅之進とばかり話すおあきに弘蔵は少しいらいらして声を荒らげた。

「ごめんなさい」

おあきは慌てて佐太夫の枕許《まくらもと》に進み「お舅《とう》さん。あきでございます。よろしくお願い致します」と頭を下げた。佐太夫はアワアワと何か言ったが聞き取れなかった。

「とてもきれいだと言っておりますよ。さすが江戸の女ですって」

とせは悪戯《いたずら》っぽい顔で応えた。とせの顔も、どこかおていに似ていた。

「お舅さんはお世辞がお上手ですね」

おあきは照れて応える。

「いいえ。わたくしもそう思いました。ねえ、母上」

とせはたきに相槌《あいづち》を求める。

「江戸でどうして暮らしているのかと案じられてなりませんでしたが、こんないいお嫁さんを貰っていたんですね。わたいもこれで安心しましたよ」

たきは柔和な微笑《ほほえ》みを浮かべて言う。水を何度もくぐった鼠《ねずみ》色の着物に茶の帯を締めている。質素な身なりながら、やはり武家の妻としての威厳が感じられた。

「今夜は川原町《かわはらちょう》の叔父《おじ》さん夫婦、神明《しんめい》の叔母《おば》さん、小松前《こまつまえ》の軍次郎《ぐんじろう》さんもいらっしゃるそうですよ。皆、兄上に会いたがっていたの。良助さんが亡くなった時も駆けつけてくれて、いたましい、いたましいと泣いてくれたんですよ」

とせの挙げた人々は弘蔵の親戚や知人であるらしい。松前藩の家臣は先祖を辿《たど》れば皆、親戚となると、弘蔵がおあきに話してくれたことがあった。

親戚づき合いもおのずと親密になるのだろう。

佐太夫は眼を閉じて、とせの話を聞いていた。

松前にいる間、せめて佐太夫の看病を手伝いたいと、おあきは思った。

夕方になると続々と人々が集まった。多作から噂《うわさ》を聞きつけて、藩の家臣も三人ほどやって来た。

とせとたきは少しもいやな顔をせず、客間に上げ、酒肴《しゅこう》を振る舞った。何もないけれどと言いながら、山海の珍味が大皿に山ほど盛られて幾つも並んだ。おあきはしばらく男達の話につき合っていたが、深更に及んでも宴《うたげ》はお開きになる様子がなかった。とせはおあきを気遣い、そっと寝間に促《うなが》した。

「きっと朝まで飲むつもりよ。後のことは構いませんから、お義姉《ねえ》様はゆっくりお休みになって」

とせは寝間着を差し出しながら言った。

「お世話を掛けて申し訳ありません。お舅さんはお休みになったでしょうか」

「ええ。とっくに」

「良助のことでお力を落としたのでしょうね」

「それもありますけど、心《しん》ノ臓《ぞう》の具合が前から悪かったのですよ。もう七十ですからね、病になっても仕方ありませんよ」

「うちの人が脱藩でもしなければ、お舅さんとお姑《かあ》さんの面倒は、うちの人が見たはずです。おとせさんに迷惑を掛けてしまいました。申し訳ありません」

おあきはとせに頭を下げた。

「お義姉様が謝ることはありませんよ。あの時は仕方がなかったんですもの。兄上は悪くないのです。お屋形《やかた》様だってそれを承知していらしたから、栂野尾の家の存続をお許しになったのでしょう。うちの旦那様に養子に入って貰い、雅之進も生まれました。お義姉様は何んのご心配もいりませんよ」

とせはおあきを安心させるように言った。

「五稜郭の戦も終わって、松前のお侍さん達も落ち着かれたのでしょうか」

「城を落とされた時は、もはやこれまでかとわたくし達も大いに力を落としましたけど、その後、松前は官軍と手を組んで城を取り返しました。そこまでは大層喜んだものですが……」

とせは途端に暗い表情になり、寒くもないのに手の甲をもう一つの掌《て》で擦《こす》った。

「何か」

「戦の前に正議隊と称する連中が佐幕派のご家老様を弾劾《だんがい》する事件がございまして、多くの人が殺されました。この度、政府の方針で版籍奉還とかになりまして、藩の中でも改革が行なわれたのですよ。家老、用人、奉行が、それぞれに管事局、文武局、民政局、会計局という呼び方に改まったんですの。でも、その局の長《おさ》は正議隊の連中なんですよ。もちろん、藩の規則を無視して人を殺した者は役に就けませんでしたが。このままだと、藩の将来が危ぶまれます。それで、元の首席家老様が中心となって正議隊を排除する運動が高まっているのです」

とせはさすがに武家の妻だった。理に聡《さと》いところをおあきに感じさせた。

「それよりもご城下の復興が先決ですのに」

「その通りですよ、お義姉様」

とせは大きく相槌を打った。

「雅之進さんは、もうお城にお務めに上がっているのですか」

「ええ。十五歳から見習いとして上がっております」

「東京にいらっしゃることはあるでしょうか」

「いずれ、その機会はあると思います」

「その時は是非、本所に立ち寄るようにおっしゃって下さいまし。何んなら、うちの二階にお泊まりになって、そこからお屋敷に通われてもよろしいのですよ。良助の部屋が空いておりますから」

「雅之進を見て、良助さんのことを思い出させてしまったようですね。せっかくお悲しみが癒《い》えた頃だというのに」

とせは気の毒そうにおあきを見て言った。

「いえ、おとせさん。あたしはまだ良助の死んだことが信じられずにいるのですよ」

「……………」

「お舅さんから良助が死んだとお手紙が届き、それから戒名をつけていただき、うちの檀那寺《だんなでら》にも供養していただいたというのに、おかしいでしょう？」

「わかります。お義姉様のお気持ち、よっくわかります」

とせは声に力を込めた。

「でも、松前に来て、雅之進さんのお顔を見たら、ようやく気持ちの整理ができたのですよ」

「どういう意味ですか」

とせは怪訝《けげん》な眼を向けた。

「雅之進さんは良助ととても似ているけれど、良助ではないって。やはり良助は死んだのだとね」

「……………」

「でも、良助の命は様々な形で繋《つな》がっているのだと気づいたのですよ。それが雅之進さんであり、あたしの孫でもあるのです」

「おっしゃる通りですよ。お義姉様はこれから良助さんの分まで、しっかり生きて下さいまし」

「ありがとうございます。おとせさんは、やはりうちの人の妹だ。あたし、おとせさんにお会いして、本当によかった」

おあきは晴々《はればれ》した表情でとせの手を取った。とせも眼を潤ませながら何度も肯《うなず》いた。とせが引き上げると、おあきは寝間着に着替え、蒲団《ふとん》に入った。客間では、まだ男達の笑い声が聞こえる。だがそれも、時間とともに次第に静かになっていくようだ。だから窓の外の潮騒《しおさい》の音が、おあきの耳に大きく響いて感じられた。

おあきは海の傍《そば》で暮らしたことがなかったので、潮騒の音を聞きながら眠りに就くのは初めてだった。寄せては返す波は、おあきに永遠という言葉を思い出させた。この世に永遠と呼べるものなどないと考えていたが、そうではなかったのだ。この潮騒の音こそ、永遠に続くものだった。

良助も潮騒を聞いたろうか。あの時は真冬だったから、海は荒れ狂っていたかも知れない。ごうごうと唸《うな》る波の響きが良助の最後に聞いた音だとしたら切ない。だが、良助は祖父母、叔母、従兄弟《いとこ》に看取られて逝《い》ったのだ。きっと心は倖《しあわ》せだったに違いない。そう思うと、おあきの気持ちは救われる。松前に来て、おあきは良助の不在をしみじみと感じた。もはや了簡《りょうけん》しなければと、おあきは自分に言い聞かせた。

四

弘蔵が戻ったことを聞きつけ、友人知人は毎日のように訪れる。また、夕方になると使いの者が来て、弘蔵は呼び出されて外に出かける。帰りはいつも遅かった。翌日は前夜の飲み疲れで昼まで寝ていた。そんなことが三日も続くと、放って置かれるおあきはすっかり退屈していた。お客さんのままでいるのも気が引けるので、何か手伝わせてくれと言っても、とせもたきも取り合わなかった。

その朝も目覚めると、蒲団を畳み、手早く身仕度を調えると、おあきは台所に向かった。

とせは二人の女衆《おなごし》に手伝わせて朝めしの準備中だった。

「お早うございます。何か手伝わせて下さいな」

そう言うと、とせは笑顔で「お気遣いなく。もっとゆっくりお休みになっていればよろしいのに」と、いつものように応えた。

「根が貧乏性でしてね、じっとしていることができない質《たち》なんですよ。あら、これはお舅《とう》さんの朝ごはんですか」

おあきは傍《かたわ》らの盆に眼を落とした。行平鍋《ゆきひらなべ》で拵《こしら》えた粥《かゆ》と卵味噌《たまごみそ》の小鉢が並んでいた。

「ええ。ごはんが食べられないのでお粥にしておりますが、それもひと匙《さじ》かふた匙が
ようやっとなのです」

とせは吐息交じりに応えた。

「起き上がって召し上がるのですか」

「その日によりますけど」

「それじゃ、あたしにお給仕させて下さいな」

「お義姉様《ねえ》にそんなことさせては申し訳ありませんよ」

とせは言ったが、おあきは構わず、盆を持って佐太夫の部屋に向かった。

「お舅さん。お早うございます。本日のご機嫌はいかがですか」

おあきは明るい声で佐太夫に呼び掛けた。中で女衆の一人が佐太夫の顔を拭《ふ》いてい
た。

「ご新造《しんぞ》さん。それはあたしがやります」

女衆は慌てて言った。その女衆は十五、六の娘だった。

「いいのよ。看病は慣れているから」

おあきは笑顔で制した。

「ささ、お舅さん。朝ごはんでございますよ」

佐太夫の身体に手を添えて起き上がらせ、背中を支えるため、掛け蒲団を四つに畳

んで佐太夫の後ろに置いた。

「たくさん召し上がって、お元気になって下さいましね。はい、あーん」

おあきは匙の粥をふうふう吹いてから佐太夫の口許《くちもと》に運んだ。女衆は驚いた顔でそれを見ていた。

「何かおかしい？」

女衆の視線を感じておあきは訊《き》く。

「いえ、何んでもありません」

女衆は洗面に使った桶《おけ》を持って、慌てて部屋を出て行った。

「すまんのう……」

佐太夫は細い声で礼を言った。昨日までは何を言っているのかわからなかったが、今日ははっきりと佐太夫の言葉がわかる。おあきは嬉しかった。

「いやですよ、お礼なんておっしゃっちゃ。あたしは弘右衛門さんの女房なのですから」

粥に卵味噌を混ぜる。佐太夫は身体の調子がよいのか、ふた匙、三匙と素直に食べた。

「商売は……」

佐太夫はふと思い出したように訊いた。弘蔵とおあきは何をして食べているのかと訊きたいらしい。

佐太夫からは本所の福助宛《あて》に手紙が届いていたから、とうに知っているものと思っていたが、病に倒れて忘れてしまったのかも知れない。

「うちの人は岡っ引きで、あたしは一膳《いちぜん》めし屋をしておりますよ」

そう応えると、佐太夫はまじまじとおあきを見た。それから掌《て》をひらひら振って、粥はもういいという仕種《しぐさ》をした。茶の入った湯呑を差し出してもそっぽを向いて飲もうとしなかった。おあきは困惑した。

「お舅さん。もう少し召し上がって下さいまし」

「いらん」

明らかに気分を害した様子だった。おあきは盆をそのままにして台所に戻った。

「おとせさん。やはり、あたしでは駄目なようです。代わって下さいましな」

おあきは申し訳ない顔で言った。

「わかりました。ごめんなさいね。父上はあれで気難しい人だから、人見知りしたのでしょう」

とせは意に介するふうもなく、すぐに佐太夫の部屋に向かった。弘蔵が岡っ引きで、自分が一膳めし屋のおかみだと言ったことが佐太夫の機嫌を損《そこ》ねたのだろう。おあきは身分の違いを感じて愕然《がくぜん》とした。

とせは盆を下げると、何事もない顔でおあきに朝めしを勧めたが、おあきの気持ちは晴れなかった。

後片づけも手伝わせて貰《もら》えなかったので、おあきは仕方なく海辺へ散歩に出た。松前の海は砂浜ではなく岩場だった。海草を採っている女がちらほら見えた。下駄を脱いで海の水に足を入れると、頭が痺《しび》れるほど冷たかった。

天気がよかったので、津軽の島影が遠くの方に青く見えた。

小半刻《こはんとき》（約三十分）ほどして家に戻ると、勝手口の外に赤い紐《ひも》のような植物が眼についた。大ぶりの葉の間から細長く延びている。よく見ると、その細長いものには小さな赤い花びらがびっしりとついている。だが、遠くからは赤い紐のようにしか見えない。何んという名の花だろうか。おあきはしゃがんで見つめた。その時、台所の煙抜きの窓から女衆の声が聞こえた。

「大旦那《おおだんな》様はすっかり腹を立ててよう、おい（私）はどうしていいかわからなかった」

声は佐太夫の顔を拭いていた十五、六の女衆だった。

「だから、お前がさっさと給仕したらよかったんだ」

応えたのはもう一人の女衆だろう。

「したって、あのご新造さん。勝手にやってしまうんだもの、声を掛ける暇もなかったんだ」

若い女衆は言い訳する。

「飲み屋のおかみだってな。大旦那様はそんなおなごに家の敷居を跨《また》がせたのかと怒っているんだべ」

「んだな」

「旦那様はお役目に就けそうなのに、あのご新造さんがついていれば恥を掻《か》くだろう。侍の出でねェから、もの言いが町人ふうだ」

「んだな。若奥様とは雲泥の差だ」

おあきはかッと頭に血が昇った。まさか女衆に扱《こ》き下ろされるとは思ってもいなかった。

立ち上がり、勝手口の戸をがらりと開けた。二人の女衆は飛び上がらんばかりに驚いた。

「大きな声で人の悪口ですか。外まで聞こえましたよ」

そう言うと、二人は俯《うつむ》いて居心地悪そうに黙った。

「どうなさいました」

とせが心配そうに台所にやって来て訊いた。

「おとせさん。どうやら、あたしが松前に来たのは間違いだったようですね」

「そんな。何をおっしゃいます。おます、おつる。お前達、お義姉様に何を言ったの？」

とせが問い詰めても二人は相変わらず、だんまりを決め込んでいた。

「この二人のことはよろしいのですよ。それより、ちょいとおとせさんにお話があります」

おあきは二人を睨《にら》みつけて座敷に上がった。

とせはおあきを茶の間の囲炉裏端へ促した。傍《そば》でたきが縫い物をしていた。雅之進は務めに出ていたし、他の子供達もいなかった。

「うちの人に松前藩のお役目に就く話が持ち上がっているのですか」

おあきが単刀直入に訊くと、たきは縫い物の手を止め、とせと顔を見合わせた。

「お義姉様。隠しても仕方がありませんからお話ししますが、藩の上司の方が兄上に同情されて、藩に戻れるよう骨を折って下さるそうなのです。でも、それについて兄上は、はっきり決心された訳ではないのですよ」

「もしもそうなりますと、うちの人は松前に留《とど》まることになるのでしょうか」

おあきは不安な気持ちで言った。

「多分、そうなるでしょうね」

とせは上目遣いにおあきを見ながら応えた。

「あたしは、あたしはどうなります。あたしは松前藩の家来と一緒になった覚えはないのですよ」

おあきの声は憤った。

「お義姉様。落ち着いて下さいませ」

とせは必死の形相でおあきを宥《なだ》めた。

「お爺《じい》さんは、弘右衛門の嫁が町人と知って、大層驚いていましたよ。わたいはさほど驚くことでもないと思っておりました。若気の至りで江戸に上り、挙句に脱藩者の汚名を着せられてしまった弘右衛門は、おめおめと松前には戻れなかった。江戸で所帯を構え、良助も生まれている。今更、お爺さんが腹を立てても仕方のない話ですよ。お爺さんは頭が固いのですよ。おあきさんが気にすることはありませんよ」

たきの言葉に、燃えたぎっていたものは僅《わず》かに萎《な》えた。

「では、うちの人が再びお役目に就くことは、どうお考えですか」

「それは弘右衛門次第でしょう。おあきさんが、それを不承知と思いなさるなら、一人で江戸に帰るしかないでしょうね」

たきの言い分は至極もっともだったが、突き放したような感じもあった。

「お舅《とう》さんにお詫《わ》びしなければなりませんね。お舅さんの本当のお気持ちまで察することができませんでしたから」

おあきは意気消沈して頭を下げた。とせとたきは、それ以上、何も言わなかった。おあきは自分達にあてがわれた部屋に行き、眠っている弘蔵の肩を揺すった。

「起きてお前さん。起きて」

言いながら悔し涙がこぼれた。

「どうしたい」

弘蔵は眼を開けたが、まだ眠そうだった。

「お前さん。藩にお務めするのかえ？　本所に戻らず、ここに留まるのかえ？」

おあきは立て続けに訊いた。弘蔵は半身を起こし、大あくびをした。おあきの問い掛けには応えず「もう昼か。昼めしを喰《く》ったら、ちょいと外へ行ってみるか」と言った。

弘蔵は着替えを済ませると、朝昼兼用の食事を摂《と》った。おあきは何も食べる気がしなかった。二人の女衆《おなごし》は恐ろしそうにおあきを見つめていた。

弘蔵はとせに「おあきと町の様子を見てくる」と言った。とせは「それはよろしゅうございますね。お義姉様の退屈しのぎになることでしょう」と、おあきの機嫌を取るように応えた。

家を出ると、弘蔵は城へ向かって歩き始めた。

頬《ほお》を嬲《なぶ》る風はすでに来たるべき冬の到来を告げるようにひんやりしている。城下の中心地に入ると、近江商人の出店《でだな》（支店）が眼についた。火事で焼かれた店も多く、商売をしている店は何軒もなかった。

「近江商人が松前を引き払ったら、町はさびれることになるな」

弘蔵は独り言のように呟《つぶや》いた。城下の中心地ならば藩の上級家臣の屋敷が建てられているものだが、松前に限っては近江商人の出店が軒を連ねていた。それだけ松前の経済は近江商人に頼るところが大きかったのだろう。

弘蔵はそれから良助の骨を預かって貰っている光善寺《こうぜんじ》に向かった。光善寺は松前城の近くにある寺で、山門前には桜の樹がぽつぽつと立っていた。おあきは桜よりも根方を覆《おお》っている緑の苔《こけ》に眼を奪われた。まるで緑の毛氈《もうせん》のように美しかった。通り過ぎる人もいない。弘蔵とおあきの足音だけが響いていた。

弘蔵は山門をくぐると、納所《なっしょ》から出て来た若い僧侶《そうりょ》に事情を説明して良助の供養を頼んだ。

「お布施を入れる袋を用意していないよ。どうしよう」

おあきは慌てた。弘蔵は懐紙《かいし》の束を取り出し、「これに包んだらいいだろう」と言った。懐紙など普段の弘蔵は持ち歩かない。やはり、地元に戻って来て、それなりの心得をしていたようだ。

住職はあいにく留守だったが、若い僧侶は二人を本堂へ促し、祭壇の前に良助の骨《こつ》箱《ばこ》を置いた。

骨箱は白い晒《さらし》に包まれ、墨で戒名と俗名が記されていた。おあきは思わず骨箱を撫《な》でた。

「ご長男さんでしたそうですね。お気の毒でした」

僧侶はそう言って灯明《とうみよう》をともし、線香を点《つ》けた。

読経《どきよう》が始まると、おあきは僧侶の後ろに回り、頭《こうべ》を垂れた。

僧侶は短い読経を終えると、差し出したお布施を受け取り、すぐに本堂から去って行った。

「こんなに小さくなっちまって……」

おあきは再び骨箱を撫でて言った。

「法源寺に納められるのも、いつになることやら」

弘蔵もため息交じりに言った。法源寺は松前藩の家臣の菩提《ぼだいじ》寺で、藩主一族の菩提寺はその隣りの法幢寺《ほうどうじ》だった。家臣と藩主の寺が隣り合っているのも珍しいとおあきは思った。

「法源寺はここから遠いの？」

おあきは試しに訊いてみた。

「いや、すぐ近所だ」

「だったら、そっちにも行ってみましょうよ」

「寺は焼けたんだぜ。行ったところで仕方がねェだろう」

「でも、お墓はあるのでしょう？　お墓は焼けないから大丈夫よ」

いずれ良助の骨が納められるとしたら、是非にも墓は見ておきたいとおあきは思った。

「良助。おっ母さんはもう来られないかも知れないけど、あんたの叔母《おば》さんや従兄弟《いとこ》がいるから寂しくないわね。冥福《めいふく》を祈っているからね」

おあきは骨箱に話し掛けた。弘蔵は、しゅんと洟《はな》を啜《すす》った。

「さて、行くか」

思いを振り払うように弘蔵はおあきを急《せ》かした。

おあきは渋々、本堂の出口に向かったが、そこを出る間際、思わず振り返った。仄《ほの》暗《ぐら》い本堂の中で良助の骨箱が白く光って見えた。それは良助が「ありがとよ」と合図を送っているように思えた。

光善寺から弘蔵は東に向かった。曲がりくねった裏道を抜けると、ゆるやかな坂道に出た。その坂道を今度は北へ向かう。坂道の脇には小川が流れていた。存外に水量が豊富で水音が高く聞こえる。突き当たりは鬱蒼《うっそう》とした森が拡《ひろ》がっていた。その辺りも人家はなく静寂に包まれていた。

法源寺は坂道の途中にあった。本堂は焼けてしまったが、山門は残った。山門の傍に太い欅《けやき》の樹が立っていた。

境内から東の方向が墓所になっていたが、墓石は炎に炙《あぶ》られて黒ずみ、中には横倒しになったものもあった。生命力の強い雑草が墓と墓の間にはびこっている。弘蔵は丈のある雑草を漕《こ》ぐように進み、奥の墓の前で足を止めた。

「これがおれの家の墓だ」

弘蔵はしみじみと墓を見つめて言った。いつの時代に建てられたものだろうか。墓石は茶色っぽくくすんでいた。花立にはお盆にでも供えられたらしい仏花が、すっかり枯れて挿《さ》し込まれていた。

おあきは梠野尾家の墓に掌《て》を合わせ、良助をよろしくと祈った。

「おあき。おれは、藩には戻らねェから安心しな」

弘蔵の声が背中で聞こえた。

「本当？」

おあきは振り返って弘蔵を見た。

「ああ」

「でも、お舅《とう》さんとお姑《かあ》さんや、おとせさんはそれを望んでいるはずよ」

「もっと若けりゃ、戻ることも考えたかも知れねェ。だが、時間が経《た》ち過ぎた。今更帰藩《きはん》が叶《かな》っても、嬉しくも何んともありゃしねェ」

弘蔵はおあきの視線を避けるようにしゃがみ、生えている雑草を毟《むし》った。

「お前さんも、もうすぐ五十の声を聞く。あれから二十年近くも経ってしまったのね」

「おうよ。こちとら、岡っ引き根性が骨の髄《ずい》まで滲《し》み込んでいらァな。ござるだの、奉《たてまつ》るだの、しゃちほこばったもの言いをしなけりゃならねェなんざ、まっぴらよ」

「無理をしないで。お前さんが本当に侍に戻りたいなら、あたしは仕方がないと諦《あきら》めるから」

「それでお前ェはどうするつもりだ」

弘蔵は心細い表情で訊いた。内心では、弘蔵の気持ちは揺れていたのだろう。

「本所に戻って、見世をやるだけさ。おていが傍《そば》にいるから寂しくなんてない」

そうは言ったが、おあきは咽《むせ》んでいた。弘蔵はしばらくじっとおあきを見つめていたが、いきなり声を上げて笑った。

「無理をしているのはお前ェの方じゃねェか。諦めるだ？　そんなしおらしい台詞《せりふ》は似合わねェよ」

「だって……」

「おあき。そろそろ本所に帰《け》ェるか。長居をしていると、ろくなことを考えねェ」

弘蔵は立ち上がると手を払った。

「お前さん。本当にそれでいいの？」

「くどいぜ」

弘蔵は笑っておあきをいなした。おあきはほっと安心した気持ちで遠くへ眼を向けた。火災で焼かれた町は遮る物もなく、そこから海までずっと見下ろせた。陽《ひ》は西に傾き、空は鮮やかな茜《あかね》色に染まっていた。紺碧《こんぺき》の海は所々、金色に光って見える。

「見事な夕映えだな」

弘蔵はぽつりと呟《つぶや》いた。

「本当に」

おあきも相槌《あいづち》を打った。

「何んだかよ、この夕映えが江戸時代は仕舞いになりやしたと言っているような気がすらァ」

その海の向こうに東京がある。だが、弘蔵は東京に思いを寄せていたのではなく、過ぎてしまった時間を懐かしんでいるようだった。黙っているおあきに弘蔵は続けた。

「こいつは江戸の夕映えなんだな。薩長が関ヶ原の仇《あだ》を討つかのようにご公儀を倒し、それから幾つも戦があって、とうとう江戸の時代は踏ん張り切れずに幕引きしちまった。見ねェ、おあき。きれえなもんじゃねェか。いいこともたくさんあったから、忘れねェでおくんなさいと、最後の最後に渾身《こんしん》の光を放っているのよ。おれはそんな気がするな。こんな夕映えは東京にいたら滅多に見られねェよ」

「これから、この国はどうなるの」

「わからねェ……」

「いい時代になるのかしら」

「いつの時代も生きて行くのは切ねェものよ。だから人は、昔はよかったと愚痴をこぼすのよ。昔だって、必ずしもいいことばかりがあった訳じゃねェのによ。過ぎたことは、皆、よく思えるんだろう」

「だったら、戦で右往左往していたこともよく思えるようになるのかしら。あたしは決してそう思わない。江戸と明治の変わり際に良助が死んだ。何んで戦なんてするのよと、死ぬまで恨んで暮らすことでしょうよ」

「おう、いつものおあきになったぜ。その調子だ」

弘蔵は悪戯《いたずら》っぽい顔で茶化した。

「お前さんたら……」

おあきは苦笑するしかなかった。二人はそれからしばらく見事な夕映えに見入っていた。

五

薩長連合組織の明治政府は新しい時代に向かって発進したが、両藩の足並は、必ずしも揃《そろ》っていた訳ではなかった。政府はその後、廃藩置県《はいはんちけん》等、新たな改革を試みるも、民衆の反感を買い、一揆《いっき》は続いて起こった。また政府に重用《ちょうよう》されなかった士族の不満も高まり、上野戦争で指揮を執った大村益次郎等、政府の高官が相次いで暗殺された。西郷隆盛《さいごうたかもり》は征韓論《せいかんろん》をめぐって政府内で対立し、とうとう国許《くにもと》の薩摩に戻ってしまった。

これをきっかけに政府弾劾《だんがい》の気勢は上がり、明治七年（一八七四）二月の佐賀の乱、明治九年（一八七六）の熊本神風連《しんぷうれん》の乱、秋月《あきづき》の乱、萩《はぎ》の乱と戦が続いた。そして、ついに明治十年（一八七七）、薩摩軍による西南の役《えき》へと発展し、なお明治政府の陣容が調うためには長い時間を要したのだった。

本所に戻った弘蔵とおあきに以前と同じ暮らしが戻っていた。時折、弘蔵が塞《ふさ》ぎ込んでいるようなことがあるのは、やはり松前藩に戻らなかった自分を悔やんでいたのだろうか。もしも帰藩が叶《かな》ったとしても、今度は独りで本所に暮らすおあきを案じて思い悩んだはずだ。もの事は人の都合のいいようには動かないと、おあきは独りごちた。

明治四年（一八七一）十月。政府は東京に邏卒《らそつ》（後に巡査と改称）三千人を配置した。この中に十手をこん棒に持ち替えた弘蔵の姿もあった。最初は官軍に使われるのは間尺に合わないと拒否したが、佐々木重右衛門を始め、多くの人々の勧めで弘蔵はようやく承知した。だが、邏卒になるには試験を受けなければならなかった。この試験を通るのも難しく、三十人に五人ぐらいの割合でしか採用されなかった。弘蔵は読み書きができたので、その点、有利だった。おおかたの岡っ引きは邏卒になりたくてもなれなかったのである。年齢制限もあったが、何んとかお目こぼしされて弘蔵は邏卒に採用された。

とは言え、まだ交番もない時代、邏卒は町内の角地に半刻《はんとき》交代で突っ立っていなければならなかった。これが齢《よわい》四十九の弘蔵には、なかなか辛《つら》いことだった。

「爺《じじ》はいるか？」

半蔵は福助に入って来ると大声で訊いた。

「おや、来たのかえ。爺はお仕事だよ」

板場で下拵《したごしら》えをしていたおあきは包丁を使う手を止めて応えた。木綿の袷《あわせ》に三尺帯を締め、薄茶色の前掛けをした半蔵は大層可愛《かわい》らしい。

「何んだ、つまらねェ」

半蔵は父親の半次郎に似て生意気な口を利く。

「つまらねェとはご挨拶だね。大人は皆、忙しいのだよ」

「おいらも忙しい」

半蔵は真顔で言う。おあきは思わず噴《ふ》いた。

「お前の何が忙しいのだえ」

「めしは喰《く》わなきゃならねェし、湯にも入らなきゃならねェ。ここにも来なきゃならねェし、友吉《ともきち》と遊ばなきゃならねェ」

友吉とは近所の子供の名前だった。

「そんなことは忙しい内に入らないんだよ」

おあきは含み笑いを堪《こら》えて言った。

半蔵が小上がりにちょこんと腰を下ろした時、「坊ちゃん！」と、八百半の子守りをしているおたけが血相を変えて飛び込んで来た。

「若おかみさんが心配なさっておりましたよ。独りで外に出てはいけないと、何度も申しましたでしょう？　怖い人攫《ひとさら》いに連れて行かれるかも知れないじゃないですか」

おたけは十三歳だが、大人びて、しっかりした少女だった。昨年、おていは娘のおやすを産んだ。

二人の子供の世話は手に余るので、八百半は子守りを雇ったのだ。だが、半蔵は、しょっちゅう、家を抜け出しておたけに心配させていた。

「人攫いに連れて行かれたら、爺が助けてくれる」

半蔵は口を返した。

「これッ！」

おあきは声を荒らげて叱《しか》った。

「わかったよ。帰るよ。帰ればいいんだろ？」

半蔵は口を尖《とが》らせて渋々言った。

「おかみさん。あたしはもう手に負えませんよ。どうして坊ちゃんは素直に言うことを聞かないのでしょうか」

おたけは悔しさに涙ぐんだ。

「堪忍《かんにん》しておくれね、おたけちゃん。全くこの子は、口だけは達者なんだから」

おあきはおたけが気の毒で半蔵の代わりに謝った。

「おたけ。ちょいと待って。おいら、ののさんを拝むからよ」

半蔵は気軽に内所《ないしょ》に入り、仏壇のりんを鳴らした。半蔵はおあきの所にやって来ると、決まって仏壇に掌《て》を合わせる。恐らく、おていにそうしろと言い含められているのだろう。

「あんなところは感心なんですけど」

おたけは少し落ち着いた様子で笑顔を見せた。

だが、内所から出て来た半蔵は供え物の饅頭《まんじゅう》を両手に持っていた。

「いけません。おかみさんは坊ちゃんに下さると言っておりませんよ」

おたけは金切り声を上げた。

「おたけちゃんの言う通りだ。ちゃんと断ってからにおしよ。よその家から黙って物を持ち出すのは泥棒だよ」

おあきも小言を言った。

「ここはよその家か？　婆《ばば》はよその人か？」

半蔵はまた屁理屈《へりくつ》を捏《こ》ねる。

「困った子だねえ。いいよ。お饅頭は上げるけど、おたけちゃんにひとつおやり」

半蔵は素直に肯《うなず》き、おたけに饅頭を差し出した。

「いいんですか、坊ちゃん」

おたけは嬉しそうに訊いた。

「うん」

半蔵は鷹揚《おうよう》な表情で笑った。そんな半蔵をおあきは可愛いと思う。

饅頭を食べ終えると、半蔵はおたけに手を引かれて見世を出て行った。入れ違いに真砂屋《まさごや》の番頭の平助が入って来た。

「今、出て行ったのは八百半のチビ旦那《だんな》ですか」

平助は冗談交じりに言う。

「そうですよ。黙ってここへ来たものですから、子守りの子が迎えに来て、ようやく帰ったところなんです。言うことを聞かないので、子守りの子も往生しているんですよ」

「向こう気の強そうな顔をしていますよ。末は本所の青物組合を牛耳《ぎゅうじ》る人になるんでしょうね」

「いやだ、番頭さん。先のことなんて、どうなるかわかりませんよ」

「そりゃそうだが」

「お昼を召し上がります？」

平助は昼めしを福助で摂るのがいつものことだった。

「そうだねえ。あまり食べたくもないが、後で客を前にした時、腹の虫が騒いだら恥を掻《か》くからね」

「おむすび拵えましょうか。塩鮭《しおざけ》のほぐしたのを中身にして、松前産の岩海苔《いわのり》を使った醬油《しょうゆ》おむすびはいかがです？」

「ほう。そりゃうまそうだね」

平助は途端に色めき立った。岩海苔は普通の海苔よりも腰がしっかりしている。香りも強いので醤油おむすびには最適だった。岩海苔は弘蔵の母親が浜で自ら摘《つ》んだものを送ってくれた。見世で使うのはもったいないが、食欲のない平助に元気になって貰《もら》いたくて、おあきは気を利かせたのだ。

手早くおむすびを拵えて平助に出すと、平助はひと口食べて「うまいねえ。こんなうまいおむすびは初めて食べましたよ」と、感歎《かんたん》の声を上げた。

「この間、旦那さんのお伴で横浜に行って来たんですよ」

平助はおむすびを食べる合間に沢庵《たくあん》を摘《つま》みながら話を続ける。

「まあ、横浜ですか」

「ああ。旦那さんの知り合いの娘が横浜で骨董屋《こっとうや》を開いたんで、機会があったら一度、店を覗《のぞ》いてくれと頼まれていたらしいのですよ。それでね、横浜の履物屋へ奉公人のお仕着《しき》せにする反物を届けたついでに寄ってみたんですよ。これが驚いたの何んのって」

平助は、もったいぶった言い方をした。

「何が驚いたんです？」

おあきは板場から身を乗り出すようにして平助の話を急《せ》かした。

「その娘所帯を構えて、亭主がいるんだが、この亭主が異人だったんですよ」

「…………」

「まあね。骨董屋を開いたと聞いた時から、娘が独りで商売をする訳はないとは思っていたが、まさか、亭主が異人とは思いも寄りませんでしたよ。その娘は、いや、もう娘じゃないか。おかみだな。おかみは小さな女だが、亭主は六尺を超える大男で、髪は金髪、眼は青いときてる」

異人と所帯を持った女の噂はぽつぽつ聞くことはあるが、身近にもいたのかとおあきは驚いた。

「骨董屋と言ってもね、西洋の壺《つぼ》だの、宝石箱だの、ちょいとその辺では見掛けない品物が並んでいて、店は結構繁昌《はんじょう》している様子でしたよ。うちの旦那さんはオルゴールとかいう可愛い音の出る箱を買いましたよ。三分も出して。あれはご祝儀のつもりだったんでしょうね」

平助はその時のことを思い出して続けた。喋《しゃべ》りながら平助は、ふたつのおむすびを平らげた。おあきは、その後で茶を淹《い》れた。

「時代も変わりましたねえ」

「ああ、全くだ。それでね、旦那さんと店を出る時、亭主が、おいどまあきに、と言ったんですよ」

「何んですか、それ」

「そこのおかみはね、上方《かみがた》生まれだから、店に来た客には毎度おおきにと、礼を言っていたんですよ。亭主はそれを聞き違えて覚えてしまい、おいどまあきにとなったんですよ。おかみは恥ずかしそうに教えてくれましたよ。店を出てから、わたしと旦那さんは、しばらく笑いが止まらなかった」

おあきも平助の話がおかしくて、声を上げて笑った。

「さてさて、これから店に戻って帳簿付けだ。おかみさん、幾らですか」

「そうですね、岩海苔は少しお高いので、十六文いただいてよろしいでしょうか」

「よろしいでしょうかなんて、相変わらず商売気のない人だ。そいじゃ、ほい、十六文」

「ありがとうございます」

「おいどまあきに」

平助は異人の真似《まね》をして悪戯っぽく笑った。

平助の使った皿や湯呑を片づけながら、おあきは骨董屋の夫婦のことを思った。二人が一緒になる時、どんな会話が交わされたのだろうか。髪の色や眼の色が違っても、そこは男と女だ。そう思っても、おあきは不思議で仕方がなかった。

六

めっきり冷え込んで来た霜月の半ば、夜の見世にはまだ間があったので、湯屋にでも行こうかと思った時、見世の油障子が勢いよく開いて、半次郎が入って来た。おあきは短い悲鳴を上げた。半次郎は弘蔵を背負っていたからだ。

半次郎は小上がりに弘蔵を下ろして荒い息を吐いた。

「どうしたんだえ、お前さん」

慌てて訊いても、弘蔵は具合が悪いらしく、がっくりと首を落としたままだった。

「二ツ目の辻《つじ》で、お義父《と》っつぁんは立番《たちばん》をしていたんだが、具合を悪くしてしゃがみ込んでしまったらしい。半蔵が表で遊んでいて気がつき、爺が泣いていると血相を変えて知らせたのよ。しゃがんで顔を覆った恰好《かっこう》が泣いているように見えたんだな。おていは、何、馬鹿なことを言ってると取り合わなかったが、おれはちょいと気になって様子を見に行った。そしたら、この様《ざま》よ」

半次郎は早口でまくし立てた。おあきが弘蔵の額に手を触れると、火のように熱かった。

「熱があるよ。今、蒲団を敷くからね。半次郎さん、悪いが順庵《じゅんあん》先生を呼んできておくれ」

井上順庵は近所の町医者だった。

「合点!」

半次郎は慌てて、外に出て行った。

物置へ里芋を取りに行っていたおすさは「あら、おかみさん。まだ湯屋に行かなかったんですか」と、呑気《のんき》に訊いた。

「それどころじゃないの。うちの人、熱を出したのよ」

言いながら、内所に入り、火鉢をどけて蒲団を敷いた。

「親分、邏卒《らそつ》の仕事は無理なんじゃゃないですか。こう冷え込んで来ちゃ、往来で突っ立っているのも身体にこたえる。もう五十なんですから」

おすさは弘蔵にそう言った。

「そうかも知れねェ……」

弱々しい声で弘蔵は応えた。木綿の官服を脱がせ、寝間着に着替えさせると、おあきは弘蔵を蒲団に入れた。

「頭が割れそうだ」

弘蔵は顔をしかめた。

「すぐに順庵先生が見えるからね。安心おし」

おあきは宥《なだ》めたが、弘蔵は身体をぶるぶると震わせていた。

間もなく井上順庵は半次郎と一緒にやって来た。

「親分。鬼の霍乱《かくらん》ですかな」

順庵はそんなことを言って弘蔵の脈をとった。

弘蔵は悪い風邪を引き込んだらしかった。立番は夜もあった。半刻《はんとき》（約一時間）ほどで交代するとは言え、なまじ横になると、交代の時に起こされるのは却《かえ》って辛《つら》い。朝までその繰り返しでは身体を壊しても不思議ではなかった。

弘蔵は順庵の処方してくれた薬が効き、朝までぐっすり眠った。おすさはその夜、五つ（午後八時頃）まで見世にいてくれたので、おあきは助かった。

翌朝、弘蔵の熱は引き、卵を割り入れた粥を食べるほど回復した。

「ねえ、お前さん。邏卒を辞めたらどうだえ」

粥を食べ終えた後、おあきは薬を差し出して弘蔵に言った。

「辞めてどうする。邏卒は岡っ引きより、よほど実入りがいいんだぜ。十年務めりゃ恩給も出る。お前ェも喜んでいたじゃねェか」

「身体を壊しちゃ何んにもならないよ。見世があれば二人で食べるぐらいはできるからさ」

「…………」

「おすささんをいつまでも当てにはできないし、これがいい潮時なんだよ」

「おれに見世を手伝えってか？」

「客の相手がいやなら、仕入れだけとか、その気になれば仕事はあるよ」

「いいのけェ？」

「ああ」

おあきは笑って応えた。

「気が楽になったぜ。仕事はいやじゃねェが、正直、寒さがこたえていたのよ。おれも年だな。弱音を吐くのは男の沽券《こけん》に関《かか》わると踏ん張って来たが、それも限界だったようだ」

「もう踏ん張らなくていいんだよ。お前さんは今まで、ずっと踏ん張って来たんだから」

「すまねェ……」

「女房に謝ることなんてありゃしない。これからはのんびり暮らそ？　それで、また松前に行こう？」

「また？」

「ええ。二度と行くものかと思っていたけど、年月が経つと、不思議だねえ、また松前の海が恋しくなったのさ」

「そうか」

弘蔵は嬉しそうな顔をした。

「雅之進さんがどんな大人になるのか楽しみだし、良助の墓参りもしたいし」

「雅之進に良助を重ねているんだな」

「いけない？」

「いや……おれも同じよ。そうか、おあきはまた松前に行きたいのか」

「でも、今度は、船で行くのはいや。てくてく歩いて行くの」

「歩いてか……」

「そうよ。津軽の瀬戸（海峡）を渡る時だけは我慢するけど」

「だな。津軽の瀬戸に橋は架《か》かっていねェからな」

「栂野尾の家の勝手口におもしろい花が咲いていたのよ。でも、おとせさんに名前を訊くのを忘れてしまったから、今でも気になっているの」

「どんな花よ」

弘蔵は怪訝《けげん》な眼で訊いた。

「赤い紐《ひも》のように見える花よ。葉っぱは広いのだけどね」

「ははん。それは水引《みずひき》だ」

「水引？」

「おうよ。祝儀袋につける水引に似ているんで、その名があるんだよ」

「そうだったの。水引か。お前さんに花の名を訊いても仕方がないと思っていたけど、知っていたんだ」

「見くびるねェ。水引はこっちでも見掛けるが、寒さに強い花なのよ。手入れをしなくても毎年、勝手に咲くんだぜ」

「そう、強い花なのね」

「おうよ。お前ェのように、愛想はないが丈夫な花だ」

「愛想はないは余計よ」

おあきがきゅっと睨《にら》むと弘蔵は声を上げて笑った。笑った後で、二人は急に黙り込んだ。お互い、松前に行った時のことを思い出していたのだ。とりわけ、空を朱に染めた見事な夕映えのことを。

明治五年（一八七二）九月。新橋、横浜間に鉄道が開通した。築地には西洋料理の「精養軒《せいようけん》」が開店した。人力車も通りを頻繁《ひんぱん》に行き来する。

東京は文明開化の世に変貌《へんぼう》して行った。おあきと弘蔵は、しかし、二度と松前に行く機会は持てなかった。相変わらず福助の客達と変わる世相に一喜一憂しながら酒を酌《く》み交《か》わしていたのである。

かくして、江戸時代は、少しずつ遠退《とおの》いて行く。

参考書目

『概説　松前の歴史』松前町町史編集室編
『幕末百話』（上・下）篠田鉱造著（岩波文庫）
『明治百話』（上・下）篠田鉱造著（岩波文庫）
『会津落城』星亮一著（中公新書）
『伊勢詣と江戸の旅』金森敦子著（文春新書）
『中島三郎助文書』中島義生編
『彰義隊遺聞』森まゆみ著（新潮社）
『合葬』杉浦日向子著（ちくま文庫）

解説

清原康正（文芸評論家）

疾風怒濤《どとう》と表現される激動の幕末期に、さまざまな武装集団が佐幕派と倒幕派の両陣営で組織された。本書『夕映え』は、佐幕派の彰義隊の一員となった息子を持つ両親の視点から、明治期にかけての時代潮流、江戸の市井に生きる人々の心の機微を描き出した長編。歴史の矛盾と非情とを見出すことができる彰義隊そのものや隊士たちの運命を描いた作品は数多くあるが、彰義隊に関わった若者たちの運命をその家族の側から見つめた作品は珍しい。

物語は、慶応三年（一八六七）二月から始まる。舞台は、江戸・本所石原町にある「福助」という縄暖簾《なわのれん》の小さな居酒屋。今年三十八になる女将《おかみ》のおあきは、蝦夷松前藩の武士だった岡っ引きの亭主・弘蔵、十七になる息子・良助と十六の娘・おてい、そして常連客たちに囲まれて、つつましいが幸せな暮らしを送っていた。

おあきと弘蔵が結ばれたいきさつにも触れられているのだが、そうした男女の邂逅《かいこう》と結びつきの微妙な機微に関しては、おあきの二人の子供たちの場合にもあてはまるものがある。親子二代にわたる男女の愛情模様の展開も、本書の読み所の一つとなっている。

そんな夫婦の悩みの種といえば、良助が十三歳で商家へ奉公に出て以来、転々と商売を変えて一年と続いたためしがなく落ち着かないことだった。

長州、薩摩《さつま》を中心として起きた尊王攘夷《そんのうじょうい》運動は倒幕運動へと形を変えつつあった。大工の浜次、亀の湯の主人・磯兵衛、青物屋の政五郎など「福助」にやって来る飲み客たちの世間話や噂話で、世の中の移り変わりが描写されていく。

諸物価が高騰し、江戸の庶民は暮らし難い世の中をぼやく。火事は江戸市中のどこかで毎日のように起きており、治安も悪化していた。庶民の目にも、幕府の権力の失墜は明らかだったが、おおかたの庶民は二百六十余年も続いている徳川幕府がよもや倒れるとは、つゆ思いもしていなかった。

おあきもめまぐるしく変わる世の中の流れを横目に見ながら、「何があっても自分はこうして毎日毎日、商売の仕込みをして、時分になれば暖簾を出して見世を開けるだろう。子供のため、亭主のために飯の支度をし、洗濯や掃除をするだろう。その他に自分ができることはない。世の中の流れに身を置くしかないのだ」と変わらず見世を続けていた。しかし、そんなおあきの目からも世の中が大きく変化していることは感じられた。「結局、世の中が変わると、まともにその波を被るのがあたし等ですものね」というおあきのセリフが、物語の展開を暗示している。こうしたさり気ないセリフが随所に見受けられ、周到な計算ぶりがうかがえる。

おあきは「落ち着いたいい世の中にしてほしいと誰に訴えたらよいのだろう」「明日《あした》何が起きるかわからない世の中なんてまっぴら」とも思う。町家で暮らす庶民の切ない願いを、宇江佐真理は生活感覚を軸に映し出していく。日々の生活と家族のことを何よりも先に考えるおあきの心情が細やかに描き出されていく。このおあきの心情は、二十世紀末からの混沌《こんとん》と不安を抱えて生きている現代社会にも通じる普遍的なものであろう。

慶応四年（一八六八）正月三日、鳥羽伏見の戦いが起こったとき、江戸の庶民たちは例年通りに雑煮を祝い、二日の初夢のための宝船を買うなど、のんびりと正月気分に浸っていた。はるかに離れた京洛《きょうらく》の地で戦闘が起こったことは、江戸にはまだ伝わっていなかった。将軍お抱えの蘭方医・桂川甫周の娘・みねは当時の江戸の状況を「江戸は泰平に酔っていました」と回想している。また、明治期の小説家で鉄砲同心の家に生まれ育った塚原渋柿園も、慶応四年の江戸ののんびりした正月気分を書き残している。おあきの家でも、こたつの上におあき手作りのおせち料理が重箱に入れられて並んでいた。本書で描かれているおあき一家の正月のありようからも、江戸庶民たちが置かれていた状況がよく理解できるものとなっている。

この鳥羽伏見の戦いで旧幕府軍が大敗を喫したことで、官軍を称した東征軍が東への進軍を続け、江戸城総攻撃をめざす。薩摩藩邸での勝海舟と西郷隆盛の会談で江戸城総攻撃中止と無血開城が決まったものの、江戸市中に進軍してきた東征軍に抵抗したのが上野《こうずけ》の山に籠《こ》もった彰義隊であった。

その彰義隊に腰が定まらなかった良助が志願したことで、おあき一家は時代の潮流に否応なしに巻き込まれていく。「まともにその波を被る」というおあきのセリフがここで効いてくることとなるのだ。上野戦争の敗走を経て、榎本《えのもと》軍の軍艦で蝦夷《えぞ》地での戦いに参加した良助の身を案じるおあきの不安は消えることなく続いていく。良助が彰義隊に入ったころ、おあきに「子供はいつまで経っても心配なものですよ」と言わせているのだが、子を思う親心は変わることがなく、読む者の胸に迫るものがある。

箱館五稜郭《ごりようかく》の戦いのあと、弘蔵はおあきを伴って松前へ帰郷する。おあきと弘蔵が見る松前の海岸の夕映えの描写が秀逸だ。茜色に染まる夕映えを見ながら、「これから、この国はどうなるの」「いい時代になるのかしら」と聞くおあきに、弘蔵は「いつの時代も生きて行くのは切ねェものよ」と言う。こうしたセリフからも、ぎりぎりのところで生きている庶民に寄り添う宇江佐真理の目線が感じられる。

明治四年（一八七一）に明治政府が新設した邏卒（後に巡査と改称）に採用された弘蔵は、身体の具合を悪くしたことで退職して見世を手伝うようになり、「福助」の客たちと変わり行く世相に一喜一憂しながら酒を酌み交わす。「かくして、江戸時代は、少しずつ遠退いて行く」という一文で、幕末期から明治初期の激動の時代を生きた弘蔵・おあき夫婦の物語は閉じられている。

こうした時代状況が弘蔵・おあき夫婦や常連客たちの暮らしのありようをからめつつ描き出されていき、歴史年表をたどるだけでは得られない庶民の生の息づかいと感覚が浮かび上がってくる。おあきが客たちに供する酒の肴《さかな》に季節の変化を感じ取る楽しみもある。こうした生活感覚の細やかな描写にも、宇江佐真理の真骨頂が表れている。

そして、もっと重要なことは、子を思い、案じる親の心情と悲しみの深さを、宇江佐真理は自らの母親としての情を傾けて描き切っていることである。息子を案じるおあきだけでなく、宇江佐真理は「福助」を手伝う老婆おすさに「そんな親の気持ちが手前ェ達にはわからないのか。手前ェ達にも親はいるだろう」と啖呵《たんか》を切らせている。彰義隊の残党狩りに見世に踏み込んで来た官軍兵士たちに対する裂帛の啖呵である。これは戦いがなくならない限り、これからも続いて起こり得る母親の悲しみと嘆きでもある。

最後に触れておきたいのは、宇江佐真理の『憂き世店　松前藩士物語』『蝦夷拾遺たば風』など松前もの作品である。『憂き世店　松前藩士物語』は、松前藩の天領化により移封・降格でリストラの憂き目を見た元松前藩士が妻子とともに江戸の裏店（長屋）で健気に生き抜くさまが描かれている。作品集『蝦夷拾遺　たば風』には、本書でも描かれている松前藩主の後継問題をめぐる内紛や榎本武揚らの旧幕府軍と松前藩との戦いを背景とする短編も収録されている。こうした松前もの、蝦夷ものは、北海道・函館に生まれ育ち、この地以外には住んだことがないという宇江佐真理の独自の鉱脈ともいえるものであり、本書ではそれを取り込む形で江戸市井もののジャンルの幅を拡張したといっても過言ではないことを付け加えておきたい。

以上は平成二十六年（二〇一四）三月刊行の角川文庫に付した解説稿である。だが、この翌年の平成二十七年（二〇一五）十一月七日に、宇江佐真理は乳癌で函館市内の病院で亡くなった。六十六歳であった。

平成七年（一九九五）に「幻の声」でオール讀物新人賞を受賞してデビューし、平成十二年（二〇〇〇）に『深川恋物語』で吉川英治文学新人賞を、平成十三年（二〇〇一）に『余寒の雪』で中山義秀文学賞を受賞した。直木賞には平成九年（一九九七）の第百十七回から平成十五年（二〇〇三）の第百二十九回まで計六回ノミネートされた。解説文の最後に記した「江戸市井もののジャンルの幅を拡張」を期待するところ大であっただけに、その逝去が惜しまれてならない。

本書は、二〇一四年三月に小社より刊行した文庫を上下合本に改版したものです。

夕《ゆう》映《ば》え

新装版《しんそうばん》

宇江佐真理《うえざまり》

平成26年 3月25日　初版発行
令和5年 11月25日　改版初版発行

発行者●山下直久

発行●株式会社KADOKAWA
〒102-8177　東京都千代田区富士見2-13-3
電話　0570-002-301（ナビダイヤル）

角川文庫 23909

印刷所●株式会社暁印刷
製本所●本間製本株式会社

表紙画●和田三造

●お問い合わせ
https://www.kadokawa.co.jp/（「お問い合わせ」へお進みください）
※内容によっては、お答えできない場合があります。
※サポートは日本国内のみとさせていただきます。
※Japanese text only

ISBN 978-4-04-114310-0　C0193

◇◇◇